박경리 『토지』와 윤리적 주체

박경리 『토지』와 윤리적 주체

서 현 주

역락

"

책 머 리 에

『토지』의 평사리에서 '나의 평사리'를 보았다. 등장인물들의 동선을 따라가면서 그들의 언어에 춤을 추고, 몸짓과 표정에 동화되어 『토지』를 첫 번째 완독했을 때 나의 작은 우물로 인지되었던 향촌에서 벗어나는 즐거움과 나라는 사람은 강쇠도 되었다가 관수도 되었다가 상의도 될 수 있는 풍성함을 인정하는 확장도 맛보았다. 그 힘이 재독을 가능하게 했다. 그리고 인물에 매료되어 시작한 독서가 박사논문으로 이어졌다. 연구자의 시선보다는 흥을 놓지 않은 독자의 시선으로 접근하여, 책으로 묶을 때 부끄러움을 숨길 수 없었다. 하지만 이 불편한 마음이 더욱 진중한 자세로 공부할 수 있게 하는 거름이 되리라 생각한다.

이 책은 박경리의 『토지』에서 주체와 타자의 관계로 인해 주체의 타자의식의 변모와 주체의 자기극복의 양상을 살펴봄으로써, 작가가 작품을 통해 제시하는 타자에 대한 의식에 접근한다. 주체가 타자와 관계 맺는 구체적인 방식은 책임, 환대, 포용, 대속 등의 윤리적 방향성을 가진 것으로 이를 통해 인간관계에서의 참다운 인간상을 제시한다. 약자로서의 타자와 박해자로서의 타자로 인해 주체가 변화와 자기극복을 통해서 윤리적 주체로 거듭남을 두 개의 장으로 나누어서 분석해 보았다.

첫 번째 타자의 형상화는 주체에게 빈자·고아·과부 등의 약자의 얼굴로 현현하는 타자이다. 약자로서의 타자의 형상은, 유교적 이념을 지닌 양반과 농민이라는 신분적 주체보다 사회적 신분에서 미천한 자들이나 가난한 자들로 사회적 약자이다. 이때 주체는 자기중심적(최서희家), 이념 중심적(이용家), 계층 중심적(송관수家, 이상현家) 인물로 변별할 수 있는데 이들은 소유, 가치, 우월감 등으로 자기중심적이며 자기존엄적인 인물들이다. 자기중심적인 주체가 사회적 약자인 타자를 대면하여 그들의 모습에서 연민을 느낌으로써 책임과 인식의 확대, 타자와 동질화 된다. 이는 세대가 거듭될수록 확장되는 형태로 나타나는데 초기 식민화 과정에서 유교이념의 해체 즉, 조선사회의 동일성의 사고 구조를 허물고 타자와 진정한 관계를 갖게 되는 지점으로 나아간다.

두 번째 타자의 형상화는 주체에게 차별적 고통을 가하는 박해자로서의 타자이다. 박해자로서의 타자의 형상은, 주체에게 고통을 가하는 민족-친족-가족이라는 집단과 신여성을 억압하는 억압자, 신체적 불완전성을 비난하는 차별자들로 문화적 박해자이다. 주체는 민족-친족-가족에게 억압당하는 개인(윤씨부인), 성적 정체성을 찾으려는 신여성(임명희, 길여옥, 강선혜), 동일자의 세계에서 배제된 불구자이거나 기준치에 미달된 자들(조병수, 김한복, 막딸, 강포수)이다. 이는 박해자로서의 타자를 통해 주체가 자기극복에 도달하는 세 가지 양상이며, 인간이 극한 고통 속에서 자신의 정체성을 찾아가는 과정이라고 할 수 있다. 이때 주체는 정신적으로 상처받은 자아가 박해자가 행하는 고문에 대한 나의 책임을 깨닫고 정체성을 확립하는 주체이다. 죽음이나 고통은 인간의 유한성을 깨닫게 하는 지점으로 이를 통해 인간이 '홀로' 존재하지 않고 타자와 어떻게 공존할 수 있는지 사유하게 한다.

　타자에 대한 자아의 의식 확장과 타자를 통한 자아의 정체성 회복은 자기중심적 주체에서 윤리적 주체로의 이행을 가능하게 한다. 타자와 갈등하는 세계에서 자아와 타자가 공존하는 방식은 자아가 윤리적 주체로 공생적 사회를 만들어 갈 수 있음을 역설하는 것이다.

　논문이 나오고 책으로 묶이기까지 많은 분들에게 도움을 받았다. 먼저, 논문의 갈피를 잡지 못해 우왕좌왕하고 있을 때 세세하게 첨삭을 하시면서까지 조언해주시고 격려해주신 지도교수 김종회 선생님께 깊이 감사드린다. 그리고 논문 주제를 잡는 데 큰 힘이 되어주신 이덕화 선생님께 무척 감사드린다. 선생님의 조언 덕분에 논문의 가닥을 잡아갈 수 있었다. 논문심사를 맡아 주셨던 이광호 선생님, 박주택 선생님, 서덕순 선생님, 이분들의 따뜻한 격려와 날카로운 지적이 없었다면 논문이 이 정도도 완성되기 힘들었을 것이다. 그리고 논문 심사를 해주신 김용희 선생님께 고개 숙여 감사드린다. 선생님의 꼼꼼하고 구체적인 지적이 큰 도움이 되었다.

정확하고 따뜻한 시선으로 학자의 길을 안내해주신 김대숙 선생님, 힘이 되는 격려와 채찍으로 열심히 살도록 독려해주신 조일규 선생님께 이 자리를 빌어서 감사드린다. 실은 이 지면만으로 감사의 말은 부족하고 부족하다.

더불어 학교에서 같이 공부하면서 많은 도움을 받은 선배님들, 그리고 후배들에게도 고마움을 전한다. 나의 가족에게는 미안한 마음이 크다. 언제나 지지자가 되어주시고 끊임없이 감싸주는 부모님, 깊은 정을 짧은 말에 담아주시는 시아버지, 천성을 거스르지 않고 살 수 있도록 늘 배려해주는 마음결이 곱고 고마운 남편, 가장 작지만 가장 따뜻한 품으로 안아주는 나의 두 딸 은우와 연우에게 미안하고 고마운 마음 전한다. 끝으로 흔쾌히 책 출간을 허락해주신 이대현 사장님과 편집해주신 박선주님, 역락 식구들에게도 감사드린다.

2014년 11월

서 현 주

차례 CONTENTS

■ 책머리에

제1장 | **서론 · 11**

1. 『토지』를 바라보는 새로운 시각 ································· 11

2. 『토지』 해석의 좌표와 타자의식 ··························· 18

3. 독해의 방법과 초점 ··· 30

제2장 | **타자의식의 이론적 고찰 · 41**

1. 타자의 개념 및 인식의 변화 ······························· 41

2. 주체-타자의 관계 맺기 양상 ····························· 56

3. 타자의 이중적 형상화 : 약자와 박해자 ················· 66

제3장 | **주체의 윤리적 변모와 약한 타자 · 73**

1. 자기 중심적 주체의 타자의식 변모 ······················ 73

2. 이념 중심적 주체의 타자의식 확대 ······················ 94

3. 계층 중심적 주체의 타자의식 동질화 ··················· 134

제4장 | 주체의 자기극복과 박해하는 타자 · 173

1. 전체성의 폭력적 고통과 주체의 타자 '환대' ·· 173
2. 젠더적 억압의 고통과 주체의 타자 '포옹' ·· 203
3. 동일성의 환원적 고통과 주체의 타자 극복 ··· 221

제5장 | 『토지』에 나타난 타자의식과 윤리적 주체 · 249

1. 근대적 주체의 성찰과 다양성 ··· 249
2. 타자의식의 지평 확대 ··· 254
3. 공생적 사회에 대응하는 윤리적 주체 ·· 261

제6장 | 결론 · 265

참고문헌 _ 275

제1장 | 서론

1. 『토지』를 바라보는 새로운 시각

『토지』는 1969년 9월에 『현대문학』에 연재를 시작해서 1994년 8월 15일에 탈고하기까지 26년이라는 긴 집필시간도 시간이려니와 분량 또한 방대했다. 이에 대해 권영민은 "폭과 깊이를 동시에 포괄하고 있는 소설들을 창작해 낼 수 있을 만큼 한국의 작가들의 창작적 역량이 커지고 있다는 것은 중요한 일이다. 더구나 한국소설의 전체적인 흐름 속에서 이러한 방대한 문제작들이 지속적으로 등장하고 있다는 사실도 주목된다."[1]고 하면서 문학사적 가치를 부여했다. 박경리의 『토지』는 작품의 방대한 분량과 긴 집필기간[2]이 이목을 끌지만 그보다 독자를 사로잡는 것은 600여 명에 이르는 인물의 등장이다. 600여 명의 인물

---

1) 권영민, 『한국문학사 1945~1990』, 민음사, 2002, 348쪽.
2) 분량은 문장부호와 문단 수를 제외하고 200자 원고지 31,963에 해당하며, 집필기간은 1969년부터 1994년까지 26년이다.

이 모두 비중 있게 다뤄지는 것은 아니지만 일본 제국주의에 의한 국권침탈과 회복, 최씨 양반가문의 몰락과 재건이라는 주요서사 속에 각 인물들의 개인사가 기입되어 있다. 작품의 배경은 하동에서 시작해서 진주, 부산, 서울, 간도, 중국, 러시아, 일본 등지로 확장된다. 이러한 방대한 인물 창조와 확장된 서사 공간의 확보는 우리 문학사에서『토지』가 가지는 가치이다.

박경리의 초기 소설이 신변에 머문 것이었다3)면 후기의 소설은 총체적 안목을 가지고 세계를 바라보는 시선을 확보함으로써 자아존중감에서 타자 지향적으로 나아가는 것으로 보인다.『토지』의 시대적 배경은 1897년에서 1945. 8. 15까지 근대사에서 가장 치열한 질곡의 시간 즉,

---

3) 인간에게 운명지어진 고독을 겸허하게 수락할 때 개성의 주체적 자각과 확립이 가능하며 그럼으로써 타인과 또는 세계와의 진정한 관계 맺음이 기대될 수 있다. 그러나 박경리 초기 소설의 인물들에 있어 그같은 고독의 수락은 "우주 속 먼지 같은 나"라는 허무주의적 자아 인식에 연결되어 있어 타인과 세계와의 관계 맺음을 처음부터 거부하는 완강히 폐쇄된 성격의 것이다. 그러므로 「불신시대」(1957)의 주인공 진영이 남편과 외아들의 비극 속에서 몸을 일으켜 "그렇지 내게는 아직 생명이 남아 있었지, 항거할 수 있는 생명이"라 하며 꿋꿋한 삶을 다짐하고『표류도』(1959)의 주인공 현희가 "내 생명이 있기 위해서 나를 변혁(變革) 시켜야 한다"라는 생각을 품지만, 그것은 다시 현희의 말에서 분명하듯 "보다 강한 자기의 개성을 만"드는 데에서 벗어나지 못한다. 즉 현실 세계와의 관계 맺음을 전제한 개성의 확립이 아니라 폭력적인 현실세계로부터 자신을 지키기 위한 폐쇄적 성격의 개성 확립인 것이다.『김약국의 딸들』은 박경리소설이 사소설적 차원을 벗어나게 되는 분기점에 자리잡고 있다는 점에서 주목되는 작품이다. (정호웅, 「『토지』론 : 지리산 사상」, 정현기 편,『한과 삶−토지비평 1』, 솔, 1994, 257~259쪽.)
신변에 관련된 소설 창작의 상황은 박경리에 국한된 것이 아니다. 이에 대해 김종회는 60년대 작품 활동을 한 거의 모든 여성 작가에게 동시적으로 작용한 시대적 명제이기도 했다고 지적한다. 이는 여성의 삶과 사회적 지위에 대한 각성은 진행되고 있었으나 그것을 실천적으로 뒷받침할 구체적 행위나 그것을 문학으로 치환하는 여력이 불충분하던 시기였기 때문이라고 밝히고 있다.(김종회,『문화통합의 시대와 문학』, 문학수첩, 2004, 14~15쪽.)

고통의 시간이다. 이것은 박경리의 실존적 삶과 연장선상에 있는 것이어서 더욱 의미가 있다. 박경리는 식민 상황과 전쟁을 실존적으로 겪음으로써 '기대어야 할 어떠한 이념의 지표도 없'는 환경에서 스스로 자신의 사상적 토대를 마련해야 했다. "내가 행복했다면 문학을 하지 않았을 것"이라고 밝히는 박경리의 생애사는 고통으로 점철되어 있었다. 『토지』가 쓰여지기 시작한 시기는 60년대 후반이고 『토지』의 배경은 일제 시대라는 점에서, 모두 전체성이 지배하던 시기이다. 전체성의 폭력적 사유구조는 타자를 주체에게 예속시킴으로써 주체의 폭력을 정당화했다. 이로 인해 전체성이 가하는 폭력에 대한 비판을 통해 인간적인 삶에 대한 모색으로 재정립된 주체의 논의가 필요했다.

이 글의 목적은 박경리 소설 『토지』에 나타난 주체의 타자의식을 통해 윤리적인 주체의 성립 과정과 그 의미를 규명하는 데 있다. 인물을 통해서 나타나는 타자의식의 윤리적 변모 양상과 주체의 자기극복에 관한 고찰은 작가의 타자의식4)과 동궤에서 시작한다. 박경리가 『토지』를 창작한 의도도 저주5)나 불모성6)이 아닌, 굶주린 타자에게 주체가

---

4) 박경리의 문학 이야기에서 박경리의 타자 인식을 엿볼 수 있다. '나'와 세상(대상)은 단절되어 있다는 인식과 '나'는 대상 없이 존재할 수 없다는 인식, 이 두 가지 인식은 모순된 인식을 가지고 있다. 이는 실체는 모르는 것이며 모른다는 것은 낯설음이며 외로움이라는 박경리의 실체와 타자에 대한 인식을 보여주는 것이다. 또한 사람들은 그 어떤 것에 의해서도 사로잡히는 것을 원치 않으며 자유를 갈망하고 해방을 꿈꾸지만 사람들은 또 타자와의 합일을 갈망한다고 말한다. 이는 레비나스가 '인간을 안으로 향하여 자기중심적 내면성을 유지하는 존재인 동시에 밖으로 향하여 타자를 향한 존재'라고 규정한 것과 통한다. (박경리, 『문학을 사랑하는 젊은이들에게』, 현대문학, 1995, 71~75쪽), (김연숙, 『타자 윤리학』, 인간사랑, 2001, 216쪽.)

5) 자식 일곱을 거느린 과부는 가물가물 정신을 잃어가는 자식들을 보다 못해 죽물이나마 목을 축여주려고 바가지를 안고 기다시피 최씨네 문전에 가서 애절하게 구걸을 했으나 거절을 당하자 저주를 퍼부었다. "오냐! 믹일 기이 없어서 자식새끼 거나리고 나는 저승길을 갈 기다마는 최가놈 집구석에 재물이 쌓이고 쌓이도 묵어줄 사람이 없을

책임을 보이지 않음으로써 주체에게 돌아온 저주, 그리고 그 저주로 인해 주체가 타자를 새롭게 받아들이고 자신을 성찰하게 하는 사건으로 볼 수 있다. 때문에 이는 타자에 대한 윤리적 책임의 강조로 판단된다. 이를 통해 작가는 주체와 타자가 대치하는 치열한 전쟁의 시대에 주체가 타자와 어떻게 공존할 것인가에 대한 질문을 제기하는 것이기도 하다. 나아가 약자인 타자 외에도 박해자인 타자와는 어떻게 공존할 것인가에 대한 문제 제기를 한다.

『토지』의 서사 시간은 일본의 식민지 시대이다. 일본은 식민지 조선을 전쟁로로 이용하여 중국과 러시아에 대한 침략 야욕을 실행한다. 때문에 조선은 식민지 하에 있으면서도 전쟁이라는 이중 질곡 속에서 주권을 상실한 채로 생명의 보존도 미지수인 극악의 상태에 있었다. 조선에서 갖은 핍박으로 생존권까지 박탈당하는 조선인들은 간도와 일본, 중국, 러시아 등지로 이주하였지만 사정은 마찬가지로 여의치 않았다. 이러한 상황에서 주권은 차치하고 주체가 존립할 수 있을까에 대한 의문을 제기한다. 또한 이것은 나라와 나라의 분쟁에서 주권의 우위와 하위 혹은 강대국의 핍박으로 인한 주권의 상실 등을 떠나서 각 국의 개인이 주체로 존재한다면 인간적인 삶을 회복할 수 있지 않을까에 대한 질문이기도 하다.

긴께, 두고 보아라!"(박경리, 『토지』 1권, 솔, 1994, 210쪽.)

6) 평사리의 입지조건은 '평사리'의 풍요로운 대지의 물질적 생산력을 가지고 있음을 드러내지만, 마을의 공간구성과 인물의 설정은 성적 생산성이 떨어지는 불모의 지역임을 암시한다. 이러한 '평사리'의 물질적 풍요와 무후성의 대립은, 사실상 작가가 『토지』를 쓰게 된 최초의 동기였던 '풍요로운 대지와 죽어가는 사람들'의 강렬한 이미지의 대비를 가장 충실하게 구현하는 것이다. 그러나 이 이미지의 대비가 서사화될 때 그것은 풍요와 불모성이라는 삶의 모순으로 드러난다.(이상진, 「『토지』의 평사리 지역 형상화와 서사적 의미」, 『배달말』 통권37호, 배달말학회, 2005. 12, 280쪽.)

그러면 주체를 상실한 시대에 어떻게 주체를 회복할 것인가? 타자를 통해서 주체를 재정립할 수 있다. 여기에서 타자는 주체 외부에 있으면서 주체에게 현현하거나 도래하는 타자로 내재성을 가지고 있는 타자이다. 즉, 타자는 주체의 인식의 대상이 아닌, 주체가 알 수 없는 절대성을 가진 타자로서 고유성(타자성)을 가진 존재이다. 주체가 타자를 대면하여 주체의 내부적 한계를 극복하고 윤리적인 책임을 이행함으로써, 타자로 인해 주체가 바로 설 수 있는 것이다. 그런데 주체에게 오는 타자는 크게 두 가지의 모습이다. 하나는 어린아이나 빈자, 과부 등의 약자이고 다른 하나는 주체를 정신적·육체적으로 핍박하거나 고통을 가하는 박해자의 모습이다. 타자를 통한 주체의 성립은 약자인 타자의 윤리적 호소에 응답하거나 주체를 고통 속에 몰아넣는 박해자로서의 타자를 환대하고 포옹, 대속함으로써 가능해진다. 주체가 타자의 윤리적 호소에 응답하고 환대, 포옹, 대속이라는 형태로 타자에게 책임적 존재가 될 때 주체는 재정립 되는 것이다. 즉, 주체는 타자 대면을 통해 윤리적 주체가 되거나 박해자인 타자를 통해 자신을 극복할 수 있게 된다.

 주체가 타자를 대면했을 때 '저 자가 나보다 많이 가졌느냐 그렇지 않느냐', '저 자가 신봉하는 이념이 바른 것(나와 같은 것)이냐 그른 것(나와 다른 것)이냐', '저 자가 나보다 위냐 아래냐' 등의 판단에 따라 타자를 동일자의 지평에 흡수한다. 계층은 '누르고 짓밟기' 위한 조직 구조이다. 계층의식은 우월감으로 '맞는 놈 때리는 놈'을 정하는 것과 다르지 않다. 작가가 비판하는 부분이 이 부분이다. 인간의 본능과도 같은 계층의식과 우월감은 세상이 변하지 않고 폭력적으로 순환하는 이유이다. 때문에 작가는 이러한 삶의 형태를 비판하면서 약한 자에 대해 강자가 어떤 태도를 취해야 하는지 역설하고 있다. 강자가 약자를 돕는 방향으로 삶이 진행된다면 이 같은 끝없는 싸움은 종지부를 찍을 수 있을 것이라는 암시를 던져준다.

이 책의 연구 시각은 주체에만 맞춰져 있는 것이 아니라 내재성을 가진 주체와 아울러 내재성을 가진 타자에게도 집중한다. 또한 이들이 맺는 관계에서 인간이 윤리적으로 관계할 수 있는 방안에 접근하도록 한다. 『토지』는 주체와 타자의 관계를 중시한다. 때문에 인물들은 주체와 타자가 같이 움직인다. 용이가 장에 갈 때는 칠성이와 동행하고, 서희가 간도에 갈 때는 이상현과 용이·영팔네와 움직이며, 강쇠는 줄곧 김환과 다니고, 혜관이 간도에 갈 때는 봉순이가 따라붙고, 이상현이 고향에 갈 때는 진주 갑부의 아들 전윤경이 동행하며, 임명희는 강선혜나 길여옥과, 홍성숙은 언니인 양교리댁네나 배설자 등과 동행한다. 주체는 타자를 통해서, 타자는 주체를 통해서 서사가 이루어지는 것이다.

인물들이 서로의 관계를 통해 형성됨으로써 평사리는 하동으로, 진주로, 부산과 서울로 확대되며 일본과 중국, 러시아로 연결되고 있다. 흥미로운 것은 섬진강에서 죽은 봉순이의 죽음을 전하는 동선이다. 나그네-강쇠-석이-혜관-주갑에게 전해진 봉순이의 죽음은 연해주에 거주하는 이상현의 귀에 들어간다. 굳이 이상현의 귀에 들어가기 위해 전해진다기보다는 '전달 자체'에 의미가 있다. 이는 봉순이의 죽음이 가치가 있음을 시사해 주는 것이기도 하다. 그러한 가치는 봉순이가 기생으로서의 연연함의 매력보다는 인간적인 따뜻함의 매력을 가진 인물임을 역설하는 것이기도 하다.

또한 작품에서 타자의 타자성이 두드러지게 나타나는 부분은 소문과 대화 부분이다. 사건이 발생하면 사건 현장을 진술하지 않고, 소문의 형태로 등장인물 각자의 고유한 사고 구조를 입힌 사건으로 재탄생된다. 부부간의 대화도 정보를 전달하거나 대화에 목적이 있는, 내용 위주의 대화가 아니다. 공노인과 방씨 부부의 대화, 영팔이와 판술네 부부의 대화 등은 말 하는 자체에 의미를 부여한다. 주체와 타자가 서로 말을 주고받는다는 자체를 통해 소통하고 관계 맺음에 집중한다. 이러한 대화는 레비나스의 타자성을 드러내는 한 양식이라고 볼 수 있다. 주체는 상대방의 생각과 감정을 절대적으로 포착하고 인식할 수 없기 때문에 대화하는 자체를 통해 소통하는 관계를 열 수 있을 뿐이다.

『토지』는 최서희의 이야기이면서, 최참판댁의 이야기이며, 평사리의 이야기이며, 조선의 이야기이고, 동아시아의 이야기이면서, 그 모든 사람이 관계를 맺고 사는 우주의 이야기이다. 이 관계 속에서 개별자들은 사물화 되지 않고 고유성을 가진 주체로 있다. 다양한 인물들이 그려지지만 그동안의 연구에서 인물의 분석은 주요인물에 매달리는 경우가 많았다. 여기에서는 다른 인물들도 중요하게 다루겠다.[7]

주체에 의해 매개되지 않는 타자의 타자성을 사유하는 일은 근대의 식에서 억압되고 배제되었던 타자의 위치를 복원하는 일과 밀접하게 엮여있으며, 주체를 윤리적으로 정립하는 것이기도 하다. 이는 다른 사람을 다른 나로 규정하는 동일성의 구조가 아니라 다른 사람을 다른 사람 자체로 받아들임으로써 다양한 타자를 양산한다. 근대의 주체가 당당한 주체라면, 레비나스가 바라보는 주체는 겸손하고 경건한 주체

---

7) 흔히 중심 인물이라고 여겨지는 인물에 대해 이야기된 다음에는 오히려 그보다 더 가슴을 아프게 하고 더욱 삶의 구석진 모습이 드러나는 주변 인물에 대해 이야기 된다. (김진석, 「소내(疏內)하는 한의 문학 :『토지』」, 최유찬 편, 『박경리』, 새미, 1998, 302쪽.)

라고 할 수 있다.[8] 근대의 자기 중심적 주체가 아니라 타자와의 관계에서 주체의 자리를 재정립하는 주체이다.

이 책에서는 주체와 타자가 관계 맺는 양상을 통해 타자의 형상에 따라 주체가 어떻게 변모하고 자기극복에 도달하는지 고찰함으로써, 전체주의적 근대 사회에서 차이를 인정하는 탈근대 사회로의 이행을 의미화하고자 한다. 이를 위해 전체성이 가하는 폭력을 비판적 관점으로 분석한다. 이는 박경리가 『토지』라는 작품을 통해서 전체주의의 폭력적 사유 구조, 즉 에고이스트의 주체에서 탈에고이스트의 주체로의 전환을 타자의식을 통해서 제시함을 살펴보는 작업이 될 것이다. 이를 통해 윤리적 주체의 확립, 윤리적 관계가 『토지』의 세계를 어떻게 풍요롭게 만드는지, 어두운 시대의 인간 관계는 어떠해야 하는지 규명하고자 한다.

2. 『토지』 해석의 좌표와 타자의식

지금까지 발표된 『토지』 연구[9]는 작가의식, 서사구조, 공간, 인물유형, 매체변용 양상, 주제적 연구 등이다. 여기서 주제적 연구는 한, 생명, 악, 대화, 죽음, 동학, 민족, 사회문화담론, 일본관, 탈식민주의 등으로 대별된다. 연구자들은 다양한 방법론과 주제적 접근으로 작품 독해

---

8) 레비나스, 양명수 옮김, 『윤리와 무한』, 다산 글방, 2000, 17쪽.
9) 지금까지 확인한 바에 의하면 박경리의 『토지』 연구는 학위논문만 42편에 이르며, 이 중 박사학위 논문은 13편이다. 『토지』 및 박경리 연구는 학위논문 외에 전문 학술 저널에 발표된 논문이나 평론도 각 100여 편 이상에 이른다.

의 폭을 넓혀 놓았다. 그런데 여기에서 주목할 점은 상당수의 논의가 '다양한 인물'에 주안점을 두고 논의를 진행시킨다는 것이다. 이는 작가가 문학의 주제를 "사상이 아니라 사람의 문제"[10]라고 언급한 부분과 맥이 닿는다. 사람은 세계 속에서 '나'와 '나 아닌 것'과의 관계를 맺고 살아가면서 이 관계로 인해서 행복하기도 하고 갈등을 일으키기도 한다. 관계에서의 갈등은 인간의 존엄성[11]과 연결된다. 내가 관계에서 존중되느냐 소외되느냐의 문제이기 때문이다. 특히나 『토지』는 인물들이 유기적으로 연결[12]되어 있기 때문에 인물들의 '관계'에 대한 천착은 작품을 이해하는 중요한 지표가 된다. 여기에서 주목해 볼 것으로는 주제적 연구로 한이나 생명사상, 인간애나 휴머니즘, 악에 관한 연구와 작가의식[13]에 관한 연구이다.

---

10) 김치수, 『박경리와 이청준』, 민음사, 1982, 190쪽.

11) 인간의 존엄성에 대한 주제적 접근은 이태동(「『토지』와 역사적 상상력」, 조남현 편, 『한국문학의 현대적 해석 : 박경리』, 서강대학교출판부, 1996.), 정현기(「박경리 『토지』 연구―작품 형성의 사상적 기둥」, 정현기 편, 『恨과 삶―『토지』 비평1』, 솔, 1994.), 김진석(「소내(疏內)하는 한의 문학 : 『토지』」, 최유찬 편, 『박경리』, 새미, 1998.) 등의 논의가 있다.

12) 인물들의 유기적인 연결에 대한 주목은 김치수(「『토지』의 세계」, 정현기 편, 『恨과 삶―『토지』 비평1』, 솔, 1994, 189쪽. 김치수는 '작가는 이 방대한 소설 속에 등장하는 무수한 인물들이 이 소설이라는 책 속에 살고 있는 가족처럼 서로 연결시킬 수' 있는 방법으로 '여행'이라는 서사를 선택했음에 주목한다. '여행은 이 소설 속에서 두 가지 기능을 갖고 있다. 새로운 모험을 찾아간다는 여행 본래의 주제의 실현과 그 무수한 등장인물들을 소설 속에 혈연관계로 묶고 있는 구성적인 기능이다'라고 설명한다. 이에 해당하는 인물은 혜관같은 중이나 떠돌이들이다.), 하응백(「비극적 삶의 초극과 완성」, 정현기 편, 『恨과 삶―『토지』 비평1』, 솔, 1994. 등장인물들의 삶이 모두 유기적인 연관을 이룬다는 점을 지적하면서 박경리 특유의 유기적 세계관으로 인해 운명적인 것에 대한 집요한 탐구가 추가되었다고 분석한다.)의 논의 참고.

13) 류보선, 「비극성에서 한으로, 운명에서 역사로」, 『작가세계』 22호, 1994. 가을; 천이두, 「한(恨)의 여러 궤적들 : 박경리의 『토지』」, 『현대문학』 478호, 1994. 10; 이재선, 「숨은 역사·인간 사슬·욕망의 서사시」, 정현기 편, 『恨과 삶―『토지』 비평1』,

첫 번째, 인물들의 관계를 인간애나 휴머니즘, 한이나 생명사상의 주제로 접근한 연구들이다. 정현기는 『토지』의 철학적 기초 세 기둥을 운명에 대한 지칠 줄 모르는 질문 공리와 인간의 존엄성 공리 그리고 사랑의 창조라는 공리로 정리했다. 『토지』의 각 인물들은 놀랍게도 서로 뒤엉켜 어떤 형태로든 관계의 끈에 매여 있음을 확인할 수 있기 때문이다. <함께살이> 의식을 절묘하게 드러내고 있다는 점이 그것이다. 『토지』 독법의 핵심으로 마디이론을 내세우는 것 또한 바로 이런 한국인적 심성과 그것을 완벽하게 작품 속에 구상해 놓은 소설적 구성력 확인 때문이다. 이 작품이 내뿜는 힘의 원천은 무엇보다도 근본적으로 생명있는 것들에 대한 작가의 가열한 애정에서 비롯한다. 포악한 시대 한복판을 가로지르면서 작가는 지치지 않고 존재함의 모든 것을 애정의 눈으로 보려는 힘(氣)을 모으는 데 필생을 바쳐왔다고 강조한다.

양문규는 역사소설 『토지』를 지배하고 있는 것은 민족주의적 역사의

솔, 1994; 임진영, 「개인의 한과 민족의 한」, 한국문학연구회, 『다시 읽는 역사문학』, 평민사, 1995; 정호웅, 「『토지』의 주제-한(恨)·생명·대자대비(大慈大悲)」, 『한국문학』 225호, 1995. 봄; 황현산, 「생명주의 소설의 미학」, 『토지 비평집2-한·생명·대자대비』, 솔, 1995; 양문규, 「『토지』에 나타난 작가 의식-민족주의와 한(恨)을 중심으로」, 『『토지』와 박경리 문학』, 솔, 1996; 정현기, 「『토지』 해석을 위한 논리 세우기」, 『한국문학의 현대적 해석 : 박경리』, 조남현 편, 서강대학교출판부, 1996; 정현기, 「박경리『토지(土地)』론Ⅰ」, 『매지논총』 제10집, 1993; 이덕화, 「서술 의도에서 본『토지』의 인물유형」, 『『토지』와 박경리 문학』, 솔, 1996; 이태동, 「『토지』와 역사적 상상력」, 조남현 편, 『한국문학의 현대적 해석 : 박경리』, 서강대학교 출판부, 1996; 심원섭, 「박경리의 생명사상연구」, 『『토지』와 박경리 문학』, 솔, 1996; 최유희, 「박경리『토지』연구」, 중앙대학교 박사학위논문, 1999. 8; 김진석, 「소내(疏內)하는 한의 문학 : 『토지』」, 최유찬 편, 『박경리』, 새미, 1998; 조윤아, 「박경리『토지』의 생명사상적 변모에 관한 연구」, 서울여자대학교 박사학위논문, 1999. 2; 박상민, 「박경리『토지』에 나타난 악의 상징 연구」, 연세대학교 박사학위논문, 2009. 2; 김병익, 「특집 : 박경리 인간과 문학-『토지』의 문학적 성격에 대한 덧붙임」, 본질과현상 23호, 2011.

식임을 지적하면서 근대사를 겪어 나갔던 인간 개개의 실존 문제와 한의 문제를 언급한다. 민족주의와 한으로 요약되는 작가 의식이 『토지』를 어떠한 문학적 성취에 이르게 하고 한계가 있는지 살핀다. 작가는 봉건적 조선의 사회 경제적 붕괴는 인정하지만, 봉건 조선의 선비와 그 시대 백성을 대표하는 농민들이 간직하고 있던 정신주의적 세계와 윤리적 보수성에 대한 애정을 보여줌으로써 전통지향성을 드러낸다고 말한다.

이덕화는 남성 인물과 여성 인물을 분류하여 분석한다. 남성이 사회의 전반적인 제도에 대해 고수하려는 보수적인 태도를 지니는 데 비해 여성은 언제나 약자의 편에서 반발하는 진보적 세계관을 가지고 있기 때문에 작가는 세상의 논리에 지배당하는 인간상보다는 이상적인 세계로 나아가는 인간형을 주로 그리고 있다고 지적한다.

천이두는 대자대비를 거론하면서 '자'(慈)는 "모든 사람들에게 우정을 갖는 것"을 뜻하고 '비'(悲)는 "인생의 괴로움에 탄식하고 슬퍼하는 것", 나아가서 그것을 "가엾이 여기고 동정하는 것"을 뜻한다고 말한다. 이를 최유찬은 대자대비는 다른 존재에 대한 부드럽고 따뜻한 연민의 정을 출발점으로 하며 모든 중생이 해탈에 이르러 괴로움의 세계로부터 벗어나게 하는 일을 궁극적 목표로 삼는다고 해석한다. 천이두[14]와 최유찬[15]은 조병수의 한에 주목했다. 천이두는 조병수가 악인의 부모를 둔 신체장애자이며 서희에 대한 사랑을 묻어두고 살아야 하는 한을 삭이고 맑히면서 장인으로서의 자기 삶을 성공적으로 이룩해냈다는

---

14) 천이두, 앞의 글, 380~381쪽.
15) 최유찬, 『세계의 서사문학과 토지』, 서정시학, 2008, 370~379쪽.

점을 지적하면서 자비의 마음에 이르렀다고 분석한다. 최유찬도 마찬가지로 조병수가 '소망'으로서의 한을 삭이면서 살아간 인물로 예술을 통해 한을 승화시켰다고 보았다. 두 사람의 논의에서 조병수의 가치를 가늠할 수 있다.

김병익은 작가가 선한 인물과 모멸하는 인간의 모습들을 극히 대조적인 형태로 그리고 있다는, 작가의 선악에 대한 분명한 호오의 선택이 작가의 인물에 대한 한 관점을 보인다고 지적한다. 『토지』의 경우 작가가 사랑하는 인물들에는 외로움, 슬픔, 설움, 순수함, 맑음과 같은 서정적인 아름다움의 형용사가 늘 따라다니면서 '한', '운명'과 같은 전통적인 우리의 서러운 감수성이 지닌 어휘들로 묘사되고 있지만 그가 경멸하는 인물들은 추악하고 탐욕스럽고 비루하며 일그러진 인간상으로 그려지고 있다고 역설한다.

이태동은 박경리는 역사보다 인간과 인간성에 더 작가적인 초점을 두고, 역사(歷史) 속에서의 인간의 위치와 그 기능, 즉 인간이 역사적인 힘에 의해서 어떠한 영향을 받으며, 또 인간이 역사를 위해서 무엇을 할 수 있는가를 이 작품 가운데서 밝히고 있다고 주장한다. 『토지(土地)』가 지나치게 방대한 소설공간 때문에 문학작품으로서 적잖은 위험을 지니고 있지만, 이것을 초월할 수 있었던 것은 작가 박경리가 여기에서 인간의 휴머니티를 중심으로 한 투철한 역사의식을 밀도 짙은 현실의 문맥 속에서 객관적으로 드라마틱하게 구체화시킬 수 있었기 때문이라고 말한다.

이재선은 부정적인 욕망을 가진 인간의 탐욕성을 해부하는 한편으로는 인간적인 선의의 가치와 자제 또는 승화되거나 이상적인 욕망의 윤리성을 대비적으로 제시하고 있다. 그런 점에서 『토지』는 시간적이고 계보적인 구조(genealogical structure)의 특수성과 욕망의 주체·객체의 대비를 통한 대칭적인 구조가 서술의 골격으로 함께 짝을 이루고 있음도 결코 간과될 수가 없다고 강조한다.

이 책의 각론과 관련된 연구로는 인물의 통과의례에 관한 이재선,[16] 정해성[17]의 논의가 있다. 이재선은 서희와 길상의 통과의례를 새로운 세대의 생성의 측면에서 접근하고 있다. 임명희나 조병수에 대한 언급은 없지만 서희나 길상을 통과의례로 분석한 점은 의미있는 시도로 보인다. 정해성은 서희를 사랑으로 인한 성숙, 임명희를 통과제의를 통한 재탄생과 신여성의 총체성을 구현하는 인물로 분석한다. '죽음'이라는 주제 속에서 인간에 대한 존엄과 신뢰에 바탕을 둔 다성성의 향연으로 접근하는 방식은 흥미롭지만 주체의 관점에 집중된 논의라서 성장이나 정체성 찾기에 머물렀다는 아쉬움이 있다.

두 번째, 그 외에 '여성주체'에 관한 백지연의 논의, '악의 상징'을 통해 고통에 대한 천착과 타자의 고통을 자기화하여 윤리의식의 획득으로 나아가는 박상민의 논의, '이기적인 주체'에서 '윤리적인 주체'로의 변모를 논의한 오혜진의 논의가 주목할 만하다.

백지연은 근대화과정에서 여성이 당면한 이중적 질곡과 억압의 상태를 봉건적 가부장제의 이데올로기의 구속과 전통적 악습의 잔존에 따른 억압과 고통이라는 측면과, 근대적 문명체험의 세례에 따른 정체성의 갈등과 혼돈이라는 측면으로 살핀다. 이에 '강한 여성주체의 신화'

---

16) 이재선, 『현대소설의 서사주제학』, 문학과지성사, 2007, 274쪽.
17) 정해성, 「죽음을 통해 울리는 다성악」, 김정자 외, 『왜 다시 토지를 말하는가』, 태학사, 2007, 151~176쪽.

는 자아의 독립을 인지하는 각성의 계기도 되지만, 한편으로 더욱 은밀하고 교묘하게 가부장제 기제를 생산하는 함정으로 나아가는 것이기도 하다는 점에서 모순적인 면모를 보인다고 지적한다.[18] 일면 이러한 분석은 의미가 있지만 인물의 중심서사에 중점을 두고 세세한 서사들은 놓쳤다고 볼 수 있다. 서희를 예로 들면 가문을 재건하는 중심서사 외에도 서희의 타자와의 관계가 작품 후반부로 가면서 점차 변모함을 알 수 있기 때문이다.

박상민은 고난의 원인에 대한 무지(無知)와 기만(欺瞞)의 양상에 따라 몇 가지로 분류한다. 악(惡)의 상징을 통해 서로 다른 시공간의 고통을 현재화하며, 타인의 고통을 자기화하고 이를 통해 도덕의 새로운 국면인 사회의 존속을 위한 집단적 규율을 뛰어넘는 보편적 윤리의식의 획득을 경험하게 된다고 주장한다. '악의 상징'을 주제로 악을 고난과 연결한 부분은 주목할 만하다. 뿐만 아니라 타인의 고통을 자기화하여 윤리의식을 획득하는 데로 나아간다는 분석은 탁월하다.[19] 하지만 타인의 고통이 자기화 되기 위한 전제조건은 간과 되었다. 타인의 고통을 받아들이려면 자아는 타자와 분리된 존재이어야 한다는 점이다.

오혜진은 전근대와 근대가 착종, 충돌하던 우리 근대사를 여성이라는 주체를 내세워 극복, 또는 좌절하는 모습을 천착하면서 서희가 '이기적인 주체'에서 '윤리적인 주체'로 변신하고 있다는 점을 분석해냈다.[20] 이러한 분석은 서희의 성격에 집중함으로써 서희가 타자와 어떻

---

18) 백지연, 「근대체험의 이중성과 여성주체의 신화−박경리 장편소설 『토지』」, 『미로 속을 질주하는 문학』, 창작과비평사, 2001, 188쪽.
19) 박상민, 앞의 글.
20) 오혜진, 「전근대와 근대의 교차적 여성상에 관해−박경리의 『김약국의 딸들』 『시장

게 관계를 맺고 변화를 보이는지를 간과했다. 주체와 타자의 관계에 대한 천착은 서희의 윤리적 주체로의 전환에서 중요한 부분이다. 또한 주체적 여성인물만 다룸으로써 서사의 주요 줄기가 되는 남성인물은 빠져있다.

세 번째, '윤리'라는 테마로 접근되는 논의는 이상진이 『토지』를 모성으로 읽으면서 생명사상과 연결시킨 부분과, 생명사상을 박경리의 윤리의식으로 연결시킨 부분을 들 수 있다. 「『토지』에 나타난 가족문제와 모성성」의 논의에서 모성성을 도덕적 관점과 연결시킨 부분이다. "제 아들의 생명을 위해 적의 아들을 죽이는 것이 아니라, 살리는 모성이 바로 생명의 완성이다."[21]라는 이야기를 모성으로 읽으면서 생명사상에 접목시킨다. 「박경리 『토지』에 나타난 유교가족윤리의 해체양상과 그 지향점」에서는 "『토지』의 후반부를 통해 강조되고 있는 생명사상은 바로 우리의 전통으로부터 발견한 대안으로서 작가의 윤리적 지향점"[22]이라고 밝히고 있다.

일제 식민지시기에 해방이 목전에 닿은 『토지』의 완결편에서 일본으로 징용에 끌려갔다가 간신히 도망쳐 나온 홍석기라는 청년이야기가 나온다.[23] 일본에서 도망쳐 나와 조선에 와서는 몽치의 도움을 받아서 어업에 종사하게 되고 작품의 말미에는 지리산으로 도피한다. 조선에서의 도움의 손길은 차치하고 홍석기가 지뢰밭같은 일본에서 무사귀환

과 전장』『토지』를 중심으로」, 『국제어문』 제47집, 2009. 12.
21) 이상진, 「『토지』에 나타난 가족문제와 모성성」, 『여성문학연구』 통권3호, 한국여성
문학학회, 2000. 6, 170쪽.
22) 이상진, 「박경리 『토지』에 나타난 유교가족윤리의 해체양상과 그 지향점」, 『현대소
설연구』 제20호, 한국현대소설학회, 2003. 12, 342쪽.
23) 박경리, 『토지』 16권, 솔, 1994, 202~207쪽.

할 수 있었던 것은 일본인 할머니의 도움으로 가능한 것이었다. 할머니는 아들이 징병에 끌려나가 아들의 무사귀환을 바라는 의미에서 홍석기를 적극 돕는다. 이는 '자국', '타국'을 떠나서 모성성을 보이는 예라고 할 수 있다.

정호웅의 윤리성 고찰도 주목할 만하다. 정호웅은[24] "역사소설의 면모를 제대로 갖추지 못한" 것에 비판적인 시선이긴 하지만 "최씨 집안의 흥망성쇠에 지나친 무게중심이 놓여 있으며 이를 일관하여 윤리적, 심리적, 운명론적 차원에 편향된 시각으로 그려내고 있는 점"을 지적한 바 있다.

이러한 주제적 연구는 필자가 주목하는 연구의 접근과 유사한 방향이지만 주체의 윤리적 측면은 간과하고 있다. 또한 주체와 타자의 관계 속에서 주체의 주체성의 확립이나 타자의 타자성의 존중에 대한 고찰에 접근하지 않았다. 때문에 이 책에서는 타자의 형상에 따른 주체의 관계 맺음의 양상을 통해 윤리적 주체의 확립에 접근해보고자 한다.

타자(他者)에 관련된 연구는 타자성에 관한 연구,[25] 타자인식·타자의식[26]에 관한 연구로 크게 양분된다. 전자는 내재성을 가진 타자의

---

24) 정호웅, 「『토지』론」, 조남현 편, 『박경리─한국문학의 현대적 해석』, 서강대학교출판부, 1996. 148쪽.
25) 박혜련, 「황순원 소설에 나타난 타자성의 윤리 연구」, 서울시립대학교 석사학위논문, 2004. 2; 장보영, 「서정인 소설의 타자성 연구 : 대화 양상을 중심으로」, 이화여자대학교 석사학위논문, 2009. 8; 구재진, 「최인훈 소설에 나타난 타자화 전략과 탈식민성 : <총독의 소리>를 중심으로」, 『한중인문학연구』 제13집, 한중인문학회, 2004. 12; 송지연, 「욕망의 윤리적 소통 : 이청준의 소설과 소설론에 대한 인간학적 접근」, 『한국문학이론과 비평』 제46집 14권 1호, 한국문학이론과 비평학회, 2010. 3; 이원동, 「주체의 시선과 타자 경험의 정치학 : 이석훈 소설의 내적 논리」, 『어문학』 제112호, 한국어문학회, 2011. 6.
26) 안서현, 「황순원 소설에 나타난 타자 인식 연구」, 서울대학교 석사학위논문, 2008;

타자성(他者性)에 주목하여 작품을 분석하는 방법으로 주로 쓰인다. 후자는 작품에서 형상화 되는 타자를 작가의 타자인식, 즉 작가 의식 규명을 위한 독해의 방법으로 접근한다.

첫 번째, 소설에서 타자성에 관한 연구를 살펴보자. 장보영은 서정인 소설에서 "균열된 외부에 대한 불확실성과 혼란상을 '타자성'이라는 키워드를 통해 '생성'과 '소통'으로" 독해하고 있다. 여기에서 언급되는 타자성은 "동일자의 경험에 의해 동화되도록 허용하지 않는 절대적으로 낯선 익명의 모든 것을 가리키는" 것이다. 이는 인식의 대상이 아니라 '응답을 요구하는' '존재론적 관계'를 나타내는 것으로 주체는 타자성을 가진 타자의 응답이나 요구에 반응을 보인다.

이원동은 이석훈 소설에서 일제강점기 소설을 중심으로, '민족주의'에서 '일본주의'로 전환하는 과정에서 '타자 경험'이 어떻게 드러나는지를 고찰한다. 이때 타자는 시선의 객체가 되는 경험을 말하는 것으로 권력의 중심에 있는 주체의 시선에 드러나는 상대적 약자인 타자이다. 이를 통해 일제강점기 조선인 남성의 이중적 지위를 살펴보고 있다.

구재진은 최인훈 소설 「총독의 소리」에서 한국 역사에서 나타나는

정실비, 「이효석 소설에 나타난 타자 인식과 모방 양상 연구」, 서울대학교 석사학위논문, 2008; 이택권, 「이청준 소설 연구 : 주체와 타자 인식 양상을 중심으로」, 서울시립대학교 석사학위논문, 2000. 8; 한주연, 「이청준 소설에 나타난 주체의 윤리 연구」, 이화여자대학교 석사학위논문, 2011. 8; 이지하, 「주체와 타자의 시각에서 바라본 여성영웅소설」, 『국문학연구』 제16호, 2007. 11; 조 별, 「정현종 시의 타자의식 연구 : 초기 시를 중심으로」, 성신여자대학교 석사학위논문, 2008; 구명숙, 「마종기 시에 나타난 경계인 의식과 죽음 의식」, 『한민족문화연구』 제36집, 한민족문화학회, 2011. 2; 이덕화, 「한말숙의 『아름다운 靈歌』에 나타난 타자윤리학」, 『새국어교육』 제86호, 한국국어교육학회, 2010. 12; 신진숙, 「박봉우 시의 공간 구조와 타자의식 고찰」, 『비교문화연구』 제13권 제1호, 경희대학교 비교문화연구소, 2009. 6.

식민성의 문제를 스스로 타자화 함으로써 자신의 내부에 존재하는 식민성과 타자성, 위기의식을 짚어보는 방법론을 통하여 현실 사회에 대한 비판과 역사의 방향에 대한 모색을 시도했음을 고찰하고 있다. 식민지 지배체제의 우두머리인 총독의 시각에 의해서 스스로를 타자화 시킴으로써 한국의 내부에 존재하는 식민성을 드러내고, 성찰과 비판을 통해 주체화를 모색하고 있다.

박혜련은 황순원 소설에서 타인과 신으로서의 타자 관계에 주목하여 에로스, 부자 관계, 신과의 관계 측면에서 분석하고 있다. 이를 통해 작가는 윤리적 주체의 자유로운 애정관을 긍정적으로 그리고 있지만 그 속에 실상 여성의 욕망을 금기시하는 모순을 가지고 있다고 지적한다. 그리고 가족사적 문제를 비판적으로 바라보는 안목이 있지만 그 속에서 어머니를 부정적으로 묘사함으로써 여성에게만 유교적 윤리의 잣대를 적용하였다고 비판한다. 또한 윤리적 책임의식이 모성성 혹은 모성 지향성을 가진 사람에게서 발견되고 대속으로 책임의식이 소멸되는 것이 아니라고 역설한다. 타자를 향한 열망의 근원으로서의 책임의식과 모성성을 통해 작가가 역사적 현실에 대한 초월성과 시대적 한계를 가지고 있음을 발견할 수 있다고 말한다.

두 번째, 소설에서 타자인식·타자의식에 관한 연구는 다음과 같다. 한주연은 이청준 소설에서 내재성을 가진 타자에 의해 주체는 타자의 고통에 대한 책임을 지는 윤리적 존재로 새롭게 정립됨을 분석하고 있다. 이를 통해 작가 자신의 소설쓰기 작업에 잠재되어 있는 윤리적 태도에 대한 반성과 자기 구제의 몸짓으로서의 글쓰기를 넘어 타자를 위한 글쓰기로 이행하는 과정을 보여준 것이라고 작가의식을 살핀다.

이택권은 이청준 소설에 나타난 주체의 타자 인식 양상을 통해서 주체 형성의 원리가 되는 타자, 즉 아버지와 어머니, 무의식에 대해 주체는 어떻게 형상화 되는지 살핀다. 또한 주체를 상징적인 질서 안에 고착시키는 사회 구조가 주체를 어떻게 관리·지배하는지, 주체의 의식이나 상징적 질서 안에 완전하게 포섭되지 않는 욕망 대상으로서의 타자가 어떻게 나타나고 있는지 주목한다. 이때 타자는 주체를 형성시키고 긍정적인 방식으로 주체에게 영향을 미치기도 하지만, 반대로 주체를 억압하고 지배하는 대상이 될 수도 있다. 또한 주체의 욕망을 끊임없이 일깨우는 욕망 대상은 상징적인 질서 너머에 존재하는 미적인 승화의 체험을 안겨줄 수도 있다고 분석한다.

안서현은 황순원 소설에서 근대 주체중심주의에 대한 반성적 입장에서 출발한 현대의 타자 담론에 입각하여 황순원 소설에 나타난 타자 인식의 특수성(약자로서의 타자)을 분석한다. 황순원은 타자의 형상화 방식과 중심인물이 타자와 맺는 관계의 양상인 환대와 책임을 통하여 윤리적 타자성의 태도를 견지하고 있으며, 현실의 부정적 측면을 우회적으로 드러내거나 근대적 사유구조의 폭력적 자기중심성을 비판하고 있다고 밝힌다. 이는 소설에서 나타나는 구체적인 타자 인식의 변화를 통해 작가가 한국전쟁 체험 이후 강화된 작가의 역사에 대한 성찰적 태도를 반영한 작가의 내적 변모양상을 살피는 작업이 된다.

정실비는 이효석 소설에서 주체는 고정된 실체로 나타나지 않으며, 자기와는 다른 '이질성'과 만나면서 다른 것이 되어가는 모방의 양상을 띤다고 분석한다. 주체가 자기유지를 고수하지 않고 적극적으로 타자와 동화하려는 모방의 양상을, 자연 모방, 서구 모방, 조선적인 것의 모방으로 나누어 살핀다. 이러한 모방을 통해 인간과 자연, 서구와 비서구, 식민 지배자와 피지배자의 관계를 재배치해 나가는데 이는 모든 것이 조화롭게 관계 맺는 시적인 세계에 도달하고자 하는 작가적 지향을 보인다고 분석한다.

앞에서 살펴본 바와 같이 타자성에 대한 천착이나 타자인식·타자의식에 대한 고찰은 작품에 등장하는 주체를 타자와의 관계에서 사유하게 함으로써 주체에 대한 해석의 지평을 확장한다. 또한 타자를 드러내는 방법을 통해서 작가의식에 대한 규명도 가능하게 한다.

3. 독해의 방법과 초점

타자(他者, the other)와 타자성(他者性, alterity)에 대한 사유는 서양 전통 철학의 비판에서 비롯되었다. 서양 전통 철학은 사물의 의미를 그것이 들어 있는 전체 속에서 파악하려는 전체성의 철학으로, 타자는 동일자에 환원되고 지배되기 때문에 고유성을 갖지 못하고 종속적인 존재에 지나지 않았다. 타자를 전체성 속에서 파악하는 이 같은 사유구조로 인해 타자를 권력으로 지배하고 폭력을 행사하는 사건들은 정당화 되어 왔다. 이에 대한 비판에 의해 타자에 대한 의미가 새롭게 사유되었다. 타자를 주체에게 환원하지 않고 타자를 타자성을 가진 타자로 인정하며, 타자에게 지배와 폭력을 행사하지 않으려면 주체는 어떻게 해야 하는가? 이에 대한 독창적인 철학을 제시한 철학자가 레비나스이다. 레비나스는 고유한 타자가 고통받는 얼굴로 동정과 연민을 호소하며 주체

앞에 나타나면, 주체는 타자의 윤리적인 요청에 즉각 응답하고 책임을 짐으로써 윤리적인 주체가 될 수 있다고 말한다.

주체가 윤리적인 책임감을 느끼게 하고, 이기적인 주체에서 윤리적인 주체로 만들어 주는 타자는 누구이며 타자성은 무엇인가? 레비나스에 따르면 타자성은 주체로 환원될 수 없으면서 주체와 비대칭적인 관계에 놓인 존재이고, 타자는 고아나 과부, 빈자나 약자이다.27) 주체에게 약자로 나타나는 타자는 약자이기 때문에 주체가 지배할 수 있는 타자가 아니라, 주체도 절대적으로 알 수 없는 절대적인 타자이다. 이때 타자는 타자의 내재성을 가지고 있으며 주체는 주체의 내재성을 가지고 있다. 주체의 확립, 즉 분리(홀로서기)는 자아가 윤리적 관계를 가질 수 있는 전제이다.28) 자아는 결정적으로 하나인 그런 존재(existence) 속에 갇혀 있다.29) 주체는 시간과 공간 안에 구체적인 물질(신체)의 모습으로 홀로 분리 되어 있는 존재이므로 고독하지만 자유롭다.

그러한 단독자로서의 주체는 고통스러운 얼굴을 하고 동정과 연민을 호소하며 주체 앞에 현현한 타자를 대면하게 된다. 주체에게 타자의 얼

---

27) 레비나스에 따르면 타자성은, 우리의 사회적 관계의 특징이라 할 수 있는 타자와의 관계 한 복판에서 이미 비상호적 관계로, 즉 동시성과 정반대의 관계로 모습을 드러낸다고 한다. 타인으로서의 타인은 단지 나와 다른 자아가 아니다. 그는 내가 아닌 사람이다. 그가 그인 것은 성격이나, 외모나 그의 심리 상태 때문이 아니라 오직 그의 다름(他者性) 때문이다. 그는 예컨대 약한 사람, 가난한 사람, <과부나 고아>이다.(레비나스, 강영안 옮김, 『시간과 타자』, 문예출판사, 2004, 101쪽.)

28) 레비나스는 나의 나됨, 즉 나의 '자기성'의 성립 없이 윤리적 관계는 가능하지 않다고 한다. '관계'란 개념 자체가 벌써 어느 하나로 환원될 수 없는 두 항의 '분리'를 전제한다. 레비나스는 자기성의 성립, 또는 개체성의 성립 없이는 타인의 영접과 타인에 대한 책임지는 윤리적 관계가 가능하지 않다고 본다.(강영안, 『주체는 죽었는가』, 문예출판사, 1996, 24쪽.)

29) 레비나스, 서동욱 옮김, 『존재에서 존재자로』, 민음사, 2003, 143쪽.

굴30)이 인식 가능한 현상이 아니라 현현31)으로 다가온다. 주체가 인식할 수 없고 주체에게로 환원할 수 없는 타자의 얼굴의 현현은 주체가 자기중심적인 이기적 삶을 벗어날 수 있게 해 주는 윤리적인 힘이다. 벌거벗고 고통스러운 얼굴로 현현한 타자를 주체는 소유할 수도 지배할 수도 없기 때문이다.

절대적 타자성으로 나타나는 타자와 자아가 윤리적으로 관계 맺는 방식은 타자를 향한 열망과 타자에로의 초월이다.32) 열망과 초월의 반대편은 동화와 통합, 욕망이다. 타자를 나에게 동화시키거나 통합시키려 하지 않고 나와 다른 타자의 요구와 요청에 응답한다. 이러한 주체와 타자의 관계에서 주체는 타자에게 윤리적인 책임을 보이는데, 이는 나의 주체성을 확립하도록 이끈다. 타자와의 관계를 통해 주체는 윤리적 주체성을 획득하는 것이다. 윤리적인 책임은 타자의 죄까지도 대속한다.

대속은 형식으로 보면 자리 바꿈, 또는 '자리 바꿔 세움받음'이지만 그 내용을 보면 타인의 책임 또는 죄책을 내가 대신 짊어지고 고통 받

---

30) 레비나스는 "얼굴의 현현은 일종의 윤리적 호소"라고 말한다.(강영안, 『타인의 얼굴 : 레비나스의 철학』, 문학과지성사, 2009, 35쪽.)
31) 현상(現象)이 동일자의 의식의 대상으로 나타난다면, 현현(顯現)은 동일자의 의도와 무관하게 타인이 그 스스로 벌거벗은 얼굴로 보여주는 것이다. 다시 말하면, 현현은 향유의 직접적 감성에 의지하여 그 스스로 보여주면서 나타나는 것이고, 현상은 현상적 의식의 대상과 관련된 개념이다.(김연숙, 앞의 책, 120쪽.)
32) 레비나스는 『전체성과 무한』의 '형이상학적 초월'에서 초월(transcendance)을 동일자와 타자 사이를 이어주는 개념으로 설명한다. 그에게 철학의 문제는 동일자와 타자의 관계에 관한 것이다. 이 같은 관계의 궁극적인 지평이 초월이다. 그러므로 동일자와 타자의 관계는 거리·분리·초월 등의 개념으로 설명된다. 형이상학 또는 초월은 외재성에 대한 열망에서 인식된다. 열망(désir)은 타인의 다름을 존중하며 자아에 의해 다해질 수 없는 타인의 무한 의미를 대하는 방식이다. 타인의 다름을 열망하는 태도에서 타자에로의 초월은 가능해진다.(김연숙, 위의 책, 110쪽.)

음으로써 그것을 대신 속죄 받는다는 뜻이다. 타인에 대한 나의 책임은 그러므로 '대속적 책임'이다.[33] 이 책임은 내가 타인으로부터 선택받은 것임으로 다른 사람이 대신해 줄 수 없다. 오직 나만이 대속적 책임을 짊어짐으로써 나는 대속적 책임의 이행을 통해 고유한 나의 위치를 확보한다. 여기서 레비나스는 '박해의 상처 속에서 박해자에 대한 분노로부터 책임으로 이행하는 것'이라고, 고통으로부터 타자에 대한 속죄로 이행함으로써 주체가 육화됨을 설파한다. 이때 레비나스의 논의를 참고하여 또 하나의 타자를 상정할 수 있다. 주체를 억압하며 고통을 가하는 억압적 타자, 즉 권력자 혹은 주체의 저항 대상으로서의 타자를 박해자라고 할 수 있다.

레비나스는 제2차 세계 대전의 체험으로 말미암아 주체 중심의 서구 형이상학이 전체성의 폭력으로 타자를 어떻게 배제하는지 목도했다. 근대적 사유방식은 주체중심주의로 주체에게 타자를 환원시킬 수 있으며 주체의 의지대로 타자를 흡수하고 지배할 수 있다는 것이다. 이러한 사유구조로 인해 세계대전이라는 전쟁이 발발하고 끊임없이 주체는 타자를 종속시키려고 하기 때문에 식민지가 양산된다. 그래서 일제식민지 조선인은 이등국민이라는 일본의 배타적 폭력성 속에 노출되어 있었다. 이에 대해 레비나스는 타자에 대한 주체의 인식의 변화를 통해 근대적 주체성에 대한 대안을 제시한다. 타자를 주체가 환원하거나 배제하는 방식이 아닌 내재성을 가진 주체와 내재성을 가진 타자가 관계를 가짐으로써 타자로 인해 주체가 '윤리적' 주체로 확립될 수 있음을 역설한다.

---

33) 강영안, 앞의 책, 187쪽.

데리다의 환대 개념도 레비나스의 윤리적 주체에 대한 논의와 동일 선상에 있다. 주인의 집 밖에서 들어온 손님을 환대함으로써 주인은 비로소 주인의 자리에 서게 된다. 그러나 이때 집 밖에서 들어온 손님이 악한이어도 그리고 법을 어긴 범죄자여도 이를 환대함으로써 자신이 이로 인한 고통을 감수하면서 주체를 곤고히 세우게 된다. 환대의 법을 '도덕'이나 어떤 '윤리'보다 높은 곳에 위치시킬 수도 있는데 롯과 그의 딸들에 관한 이야기가 그러하다. 롯이 집에 온 손님을 보호하려고 손님을 해롭게 하기 위해 찾아온 마을 악한들에게 대신 자신의 딸을 내어줄 테니 손님들에게는 아무 짓도 하지 말라고 한다. '손님들을 유숙시키는 사람으로서 손님들의 안전에 책임'을 지는 극단의 조처라고 하겠다. 이는 무조건적 환대로써 손님을 주인의 법에 맞게 선택적으로 맞는 조건적 환대와 달리 자신이 희생하면서까지 손님을 대접하는 것이므로 주인을 윤리적 주체로 만든다.

포옹은 이리가레의 포옹 개념이다. 포옹은 자신과 타자를 감싸안는 것이다. '타자의 타자'로서 가부장제 사회에서 자신을 노출시킬 수 없는 여성이 포옹을 통해 자신의 정체성을 찾는다. 이는 동일자의 타자로서가 아니라 '타자의 타자'로서 여성이 자신의 자리를 찾는 것이다. 이때 타자로서의 대상을 나에게로 흡수하는 형태가 아니라 타자에게 흡수되는 형태이다. 때문에 이리가레의 타자도 타자성을 상실하지 않으면서 감싸안는 것이므로, 이때 타자로 인해 정체성을 찾은 여성도 윤리적인 주체라고 볼 수 있다.

『토지』에서 인물을 통해 나타나는 타자의식의 고찰은 작가의 타자의식[34]과 동궤에서 시작한다. 박경리의 문학관에서 박경리의 타자의식을 엿볼 수 있다. "'나'와 세상(대상)은 단절되어 있다는 인식과 '나'는 대상 없이 존재할 수 없다는 인식"이 모순인 것 같지만 이는 레비나스가 '인간을 안으로 향하여 자기중심적 내면성을 유지하는 존재인 동시에 밖으로 향하여 타자를 향한 존재'라고 규정한 것과 통한다. 주체나 타자가 각기 자신의 내면성을 가진 분리된 존재로서 서로 관계를 맺는 것을 의미한다. 이는 주체가 타자와 윤리적인 관계를 갖기 위한 전제가 되는 것이다.

박경리에게 타자는 '알지 못할 것'이기 때문에 신비하고 악의 얼굴을 하고 있을 때조차 연민을 불러일으키는 존재다. "흔히 '벌레만도 못하다' '짐승만도 못하다'고들 하는데, 삶의 진실을 생각할 때 확실히 그런 사람이 없지도 않습니다. 그런 사람들의 얼굴에 나타난 범죄의 자국을 볼 때 실로 연민을 금할 길이 없습니다."[35] 작가가 인식하는 타자는 타자성을 가진 타자로서 주체가 어떻게 할 수 없는 존재이며, 주체는 고통스러운 얼굴을 하고 오는 타자에게 연민을 느낀다. 연민은 타

---

34) 박경리, 『문학을 사랑하는 젊은이들에게』, 현대문학, 1995년, 71쪽.
　　김연숙, 앞의 책, 216쪽.
35) 박경리, 위의 책, 73~81쪽.
　　연민에 대해서 박경리는 다음과 같이 정의한다. "사랑이라는 것이, 가장 순수하고 밀도도 짙은 것은 연민이에요, 연민. 연민이라는 것은 불쌍한 데에 대한 것 말하자면 헐덕이고 못 먹는 것에 대한 것, 또 생명이 가려고 하는 것에 대한 설명이 없는 아픔이거든요. 그것에 대해 아파하는 마음, 이것이 사랑이에요. 가장 숭고한 사랑이에요. 또 하나는 사랑은 뭐를 해야 하느냐. 길러주는 게 사랑이에요. … 농부도 뭐를 길러주는 사람, 길러주는 마음이 사랑의 근원이라고 생각합니다. … 유지시켜 주는 것, 우주 또는 지구의 생명들의 지속성을 가지게 하는 거. 그런데 그 속에서 그 생명들이 순탄하지 못할 때, 어떤 생명이든 간에-자기 애인의 생명이든 부모의 생명이든 자식의 생명이든 우리집에서 기르는 닭이든-모든 것이 순탄하지 못할 때 솟아나는 연민, 그게 나는 사랑이라고 생각해요."(박경리, 『가설을 위한 망상』, 나남, 2007, 287~288쪽.)

자의 고통을 외면할 수 없는 마음이며, 타자에 대한 책임(길러주는 마음)으로 나아가는 마음이다. 이와 같은 박경리의 타자를 바라보는 관점을 통해서 박경리가 삶과 문학에서 근대적 자아의 모습인 자기중심성에 대해 비판적 견해를 가지고 있음을 인지할 수 있다. 이는 타자를 타자성을 가진 고유한 존재로 받아들이고 윤리적 관계를 중요시했음을 의미한다.

이것은 박경리가 『토지』를 창작하는 동기가 된[36] 풍요한 대지에 무르익은 곡식을 '베어 먹을 사람이 없었다'는 암담한 전경에 대한 강렬한 인상을 작품의 모티프로 끌어오면서 변주하는 양상을 통해 확인할 수 있다. 작품에서는 못 먹어서 죽음을 코앞에 둔 자식 일곱을 데리고 과부가 최참판댁 문전 앞에서 구걸을 하지만 거절을 당하자 '믹일 기이 없어서 자식새끼 거나리고 나는 저승길을 갈 기다마는 최가놈 집구석에 재물이 쌯이고 쌯이도 묵어줄 사램이 없을 긴께, 두고 보아라!'는 저주로 시작된다. 굶주린 타자에게 주체가 책임을 보이지 않음으로써 주체에게 돌아온 저주, 그리고 그 저주로 인해 주체가 타자를 새롭게 받아들이고 자신을 성찰하는 계기를 마련한다. 때문에 이는 타자에 대한 윤리적 책임의 강조로 작품을 접근, 독해 가능하다. 작가는 주체와 타자가 대치하는 치열한 전쟁의 시대에 주체가 타자와 어떻게 공존할 것인가에 대한 질문을 제기하는 것이기도 하다. 나아가 약자인 타자 외에

---

36) "문단에 나오기 전에 외가의 먼 친척뻘한테서 들은 이야기가 하나 있었습니다. 즉 어느 시골에 말을 타고 돌아다녀야 할 정도로 광대한 토지가 있어 풍년이 들어 곡식이 무르익었는데도 호열자가 나돌아 그것을 베어 먹을 사람이 없었다는 거예요. 이 <베어 먹을 사람이 없었다>는 말이 나에게 강렬한 인상을 남겼어요."(김치수, 『박경리와 이청준』, 민음사, 1982, 165~166쪽.)

도 박해자인 타자와는 어떻게 공존할 것인가에 대한 문제 제기를 한다.

인간의 폭력성의 극단을 보여주는 전쟁과 전쟁으로 인한 식민 상황은 동일성의 논리가 인간성을 말살하여 인간의 본성에 대한 의문을 제기하는 사건이다. 『토지』의 시대적 배경이다. 조선은 일본 제국주의의 압박 속에서 인간적인 삶을 영위할 수 없었다. 이러한 상황 속에서 조선인들은 어떻게 자신의 정체성을 찾고 자신들의 존엄을 주장했는지 살펴봄으로써 인간의 삶에서 가장 극단의 고통의 순간에 인간으로 살아남을 수 있는 대안에 접근해보고자 한다. 이를 위해 본 연구에서는 타자의 형상화 방식과 중심인물과 타자와의 관계 맺는 양상을 살펴보고, 이를 통하여 『토지』의 특질을 규명하고자 한다.

이는 주체를 상실한 시대에 어떻게 주체를 찾을 것인가에 대한 질문에서 시작한다. 동일자의 논리 속에서 동일자의 타자인 조선의 입장에서는 조선과 조선인의 주체를 찾는 일은 암담하다. 이에 박경리가 제안하는 것은 타자를 통한 주체의 생성이다. 자아가 타자의 타자성을 인정하면서 타자를 윤리적으로 대할 때 자아는 윤리적 주체로서 자신의 정체성을 찾을 수 있다. 이는 구체적으로 타자의 얼굴의 대면, 타자의 죄를 대속, 타자를 환대, 타자를 포용함으로써 가능하다. 이를 작품을 통해 어떻게 형상화 하는지 살펴보도록 하겠다.

우선 윤리적 주체화를 가능하게 하는 타자를 주체와 관계 맺는 방식에 따라 약자와 박해자로 분류한다. 이때 약자는 레비나스가 말하는 빈자, 고아, 과부 등으로 주체에 비해서 물적·심적으로 약한 처지에 놓여 있는 타자들이다. 그리고 박해자는 레비나스가 말하는, 나를 박해한 자까지 윤리적 책임을 져야함을 강조할 때 언급되는 주체에게 물적·

심적으로 고통을 가하는 악인을 통칭하는 의미로 쓴다. 박해자는 불청객으로 주체에게 오기도 하고, 주체를 억압하는 세력이나 사람으로 있기도 하며, 가까운 곳에서 주체를 억압하는 박해자 가족의 모습이기도 하다. 약자와 박해자의 모습을 한 타자와 주체가 관계를 맺으면서 타자로 인해 주체가 어떻게 변모하고 자기 자신을 극복하여 정체성을 찾아가는지 살펴볼 것이다.

소설에서 약자인 타자와 관계된 주체는 유교적 이념을 가진 양반과 농민이라는 신분적 주체이다. 이때 타자는 주체에게 상대적으로 약자인, 사회적 신분이 미천하거나 가난한 자들이다. 즉, 약자로서의 타자는 사회적 약자라고 할 수 있다. 신분적 주체가 약자인 타자와 관계를 맺음으로써 윤리적 주체로 변모한다. 이는 초기 식민화 과정에서 유교 이념의 해체 즉, 조선사회의 동일성의 사고 구조를 허물고 타자와 진정한 관계를 맺게 되는 지점이라고 할 수 있다. 이러한 주체의 변모 양상을 세대의 서사를 통해서 살펴보도록 한다. 이를 통해 작품에서 삼대서사가 주는 의미를 도출할 수 있을 것이다.[37]

다음으로 박해자하는 타자와 관계된 주체는 민족-친족-가족에게 억압당하는 개인, 성적 정체성을 찾으려는 신여성, 동일자의 세계에서 배제된 불구자이거나 기준치에 미달된 자들이다. 이때 타자는 주체에게 차별적 고통을 가하는 박해자인, 민족-친족-가족이라는 집단과 신여성을 억압하는 억압자와 신체적 불완전성을 비난하는 차별자들이다. 즉, 박해자로서의 타자는 문화적 박해자라고 할 수 있다. 억압과 차별로 고

---

37) 삼대서사는 현재에서 미래로, 유한에서 무한의 서사로 초점을 맞추어 주체와 타자가 세대를 통해 관계함으로써 미래 사회를 열어 놓는 것이다.

통을 당하는 주체가 박해자인 타자와 관계를 맺음으로써 정체성을 확립하고 자기 극복에 도달한다. 이는 극한의 고통 속에 있는 주체가 박해자가 가하는 이중의 고통을 통해 타자와의 진정한 공존을 고민하며 자기 극복에 이른 것이다. 이러한 주체의 자기 극복을 양상을 환대, 포옹, 대속을 통해서 살펴보도록 한다.

이 책에서는 이상과 같은 타자의 이중적 형상화 즉, 약자로서의 타자와 박해자로서의 타자로 인해 주체가 변화와 자기극복을 통해서 윤리적 주체로 거듭남을 두 개의 장으로 나누어서 분석한다. 제3장은 본론의 첫 장으로 약자로서의 타자를 통해 주체의 변모 양상을 살펴볼 것이다. 이를 통해 작가가 『토지』에서 자기중심적인 주체[38]가 타자[39]의 고통을 수용하는 윤리적인 주체로의 변모를 어떻게 구현하는지 알 수 있다. 이때 주체는 자기 중심적, 이념 중심적, 계층 중심적 인물로 변별하여 접근한다. '네가 많으냐, 내가 많으냐'의 소유의 문제, '네가 맞느냐, 내가 맞느냐'의 가치의 문제, '네가 위냐, 내가 위냐'의 우월감의 문제이다. 소유, 가치, 우월감 등으로 자기 중심적이며 자기 존엄적인 인물들이 가난한 자와 미천한 자들로 인해 어떻게 변모하는지 살펴볼 것이다.

제4장에서는 박해자로서의 타자를 통해 주체의 자기 극복 양상을 살

---

38) 주체와 다른autre 자(타자)는 오로지 주체의 표상 활동의 매개를 거쳐 주체의 지평 위에 종속되는 한에서만 존립할 수 있다고 보는 것이 근대적 주체성의 본성이다.(서동욱,『차이와 타자』, 문학과지성사, 2000년, 16쪽.) 레비나스가 제시하는 주체의 개념은 표상 활동을 통해 타자를 자기의 지평 위에 종속시키는 제국주의적 주체가 아니라 오히려 타자의 도래를 통해 비로소 탄생하는 주체이다.(같은 책, 25쪽.)
39) 본 논문에서 다룰 레비나스의 타자는 약한 사람, 가난한 사람, <과부나 고아>이다. 그리고 나그네(이방인)도 포함한다.(레비나스, 앞의 책, 101쪽.)

핀다. 이때 주체는 전체성의 폭력에 지배당하는 개인, 젠더적 억압에 고통받는 신여성, 신체적 결함으로 인해 박해받는 불구자로 대별되는 인물로 변별하여 분석한다. 박해자로서의 타자로 인해 정신적·육체적 고통을 겪으면서 주체가 자기를 극복하는 것은 세 가지 양상-환대, 포용, 대속의 개념으로 접근한다. 이 장에서는 박해자의 행위에 의해 야기되는 주체의 체험을 고통으로 해석한다.

1. 타자의 개념 및 인식의 변화

서양 전통 철학에서 타자는 의식을 가진 자아가 인식의 대상으로써 주어진 존재로 받아들였다. 자아가 타자와 관계 맺는 방식을 스스로 설정하기 때문에 자아는 타자를 직접 경험할 수 없고 간접적으로 경험할 수 있는 타자에 대한 개연적 접근에 머물렀다. 이는 자아를 유아론에서 벗어날 수 없게 할 뿐 아니라 타자에 대한 진정한 이해에도 접근할 수 없다. 이로 인해 자아는 전체성의 구조에서 타자를 억압하고 동일화하는 결과를 초래한다. 이에 대한 비판으로 타자에 대한 인식의 전환이 일어난다. 여기에서는 타자 인식에 대한 변화를 주요 철학자를 통해 살펴보고자 한다. 칸트의 관념론에서 실재론, 후설과 하이데거, 사르트르와 레비나스, 포스트구조주의자 들뢰즈의 타자 이론을 통해 타자에 대한 자아의 인식이 어떻게 변화했는지 또 어떠한 방향으로 타자 인식의 지평이 확대되었는지에 주목한다. 아울러 데리다와 이리가레의 타자에 대한 언급도 레비나스의 이론에 관련하여 다뤄보고자 한다.

우선 칸트적인 관념론에서 보면 타자는 '나의 표상'으로 나타난다. 즉 의식을 가진 자아가 자기 앞에 대상(존재자)을 세우는 활동을 통해 대상과 관계 맺는 방식을 주체 스스로 설정한다. 그리고 실재론에서는 실재론자가 모든 것을 주어진 것으로 받아들이듯이 타자도 주어진 것으로 인식하는데, 이때 주어진 것은 의식을 가진 타자가 아니라 신체성의 타자만을 상정한다. 따라서 타자와의 교류는 타자의 의식의 인식이 아니라 감정이입(Einfühlung), 공감(sympathie) 등의 간접적인 방법을 통해 타자 존재에 대한 '개연적 인식(connaissance probable)'만을 얻을 수 있을 뿐이다. 관념론과 실재론에서는 타자의 신체적 표현이 먼저 표상 혹은 인식 대상으로 나에게 주어지기 때문에, 나는 결코 타자 존재를 직접 경험할 수 없고 공감이나 감정이입 등의 간접 경험으로 타자에 대한 개연적 이해에 그친다는 타자 이해의 한계를 가진다.[1] 결국 전통 철학에서는 타자에 대한 자아의 인식이나 자아와 맺는 외적 관계에 집중함으로써 타자의 구체적인 이해에 접근할 수 없었던 것으로 보인다.

후설에게서도 타자의 신체는 다른 대상들처럼 주어진다. 그런데 타자의 신체의 표현은 나의 신체의 표현과 유사하며, 나의 신체의 표현은 나의 의식과 연관되어 있다. 이 점을 전제로 나는 나와 유사한 표현을 하는 타자의 신체로부터 나와 동일한 의식 활동을 하는 주체로서 타자를 구성해낸다.[2] 후설의 철학에서 타자라는 존재 규명을 전통 철학에

---

1) 서동욱, 『차이와 타자』, 문학과지성사, 2000, 165~167쪽.
2) 서동욱, 위의 책, 154쪽 주석.

서처럼 신체라는 대상으로 주어진 데에서 시작하지만, 타자의 신체 표현과 자아의 신체 표현의 유사성을 들어 자아의 신체 표현이 의식과 연관되어 있음으로 타자의 신체 표현에도 의식이 연관된다고 유추한다. 이로써 타자는 자아와 같이 주체로 선다. 타자와 자아는 주체로서 상호소통 가능성을 모색해 볼 수 있다. 그러나 여기서의 타자의 주체화는 자아와 동일한 주체이다. 때문에 후설이 유아론을 극복하고자 한 바는 의의를 갖지만 타자를 내적 대상이 아니라 외적 대상으로 파악하여 자아와 동일한 주체로 구성한 데에서 유아론 극복의 한계를 본다. 이는 주체의 인식적 측면에서 타자를 구성하고자 한 후설의 타자 이론이 전통 철학에서 크게 벗어나지 못했음을 반증하는 것이기도 하다. 아직까지 자아는 타자의 내면성에 도달하지 못했다.

실재론·관념론·후설의 경우에는, 타자는 그가 나에 '대해' 존재하거나 내가 그에 '대해' 존재하는 한에서 나에게 나타나는 것으로, 나를 구성하기까지 했다. 거기서는 서로 '세계 속에' 나타나는 것이고, 서로 얼굴을 맞대고 있는 것처럼 마주 보고 있는 수많은 의식 개체의 상호적 승인의 문제였다. 이에 비해 하이데거는 인간 존재의 존재특징을 '타자와 함께하는 존재'로 파악한다. 이때 타자는 개별적인 존재가 아니다. 때문에 타인과 나의 의식의 근원적인 관계는 '너'와 '나'가 아니라 '우리'이다. 하이데거가 말하는 '함께 있는 존재'는 어떤 개별자와 다른 하나의 개별자의 명확하고 뚜렷한 대치가 아니고, '인식'도 아니다. 그것은 자신의 동료와 팀워크를 이루는 암묵의 공동존재이다. 그러나 존재론적 구조에 의해 '함께 존재한다'고 말하는 것은, 본질적이고 보편적인 자격으로 '함께 존재한다'는 말이다. 이는 개별자의 인격성,

구체성이 없이 공존하는 것이다. 존재론적인 차원에서 파악된 '함께'라는 관계 속의 타인은, 직접 마주하고 있을 때의 인간존재, 타인이 그것의 타아(他我)인 인간존재의 경우와 마찬가지로, 사실 구체적으로 규정될 수는 없을 것이다.3)

사르트르는 타자를 고려에 넣지 않고 살피는 한에서, 자아는 오로지 의식의 반성을 통해서밖에 출현할 수 없다고 한다. 그러나 시선을 던지고 있는 타자와의 관계 속에서 볼 때 의식은 반성을 통하지 않고도, 즉 의식의 자발적인 능력에 의존하지 않고도 자아를 출현시킬 수 있다. 시선을 통해 등장하는 타자의 의식이 수치를 발생시키고 수치는 그 수치의 대상으로서 자아를 발생시키는 것이다.4) 이제 타자는 자아의 인식의 측면에서 다른 사물들처럼 대상으로 파악되어 다른 사물들과 변별점이 없으며 개연성을 가진, 자아의 발생에 무관한 외적인 관계·인식적인 관계가 아니다. 타자는 자아의 탄생에 필연적으로 개입하기 때문에 내적 관계, 존재적 관계가 된다. 이때 비로소 타자의 확실성에 접근할 수 있다. 인식의 측면에서 타자를 볼 때는 자아의 인식의 지평에 놓인 타자, 자아의 인식의 범위에 한정된 타자여서 타자의 확실한 출현과 의미를 알지 못했다. 그러나 자아가 타자의 출현과 필연적인 관계를 가질 때 타자의 존재는 확실성을 부여받는다. 이는 '나는 생각한다. 고로 존재한다'는 코기토의 내적 요소를 타자를 이해하는 데 대입함으로써 서양 철학이 극복하지 못했던 유아론의 극복이라는 의미도 갖는다. 타자가 출현하는 형태는 타자의 시선을 통해서이다. 이때 타자의 시선을

---

3) 사르트르, 정소성 옮김, 『존재와 무』, 동서문화사, 1994, 419~423쪽.
4) 서동욱, 앞의 책, 186~187쪽.

받은 자아는 타자의 대상이 된다. 대상 자아는 타자의 시선 속에서 수치를 느끼게 되는데, 이러한 수치를 통해서 주체가 발생한다. 때문에 주체의 속성은 인격적이다.

사르트르에게 타인이란 자기와 똑같은 개체로 자유로운 주체이며, '나'와의 관계 속에서 이루어진 인간존재이다. 내가 자유로울 때에는 상대가 물(物)이 되고 상대가 자유로운 때는 내가 물(物)이 되지 않으면 안 된다. 이것이 타자의 실상이다.[5] 하이데거의 타자 이해는 개체로 개별적으로 존재하는 것이 아니라, 세계 존재 구성에서 공동존재로 본질적이며 보편적인 자격으로 개별성을 지우고 인격을 부여받지 못한 그야말로 공존이었다. 그러나 사르트르는 타자를 개체로 보며 자아의 인식에 붙들려 있는 것이 아니라 자유로운 주체로 인식한다. 오히려 붙들려 있는 것, 대상화되는 것은 자아이다. 이로 인해 자아는 인격을 갖추지만 자유를 제한 당한다. 결국 자아와 타자의 만남은 누가 대상화 시키느냐에 따라 주인과 노예관계를 만든다고 할 수 있다. 이 말은 자아와 타자가 대칭적으로 존재하는 것이 아니라 비대칭적으로 존재한다는 것이다.

타자를 자아와 내적으로 연결시킴으로써 타자에 확실성을 부여하고, 개별적이고 자유로운 주체로 보았지만 자아와 타자의 관계를 비대칭성으로 판단함으로써 어느 한 쪽이 한 쪽을 대상화시킨다는 투쟁적 관계로 만들었다. 자아와 타자가 투쟁적 관계에 있지 않고 타자성이 훼손되지 않을 때는 타자가 형이상학적 존재로서 나에게 '상처'를 입힐 때라고 사르트르는 말한다. 타자가 타자성을 상실한다면 즉, 자아가 주인이

---

5) 사르트르, 앞의 책, 1066~1068쪽.

된다면 더 이상 타자는 없다. 서양 전통 철학에서처럼 타자는 동일자의 지평 위에 놓인 인식의 대상으로 전락하는 것이다. 이처럼 자아와 타자의 관계를 투쟁적으로 해석하는 사르트르의 사고 체계는 사회적 맥락에서 부르주아에 대한 투쟁적 관계에 대한 인지가 전제되어 있기 때문이다.

그러면 타자성이 상실되지 않은 채 타자의 모습이 나타나는 길은 무엇일까. 우선 타자는 비대상적 방식으로 나타나야 한다. 타자가 대상 혹은 신체적 표현으로 주어질 때 타자 존재는 개연성을 벗어나지 못한다. 다음으로 타자는 비인식적 대상 인식과는 전혀 다른 경로를 통해 나타나야 한다. 그리고 타자는 대상성을 매개로 하지 않고 내게 직접 현시해야 한다. 즉, 타자는 주체로서 직접 내게 주어져야 한다. 마지막으로 고전 철학에서의 타자의 대상화가 타자와의 관계를 외적 관계로만 이해한 데서 비롯한 것이라면, 이제 타자는 마땅히 나와 내적 관계를 가질 수 있는 자, 즉 나의 나됨의 규정에 개입하는 자여야만 할 것이다. 타자가 그 타자성을 상실하지 않은 채 등장하는 일은 나의 시선이 타자를 향하고 있을 때가 아니라 타자의 시선이 나를 향하고 있을 때, 즉 '내가 타자를 보고 있을 때'가 아니라 '타자에 의해서 내가 보여지고 있을 때'이다.6) 이로써 주체는 타자의 시선 속에 놓여지면서 자유에 대한 제한을 받지만 인격적 주체로 세워진다는 의미를 가진다.

사르트르에게 타자가 시선으로써 출현했다면 이와 유사하게 레비나스에게는 타자가 얼굴의 모습으로 현현한다. 타자의 시선이나 얼굴의 출현으로 인해 나는 수치를 느끼게 된다. 이 수치를 통해서 의식의 반

---

6) 서동욱, 앞의 책, 172쪽.

성 없이 자아가 탄생하게 되는데, 이때 자아는 타자의 시선이나 얼굴로 인해 자아의 자유를 제한 받지만 이기적인 존재 유지에만 힘쓰던 나를 폐기하고 타자를 타자로서 받아들이는 인격적 자아이다. 이러한 타자의 출현과 그로 인한 인격적 자아의 발생에서 사르트르와 레비나스는 의견을 같이 하지만, 타자의 속성과 인격적 자아가 타자를 받아들이는 방식에서는 차이를 보인다. 사르트르의 타자가 자아를 압도하는 시선을 가지고 있다면, 레비나스의 타자는 자아를 압도하는 얼굴이기는 하지만 부정적인 의미에서 자아를 억압하는 얼굴이 아니라 오히려 고통받는 얼굴이어서 자아에게 윤리적인 호소를 보내오는 얼굴이다. 때문에 사르트르는 자아와 타자와의 관계를 투쟁적 관계로 받아들이지만, 레비나스는 헐벗고 고통받는 타자의 얼굴로 인해 타자에 대한 윤리적 책임감을 느끼는 관계이다. 여기서 레비나스의 철학이 기존의 철학과 대별되는 확실한 경계를 긋고 있는 셈인데, 그것은 철학에 윤리적 문맥을 가져온 것이다. 헐벗고 고통받는 타자의 얼굴을 통한 윤리적인 책임감을 느끼는 주체의 출현이 바로 그것이다.

레비나스가 타자의 얼굴을 대면하면서 느끼게 되는 수치는, 타자를 살해할 수도 있는 나의 절대적 자유에 대한 수치이다. 이로 인해 나의 감성은 고통받는 타자의 얼굴의 호소를 '상처'로 이해했다. 그래서 사르트르의 비관적 타자론(타자의 노예가 됨—타자의 시선 앞에서 한계 지어진 자유를 지닌 자로서의 자아의 대상화를 '노예화'라고 사르트르는 부른다)과 레비나스의 낙관적 타자론(타자를 위해 볼모가 됨)은 서로 양분된다. 레비나스는 타자의 얼굴 앞에서 한계 지어진 자유를 지닌 윤리적 주체의 탄생을 타자를 위해 '볼모'가 되는 것이라 불렀다. '볼모가 되는 것'은 '수치 속

에서' 자유를 문제에 부치는 일이며, 타자로 인하여 '수동적으로' 주체가 탄생하는 일이다.[7]

자아가 타자를 동일자로 환원하지 않고, 타자와의 비대칭의 관계에서 수동적으로 주체를 탄생시킬 때 타자는 '또 다른 나'나 '나와 다른 자'가 아니라 나와 '절대적으로 다른 자'이다. 즉, 타자는 자아의 인식의 지평에 포섭될 수 없으며 수단화 할 수 없는 저항적 힘을 가진 자이다. 그러나 그 저항적인 힘은 공격적인 힘이 아니라 호소의 힘이다. 때문에 자아는 타자를 소유하거나 억압하지 못하고, 타자의 윤리적인 호소에 책임감을 느끼게 됨으로써 윤리적 주체로 거듭날 수 있는 것이다. 이러한 과정은 자아의 의지로 가능한 것이 아니라 타자의 고통받는 얼굴로 가능한 것이어서 자아의 주체화는 수동적으로 주어지는 것이다. 때문에 자아는 타자의 윤리적인 호소에 무조건적으로 응답하고 책임져야 한다. 이로 인해 타자는 자아와 대칭적인 위치에 있는 것이 아니라 비대칭적인 위치에 있으며, 자아의 위에 있는 자이다. 그래서 자아는 타자를 마치 주인처럼 환대하게 되는 것이다.

이러한 타자 체험은 레비나스에게 나의 지향성의 실패뿐 아니라 저편으로 초월하고자 하는 나의 '형이상학적 욕망'을 조건으로 한다. 즉 세계 저편으로 초월하는 구원의 의미를 지닌다.[8] 여기에서 욕망은 나

---

7) 서동욱, 앞의 책, 193~194쪽.
8) 서동욱, 위의 책, 212쪽.
　　레비나스는 형이상학을 나의 바깥 혹은 나와 절대적으로 다른 자에게로 가고자 하는 사유라고 부른다. 반면 내가 세계의 주인으로서, 나의 욕망에 따라 세계를 향유 jouissance하고 관리하는 이러한 존재 양식, 혹은 나 자신에 몰두하여 끊임없이 나의 세계로 귀환하는 사유를 일컬어 '존재론'이라 부른다.(서동욱, 위의 책, 142쪽.) 레비나스는 서양 철학의 존재론 비판에서 사유를 확장시키는데, 존재론은 타자의 고유성을 인정하지 않고 나의 인식의 지평에 복속시킴으로써 전체성의 철학을 만든다는 것

의 존재 유지를 위해 대상을 소유하고자 하는 '욕구(besion)'와 다른 '욕망(désir)'이다. 레비나스가 욕구와 대비되는 개념으로 욕망이란 말을 쓸 때는 언제나, 나와 전혀 다른 자, 내가 어떤 방식으로도 규정할 수 없는 무한자에게로 가고자 하는 '형이상학적 욕망'을 의미한다.9) 이는 타자와의 초월적 관계가 가능한 사유, 곧 형이상학적 사유를 모색하는 것이다. 나와 타자의 관계를 다루는 윤리학이 그 무엇보다 으뜸이라는 것을 주장하면서 형이상학적 사유를 윤리학과 동일시하고 윤리학을 일컬어 '제일철학'이라 부른다. 레비나스가 말하는 윤리학은 아리스토텔레스나 칸트, 또는 니체나 하이데거의 윤리 사상을 그들의 이론 철학 이전에 먼저 다루어야 한다는 것이 아니라 이들 선행 철학자들에게 공통으로 깔려 있는 존재 중심적 사고를 벗어나 존재 저편, 존재와 다른 차원에서 나 자신의 고유함과 타인의 의미를 이해해보자는 것이다.10)

고통받는 얼굴로 다가오는 타자는 자아가 소유하여 지배할 수 있는 물질적 모습이 아니라 비물질적이며 초월적이다. 때문에 자아는 헐벗고 고통받는 얼굴을 통해 초월을 지향할 수 있게 되는데, 여기서의 초

이다. 이로 인해 전쟁과 같은 폭력이 행사되며 제국주의를 양산할 수 있다고 비판한다. 존재론에 묶인 자아는 폭력적이고 이기적이며, 이와 대칭에 있는 타자는 억압받는 대상으로써 소유된 타자이다.

9) 레비나스는 욕구와 욕망을 구별한다. 욕구는 대상을 향해 주체 바깥으로 나갔다가 그 대상을 주체의 향유거리, 소유물로 삼음으로써 다시 주체로 귀환하는 반면, 무한을 향한 욕망은 귀환 없이 주체의 바깥으로 초월하고자 하는 것이라고 한다. 그래서 자기에게 몰두하는 사유인 존재론을 '욕구'에, 낯선 곳으로의 초월의 사유인 형이상학을 '욕망'에 대입한다. 이 욕망은, 플라톤이 '욕망할 수 있는 최고의 것으로서 존재자들 너머에 있는 최고 선의 이데아'를 이야기했을 때의 욕망, 곧 '초월'하고자 하는 욕망이다. 때문에 레비나스의 철학은 나의 세계를 떠나 낯선 자에게로 가는 초월의 가능성에 대한 사고이다. (서동욱, 위의 책, 142~143쪽.)

10) 강영안, 앞의 책, 163쪽.

월은 두 가지의 의미를 동시에 지닌다. 하나는 자아가 자신의 욕구와 타자에 대한 지향적 인식에 대한 것을 포기하고 타자를 책임지기 위해 타자에게로 나아가는 희생적인 초월로, 자기의 동일화의 세계를 벗어나는 것이다. 또 다른 하나는 타자를 절대적인 타자, 자아가 어떻게 해볼 수 없는 세계 저편의 타자로 상정함으로써 절대적 타자의 얼굴을 한 무한자와의 관계를 가능하게 해준다. 이는 자기 극복을 가능하게 하는 것이며 무한자와 만남을 의미하는 초월이다.

레비나스에게서 타자와의 관계, 즉 타자에 대한 나의 윤리적 책임성[11]은 나의 주체성의 본질적 구조를 이루는 동시에 초월의 본질적 구조를 형성한다. 내가 타자에 대해 윤리적 책임성을 지닌다는 것, 내가 주체로서 선다는 것, 내가 초월할 수 있다는 것이다.[12] 전체주의적 사고 구조에서는 자아가 타자를 소유하여 이해함으로써 자아가 타자와 유의미한 관계를 적립하지 못하고 타자와 외적 관계, 유아론적 관계에 머물렀다. 그러나 레비나스는 타자를 통해 윤리적인 책임감을 가진 주체를 탄생시켰고 아울러 자아가 자기 극복 및 세계 저편에 대한 초월적 의식에 접근시켰다는 의의를 생산했다는 데 가치가 있다.

그러면 무한자의 얼굴을 한 이러한 타자가 어떻게 그 타자성을 상실하지 않은 채 나타날 수 있을까. "그리스 형이상학의 한 가지 사유 양

---

11) 우리가 상식처럼 수용하는 "책임은 자유에 근거한다"는 생각을 레비나스는 문제 삼는다. 이것은 나의 행위에 대해 내가 책임지려면 행위를 한 주체가 바로 나이며 내가 한 행위는 나의 자유로운 의지의 선택으로 한 행위임이 확정될 수 있어야 한다. 자유를 바탕으로 부과되는 책임을 '1인칭 관점에서 본 책임'이라고 부를 수 있다. 하지만 이런 의미에서 책임은 나의 삶을 내가 짊어진다는 의미에서 책임일 뿐 윤리적인 의미를 갖지 않는다. 윤리적 의미는 책임이 '타인을 위한 책임'일 때 비로소 획득된다.(강영안, 앞의 책, 166쪽.)
12) 서동욱, 앞의 책, 146쪽.

식은 통일성(Uité)으로 귀환하고 통일성과 합일(confusion)하는 길을 찾는 데 있다". 이런 "형이상학은 분리를 제거하고, 통일을 추구하려고 애썼다". 이때 타자는 언제나 직접 현시하지 않고 유적 개념을 매개로만 나타날 수 있다. 이러한 철학은 타자를 타자로서, 즉 그 특정성(singularité)에서 사유하는 것이 아니라, 전체 통일체의 일원으로서 사유한다. 결국 타자는 늘 동일자로 환원될 뿐이다. 이와 반대로 레비나스는 동일자와 타자 사이에는 유적 동일성을 전제하지 않는 근본적인 분리가 있다고 본다. 인간 존재자는 제3자의 매개 없이 오로지 그 존재자들 사이의 분리라는 관계 자체 속에서만 이해되어야 한다고 말한다.13)

타자는 고통받는 얼굴로 현현하는 나와 다르다는 이타성 때문에 동일자와는 분리된 타자성을 가진 타자이다. 자아가 타자의 얼굴을 대면하고 윤리적인 책임감을 갖기 전에 자아와 타자는 서로 다름으로 인해서 분리된 관계에 놓여있다. 타자가 나에게 얼굴로 나타난다함은 타자의 타자성을 상실하지 않은 채 나와 분리되어 나타남을 뜻한다. 결국 타자의 현현을 표현하는 레비나스의 얼굴은 타자성을 가진 분리된 타자라는 의미라고 보면 되겠다. 그래서 레비나스가 보는 사회적 관계란 타자성을 상실하지 않은 타자와 자아의 관계이다.

앞에서 살펴 본 바에 의하면 사르트르와 레비나스의 타자 인식에 유사점이 많다. 우선 두 사람 모두 전 시대의 철학자들의 타자 인식을 비판하면서 자신의 타자 이론을 펼쳐 보인다. 서양 전통 철학에서 타자는 자아에게 매개 되거나 자아와 동일한 선에서 공동으로 존재하는 존재론에서의 접근이었다면, 레비나스나 사르트르에 와서 고유한 타자를

---

13) 서동욱, 앞의 책, 176쪽.

인정하기 시작한다. 이는 타자 인식에 대해 존재론에서 형이상학으로 위치를 옮기는 것이다. 사르트르에게 시선으로 오는 타자라면 레비나스에게는 얼굴로 오는 타자들은 자아에게 복속 되거나 자아와 대칭 관계에 있지 않다. 오히려 자아의 위에, 비대칭의 관계에 놓인다. 때문에 타자는 주체를 노예로 만들어 버리거나 윤리적인 책임감을 느끼게 하여 새로운 주체로 탄생하게 한다. 그리고 타자는 자아의 자유를 제한하는 주체의 주인이기도 하다. 그러나 이러한 자유의 제한, 그리고 분리된 타자로 인해 상처 받을 수 있는 가능성 등의 의미로 인해 사르트르는 타자와의 관계에서 부정성과 비관을 본다. 그러나 레비나스는 자유의 제한을 기꺼이 받아 자아의 희생 속에서 타자에로 나아가는 윤리적 책임에로 접근한다. 긍정적인 이같은 타자 인식은 자아에게 윤리적인 주체의 자리를 만들어 줄 뿐 아니라 자아가 속한 저 너머의 세계로 안내받을 수 있는 초월을 얻는다.

들뢰즈에 이르면 타자에 대한 인식은 좀 더 구체화된다. 레비나스나 사르트르처럼 타자의 출현 없이, 타자의 개입 없이 주체는 있을 수 없다는 데에 들뢰즈도 동의한다. 이 점은 전체성 혹은 동일자의 여러 양태에 반대하여 차이의 의미와 중요성을 여러 가지 방식으로 환기시킨 포스트구조주의의 일반적 특성과, 전체주의적 사유에 반대하여 타자의 의미를 강조한 레비나스의 철학이 유사하기 때문이라고도 볼 수 있다. 우리가 지각하지 못하는 부분을 지각하고 있을 타자의 존재를 전제하고서만 우리의 의식은, 우리가 일상적으로 체험하는 바와 같은 하나의 전체화된 세계를 체험할 수 있다. 다시 말해 타자를 통해서, 이 전체화된 세계의 상관자로서 우리 의식은 구성된다. 우리가 보지 못하는 부분에는 잠재적으로 타자의 시선이 가 닿고 있으리라 여기고, 우리가 듣지 못하는 소리를 잠재적으로 타자의 귀가 듣고 있으리라 여긴다. 이렇기 때문에 들뢰즈는 타자를 "가능 세계의 표현" 혹은 "지각장(champ perceptif)의 구조"라고 정의한다. 타자는 내가 지금 지각하고 있는 현실적인 세계가 아니라, 가능한 혹은 잠재적인 세계를 표현하기에, 이런저런 개별자인 "구체적인 타자"라기보다는, 하나의 완전하게 통일되고 조직된 지각장을 가능케 해주는 "선험적 타자(Autrui a priori)"로 이해되어야 한다. 들뢰즈의 타자는 인식 가능성의 조건으로서 세계(지각장) '내재적인' 선험적 구조이다. 주체가 구성되기 위한 선험적 구조로서, 세계 내재적인 타자의 발견이 들뢰즈의 타자 인식의 특징이다.[14]

이는 들뢰즈가 말하는 타자 효과로써 자아가 대상을 볼 때 전체적으로 조망할 수 없지만, 타자가 자아가 보지 못한 부분을 본다는 의미이다. 자아가 보지 못한 부분을 볼 수 있는 타자와 만났을 때 자아는 대상을 전체적으로 조망할 수 있게 된다. 때문에 자아가 세계를 인식하고 전체적으로 대상을 보는 데 있어서 타자는 없어서는 안 될 조건이다. 곧 타자의 부재는 주체의 부재로 이어진다. 주체성은 파괴되고 자아는 비인격성으로 있을 뿐이다. 이는 주체의 인격성을 비인격성으로 옮기는 들뢰즈의 사고 구조이다. 사르트르와 레비나스가 타자의 출현을 존재론에서 형이상학으로 옮긴 것이라면, 들뢰즈는 다시 존재론으로 회귀하여 타자를 주체의 전체적 조망의 장으로 끌어오는 것이라고 볼 수 있다.

그리고 타자에 의한 주체의 발생을 사르트르는 시선으로 레비나스는

---

14) 서동욱, 앞의 책, 147~155쪽.

얼굴로 본다면, 들뢰즈는 '시간성'과 '공간성'이라는 측면으로 접근한다. 자아가 홀로 있다면 자아는 시간의 흐름을 알지 못한다. 타자의 출현으로 인해 현재 타자가 출현한 시간과 과거 타자가 출현하지 않은 시간으로 시간을 분화할 수 있게 된다. 이때 들뢰즈는 지나간 시간에 초점을 둔다. 현재가 주어짐으로써 자아는 과거를 인지하고 기억할 수 있게 되는 것이다. 그런데 여기에서 레비나스와 커다란 차이를 보인다. 레비나스는 시간의 의식에서 과거보다는 미래의 시간에 초점을 맞춘다. 물론 미래의 시간 속에서는 주체인 내가 살 수 있는 세계가 아니라 나를 잇는 나의 아들이 사는 세계이지만 연대성을 띰으로써 자아의 삶은 미래에도 연결된다. 이에 비해 들뢰즈는 과거의 시간에 초점을 맞춤으로써 주체의 시간을 미래로 연결시키지는 못한다.

공간성도 시간성과 마찬가지로 타자의 출현으로써 자아가 인식할 수 있게 된다. 결국 타자의 출현으로 인해 자아는 세계를 체험하고 의식의 지평을 확대할 수 있게 되는 것이다. 때문에 타자는 자아가 세계를 인식하는 근본구조를 가능하게 해준다. 타자가 존재하지 않는다면 과거와 현재의 구분도 이곳과 저곳의 구분도 남자와 여자의 구분도 무화된다. 때문에 남자가 여자를 혹은 여자가 남자를 욕망하는 것도 타자가 존재하기 때문에 가능한 것이다. 그런데 여기에서 들뢰즈의 타자 인식은 레비나스나 사르트르와 근본적으로 다른 점을 시사한다. 레비나스나 사르트르는 주체 발생에 있어서 타자의 개입으로 인해 수치를 느껴서 주체가 인격성을 가지지만 들뢰즈는 타자의 개입으로 발생한 주체가 욕망의 구조 속에 놓인다는 것이다. 이는 들뢰즈의 타자 이해와 인식이 주체 이해와 인식에 복속되는 인상을 지우기가 힘들다.

해체주의자 데리다는 "모든 타자는 모든 타자다"(tout autre est tout autre/ every other (one) is every (bit) other)[15]라고 말한다. 나와 타자 간의 비대칭은 절대적 타자인 하나님과의 관계에서만 성립하는가. 아니면 나와 절대적 타자가 아닌 다른 타자 간에도 비대칭이 성립하는가 하는 사태를 중심으로 책임의 아포리아를 논한다. 이는 "모든 타자는 전혀 다른 타자이다"로 읽을 수 있는데, 이 경우 타자는 절대적 타자인 하나님에게 국한된 것이 아니라 내 모든 이웃의 타자로 확장될 수 있다.

이리가레는 데리다와 함께 서구의 전통 철학인 남근이성중심주의에 정면 도전한 철학자이다. 앞에서 살펴 본 철학자들은 동일자의 시선을 가지고 있기 때문에 여성인 이리가레와는 차이가 있다. 때문에 이리가레는 동일자의 시선에 현상으로 나타나는 타자나 얼굴로 현현하는 타자에 집중하는 것이 아니라 '여성'이라는 타자적 위치에서 타자를 바라본다. 그러면서 타자의 위치에서 타자와 관계를 맺음으로써 여성으로서의 정체성을 확립할 수 있다고 주장한다.

이리가레는 여성과 남성의 차이를 배제하는 여성과 남성의 평등에 대해 반대한다. 상징질서 속에서 남성과 여성의 평등은 동일자의 시선 속에서 말해지기 때문이다. 이에 이리가레는 여성과 남성의 차이를 존중해야 한다고 주장한다. 여성은 남성 동일자의 시선에서 읽히는 것이 아니라 여성은 '타자의 타자'로서 자신의 정체성을 구축해야 한다는 것이다. '타자의 타자'로서 여성은 타자를 포용할 수 있는 능력이 있다. 이는 자신을 스스로 감쌀 수 있는 능력과 아울러 타자를 감쌀 수 있는

---

15) 윤일환, 「죽음과 책임의 계보학 : 데리다의 『죽음의 선물』 다시 읽기」, 『비평과이론』 제15권, 2010. 봄/여름, 107쪽.

능력이며, 타자를 감쌀 때에도 타자를 자신에게 흡수하거나 동화시키는 것이 아니라 타자를 있는 그대로 감싸는 것이다.16)

2. 주체-타자의 관계 맺기 양상

엠마누엘 레비나스는 자아를 타자와의 관계에서 이해한다. 자아가 타자와 윤리적 관계를 맺음으로 인해 주체의 주체성과 고유성을 획득한다는 것이다. 이때 타자는 자아 앞에 얼굴로서 현현하는 존재로 의식의 대상이 아니라 윤리적 호소와 요청으로 나타난다. 자아의 바깥을 향해 있는 외재성을 가진 절대적 다름의 타자는 자아에게로 통합시킬 수 없는 내면성을 가진 존재이다. 자아는 내면성을 가진 타자를 열망하게 되는데, 이러한 열망이 자아를 초월할 수 있게 한다. 또한 자아가 타자와 관계를 맺음으로 인해 윤리적 자아의 핵에 이르는 것은 타자의 잘못까지도 책임을 지고 대신해서 벌을 받는 대속을 통해서이다. 얼굴로 현현하는 타자의 출현에 열망과 초월로 타자를 대하는 주체는 대속이라는 책임을 통해 타자와 윤리적 관계를 맺는 것이다. 때문에 주체가 타자와 관계를 맺는 시작점인 얼굴의 대면과 열망을 통한 초월, 관계의 가장 윤리적인 형태의 대속을 차례로 살펴보겠다.

얼굴은 그 자체가 하나의 윤리적 요청인 것으로, 얼굴의 등장이야말로 곧 타자를 당신으로 대면하거나 마주 대할 수 있는 윤리의 시작이라 할 수 있다.17) 얼굴은 존재를 지배하고 권력을 행사하는 폭력적이

---

16) 신경원, 『니체 데리다 이리가레의 여성』, 소나무, 2004, 154~156쪽.
17) 김연숙, 앞의 책, 124쪽.

고 억압적인 자아의 시각에 포착되어 자아의 이해로 자아에 통합될 수 있는 것이 아니다. 자아의 의식의 대상으로 독해 가능한 현상이 아니라 자아의 의식으로는 독해할 수 없는 그대로 보여지는 현현(顯現)이다. 얼굴은 현현을 통해 자아에게 윤리적인 호소와 요청을 해 온다. 가난하고 벌거벗었으며 약한 자의 모습으로 자아가 윤리적으로 행동할 것을 호소하는 얼굴인 것이다. 이에 대해 자아는 수동적이며 윤리적으로 행동할 수밖에 없는 처지에 놓이게 되기 때문에 자아와 얼굴의 관계는 윤리적이다. 얼굴이 '살인하지 말라'는 윤리적인 명령과 호소로 옴으로 인해 자아는 윤리적인 자아가 될 수 있는 것이다.

현현에서 그 자신을 드러내는 존재는 나의 자유를 제한하는 것이 아니고 나의 선성을 일깨우고 증진시켜 준다.[18] 그러나 타자에 의해 윤리적인 자아로 전환될 수 있더라도 자아에게 다가오는 타자는 벌거벗음, 불행, 결핍, 가난한 약자임으로 자아가 타자에게 우월감과 교만함을 가질 수 있다. 자아가 타자에 비해 물적·심적으로 풍요하기 때문이다. 어떻게 하면 자아가 타자와 윤리적인 관계를 갖고 타자에게 우월감이 아니라 오히려 겸손하게 타자를 존중하고 높일 수 있을까? 그것은 타자에로의 초월(la transcen-dance)과 타자를 향한 열망(désir)으로 가능하다.

레비나스는 인간을 안으로 향하여 자기중심적 내면성을 유지하는 존재인 동시에 밖으로 향하여 타자를 향한 존재로 설명한다. 내면성을 통하여 분리되어진 자아들은 타자와의 관계에서 자기폐쇄적으로 분리된 운동을 반복하는 것이 아니라 타자를 열망한다. 그러므로 자기중심적

---

18) 김연숙, 앞의 책, 128쪽.

내면성을 지닌 자아성으로부터 다른 자아에로 향하여 초월해 간다. 이 같은 초월, 자아로부터 타자에로의 초월, 나로부터 타인에로의 초월이야말로 윤리적 관계형성의 올바른 계기라 할 수 있다. 타자에 대한 열망과 타자에로의 초월이야말로 자아가 타자를 대상화하여 자아 안으로 포섭, 자기화, 장악, 동일시하는 방법과 구분된다. 이 같은 초월적 관계에서 타자의 근본적 다름, 타자성은 절대적으로 보존되며 존중받을 수 있다. 또한 타자윤리에서 열망은 유한한 자아가 무한한 존재의 타자를 대하는 방법이다. 타자를 열망하는 태도는 타자를 자기 안으로 통합시키거나 자기화하는 작용이 아니라 타자를 향하여 자기 자신을 열어젖히고 헌신하는 것이다. 타자에 대한 열망과 초월은 자아의 열림, 개시, 내 집의 현관문을 열어주고 타자를 환영하는 것으로 나타난다. 타자에게로 열려진 문, 그것은 타자에 대한 초월적 열망과 일치한다. 그리고 그것은 타자와의 충만한 관계, 윤리적이고 사회적인 관계를 의미한다.[19]

이처럼 자아가 타자를 열망함으로써 타자를 자아에 흡수하고 통합하는 것이 아니라 오히려 자아가 타자에게 희생적으로 대하게 된다. 희생의 극단적인 경우는 타자의 죄를 자아가 대신해서 지는 것이다. 대속은 타자에 의한 책임적 존재로 지정받은 내가 타자를 '위한' 책임적 존재로 세워지는 모습이다. '대속'은 자유로운 주체의 능동적, 자발적 행동이 아니라 "타인을 대신해서, 타인의 자리에 내가 세움받는 일"이다. 나의 위치가 수동적이란 것은 내가 먼저 그렇게 세움받고 그 뒤, 그것을 나의 책임으로 개인적으로 수용하는 행위가 뒤따른다.[20] 대속은 나

19) 김연숙, 앞의 책, 216~217쪽.

의 존재가 '특별'하고 '존귀'하여 나의 의지로 타자의 고통을 짊어지는 능동적 책임이 아니라 수동적으로 주어진 책임이다. 또한 내가 타인의 책임을 대신하는 것은 심지어 그의 잘못에 이르기까지 범위가 확대(속죄까지 포함)된다. 그러므로 레비나스가 말하는 '대속'은 주체가 타자와 '자리 바꿔 세움받음'의 수동적인 형태로 타자의 책임 또는 죄책까지 내가 대신 짊어지고 고통 받음으로써 타자의 죄를 대신 속죄 받는다는 뜻이다. 타인에 대한 나의 책임은 그러므로 '대속적 책임'이다.[21] 타인이 저지른 죄를 자아가 대신해서 속죄하는 대속적 책임은 자아가 다른 사람에게 떠넘길 수 있는 것이 아니다.

다른 사람을 떠받치고 그를 책임지는 것은 나다. 거기서 주체가 생기고 그런 주체 안에서, 다시 말해 완전히 종이 되는 가운데 나는 제일인자로 탄생한다. 내 책임은 끝없고 아무도 나를 대체할 수 없다. 사실, 참다운 나의 정체성(나됨)은 책임성에서부터 생긴다. 그런 식으로 자기 인식 안에 내가 일인자로 자리 잡는 것(position), 아니 다른 사람을 향한 책임성으로 자신을 자리에서 끌어내리는 것(deposition) 속에서 참다운 내가 선다. 책임성은 내게만 부여되고, '인간적으로' 내가 그것을 거절할 수 없다. 이러한 부담은 둘도 없는 자가 누리는 최고의 존엄이다. 나는 둘도 없는 자다. 다른 무엇으로 바꿀 수 없다. 책임자로서 나는 나다. 책임에서 나는 다른 모든 사람을 대신할 수 있지만 아무도 나를 대신할 수는 없다. 내가 주체로서 뗄 수 없는 나의 정체성(나의 나됨)이란 그런 것이다.[22]

---

20) 강영안, 앞의 책, 186쪽.
21) 강영안, 위의 책, 187쪽.
22) 레비나스, 앞의 책, 131~132쪽.

결국 자아는 타자를 책임지는 의무를 수행함으로써 주체성을 확립하게 된다. 타자의 얼굴의 윤리적 호소에 응답하고, 외재적 타자에 대한 열망과 초월로 관계를 맺고, 인질로서의 대속까지 하는 자아는 타자로 인해 주체성과 고유성을 갖게 된다. 유일하고 고유한 윤리적 주체가 된다는 의미이다.

레비나스는 자아에게 현현하는 타자를 열망과 초월, 응답과 대속으로 관계를 맺는다고 말한다. 이때 자아에게 나타나는 타자는 약자의 얼굴을 한 이웃이다. 레비나스의 지대한 영향을 받은 데리다는 타자를 좀 더 구체적으로, 다른 곳에서 온 이방인으로 접근한다. 이방인(손님)에게 우리(주인)는 어떻게 해야 하며 어떻게 관계 맺는가가 데리다의 주요 물음이다. 이에 데리다는 환대(歡待, l'hospitalité)23)를 제안한다. 환대는 자아가 타자를 대하는 태도에 따라 '조건적 환대'와 '무조건적 환대'로 나뉜다.

조건적 환대는 권리를 가진 손님과 불법적으로 체류하는 이방인을 구분하여 전자에게만 환대를 허용하는 것이다. 조건적 환대는 실제

---

23) 환대라는 말의 어원은 라틴어로 '손님(hospes)'인데, '이방인 또는 적(hostis)'에서 유래했다. 한자어 환(歡)은 음식 앞에 앉아서 입을 벌리고(欠) 있는 모양으로 음식을 먹는 것을 기뻐하는 뜻이며 대(待)는 무엇인가 행동(彳)하기 위하여 준비를 갖추고 시기가 오기를 기다리고 있는 일을 뜻한다. 환대 문화의 본래적 의미는 이방인이나 손님에게 숙박이나 식사를 제공한다는 것이다. 특히 많은 민족이 접촉하던 지리적 조건과 역사적 배경 하에서 유럽에서는 기독교를 통해 전통 문화가 되었다. 따라서 '환대'라는 주제는 지금까지 서비스 산업과 신학적 범주에서 주로 다루어져왔다. 데리다가 생각하는 환대는 '문화 자체이며 단순히 사람들 사이에 생기는 윤리 중 하나가 아니'며 '타인과의 관계에서 생기는 윤리와 정치의 기초이자 원칙'이다. 즉, 데리다는 환대를 윤리학이나 정치학의 한 분야가 아니라 윤리와 정치의 근본 바탕으로 보는 것이다.(이은정, 「데리다의 시적 환대 : 환대의 생성적 아포리아」, 『인문과학』 제44집, 성균관대학교 인문과학연구소, 2009. 8, 93~94쪽.)

적·유한하고 정치적인 환대의 법들(les lois)·관용적(tolérant) 환대와 같은 의미로 쓰인다. 데리다에 따르면, 관용은 조건적 환대이다. 관용적이라는 것은 주인이 정한 조건, 즉 법과 주권 하에서 타자를 받아들이는 것이다. 이에 반해 무조건적 환대는 인간을 정치적 동물로 보는 것이 아니라 살아있는 생명 그 자체로 보고 보호하려는 관점이다. 무조건적 환대는 절대적·무한하고 순수한 환대의 법(la loi)·과장법적(hyperbolique) 환대와 나란히 쓰인다.24) 그러나 데리다는 조건적 환대와 무조건적 환대가 개별적으로 존재하는 것이 아니라 서로 개입하고 해체하면서 환대의 법을 넓혀간다고 본다.

환대의 법과 환대의 법들 사이엔 해결할 수 없는 이율배반, 변증법화할 수 없는 이율배반이 있는 듯하다. 한편 환대의 법은 무제한적 환대에의 무조건적 법(도래자에게 자신의 자기-집과 자기 전체를 줄 것, 그에게 자신의 고유한 것과 우리의 고유한 것을 주되 그에게 이름도 묻지 말고 대가도 요구하지 말고 최소의 조건도 내세우지 않을 것)인가 하면, 다른 한편 환대의 법들은 언제나 조건지어지고 조건적인 권리들과 의무들로서, 그리스-라틴 전통이, 유대-그리스교도적 전통이 규정하고 있으며, 칸트 그리고 특히 헤겔까지의 모든 권리[법]와 모든 법철학이 가족·시민 사회·국가에 걸쳐 규정하고 있는 환대의 권리들과 의무들이기 때문이다. 결국 환대의 두 법 체제, [유일무이한] 법과 법들은 동시에 모순적이고 이율배반적이며 또한 분리 불가능하다. 두 법 체제는 서로를 함유하며, 서로를 동시에 배제한다. 두 법체제는 서로를 체내화한다. 두 법 체제는 각각 다른 쪽을 포괄하는 순간 서로 분리된다. 요컨대 두 법 체제는 한쪽이 다른

---

24) 이은정, 앞의 글, 93~94쪽.

한쪽의, 한쪽이 다른 두 쪽의 처분에, 다른 두 쪽이 다른 쪽의 처분에 맡겨지면서, 서로에게 더 많이 환대적이고 그와 동시에 조금 덜 환대적이 되는 순간에, 환대적이면서 비환대적이 되는 순간에, 비환대적인 것으로서 환대적이 되는 순간에(동시성 없는 동시성, 불가능한 공시성의 순간, 순간 없는 순간) 서로 분리된다.25)

　무조건적·과장적 환대와 조건적·관용적 환대는 타자인 이방인을 얼마나 존중하느냐, 자신의 거처와 장소를 얼마나 줄 수 있느냐에 따라서 조건적 환대에서 무조건적 환대로 움직인다. 데리다는 조건적 환대와 무조건적 환대 중에서 무조건적 환대에 방점을 찍고 있다. 환대의 법은 절대적 환대가 권리나 의무로서의 환대의 법과 단절하기를, 환대의 '계약'과 단절하기를 지시하는 듯하다. 그 점을 다른 말로 하자면 절대적 환대는 내가 나의-집을 개방하고, 이방인(성을 가진, 이방인이라는 사회적 위상 등을 가진 이방인)에게만이 아니라 이름 없는 미지의 절대적 타자에게도 줄 것을, 그리고 그에게 장소를 줄 것을, 그를 오게 내버려둘 것을, 도래하게 두고 내가 그에게 제공하는 장소 내에 장소를 가지게 둘 것을, 그러면서도 그에게 상호성(계약에 들어오기)을 요구하지도 말고 그의 이름조차도 묻지 말 것을 필수적으로 내세운다. 절대적 환대의 법은 권리의 환대와 결별할 것을, 권리로서의 법 또는 정의와 결별할 것을 명령한다.26) 환대의 법을 '도덕'이나 어떤 '윤리'보다 높은 곳에 위치시키고 있는 예를 롯과 그의 딸들에 관한 이야기에서 찾아볼 수 있다.

---

25) 데리다, 『환대에 대하여』, 동문선, 2004, 104~106쪽.
26) 데리다, 위의 책, 70~71쪽.

저녁에 두 천사가 소돔(Sedôm)에 온다./롯은 소돔의 문간에 앉아 있다. 그는 본다./그는 일어서서 그들을 마중간다. 그는 머리를 조아리며 엎드린다./그는 말한다 : "아도나이시여./당신 종의 집쪽으로 잠시 발길을 돌리소서./여기서 밤을 보내소서. 발을 씻으시고 일찍 일어나 갈 길을 가소서."/그들은 말한다 : "아니올시다. 우리는 길에서 밤을 보내겠소"/그는 두 사람에게 간곡히 청한다./ 그들은 그에게로 발길을 돌려 그의 집으로 온다./그는 잔치를 벌여서, 무교병을 만들어 올리고, 그들은 먹는다./그들이 잠자리에 들기 전에 시의 남자들,/소돔의 남자들이, 청소년 늙은이 할것없이 떼거지로 도처에서 몰려와 집을 에워싼다./그들은 롯을 향해 소리지른다. 그들은 그에게 말한다 : /"오늘 밤에 당신 집에 온 남자들이 어디 있소?/우리에게 내보내시오 : 그들을 상관해야(pénétrer)겠소!"/롯은 그들을 향해 문간으로 나온다./그는 문을 닫고 가로막아선다./그는 말한다 : "안 되오. 형제들이여, 악행을 하지 마오!/제안을 하리다. 나한테 두 딸이 있는데 아직껏 남자들에게 상관된(pénétrées) 적이 없는 아이들이오./이 아이들을 당신들에게 내보내리다. 아이들에게 당신들이 하고 싶은 대로 하시오./단 이 남자들에게는 아무짓도 하면 안 되오./안 되오. 그들은 내 대들보 아래 온 사람들이오."[27]

위의 인용문에서는 롯이 집에 온 손님을 보호하려고, 손님을 해롭게 하기 위해 찾아온 마을 악한들에게 대신 자신의 딸을 내어줄 테니 손님에게만은 아무 짓도 하지 말라고 한다. '손님들을 유숙시키는 사람으로서 손님들의 안전에 책임'을 지는 극단의 조처라고 하겠다. 결국 환대의 윤리는 자신의 거처에 대해서 책임을 지는 것이다. 때문에 내 공간과 거처에 온 손님을 절대적으로 보호한다. 이때 이방인은 자아(주인,

---

27) 데리다, 앞의 책, 152~153쪽.

주체)에게 명령하거나 지시하는 것이 아니며 자아는 이방인을 적극적으로 보호해야 할 의무가 있는 것도 아니다. 이방인의 도래는 요청하는 호소일 뿐이다. 명령으로 다가오는 것이 아니라 도래로서 다가오는 이방인의 호소에 주체는 자신을 희생하면서까지 이방인의 안전을 보호한다. 이것이 데리다가 보여주는 주체와 이방인-타자가 맺는 윤리적인 관계이다.

앞에서 살펴 본 레비나스와 데리다는 남근이성중심의 사회에서 동일자의 입장에 선 철학자들로서 약자의 타자 현현, 먼 곳으로부터 온 이방인으로서의 타자 도래에 주체의 입장과 주인의 입장이다. 이때 남근이성중심의 주체-동일자에게 여성은 타자이다. 레비나스와 데리다에게 영향을 받은 이리가레는 동일자의 입장이 아니다. 때문에 그녀는 남근이성중심의 사회에서 여성을 동일성의 논리의 지배를 받는 타자의 자리에서 벗어나 주체의 위치에 세우는 작업을 제안한다. 그것은 자신과 타자의 경계가 사라지게끔 하는 '포옹'이다.

이리가레의 여성은 관계 형성에서 타자와의 사이에 심연이나 영원 등의 틈으로 막혀 있지 않고, 스스로 자신과 타자를 감싸안을 수 있는 능력을 지니고 있다. 여성의 성은 스스로를 감싸면서도 타자와 공유하며 스스로 타자가 될 수 있는 능력을 지니고 있다. 타자 여성의 스스로를 보듬어 안는 능력이란 구체적으로 어떤 것인가? 그것은 근접한 존재와 하나가 되려하고 경계와 구분을 짓지 않으려는 특성이며 타자를 타자로 배척하지 않고 자신과 타자의 경계가 사라지게끔 하는 관계이다. 또한 자기 안에 타자를 위한 공간이 마련되어 있어, 그 공간을 통해 서로의 관계에서 타자를 소멸시키지 않으면서 포옹을 하고 타자에 흡수되는 관계이다. 이런 상태의 이상적인 존재를 이리가레는 '타자의 타자'라고 일컫는다. 여성이 동일성의 타자가 아닌 '타자의 타자'로 머물 수 있게끔 해주는 여성의 감싸안기는 "두 존재 가운데 한 존재가 다른 한쪽이 되지 않으면서도 타자가 되는 것, 끊임없이 한 존재와 다른 존재가 서로 주고받는 것, 그 결과 그녀는 타자를 자신과 동일시하거나 다른 존재와 동일시되지 않으면서도 항상 다른 존재와 이미 같이 있는 것이다."[28]

포옹은 동일자가 타자를 동화나 착취, 폭력적으로 관계하는 것과 상반되게 여성인 자아가 타자를 소멸시키지 않으면서 감싸안는 관계이다. 이때 타자는 자아가 가치 평가하고 판단함으로써 소유하고 정복할 수 있는 존재가 아니다. 타자는 자신의 속성을 그대로 지니고 여성인 포옹자는 감싸안을 수 있는 능력, 자신을 스스로 감싸안을 수 있는 능력으로 여성이라는 정체성을 확립한다. 즉, '여성'이라는 자신의 성이 생긴다. 이러한 관계는 타자와 자신을 주고받을 수 있고 타자에 동화될 수 있으며 자기 안에서 타자를 관용하고 존중할 수 있는 모성적인 것[29]이기도 하다. 결과적으로 자아가 타자를 폭력적인 방법으로 흡수하는 것이 아니라 부드럽게 감싸안음으로써 자아가 타자에게 흡수되는 관계이다.

---

28) 신경원, 앞의 책, 154~156쪽.
29) 두 입술은 자신 안에 타자를 이미 포함하고 있다. 그러나 이는 타자를 자아에 포섭하거나 점유한다는 뜻이 아니라 오히려 타자가 자아의 경계를 무화시킨다는 것이다. 그래서 언제나 자신 안에서 스치는 두 입술은-마치 임신한 여성이 둘이지만 각각 개별적인 하나로 나뉘지 않고, 그렇다고 해서 원래 하나이지도 않은 것처럼-타자를 안고 있는 자아, 더 이상 자아와 타자의 배타적인 분리가 불가능한 상태를 의미한다. (한국여성연구소, 『여성의 몸』, 창작과비평사, 2005, 60쪽.)

3. 타자의 이중적 형상화 : 약자와 박해자

주체의 인식 대상이 될 수 없는 타자는 주체에게 윤리적인 호소를 하면서 현현하는 약자의 모습이거나 주체를 억압하는 박해자의 모습이다. 먼저, 약자로서의 타자는 레비나스가 말하는 타자성을 가진 타자이다. 우선 레비나스에게서 타자란 자아의 외부성, 자아 밖에 존재하는 것을 총칭한다. 『전체성과 무한』의 부제 '외재성에 관한 논의'에서 말하는 외재성은 바로 타자를 의미한다. 타자는 구체적으로 사물세계·다른 사람(autrui)·신의 관념(le très-Haut) 등으로 구분할 수 있다. 피상적으로 본다면 사물세계의 타자성은 이기적 자아의 전체성으로 동화될 수도 있는 것이지만, 다른 사람이나 신은 어떤 경우에도 자아에게로 환원될 수 없는 절대적 다름, 절대적 타자성을 지니고 있다. 타자윤리에서 보다 중요하게 다루어지는 것은 물론 다른 사람과의 관계이다.[30] 타자성은, 우리의 사회적 관계의 특징이라 할 수 있는 타자와의 관계 한 복판에서 이미 비상호적 관계로, 즉 동시성과 정반대의 관계로 모습을 드러낸다고 한다. 타인으로서의 타인은 단지 나와 다른 자아가 아니다. 그는 내가 아닌 사람이다. 그가 그인 것은 성격이나, 외모나 그의 심리 상태 때문이 아니라 오직 그의 다름(他者性) 때문이다. 그는 예컨대 약한 사람, 가난한 사람, <과부나 고아>이다.[31] 그들은 주체보다 상대적으로 약하거나 덜 가졌더라도 주체가 그들을 소유의 대상으로 종속시키지 않고 그들의 불쌍한 얼굴을 봄으로써 연민의 감정을 불러

---

30) 김연숙, 앞의 책, 207~208쪽.
31) 강영안, 앞의 책, 112쪽.

일으키고 윤리적으로 행동하게 하는 것이다. 약자인 타자는 윤리적 호소로 주체 앞에 현현하기 때문에 주체는 타자의 호소에 응답해야 하며 책임을 져야 한다. 윤리적 호소에 대한 응답과 책임은 주체에게 변화를 가져온다. 이때의 변화는 이기적인 주체에서 윤리적인 주체로의 변화이다.

레비나스는 존재의 고통을 타자로부터 영향받고 상처받을 수 있는 존재, 상처로 노출되는 존재, 타자에게 보여지고 고통을 대리하고 볼모로 잡힌 존재로 설명한다. 그렇다면 이 같은 존재를 무엇이라 부를 수 있는가? 여기서 레비나스는 전환을 강조한다. 전환은 실체변화·초실체화를 의미한다.

> 전환은 주체를 육화하는 궁극적 비밀이다. … 이 같은 전환, 자기의 이익에 사로잡히지 않는 것, 존재사건과 다른 것이 바로 주체성이다. 전환은 박해의 상처 속에서 박해자에 대한 분노로부터 책임으로 이행해 가는 것, 이 같은 의미에서 고통으로부터 타자에 대한 속죄로 이행하는 것이다.32)

레비나스가 지적하는 바와 같이 전환은 자기의 이해관계에 사로잡히지 않는 존재, 자신의 존재관심을 넘어서 타자로부터 오는 윤리적 절박성을 받아들이는 자, 박해받은 고통 속에서 살아남은 자가 박해받는 사람들에 대한 관심과 책임으로 향하는 것, 다른 사람의 고통을 돌아보고 타자의 고통에 대해 자신의 책임을 감수하는 사람이다. 전환은 에고의

---

32) 김연숙, 앞의 책, 226쪽, 재인용.

수축이자 동일성의 이면으로 가는 것이며, 양심에서 자신의 동일성을 약화시키는 것이다.[33] 그래서 주체는 타자를 향해 열려 있으며 타자의 고통이나 불행에 대하여 즉각 도움의 손길을 뻗는다. 뿐 아니라 주체가 박해의 고통을 당했다면 이로 인해 더 많은 타자들에게 공감을 보이며 그들에 대한 책임을 확대한다. 최서희의 경우가 이에 해당한다. 부모를 잃은 고아로 성장하여 고아인 양현을 자신의 딸처럼 키운다. 자기중심적인 이기성을 버리고 자신의 뜻에 따라 윤국과 혼인하지 않은 양현을 인정하고 받아들인다. 그리하여 주체가 사그라드는 것이 아니라 윤리적인 주체로 더욱 곤고한 주체성을 확보할 수 있게 된다.

다음으로, 박해자로서의 타자는 주체에게 고통을 주는 타자이다. 여기에서는 레비나스의 박해자의 의미를 이론 틀로 쓴다. 그리고 타자를 이방인으로 상정할 때는 초대하지 않은 불청객으로서의 타자로 데리다의 환대를 접근 틀로 활용하고, 억압자로 상정할 때는 주체에게 육체적으로 고통을 가하는 문화적 억압자로서의 타자로 이리가레의 포옹을 접근 틀로 활용한다.

데리다가 가장 큰 영향을 받은 레비나스에게 우리는 '거기에 있음(il y a)'의 재현할 수 없는 공포와 절대적 타자(illéité)의 재현할 수 없는 낯설음을 동등하게 섞으려 하는 경향이 이미 있음을 발견한다. 두 가지 경우 모두에서 자아는 정신적으로 상처받은 스스로를 발견한다. 레비나스는 후기 저작 『존재와는 다른(Otherwise than Being)』의 어떤 구절에서 다음과 같은 주장을 하기에 이른다. 타자에 대한 나의 책임은 한계가 없기 때문에, "박해자가 행하는 고문"에 대한 책임조차 내게 있다. 높은 것

---

33) 김연숙, 앞의 책, 226쪽.

중에 가장 높은 것(Illeity)과 낮은 것 중에 가장 낮은 것(il y a)앞에서, 흘러내리는 피를 어쩌지 못 하는 혈우병환자처럼 자아는 자신을 스스로 비워버린다. "나는 먼지이며 재입니다"라는 구절에 요약되어 있는, 재앙과 고통의 와중에서의 자아 비우기는 겸손을 넘어 레비나스가 "모든 복종 아래에 있는 복종"이라고 부른 앱젝션한 굴욕으로까지 나아간다. 내가 보기에 때때로 그 과장된 언어는 마조히즘과 편집증에 인접해 있다. "마치 상처 입힐 수 있는 것에 노출된 피부처럼 타자에게 노출되어 있는 사람."(E. Levinas, Of God Comes to Mind, trans. B. Bergo, Stanford University Press, Stanford, 1998, p.72.) 우리가 적어도 이처럼 고통이라는 대재앙의 현장(ground zero)에서 자아를 말할 수 있는 한, 자아는 오로지 "사로잡히고" "비난받고" "내쫓기고" "인질이 된" 주관성의 측면에서만 존재할 수 있다. 따라서 레비나스는 나의 영성이 흩어지고 "트라우마에 노출된, 모든 피난처를 포기한" 것으로서 자신을 경험하는 "주관성의 전율"에 대해 이야기 한다.[34]

박해자로서의 타자는 주체로 하여금 고통을 받게 하는 타자를 지칭한다. 주체의 외부에서 침입하거나 주체의 외부로부터 온 그들은 주체에게 정신적·육체적으로 고통을 준다. 그들은 이방인처럼 낯설 정도로 주체와 다른 모습을 하고 있으며 주체의 생명과 지위를 위협할 정도로 주체에게는 치명적인 대상이기도 하다. 그러나 주체는 이들을 혈연이나 혼인 관계, 연인 관계 등의 강력한 구속력으로 인해서 떨쳐버릴 수 없으며 오히려 이러한 관계를 극복함으로써 자신의 자존을 확인 할 수 있는 계기가 된다.

---

34) 리처드 커니, 이지영 옮김, 『이방인, 신, 괴물』, 개마고원, 127~128쪽.

또한 개인-집단, 개인-가족-민족의 안위를 위협하는 행위를 일삼는 자를 박해자로 규정한다. 'Hostis'는 라틴어로 손님(l'hôte)을 의미하지만, 원수[敵]를 의미하기도 한다.[35] 이방인이라는 이상한 개념이 주인(손님, hôte)으로서 또는 적(敵)으로서의 hostis의 개념(우리가 지금껏 오래 고찰한 또는 선-고찰한 양가성)에 밀접하게 합쳐져 있고, 일상적으로 연관되어 있기는 하지만, 우리는 아직 이 개념 자체에는 접근하지 못했다. 두 개의 라틴어 파생어, 요컨대 손님(hôte)처럼 또는 적처럼 맞아진 이방인(hostis)에서 출발해서 그렇게 했다. 환대(hospitalité), 적의(hostilité), 환대-적의(hostipitalité). 나는 나의 '내-집'을, 나의 자기성(ipséité)을, 나의 환대 권한을, 주인이라는 나의 지상권을 침해하는 이는 누구나 달갑지 않은 이방인으로, 그리고 잠재적인 원수[敵]처럼 간주하는 것으로 시작한다. 이 타자는 적의에 찬 주체가 되고, 나는 그의 인질이 될 염려가 있는 탓이다.[36]

환대는 오로지 그것이 선한 타자와 악한 타자, 적대적인 적(hostis)과 선한 주인(hostis)을 구분하려는 욕망에 저항할 때만 참으로 정당하다. 적대(hostility)와 환대(hospitality)는 그 라틴어 어원이 동일하다. 그리고 사실 주인, 즉 호스트(host) 역시 환영하는 자와 침략하는 자 모두를 지칭하는 데 사용되고 있을 것이다. 데리다는 에이리언-타자의 아포리아를 다음과 같이 요약한다. "주인 또는 적이 받아들인 아웃사이더(손님), 환대(hospitality), 적대(hostility), 환적(hostipitality). 환적(歡敵, hostipitality) 역시 그의 신조어이다. 환대의 적대라는 의미를 담고 있는 환적은 환대

35) 데리다, 앞의 책, 10쪽.
36) 데리다, 위의 책, 83~89쪽.

(hospitality)와 적대(hostility)라는 대당(opposition)의 해체로부터 나온 것이다. 요점은 환대가 그 자체로 적대적이라든가 폭력적이라는 것에 있지 않다. 즉 환대와 적대가 동의어라든가 알고 보면 같은 것이라는 것이 아니라, 그들 사이의 대당이 고정되지 않는다는 것에 있다. 데리다는 hospitality의 라틴어 어원을 관찰하는데, 그것은 "문제가 된, 그리고 동시에 문제를 일으키는 기원"이라는 뜻을 담고 있다. 환대가 "자신과 결합되어 있는 자신의 모순을 자신 안으로 옮긴다"는 아이러니. 환대는 그것의 대당인 '적대'가 자신 안에 기생하도록 허락하기 때문이다. 자신 안에 있는 자기-모순으로 받아들이는, 탐탁지 않은 손님인 '적대'[37]이다.

우리가 데리다로부터 이끌어낼 수 있는 가장 중요한 교훈은 '우리(동일자)'와 '그들(타자)' 배제적 이항대립항이 도전받을 필요가 있다는 것을 그가 지적했다는 것에 있다. '외지인 질문'은 "이 외지인은 누구인가?" 뿐만 아니라 "이 외지인에게 나는 누구인가?"가 되기 때문이다. "어쨌든 이것은 누구의 집인가?"가 확대된 질문. 그러한 근본적인 질문은 불의와 차별의 자원이 되는 신념·계급·민족색·국권 등의 견고한 범주들에 의문을 제기하게끔 북돋아준다.[38] 환이가 나타나지 않았다면 윤씨부인이 가부장질서 속에서 자신의 여성적 정체성을 역설하는 행동을 할 수 있었을까? 조병수에게 조준구라는 아버지가 없었더라면 조병수가 고유성을 가진 존재로 영롱하게 빛날 것인가?

그리고 대속은 타자로부터 가해지는 박해의 고통 속에서도 박해자에

---

37) 리처드 커니, 앞의 책, 121~124쪽.
38) 리처드 커니, 위의 책, 439쪽.

대한 책임으로 이행하는 것, 즉 타자를 대신한 속죄(expiation)로 설명될 수 있다. 대속은 바로 '동일자 안의 타자'인 것으로, 이웃으로부터 오는 도덕적 요청을 짐진 자를 나타내 준다.[39] 주체가 타자의 죄를 대속하는 것은 누구나 짐질 수 있는 것이 아니기 때문에 주체는 타자의 죄를 대속함으로써 고유성을 가진 주체로 자신의 정체성을 찾을 수 있다.

---

39) 김연숙, 앞의 책, 196쪽.

제3장 | 주체의 윤리적 변모와 약한 타자

1. 자기 중심적 주체의 타자의식 변모

1) 자기 보존을 위한 소유에 집착

『토지』의 주인공 최서희는 양반가의 자손으로서 재력과 권력을 가진 지배층이다. 그러나 어머니인 별당 아씨의 불륜적 도피, 아버지 최치수의 죽음(살해), 할머니 윤씨부인의 죽음(호열자)으로 인해 대대로 내려온 최참판댁의 '영광'을 잃어버리고, '오욕'을 떠안게 된다. 또한 어린 나이에 닥친 불행은 최서희가 아무리 교만하고 기승스럽다하더라도 최참판가(家)의 재산을 지켜내기에는 역부족이어서 먼 친척뻘되는 조준구 부부에게 송두리째 빼앗기는 원인이 된다. 뿐 아니라 조준구 부부가 자신들의 볼모로 삼기 위해 꼽추 아들 조병수와 최서희를 혼인시키려하자 최서희는 간도로 도피한다.

최서희는 가장 친밀한 사랑의 대상인 어머니-별당 아씨에게 버림받고, 부성애를 보이지 않았던 냉정한 아버지 최치수와의 형식적인 부녀 관계 등으로 인해 관계의 불완전성과 소외 속에서 성장했다. 부모와의 관계는 불완전했지만 할머니와 유모가 죽기전까지는, 그들의 보호 속에서 이기적이고 강팍한 성격을 억압당하지 않고 그대로 드러낼 수 있었다. 물론 그것은 결핍에 대한 패악이기도 했다. 이러한 성격은 불행으로 인해 더 기승스러워지고 '철저한 이기심'이 그대로 타자들에게 표현되었다. 그것은 남녀에 대한 사랑이나 국가에 대한 조국애에서도 예외는 아니다.

이상현을 생각할 때면 서희는 마음에는 분통이 치솟는다. 불이 난 뒤 집을 짓고 새 집으로 이사를 하고, 그런데도 상현은 그 동안 여전히 모습을 나타내지 않는 것이다. 서희는 옹졸한 위인 같으니라구 하며 마음 속으로 경멸을 했으나 무시하는 마음은 잠시였고 매일 투지에 가득 차서 상현을 기다리는 것이었다. 자존심을 빡빡 긁어놓는 사내, 나타나기만 하면 내가 받은 상처의 열 배 스무 배로 갚아주리라. 서희의 기다림은 순전히 그 보복을 위한 정열로써 지탱되고 있었다. 때로는 자기 처지가 그러하니 애써 피하는 거라고 자위를 해보기도 했으나 그런 이해심보다 노상 앞질러 달아나는 것은 자기 위주의 철저한 이기심이었다.

—4권 174쪽[1]

원수를 갚을 수만 있다면 내 친일인들 아니 할손가?
…중략…

---

1) 박경리, 『토지』, 솔, 1994, 4권 174쪽.(이하 『토지』 인용문은 권 번호와 쪽수만 표기, 강조는 필자.)

악전이면 어떻고 친일파면 어떻소? 내 일념은 오로지 잃은 최참판댁을 찾는 일이오.

…중략…

이 원을 위해 서방님을 잊어야 한다면 내 골백번이라도 잊으리다.

―4권 175쪽

나는 그대를 그리워하고 그대도 나를 사랑하고 있다. 우리가 혼인을 못하는 이유는 그대에게 있고 내게 있는 게 아니다. 하니 그 보상은 그대가 치러야 하지 않겠는가? 어찌 나와 같이 겨루려 하는가? 서희의 생각은 바로 그것이었다. 굳게 지키는 성이라 하여 어찌 창을 들고 한번 휘둘러보려 하지도 않느냐? 휘둘러보지 못하고 멀찌감치 서서 아리숭한 태도만 취하는 상현이 노여운 것이다. 휘두르고 달려드는 창을 서희는 분질러버림으로써 애정을 확인하고 상대에게 상처를 남겨놓고 끝장을 내고 싶은 것이다. 서희는 그러한 자신의 욕망을 깊은 애정으로 믿고 있었다.

―4권 176쪽

간도로 도피하여 투기와 매점매석으로 부를 축적한 최서희는 이상현의 아버지 이동진의 군자금 요청을 거절한다. 군자금을 내면 조선으로 돌아갈 수 없기 때문이다. 이는 최서희에게 국가의 상실보다 개인의 상실이 우위에 있음을 반증하는 것이다. 또한 사랑에 있어서도 위의 인용문에서 확인할 수 있는 바 타자와의 등가관계를 점하면서 서로 공유하고 나누는 것이 아니라 나의 요구에 순응해야 하는 이기적인 욕구 충족을 사랑이라고 착각하고 있다. '자기 위주의 철저한 이기심'에서 비롯된 서희의 사랑은 '욕구'2)의 다른 이름이다. 때문에 이상현과의 관계

---

2) 여기서 말하는 욕구는 레비나스가 욕구(besoin)와 욕망(désir)을 변별하여 사용하는

에서 사랑은 실패할 수밖에 없다.

이러한 사정으로 인해 과년한 나이가 되어 결혼을 생각함에 있어 서희가 염두에 두는 사람은 자신을 받드는 김길상이다. 조선으로의 귀환을 돕고 자신의 자존감에 상처 없이 결합이 가능하리라는 서희의 판단 때문이다. 그러나 서희의 판단은 빗나갔다. 김길상은 서희가 판단하는 재력과 권력에 복속하는 인물이 아니다. 뿐 아니라 길상이 살림을 차렸다는 옥이네를 만나고 서희는 충격을 받는다. 어려서부터 예민한 감각과 영민함으로, 경제적 감각과 권력의 힘에 노출되었던 최서희는 타자와의 관계를 돈과 힘의 관계로 파악했다. 자신을 버린 어머니인 별당 아씨를 생각할 때 금가락지며 패물은 엄마가 자신을 준다고 언급한 것을 되새기는 것, 간도로 올 때 할머니가 농발 밑에 숨겨주었던 금덩어리를 자신의 가장 큰 힘으로 생각하는 것, 귀국에 필요한 것은 국권 회복이 아니라 자신의 금전적 축재라고 생각하는 것 등에서 나타난다.

간단하게 자신의 침모가 되라거나, 생활자금을 주면 길상과 옥이네의 관계가 무화될 수 있다고 믿었던 서희는 가난한 옥이네의 자존심을 보고 자신의 가치가 흔들림을 느낀다. 재물이나 권력처럼 자기의 소유로 손에 잡히며 자신의 의지로 어떻게 해 볼 수 있는 것이 아님을 깨닫는 지점이다. 재화는 소유할 수 있지만 타자와의 관계는 소유할 수 없고 자신의 욕망의 추구로만 겉돈다는 것을 서희는 알게 된다. 물적 가치를 우위에 두고 경제적 구조로 타자와의 관계를 파악하는 최서희는 사물만이 아니라 타자도 물적가치로 격하시킨 것이다. 이는 곧 타자

것으로, 욕구는 대상을 향해 주체 바깥으로 나갔다가 그 대상을 주체의 향유거리, 소유물로 삼음으로써 다시 주체에게 귀환한다는 의미로 쓴다.(서동욱, 앞의 책, 142쪽.)

를 인정하지 않는 것이며, 타자를 관계에 의한 소통이 아니라 욕망의 대상으로 물화함을 의미한다.

자신과 세계와의 관계를 소유관계로 인식한 최서희는 사랑과 사람에 배반당하는 형국이다. 자신의 처지에 대한 울분을 재화에 위탁함으로써 물적 가치의 축적만큼 상쇄될 줄 알았던 결핍감에 균열이 생긴 것이다. 이러한 균열은 최상의 과제인 최참판가(家)의 회수장면에서 극대화된다. 서희는 조준구를 진주 자신의 집 행랑으로 안내하여 희롱하고 사랑으로 불러 두 시간을 기다리게 함으로써 억압한 후 대면한다. 조준구를 '물건을 바라보듯 쳐다'보면서 집문서를 회수한다. 그러나 이 장면에서 칼날같은 서희의 세월에 흡족하도록 악랄한 보복은 없다. 독자의 기대를 일거에 밀어버리는 이러한 서사의 의도는 욕망 추구의 균열에서 시작하여 소유의 허무를 극대화시키기 위한 전략으로 보인다.

며칠 전에 조준구와 마주보고 앉았던 자리에 서희는 그림자같이 앉아 있다. 허울만 남았구나. 서희는 마음속으로 중얼거린다. 나비가 날아가버린 번데기, 나비가 날아가버린 빈 번데기, 긴 겨울을 견디었지만 승리의 찬란한 나비는 어디로 날아갔는가? 장엄하고 경이스러우며 피비린내가 풍기듯 격렬한 봄은 조수같이 사방에서 밀려오는데 서희는 자신이 살아 있는 사람이 아니지 않는가 하고 생각해보는 것이다. 실재하는 것은 아무것도 없었고 어느 곳에도 없었다. 서희는 죽음의 자리에서 지난 삶의 날을 생각하듯이, 사랑을 잃었을 때 사랑을 생각하듯이, 회진(灰塵)으로 화해버린 집터에서 아름답고 평화스러웠던 집을 생각하듯이, 어둠 속에서 광명을 생각하듯이, 그러나 서희에게는 생각할 뿐 기구(祈求)가 없는 것이다. 생각은 흘러가고 돌아가고 골짜기에서 암벽을 돌아 마을 어귀의

도랑으로. 마음속에는 나비가 날아가고 비어버린 번데기가 가랑잎같이 흔들리고 있는데 생각의 강물은 방향도 잡지 못한 채 생명의 허무, 사멸의 산기슭을 돌아간다. 어느 제왕이 영화를 한떨기 들꽃만도 못하다고 하였다던가. 인간이 황금으로 성을 쌓아올린들 그것이 무엇이랴. 만년의 인간 역사가 무슨 뜻이 있으며 역발산 기개세(力拔山氣蓋世)의 영웅인들 한 목숨이 가고 오는데 터럭만큼의 힘인들 미칠쏜가. 억만 중생이 억겁의 세월을 밟으며 가고 또 오고, 저 떼지어 나는 철새의 무리와 다를 것이 무엇이며 나은 것은 또 무엇이랴. 제 새끼를 빼앗기고 구곡간장이 녹아서 죽은 원숭이나 들불에 새끼와 함께 타죽은 까투리, 나무는 기름진 토양을 향해 뿌리를 뻗는다 하고 한 톨의 씨앗은 땅속에서 꺼풀을 찢고 생명을 받는데 인간이 금수보다 초목보다 무엇이 다르며 무엇이 낫다 할 것인가.

－7권 179~180쪽

여기에서 최서희의 소유에 대한 가치는 깨어짐으로써 허무함을 느끼는 것이다. 이 부분은 최서희 서사에서 핵심적인 부분으로 허무를 느낀후 서사에서 물러나는 것이 아니라 가치의 변모로 인해 타자와의 관계에서 행동의 양태가 바뀐다.3) 적극적인 행동양식에서 소극적으로 변화한다기보다 숙고적 행동양식을 견지한다고 볼 수 있다. 이러한 변화의 과정에 수행적으로 따르는 것이 '허무'이고 그 허무감으로 인해 기존의 가치와 결별하고 다른 가치로 이동한다. 때문에 서희가 느끼는 허무는

---

3) 아도르노는 "무상함을 통하지 않고는 초월성에 대한 어떤 기억도 불가능하다. 영원성은 그 자체로서 나타나는 것이 아니라 가장 덧없는 것을 통해 파손된 상태로 나타난다."로 말한다. 여기에서 최서희는 허무를 통해 유한한 물적 가치를 내려놓고 영원성에 이를 수 있는 관계에의 지향으로 나아가게 된다.(아도르노, 홍승용 옮김, 『부정변증법』, 한길사, 1999, 466쪽.)

운명론적 해석이나 한으로의 접근보다 초월에의 발판이라는 긍정적 독해가 가능하다. 이때까지의 서희의 행동양식과 가치는 타자에게 폭력적인 것이기도 한 것을 염두한다면 이러한 변화는 필요한 것이었다.

또한 서희가 느끼는 허무는 개별적 승리 즉, 타자와 무관한 사적 승리의 덧없음에 대한 천착이기도 하다. 서희의 사고는 '승리의 찬란한 나비'가 날아가 버린 '빈번데기'에서 '실재하는 것은 아무것도 없었고 어느 곳에도 없'는 자신의 생명의 허무와 '떼지어 나는 철새의 무리', '제 새끼를 빼앗기고 구곡간장 녹아서 죽은 원숭이', '들불에 새끼와 함께 타죽은 까투리'를 동등한 허무로 놓고 있다. 뿐 아니라 '인간이 금수보다 초목보다 무엇이 다르며 무엇이 낫다 할 것인가'라고 말하며 타자보다 위에 위치한 자신의 자리를 바닥으로 끌어내린다. 그러면서 연대성을 강조하고 있다. 자신의 '홀로 승리'와 철새 떼, 새끼를 가진 원숭이와 까투리 등을 대조하면서 자신은 '내가 없도다!'라는 한탄을 뱉는다. 이는 이기적이고 개인적인 단독자에 대한 자신의 외로움을 직시하고 연대성에 대한 희구를 보이는 부분이라고 볼 수 있다. 서희가 추구한 사랑의 욕망이 좌절되고 소유의 허무를 인지하면서 비로소 서희는 타자를 돌아보고 타자와의 연대에 대한 희구를 나타내는 것이다.

2) 타자 대면을 통한 관계의 지배성 탈피

그러면 최서희의 그러한 자아 중심적인 이기심은 생래적인 것이었을까? 앞장에서 거론한 바 있는 서희의 이기적이고 강퍅한 성격은 환경적 요인에 의한 것이 상당부분 차지하고 그러한 성격의 배면에는 자아

존중감이 강함을 의미하기도 한다. 자존감이 강한 서희에게 어머니의 불륜의 치욕과 그로 인한 버림받음, 재산을 모두 빼앗기고 타향살이를 한 것 등은 자존감의 상실이다. 잃어버린 자존감의 회복에 대한 희구는 강한 집념의 형태를 띤다. 그래서 다시 되찾는 것 이상의 '완전한 회복'을 환상하게 되는데, 이것이 완전한 회복에 이를 수 없다보니 무의식중에 관계를 이루는 어머니에 대한 회복은 억압하고 가시적으로 보이는 물적 회복에 집중하게 되는 것이다. '땅'과 평사리의 '최참판가(家)'가 그것인데, 평사리의 집을 회수하고 난 후에는 서희가 억압하고 부인했던 '버림 받은 관계에 대한 회복'이 수면 위로 떠오른다. 결국 서희는 물질적 가치가 자신의 존엄을 떠받치고 있다고 생각했던 자신의 허위의식과 마주한 것이다. 서희의 존엄의 진정한 회복은 평사리 집의 회수와 더불어 타자와의 관계에 대한 친밀한 유착으로 가능해질 수 있다.

또한 서희는 개인적인 성공의 허무를 경험함으로써 타자와 유리된 자아만의 존중이 덧없음 간파했다. 때문에 연대성에 대한 인지로 나아간다. 이러한 인지는 환국과 길상에 대한 뉘우침으로 구체화된다. 서희는 큰 아들 환국에게 자신의 의지로 법과에 가기를 권했으나 환국이 응해오지 않자 변호사가 되면 되지 않느냐고 절충안을 내놓는다. 서희의 입장에서는 양보한 것이다. 그런데 아들은 이에 대해서도 별 반응이 없다. 서희는 그때서야 그 절충안도 자신을 위한 절충안이었음을 뉘우친다.

한숨을 마신다. 뉘우침, 어디서 오는 걸까. 뉘우침이 통증처럼 스며온다.

'이 아이한테 최참판댁 가통이 무슨 뜻이 있단 말인가. 무슨 의미가 있단 말인가.'

김환이 진주경찰서에서 자살한 것은 이 년 전의 일이다. 어둠 속에 묻혔던 인물 김환, 그의 죽음은 최참판댁의 그 엄청난 비극의 종언을 뜻한다. 김환을 마지막으로 비극의 주인공들은 다 사라진 것이다. 최참판댁의 영광, 최참판댁의 오욕, 이제 최참판댁의 상징은 재물로만 남았고, 호칭도 최참판댁보다 최부자댁으로 더 많이 불리게 되었다. 최서희의 집념은 창 없는 전사(戰士), 노 잃은 사공, 최참판댁의 영광과 오욕과는 상관없이 단절된 채 아이들은 자라고 있는 것이다. 아버지의 존재만이 그들 가슴속에 신화(神話)요, 아버지의 존재로 하여 아이들 가슴속에는 민족과 조국에 대한 강렬한 의식이 자라고 있는 것이다.

'왜 돌아왔을까?'

왜 돌아왔을까. 반드시 조선으로 돌아와야만 했을까. 아버지와 아들이, 남편과 아내가 헤어져야 했던 이유가 이제 와선 무의미한 것이 되어버렸다. 서대문의 붉은 담벽은 뉘우침의 매질을 하였고 아들의 창백한 얼굴도 뉘우침의 매질을 한다. 과거는 무의미한 것이며 없는 것이며 죽은 것이다. 현재만 살아 있는 것, 미래만이 희망이다. 아이들은 현재요 미래다.

ㅡ9권 16~17쪽

환국의 입장에서 봄으로써 서희는 개인-가문에 대한 인질에서 풀려나 민족-조국으로 확장한다. '아들의 창백한 얼굴'을 통해 가족에게도 사랑이라는 잘못 변형된 소유의 이름을 부여한 자신의 이기성을 철회하고 얻은 뼈아픈 소득이다. 애초에 서희가 상실한 것은 가족과 가문이었지만 아들인 환국이 상실한 것은 민족이며 국가였다. 서희의 '뉘우침'은 아들의 결핍과 나의 결핍이 다르다는 자각, 때문에 나의 결핍과 가치에 아들의 결핍과 가치를 대입할 수 없으며 강요할 수 없다는 자각이다. 이는 레비나스가 말하는 아들은 '나'이면서 '나 아닌 나'의 확장으로 부자 관계를 본 것과 같다. 여기에서 서희는 미래라는 대주제를 환국에게 넘긴다. 그리고 이 지점이 서희가 아들과의 분리를 통한 고통으로 아들이 타자임을 인정해야하는 부분이다. '매질'은 조선에 돌아오지 않고 간도에 있었다면 조국애를 실현하며 길상과 아이들이 떨어져 살지 않아도 되는데 자신의 집념과 이기심으로 귀환한 것에 대한 단죄의식이다. 결국 뉘우침과 매질의 의미는 가족이라는 가장 가까운 사람에게 자신이 이기적으로 행동한 것에 대한 깨달음이다.

서희가 느끼는 소유에 대한 허무는 서희 혼자서 깨달음의 방식으로 진행된 것이 아니다. 그렇다면 조준구와의 대면은 무의미한 것으로 지나갔을 것이다. 서희의 행동에 확실한 변화는 조준구의 비루한 얼굴을 대면하면서부터 시작된다. 조준구는 서희 앞에서 "감히 내가 어떻게 자네하고 맞서겠는가. 참말로 멋지게 너는 원수를 갚는구나 했지. 나는 이제 다 산 몸, 앞으로 살면 얼마나 더 살 것이며", "나는 사람이 아닌 버러지야. 날 용서해주게"라고 말하면서 최대한 약자의 언어를 뱉는다. 그것이 조준구의 간교함을 감춘 위선이었더라도 최서희가 조준구를 보는 입장에는 변화가 없다. 최서희는 조준구의 말 이전의 얼굴을 보았기 때문이다. 약자인 타자의 현현 말이다. 조준구가 주체인 입장에서는 '사랑'이 없는 죽을 때까지 악인이었지만, 최서희에게는 악인에서 약한 타자로 전환된 셈이다. 때문에 서희는 '옛날의 보복심이나 증오의 감정을 지금 실감할 수 없'다.

이로써 예전에 '냉정'하고 '이성은 편협했'었던 서희는 '지금은 감정이 앞서고', '포용의 폭이 넓어진'다. 혜관이 별당아씨에 대해 '죽은 여자'라고 말해도 허용할 수 있게 된다. 그리고 타자의 가엾은 얼굴을 대면한다. 그들의 얼굴은 아편중독에 시달리는 봉순이고, 남편의 사랑을 받지 못했던 이상현의 처 박씨이며, 서희를 홀로 사랑하다 자살한 박의사이다. 이들로 인해 서희는 타자와 진실로 밀착한다. 환국의 얼굴을 보고 타자에 대한 인지를 넘어 이해에 들어선 서희는 가족이 아닌 타자 봉순이와 양현에게로 타자 인식을 확대시킨다. 이때 서희의 책임에 대한 실천이 뒤따른다. 아편쟁이가 된 봉순이를 평양에서 데려와 거두며, 봉순이의 딸 양현을 키운다. 그리고 봉순 앞에서 자신의 권위를 허문다. 예로 입에 담지도 않았던 별당아씨 얘기를 봉순이에게 하며 '자네는 더러 옛일을 생각하'라고 한다. 봉순이에게 연민과 애정을 보인다. 그리고 하녀 언년이에게도 자신의 운 얼굴을 숨기지 않으면서 좀 더 먼 타자에 대한 권위와 경계도 풀기 시작한다.

좀 더 타자 인식에 대한 적극성을 보이는 것은 이상현의 처 박씨를 찾아가는 장면에서 드러난다. 서희는 윤씨부인이 하던 대로 매년 추수 후 이상현의 집에 곡물을 보냈다. 그러나 박씨는 단 한 번의 인사가 없다. 때문에 서희가 굳이 박씨를 먼저 찾아갈 이유는 없는 것처럼 보인다. 하지만 서희와 박씨의 사이에는 이상현이 있다. 분명 이상현은 최서희를 사랑했으니 박씨는 서희로 인해 희생된 셈이다. 서희는 박씨를 두 번 찾아 가는데 한 번은 박씨의 아들이 투옥되어 있었을 때 표면적으로 위로의 방문이었다. 그러나 박씨와의 대면에서 '그때 내가 간도로 떠나지 않았더라면, 이부사댁 서방님은 부인을 이렇게 내버리지 않았을까?' 하는 죄책의 감정에 빠진다. 타자에 대한 나의 책임을 실질적으로 묻기 시작하는 것이다. 간도로 떠날 때 상현이 자의로 따라나섰고 상황이 긴박하기도 했으나 그 때 서희는 박씨를 의식하지 않았다. 첫 번째 박씨와의 대면에서 서희는 두 집안의 아들이 같은 이유로 투옥되었다는 동질감과 위로라는 표면적 방문 이유 외에, 내면적으로 자각-죄책감으로 자신에게 책임을 묻는다. "아버님께서 그곳에 계시지 않았던들 그 양반이 떠났겠습니까."라는 박씨의 말은 서희가 타자에게 준 상처가 얼마나 깊은지를 인지하게 해준다.

두 번째 박씨와의 대면은 박의사의 자살소식을 듣고 충동적으로 하동의 박씨 집으로 향한 것이다. 두 번째 대면에서는 "그때 당신이 이집에 오지 않았더라면 남편이 저리 되지도 않았을 게요. 내 세월 자식들의 세월도 그렇게 험하지는 않았을 게요. 수없이 흘린 눈물을 당신은 압니까? 알 리가 없지요."라는 박씨의 눈이 하는 말을 듣는다. 박씨 개인 뿐 아니라 연대적 책임을 묻는 것이다. 그리고 그동안 타자에 대한 타성적인 베풂에 대한 새로운 자각도 하게 된다. '도와주어야겠기에 도와주었을 뿐'이라는 의식은 있는 자의 동정이며 연민에 의한 도움이지 타자에 대한 의무인 책임은 아닌 것이다. 결국 최서희가 충동적으로 박씨를 대면한 것은 자신으로 인해 고통 받았던 타자에 대한 뉘우침이며, 그에 대한 속죄의 행위라고 볼 수 있다. 속죄 행위로까지 최서희가 접근할 수 있었던 것은 박의사의 자살 때문이다.

서희는 전신이 떨려옴을 느낀다. 자기 자신의 생각에도 충격이 심하다는 것을 깨닫는다. 최씨 집안의 오랜 주치의였던 박의사의 갑작스런 죽음, 그것도 자살이라니, 충격을 받은 것은 당연하다. 그러나 자살이라는 말을 듣는 순간 서희는 돌팔매가 심장 한가운데에 날아든 것 같았다. 그것은 박의사의 죽음에 자신이 관련되어 있다는 바로 그 느낌이었다.

…중략…

서희가 심장에 돌팔매가 날아든 듯 느낀 것은 박의사의 죽음에는 자신의 무게가 실려 있다는 자각 때문이지만 얼마간 시간이 지났을 때 자신으로 인하여 박의사가 불행했고 불행한 결혼을 했으며 자살을 택할밖에 없었다는 것에 대한 가책보다, 그 가책을 진부한 것으로 밀어붙여놓고 그에게 엄습해온 것은 왜 자신은 박의사를 회피하지 않았는가 하는 의문이었다. 어째서 쏟아놓은 감정을 그의 가슴에 주워담아주듯 그런 태도로 일관했는가 하는 의문이었다. 최소한 친구로서 그를 잃지 않으려 했던가. 길상이 만주에 있는 동안 또 감옥에 있는 동안 박의사의 지극한 사랑이 버팀목이 되어 준 것은 아니었던가. 아니 그런 것 이상의 감정이 있었던 것은 아니었던가.

－13권 254〜255쪽

분(分) 초(秒)로 나누어보면 흘러가버린 시간을 얼마 만인가. 천문학적 숫자다. 그 많은 숫자 속에 순수한 자신의 시간이 거의 없었던 것을 서희는 새삼스럽게 깨닫는다. 그것은 서희에게 매우 충격적인 자각이었다. 가문과 자식과 그리고 남편이라는 존재, 그것과 그들을 중심하여 모든 것을 돌게 하였던 자기 자신은, 애정이든 의무이든 자기 자신은 시계바늘 같은 것이나 아니었는지, 중심에서 멀리 벗어난 박의사는 자신에게 무엇이었을까. 어쩌면 그는 서희를 위한 시계바늘이었는지 모른다. 의술(醫術)을 원했다면 박의원 아닌 곳에도 있었다. 박효영의 심중을 알면서 주치의를 변경하지 않았던 이유는?

그때, 서울서 내려올 때, 급성맹장염으로 부산에서 수술을 받았을 때 진주서 달려왔던 박효영의 얼굴이 서희 눈앞에 풀쑥 솟아올랐다. 사랑은 박효영뿐만 아니었고 서희 자신 속에도 있었음을 강하게 느낀다. 서로의 사랑이, 한쪽은 개방되고 한쪽은 밀폐된 사랑이 박효영을 불행하게 하였고 자살에 이르게 했다.

　서희는 흐느껴 울었다. 소매 속에서 손수건을 꺼내어 눈물을 닦았으나 흐르는 눈물은 멎지 않았다. 그가 앉은 별당, 어머니 별당아씨가 거처하던 곳, 비로소 서희는 어머니와 구천이의 사랑을 이해할 수 있었다. 과연 어머니는 불행한 여인이었던가. 나는 행복한 여인인가 서희는 자문한다. 어쨌거나 별당아씨는 사랑을 성취했다. 불행했지만 사랑을 성취했다. 구천이도, 자신에게는 배다른 숙부였지만 벼랑 끝에서 그토록 치열하게 살다가 간 사람, 서희는 또다시 흐느껴 운다. 일생 동안 거의 흘리지 않았던 눈물의 둑이 터진 것처럼.

—13권 283쪽

　박의사의 자살로 인해 최서희의 죄의식은 최고조에 이른다. 그러나 죄의식이라는 부정적인 감정보다 서희는 박의사의 사랑으로 인해 또 자신도 그를 사랑했다는 것을 인정함으로 인해 자신을 억압했던 모든 속박으로부터 풀려난다. 그것은 먼저 어머니인 별당아씨가 자신을 버렸다는 생각에서 풀려나, 자신과 어머니의 관계에 집착하여 타자인 어머니를 보는 게 아니라 자신이 '알 수 없는' 비대칭성의 타자에 대한 인지로 나아가는 것이다. 그래서 어머니가 아니라 별당아씨로서 한 여자로서 별당은 자신의 사랑을 찾았다는 자각에 이른다. 원한에 사무친 어머니마저 놓아줌으로써 비로소 서희는 타자는 자신과 다른 사람이면서 존엄성을 띤 존재임을 인지한다. 그리고 자신과 타자와의 관계는 자신이 책임져야 할 관계임을 인정하는 것이다. 이러한 변화는 박의사의 진정한 사랑과 그에 대한 서희의 자각에서 비롯된다. 서희가 타자와의 진정한 관계회복을 느끼는 순간이다.

3) 인정과 연대를 통한 윤리적 주체의 생성

최서희는 조준구의 얼굴의 보고 욕망의 추구가 야망에 지나지 않았음을 인지하고 박씨의 얼굴을 통해 자기 존엄의 완강함의 허위를 보았다. 이로써 욕망과 자기 존엄에서 자유로워진 서희가 타자와 제일 가깝게 마주하는 지점은 모성이다. 출산 후 자애롭게 보살핀 사람은 그녀의 아들들-환국과 윤국이다. 이와 아울러 집안의 화목에 기여하는 양현도 딸처럼 키운다.

특히 양현에 대한 애정은 각별하다. 실제로 자신이 낳은 아이가 아닌데도 불구하고 전생운운하면서 양현에게 친밀감을 표현한다. 때문에 양현은 분에 넘치는 사랑 속에서 자란다. 서희의 품이 엄마의 품인 듯 생각한다. 그러나 이러한 모성은 양현이 성장하여 결혼할 때가 되자 한계를 드러낸다. 신교육을 받아 여의사가 된 양현에게 출생 신분적 한계로 인하여 지적 수준이 맞는 적합한 짝이 없기 때문에 최상의 방책으로 윤국을 신랑감으로 권하는 것이다. 이를 진행시키기 위해 최양현을 이양현으로, 호적을 바꾸고 양현이 심기불편해하는 하동의 이상현 집으로 자주 인사를 보낸다.

이 과정에서 모성의 허위가 드러난다. 윤국과 양현의 결합을 남매로 자랐기 때문에 반대하는 길상의 의견을 수렴하지 않는 것은 차치하더라도, 길상이 이들의 결합을 극구 반대하자 서희는 윤국이 양현을 사랑하기 때문에 자신의 욕망이 아니라고 답한다. 여기에서 양현의 의사는 무용하다. 서희가 간과한 것이 아니라 모성으로써 양현도 윤국과 함께 보듬었다고 하나 실질적인 일에 닥쳐서는 양현의 의견은 염두에 두지 않는다. 그리고 양현의 결혼상대로 양현의 수준에 맞는 사람이 배필이어야 한다는 서희의 뜻도 모성의 이기심이다. 양현이 결혼의 주체가 아니라 서희가 결혼의 주체가 되기 때문이다. 뿐 아니라 서희의 의중대로 윤국과 양현의 결합을 위해 양현의 호적 변경은 실상 양현에게 가장 큰 상처이다. 결혼에서 자신의 의사가 묵살된 것보다 자신의 어머니라고 믿었던 서희에게 소외를 느끼게 되기 때문이다. 신분적 소외 또한 서희로 인해 뼈저리게 통감한다.

결국 서희는 모성의 이름으로 양현을 타자화 시킴으로써 소외를 확인시켜주는 꼴이 된다. 서희가 끝까지 잡고 있었던 것이 욕망도 존엄도 아닌 모성이라는 의미에서 모성에 대한 허위는 쉽게 깨질 성질의 것이 아니다. 때문에 욕망과 자기 존엄은 타자의 대면을 통해 스스로 무너뜨렸지만, 모성에 대한 것은 길상의 저항으로 가능해진다. 길상이 양현을 놓아주라고 말하며 자신도 서희에게 '사로잡혀 있다'고 말하는 것, 꿈 속에서도 나타나 양현의 결혼에 대한 서희의 욕망을 비난하는 것 등이 그것이다.

윤국이 학도병으로 자원하여 만주로 가고, 양현은 올케 덕희의 시샘으로 인천의 개인병원으로 가면서 둘의 결혼은 자연스럽게 무화된다. 양현은 서희 뜻을 거절함으로써 서희에게 다가가지 못한다. 그러나 서희의 마지막 전환점은 양현으로 인해 이루어진다. 서희는 양현을 찾아 인천 개인 병원으로 가서 데리고 평사리로 귀환한다. 전쟁의 막바지시기여서 양현의 안위가 걱정되었기 때문이다. 양현이 청혼을 거절하자 윤국이 학도병에 지원하지 않았나 하는 의혹은 이제 서희에게 그리 중요한 문제가 아니다. 양현을 데리고 와서, 윤국의 무사귀환을 비는 의미에서 지리산의 젊은 청년들을 먹여 살린다. 최서희가 자신의 자식에게 밀착됨으로써 다른 사람의 자식에게 경계를 그었던 것을 지워버리는 것이다. 이는 모성의 초월이면서 동시에 윤리적 주체로 나아감을 의미한다.

타자에 대한 책임을 느끼는 윤리적 주체에 이른 최서희 서사는 아들인 환국과 윤국에게서 더욱 확대 진화된다.[4] 최서희에게 아들들은 최서희 자신의 미래이기도 하다. 그리고 환국과 윤국의 타자인식은 최서희가 겪은 만큼의 지난하고 고통스러운 극복의 과정이 생략되어 있다. 이것이 최서희의 타자인식의 서사를 이어받는 의미를 증폭시키는 부분이다. 두 아들의 고뇌에서 우리는 미래라는 희망을 볼 수 있는 것도 커다란 의미로 작용한다.

> "~다리 하나가 망가진 비둘기를 본 적이 있었지요. 절룩거리며 거의 외다리로 모이를 찾아 헤매는 비둘기, 그것을 보셨다면 어머님도 마음이 아프셨을 것입니다. 어떻게 다 같은 비둘기로 태어나서 그 비둘기는 고통스럽게 살아가야 하는지요."
>
> …중략…
>
> "어째서 그것이 예사로운 일이겠습니까. 예사롭게 보아넘기는 데서 인간은 점점 사악해지고 무자비해지고, 자기 자신들의 일이라면 예사롭다 아니 할 것입니다. 사람들은 남의 일일수록 할 수 없다, 그렇게 무관심을 변명하고 합리화하고, 일신 일문을 위하여 최선을 다하는 것이 반드시 자

---

4) (부모와) 어린이와의 관계는 권력관계가 아니라 출산을 통한 타자와의 관계이자 절대적인 미래, 무한한 시간과의 관계이다. 출산에 의해 다가오는 타자는 어리지만 그 고유성은 침범할 수 없다. 무한한 시간은 늙어가는 주체에게 영원한 삶을 약속하지 않지만 세대의 불연속성을 가로질러 어린이와 꺼지지 않는 젊음을 약속한다.(김연숙, 앞의 책, 160~161쪽.)

랑스런 일이겠습니까? 태고적부터 비천하고 가난한 사람이 따로 있었을까요? 사람들이 그것을 만들어놓고서 명분을 찾고 너무 뻔뻔스런 일 아니겠습니까?"

구르기 시작한 수레는 좀처럼 멈추지 않는 법이다. 지금 윤국의 형편이 그러했다. 어쩔 수 없이 그는 어머니를 정면에서 공격한 것이다.

―11권 141~142쪽

위의 인용은 서희가 윤국을 불러 평사리 주막에서 영산댁의 잔심부름을 하는 숙희와 윤국에 대한 소문을 추궁하자 윤국이 서희에게 정면으로 도전하는 장면이다. 윤국이 숙희에게 연민의 감정을 품는 것은 부친 김길상이 종의 신분이었다는 슬픔에 기인한다. 하지만 윤국은 이러한 슬픔으로 인해 숙희와 아울러 타자성을 가진 타자들에게 연민을 넘어 죄책과 책임감을 느낀다. 이러한 인식은 환국이 집안의 지배인 장연학에게 하는 질문에서 구체화된다.

"그래가지고 깡그리 모든 인연 자알 끊겄다. 환국이는 답대비 약한 기이 탈이라. 모진 구석도 있어야제. 해가 거렁거렁 넘어갈라 카는데."

"장서방."

연학은 힐끗 쳐다본다.

"내가 약한 거는 항상 상대들이 약한 처지에 있었기 때문입니다. 내가 강하고 싶어서 강해진 거는 아니지만, 부잣집 아들, 일등으로 졸업하고, 동경 유학생, 또 얼굴 잘생겼다는 말도 많이 들었지요. 내 약점이란 아버지가 옛날 하인이었다는 그것뿐입니다. 해서 어릴 적에 나는 순철이 머리통을 깨버린 일이 있었지요. 장서방도 잘 아는 일이지만."

한참 있다가

"나는 죄인이다, 나는 죄인이다, 남보다 더 가졌기 때문에 죄인이다,

그래서 나는 더욱더 약해져야 했습니다. 나는 우월감을 느끼기보다는 소외감을 더 많이 느끼며 자랐습니다. 따지면 약한 게 아니라 비겁했던 거지요. 그러나 자신들의 약한 면을 고의적으로 들추어 무기로 삼는 것도 비천한 거 아닙니까?"

　…중략…

"나 이런 말 하고 싶었습니다. 장서방도 반대편에 서서 왜 너는 더 가졌느냐 더 가졌느냐 하는 사람인지 모르지요. 배가 고파서 우는 사람 헐벗고 추워서 우는 사람 천대받고 우는 사람, 내 얘기는 그런 차원에서 시작된 것은 아닙니다. 또 그런 사람들을 둘러메고 저항할 힘을 모으는 것, 그것이 일이라는 것도 압니다. 그러나 그 힘이 약자를 누르고 소외하는 방향이라면 무슨 희망이 있겠습니까. 물론 내 처지에서 내 처지의 말을 한다 하겠지요. 그렇다고 해서 내가 거짓말을 해야 합니까? 어릴 때 일을 기억하는데, 외톨백이 아이 하나가 사탕을 가져와서 나누어주었지요. 그랬더니 사탕을 나누어준 아이하고 사이가 좋지 못했던 아이는 외톨이가 되더란 말입니다. 이번에는 외톨이가 과자를 가져와서 나누어주었지요. 사탕을 나누어준 아이는 다시 외톨이가 됐어요. 얻어먹는 아이들은 항상 명령에 복종했어요. 명령에 복종하는 아이, 외톨이는 언제 없어지지요? 정말 역사가 그렇게만 되풀이되는 거라면 무슨 희망이 있겠습니까."

　연학은 말없이 따라 걷는다.

"마음속에서부터 우러나는 적개심, 분노, 슬픔, 그것이 순수하면 힘이지요. 순수한 힘은 우월감이 아닙니다. 우월감을 쳐부수는 것이지요. 우월감을 쳐부수는 이론을 가지고 스스로는 우월감에 젖어 있다면 이편에 서든 저편에 서든, 친구가 되든 원수가 되든 무슨 의미가 있겠습니까."

―10권 116~117쪽

서희가 보이는 윤리적 주체에서 진일보하고 있다. 가진 자로서, 주체로서 타자를 돕지 못함, 책임지지 못함에 대한 것을 책임 회피로 회의하고 있다. 나아가 힘의 이동에 의해 시시각각 변하는 주체와 타자의 자리, 그리고 소외에 대하여 적대자를 양산하는 역사에 대한 질문 속에서 적대자도 끌어안을 수 있는 타자 지향적이며 포괄적인 주체의 윤리를 질문한다. '어느 편도 소외 없이 공존할 수는 없는가'에 대한 질문은 주체와 타자와의 관계에서 주체의 윤리적 포용의 확대에 관한 질문이기도 하다. 결국 약자의 타자는 연민을 넘어선 타자지향의 존중으로 책임을 지더라도, 그럼 주체에게 적대적인 타자는 어떻게 할 것인가? 이 질문이 『토지』에서 가장 큰 질문이다. 이 질문에 대한 답은 악인 조준구의 꼽추 아들 조병수에게 있다. 타자의 죄까지 대신 짊어질 수 있는 대속으로 접근하고 있기 때문이다.

박경리 소설 『토지』의 주인공 최서희를 통해서 타자 인식의 변모 양상을 살펴보았다. 다섯 살 때 어머니인 별당아씨를 잃어버리고 이어 아버지와 할머니까지 여의면서 스스로 자신의 안위를 위해 이기적 주체로 자신을 정립한 최서희는 욕망과 소유로 자신의 자리를 만든다. 남녀 간의 사랑과 잃어버린 조국에 대한 애국심마저도 자기 위주의 이기심으로 일관하여 사랑을 얻지 못하고 친일행각도 서슴지 않는다. 이기적인 주체는 타자와의 관계를 괘념치 않으며 자신의 욕구와 욕망대로 움직이는 것이다. 물적 가치를 소유하듯이 타자와의 관계도 소유로 파악한 서희에게 물적 가치를 따르지 않는 옥이네의 자존감은 서희가 소유에 대한 허무를 인식하는 계기로 작용된다.

이러한 기존 가치의 균열은 서희의 가장 큰 과제인 최참판가(家)의 회수장면에서 극대화된다. 조준구가 거대한 약탈자가 아니라 비굴한 사죄자로 나타나자 서희는 승리의 쾌감이 아니라 물적 가치에 대한 허무로 인해 행동양식의 변화를 맞게 된다. 적극적인 행동양식에서 숙고적 행동양식으로 변화하면서 타자와의 관계에 주목한다. 이는 이기적 주체인 서희가 타자를 인식하면서 타자 위에 군림하지 않고 내려앉으며 타자와의 연대를 희구하는 긍정성으로의 변화이다.

구체적으로 서희와 가장 가까운 타자인 아들 환국과 길상의 얼굴을 대면함으로써 그들의 창백한 얼굴을 주시하면서 이기적인 자신을 뉘우치고 매질을 한다. 이러한 과정을 거치면서 자신 주변의 타자인 봉순이와 하인들에게 곤고한 자신의 권위를 허물고 자신이 상처를 주었던 타자를 돌아보게 된다. 이상현의 처 박씨와 대면하고 박의사의 자살에 직면하면서 서희는 자아 존엄의 허상을 수용한다. 이러한 변화는 죄책감을 유발하고 타자에 대한 책임감을 느끼도록 서희를 이끈다.

서희의 타자 인식의 변화는 여기서 멈추지 않고 모성의 허위에 대한 경험으로 인해 한 발 더 앞으로 나아간다. 자신의 자식만을 보듬는 것이 아니라 타자에 대한 윤리적 주체로서의 전환을 보이는 것이다. 이는 윤국이 떠난 자리에서 양현을 품에 안아들이는 데서 확인할 수 있다. 서희의 타자 인식에 대한 변모는 아들인 환국과 윤국에게서 더 전진되는 양태를 띤다. 환국은 약자의 타자 뿐 아니라 적대의 타자를 어떻게 포용할 것인가에 대한 번민을 보임으로써 주체의 대속적 책임감에 대하여 질문을 던진다.

2. 이념 중심적 주체의 타자의식 확대

1) 폐쇄적 도덕성의 한계

평사리의 대표적인 농민으로 그려지고 있는 이용은 유교이념을 충실히 수행하는 인물이다. 변화를 싫어하는 농민의 속성을 가지면서 유교이념을 내면화한 이용은 유교이념으로 인하여 인간이 어떻게 존엄한 존재가 될 수 있는지 구체적으로 구현한다.[5] 때문에 작품에서 이용이 가장 훌륭하게 묘사되는 부분은 제례의식에 참여하는 순간이나 월선의 장례식장에서 사내다운 자부심을 보일 때이다. 이때 형상화되는 용이는 경건하며 타자들에게 두렵도록 엄숙한 자기 존엄의 주체이다.

용이는 인간의 가치 기준을 '사람의 도리'에 두는데 이는 사람이 도리를 지킴으로써 존엄한 사람이 되기 때문이다. 신분제 사회이기는 하나 농경사회인 조선 후기는 사농공상의 서열에서도 알 수 있듯이 농부가 선비 바로 다음의 위치로 인정을 받았으며 양반의 생활 형태와 유교이념을 충실히 이어받아 이를 수행하면서 양반에 버금가는 인간의

---

5) "존엄성이라는 것은 오만과는 달라요. 이것은 자기 스스로가 자신을 지키는 것으로 욕심을 가지는 것이 아니고 인간의 가장 숭고한 것을 지키는 것이에요. …중략… 유교가 농민들에게도 흘러갔던 것입니다. 제사라든가 의식 구조라든지 조상숭배라든지 이 모든 것이 농부들에게 흘러갔는데, 이것은 농부들에게 인간으로서의 존엄성을 인식시키게 되었습니다. …중략… 또한 우리나라 농민들은 손님이 오면 옷을 갈아입고 맞았으며, 제삿날에는 정장을 하였지요. 이러한 예의 범절은 우리 농민에게 美意識이 있었다는 얘기입니다. 우리의 농부에게 이처럼 무엇인가 다른 점이 있었다는 얘기를 저는 『土地』에서 하고 싶었어요. 그래서 용이라든지 영팔이 같은 인물들에게 인간의 존엄성을 부여했던 것입니다. 비록 농부지만 범접할 수 없는 自意識, 이런 것을 그네들한테 부여하고 싶었던 것이지요. 보리죽을 먹어도 인간으로서 비천한 짓을 못한다는……."(김치수, 앞의 책, 186쪽.)

존엄을 획득할 수 있었다.[6] 이러한 상황을 자존심이 강한 용이는 적극 수용하여 내면화했다. 때문에 최치수와 극명하게 신분이 다름에도 불구하고 최치수의 인정을 받는다. 최치수는 용이를 '사람이 존엄하다는 것을 용이놈은 잘 알고 있'다고 말하며 '지 어미가 드난꾼으로 늘 드나들었는데 조상은 상놈이 아니었던 모양이'라고 칭송한다.

최치수보다 나이가 더 많은 용이는 어린 시절 최치수와 어울려 놀았는데 곧잘 최치수에게 맞곤 했다. 그래서 불만을 터트리면 용이의 어머니는 강약이 부동하니 어쩔 수 없다면서 용이를 달랬다. 신분에서 오는 설움을 어린 시절에 안 용이는 자신의 강직한 자존심을 세우기 위해 인간의 도리 즉, 유교이념을 자신의 가치 기준으로 삼았다고 할 수 있다. 삶의 가치 기준이 경제적인 부에 있는 칠성이와의 대화에서 이는 여실하게 드러난다.

---

6) 서민들, 이 백성들의 정신을 지배하고 있는 것은 자연 종교 또는 무속(巫俗)의 세계인데, 유교에서 비롯된 삼강오륜의 도덕과 예의 숭상에서 온 관혼상제의 제도조차 무속의 빛깔을 띠었다 하여도 무리한 얘기는 아닐 성싶었다. 제반의 행사는 항상 무속을 동반했으며 최고 도덕인 효 사상은 조상으로 하여금 자연 종교에서의 제신(諸神)의 자리를 차지하게 하였으니 신앙의 대상이라면 그 어느 것도 거부하지 않는, 어떠한 종교이든 자리를 내어줄 것을 주저하지 않는 저 유교와 불교가 오랜 세월 아무 알력도 없이 공존해왔던 사실을 우리는 알고 있다. …중략… 상호 연관되고 서로 얽혀서 그러면서도 불가사의하며 모호한 것을 맹신하는 마음에는 언제나 재앙에 대한 두려움, 천벌에 대한 무서움으로 가득 찬 소박하고 선량한 체념의 무리가 이 서민들이다. …중략… 신령에 관한 행사는 대행자인 무격(巫覡)들에게 맡겨버리고 실행하는 것은 삼강오륜의 생활 방식으로서 신비와 운명에 자신들 의지를 위탁하였으면서도 오로지 단 하나의 이성이며 실천과 노력을 도모하는 것이 유교적 인생관은 아니었었는지. 식자들뿐만 아니라 서민들이 즐겨 쓰는 도리(道理)라는 말이 있는데 자식된 도리, 부모된 도리, 사람의 도리, 형제의 도리, 친구의 도리, 백성의 도리, 이 도리야말로 생활의 규범이다. 천재를 제신의 노여움으로 감수하듯이 무자비한 수탈 속에서 가난도 이별도 견디어야만 하고 도리를 준열한 계율로 삼아온, 이 자각(自覺) 없이 고행해온 무리가 조선의 백성이요 수구파의 넓은 들판이다.(3권 165~166쪽.)

"상놈은 사람 아니가. 사람으 도리는 상놈 양반 다 마찬가지다."
"마찬가지라고? 고대광실에서 개기반찬 씹어뱉는 놈하고 게딱지같은
오두막에서 보리죽 묵는 놈하고 우에 같노."

—1권 64쪽

그런데 사람의 도리를 지키는 것은 이용에게 그리 녹록한 게 아니다.
죽음에 임박해서 평사리에 온 이용이 '세 여자로 하여 인생이 결정되
고 끝나는 것 같다'고 회고하듯이 가난한 농부가 세 여자를 거느리면
서 인간의 도리를 잘 수행하기는 어려운 것이기 때문이다. 부모에게 효
도하고[7] 사내대장부답게 처자를 책임지기 위해서는 조강지처의 자리
가 엄존하여야 하며 경제적으로 여자들에게 기생하지 않고 스스로 그
들을 책임져야 한다.

유교이념이라고 대별되고 있는 인간의 도리는 용이가 죽은 어머니와
나누는 문답이나 회고, 현몽 등을 통해 나타난다. 효와 조상 숭배에 관
련된 것으로 조상 숭배의 대표적인 의식인 제례는 조강지처가 참여하
여야 하며 아들 자손이 동참해야 한다. 때문에 용이의 모친은 법으로
만난 조강지처인 강청댁을 박대하지 않을 것, 무슨 짓을 했던지 간에
자식 낳아준 임이네를 버리지 않을 것을 강권한다.

'예로 만난 가숙을 박대하믄 못쓰네라. 여자란 남자 하기 탓이다. 모르
는 거는 가르쳐가믄서.'

---

7) 효는 우리에게 인의예지(仁義禮智)의 마음과 정신을 지니게 해 주는 것으로 오랜 동
안 우리 사회의 기본적인 가치와 질서의 근간을 이루어 온 대표적인 문화유산이다.
(국민호, 「제사를 통해 본 '효(孝)' 문화」의 유교적 전통과 전망」, 『동양사회사상』 제12
집, 동양사회사상학회, 2005, 133쪽.)

강청댁에게 장가들어 정을 못 붙였을 때 모친이 타이른 말이었다. 숨을 거둘 때도 부모 멧상들 가숙을 박대하지 말라는 것이 유언이었다.

'내가 떠나믄 부모 기일은 뉘가 모실 기며……'

—1권 265쪽

'이놈아, 우찌 그리 사나자식이 단이 없노. 부모가 만내준 가숙은 뱅이 들어 죽었으니 할 수 없고 지사 무신 짓을 했던지 간에 자식 낳아준 제 집인데 그거를 버렸나? 모두 팔자다. 니가 몸부림을 친다고 머가 달라지겠나? 이 구비를 한분 넘기보라. 그라믄 사람이 사는 기이 벨거 아니네라, 그거를 깨달을 기다.'

모친의 꾸짖는 목소리가 들려오는 것이었다.

…중략…

그래도 조상이 니를 돌봐주니께 이분에 죽지도 않았고 자손도 얻은 거 아니가. 이씨네 집에 문을 안 닫게 된 것만도 고마븐데 무신 딴 생각을 하노 말이다. 월선이하고 또 상관을 하믄 자손에 해로블 것을 우찌 모리노?'

—2권 423~424쪽

용이의 모친은 용이와 월선이 만나는 것을 계속해서 저지한다. 월선의 신분이 천민이라고 해서, 법으로 만난 조강지처가 있다고 해서, 자식 낳아준 여자가 있다고 해서, 호열자에서 조상이 목숨을 구해주었다고 해서, 월선이하고 상관을 하면 자손에게 해로울 것이라고 해서이다. 심지어 꿈에 '난데없이 소 한 마리가 뿔을 휘두르며 막아'서기까지 한다. '꿈에 뵈는 소는 조상'이라는 어머니의 말이 상기되면서 '조상이 말'린다고 용이는 생각한다.

용이는 조강지처인 강청댁과 결혼하기 전에 함께 자란 월선이를 사모하고 있었다. 천민이라는 신분 때문에 용이 모친의 반대로 결혼에 이르지 못한 월선은 나이 많은 절름발이 사내에게 시집을 갔으나 다시 되돌아와서 읍내에 주막을 차렸다. 용이에게 '원망이 없'는 월선은 운명에 순응적이며 염치가 바르다. 용이에게 '내 목구멍에 걸린 까시'같은 월선은 용이와 밀착되어 한시도 잊을 수 없는 고통의 존재이다. 하지만 용이와 월선의 관계는 끈 없이 이어진 관계이다. 조강지처도 아니며 아이의 어미도 아니고 다만 사랑 자체가 끈이다. 이때의 사랑은 보고 싶어도 참아야 하는 고통과 헌신이 전제된 것이다. 때문에 임이네와 강청댁은 정은 없으나 버릴 수 없는 여자들이며, 월선은 정은 있으나 버릴 수 있는 여자다. 결혼하기 전에는 월선이를 환상으로 대하던 용이가 오광대놀이가 있던 날 월선과 동침 후에는 환상이 아니라 한을 갖게 된다. 그럼에도 불구하고 용이는 유교이념을 뛰어넘지 못한다.

> "니를 술청에 내어놓고…… 그래놓고 밤에 니를 찾아가는 내 꼴을 생각해봤다. 자꾸자꾸 생각해봤다. 부끄럽더라. 그, 그래서 못 갔다. 니가 눈이 빠지게 기다릴 것을 알믄서 니가 밤에 잠을 못 자는 것을 알믄서. 영팔이가 그러더마, 내 안부를 묻더라고. 간장이 찢어지는 거 같더마. 천분 만분 더 생각해봤제. 다 버리고 다아 버리뿌리고 니하구만 살 수 있는 곳으로 도망가자고. 안 될 일이지, 안 될 일이라. 이 산천을 버리고 나는 못 간다. 내 눈이 멀고 내 사지가 찢기도 자식 된 도리, 사람으 도리는 우짤 수 없네."

—1권 176쪽

'눈이 빠지게 기다릴 것을 알믄서 니가 밤에 잠을 못 자는 것을 알믄서' '간장이 찢어질' 것 같이 아파도 월선에게 찾아가지 않고 참는 것은 용이가 자신의 감정보다 자기 존엄을 더 중요시하기 때문이다. 여기서의 자신의 존엄은 이성에 속하는 이념으로 사내대장부라는 의미와 통한다. 또한 월선과 사랑의 도주를 할 수 없는 이유도 '내 눈이 멀고 내 사지가 찢기도 자식 된 도리, 사람의 도리' 때문이다. 부모가 묻힌 산천을 버리고 갈 수 없으며 효사상[8]에서 놓여날 수 없음을 말한다.

모친의 유언과 모친이 묻힌 산천을 두고 월선과 도주할 수 없었고, 강청댁과 임이네와의 짐승같은 행각에서도 도망칠 수 없었던 용이가 고향을 떠나는 계기는 의외의 사건으로 가능해진다. 목숨을 건 의병활동이 그것인데 이는 용이에게 그만한 명분이 되기 때문에 이주가 가능한 것이다. 그만큼 용이에게 충·효사상은 투철한 것이어서 폐쇄적으로까지 보이며 이와 더불어 사내대장부의 도리도 용이의 사고방식이나 행동을 결정짓는 중요한 근거가 된다.

울고불고, 행패를 부린다고 읍내행을 중지할 용이는 아니었다. 다만 그는 여자의 눈물이 싫은 것이다. 아니 여자의 눈물이 두려웠던 것이다. 웬만치 바가지를 긁어도 말이 없고 심하다 싶으면 슬쩍슬쩍 농으로 돌려

---

8) 효에서 가장 중요한 것은 부모를 잘 모시는 것으로, 유학자들은 부모에 대해 마음을 공경하게 하고 영원토록 그 은혜를 잊지 않는 것을 효행의 근본으로 여겼다. 동시에 효행은 부모가 살아 계신 당시에서 끝나는 것이 아니라 부모께서 돌아가신 후에도 한결같이 공경하는 마음을 갖는 것이다. 따라서 부모가 돌아가시면 "예禮"로써 장사지내고 이후에 계속 제사를 지냄으로써, 세월의 흐름에도 변하지 않는(恒) 마음을 갖는 것이 중요하다. … 맹자가 말하기를 어버이와 친하는 것이 사람이고, 또 어버이와 친함으로써 인仁스러운 백성이 된다고 하여 인仁은 바로 효孝고, 효孝는 바로 인仁이라고 보아, 인과 효를 하나로 보는 '효孝'사상을 수립하였다.(국민호, 앞의 글, 136~138쪽.)

버리는 용이를 마을 사람들은 모두 그 이름같이 사람이 용해서 그렇다고
들 했다. 그러나 실상은 강청댁이 뭐라 하건 용이는 자기 고집을 꺾은 일
이 없었다. 장날이면 어떤 일이 있어도 읍내에 나가서 월선의 주막에 들
렀고, 술 한잔을 사먹고 돌아오는 그 짓을 일 년이 넘게 계속했으니 누
구보다 강청댁 자신이 남편의 고집을 잘 알고 있었다. …중략… 이번만
은 한사코 말리고 싶은 생각이 목구멍까지 차올랐다. 용이 두루마기를
갈기갈기 찢어서라도 가지 못하게 말리고 싶은 간절한 마음이었다. 그러
나 강청댁은 그러질 못했다. 힘이 부쳐서 못하는 것이 아니요 최소한 지
어미로서의 도리를 지켜 못하는 것도 아니었다. 용하게 보이지만 밑바닥
에 깔려있는 남편의 요지부동한 고집 때문이었다. 볼품도 없고 알뜰한 살
림꾼도 아니며 산골짜기, 강청(江淸)에서 본 바 없이 자란 강청댁을 이
러나저러나 데리고 살면서 여자에 관한 뜬소문 한번 없이 지내온 것도,
죽은 모친에 대한 효성과 아울러 맺어진 인연을 지키어나가고 있는 것도
용이 나름의 고집 탓이라는 것을 강청댁은 어렴풋하게나마 알고 있었다.

—1권 100~101쪽

강청댁이 '웬만치 바가지를 긁어도 말이 없고 심하다 싶으면 슬쩍슬
쩍 농으로 돌려버리는 용이'는 실상 마을 사람들이 말하듯 '사람이 용
해서 그'런 것이기보다 강청댁의 말에 동요를 보이지 않는 것이다. 괘
넘치 않겠다는 의지의 표현이다. 또한 농으로 돌려버리는 것은 용이가
강청댁보다 우위에 있음을 입증하는 것이다.[9] 이는 강청댁이 아무리
강짜를 부려도 강청댁의 존재는 용이에게 조강지처 이외 별 의미가 없
음을 나타낸다. 이러한 양상은 자식을 낳아준 임이네에게도 마찬가지

---

9) 농담은 사람에게 직접적으로 하기 어려운 비판이나 공격을 우회로를 통해서 가능하게
   한다는 데 의미가 있다.(프로이드, 임인주 옮김, 『농담과 무의식의 관계』, 열린책들,
   1997, 182쪽.)

이다.

임이네는 통포슬로 옮겨간 후 월선옥에서 벌어들이는 돈을 훔쳐낼 수 없게 되자 '상사병과 같은 돈에 대한 집념' 때문에 병적으로 용이에게 신경질을 내지만 용이는 '임이네 신경질에 무감각한 편'이다. 이는 용이가 강청댁의 강짜에 대응하는 자세와 같다. 강청댁의 말에 무관심으로 일관하는 것이 '사내', '도리'라는 것을 우위에 둔 행동이듯이 임이네의 신경질에 무감각한 것도 '사내다움'을 우위에 둔 소치다. 다른 점은 강청댁에 대한 용이의 대응이 무시였다면 임이네에 대한 용이의 대응은 경멸이다.

그러나 질투가 심하여 강짜를 부리는 강청댁이나 억지를 쓰는 몰염치의 임이네에게 강압적이고 무쇠 심장으로 일관하는 용이지만 월선에게는 그 사내다움이 다르게 표현된다. 월선은 임이네에게 약자이다. 자식이 없고 성정이 무르기 때문에 월선은 임이네에게 약자로서 억압당한다. 그래서 용이가 도리에 어긋나고 포악한 임이네로부터 사내답게 '월선을 위한 바람막이' 역할을 한다.

그는 말끝마다 되놈 나라에 끌어다놓고서도 어떤 년은 그늘에 앉아 돈이나 셈하는 도방 생활이고 어떤 년은 햇볕 받으며 품팔이 촌구석 생활이냐, 이따금 용이와 대판 싸움이 벌어질 때가 있다. 그러나 임이네의 상사병과도 같은 돈에 대한 집념은 고쳐지질 않았고 용이는 용이대로 용정서의 그 지긋지긋한 생활에서 놓여난 것만을 다행으로 여기듯 대개는 임이네 신경질에 무감각인 편이었다. 그리고 월선을 위한 바람막이 같은 자신을 깨달을 적에 용이는 일상의 추악한 단면을 외면할 만큼 인내심이 깊어지기도 했던 것이다.

'내가 너에게 무엇을 해줄 수 있단 말고, 불쌍한 것.'

순수하게, 옛날과 같이 순수하게 용이는 월선을 위해 눈물을 흘릴 수 있었다. 지난 겨울 벌목일을 끝내고 용이는 월선에게 먼저 갔었다. 많지 않지만 품삯의 일불 내놓았을 때 월선의 얼굴에선 빛이 났다. 그러나 다음 월선은 당황하여 얼굴을 붉혔다.

"머 내사 어려블 기이 없는데 집에 가지가소"

"여기가 내 집인데?"

월선의 눈에 눈물이 글썽 돌았다.

─5권 386~387쪽

이번에는 용정을 휩쓸고 지나간 화제 뒤끝의 폐허 속에서 생활에 순응하던 구역질나는 자기 자신과 작별할 수 있었다. 그 치욕스러운 생활로부터 행방될 수 있었던 것이다. 우선 장래에 대한 희망을 가진다는 것은 사치요, 희망이 없어도 좋았다. 내 자리에 내가 돌아왔다는 안도만으로 충분하지 않느냐. 용이 생각은 그러했고 잘게 갈라졌던 신경이 굵게 뭉쳐지면서 메말랐던 바닥에 물이 고여드는 것을 깨닫는다. 사내로서의 자부심이 풍요한 사랑의 물길이 되어 흐르는 것을 ─ 용이는 월선의 체취를 강하게 느낀다.

─4권 249쪽

또한 용이는 '사내로서의 자부심'이 있어야 마음도 동요하고 월선에게 사랑도 느낄 수 있기 때문에 사랑보다 이념이 우선되는 인물이다. 월선이가 간도에 갔다와서 읍내에 번듯한 집을 사놓고 살 때, 용정에 이주 후 월선옥에서 월선의 덕분으로 생계를 유지할 때 용이는 성정이 거칠고 무례해진다. 용정에서의 삶을 구차한 것으로 판단한다. 사내다움의 부정적 표출이다. 그러나 제 손으로 의식을 해결하고 벌목일로 번

돈을 월선에게 갖다줄 때는 자신감을 회복하여 월선에 대한 사랑이 샘솟는다. 이로써 용이의 사랑은 존엄과 관련된 것임을 확인할 수 있다.

앞에서 확인한 바와 같이 용이는 유교이념인 충·효사상과 사내대장부의 도리에 매여 산다. 윤보가 간난할멈과 최치수를 걱정하는 용이를 보고 '평생 니는 매이살아야 하는 인재밖에 못 되겠나' 하고 한탄한 했던 것처럼 유교이념이라는 자기 존엄의 형식에 구애를 받는 인물임에는 틀림없다. 용이와 반대로 윤보는 제례를 '제몸 낳아주고 키워준' '부모 은공'에 대한 감사와 정애의 표현으로 인식한다.

맹목적인 효도와 인간의 존엄을 위한 용이의 유교이념의 고수[10]는 약자를 대하면서 연민에 저항을 받게 된다. 남편인 칠성이가 살아있는데도 강한 추파를 던지는 임이네에게 용이는 경멸의 시선을 보냈었다. 그러나 임이네의 하소연을 듣고 경멸하는 바가 없지도 않지만 칠성의 성정을 아는 용이기 때문에 임이네에게 동정과 연민을 느낀다.

　"쪽박을 차도 마음만 맞이믄 살지, 안 그렇소? 남으 제집한테 속태우
　는 것도 골벵은 골벵이지마는 그것도 남자 하기에 달린 거 아니겠소. 안
　보는 데서는 무신 짓을 하든지 집에 들믄 가숙 불쌍한 줄 알고 따따스리

---

10) 유교의 제사는 조상(과거)과 자손(미래)을 이어 주는 것으로, 나(현재)는 제사를 통해 조상과 자손을 이어 주는 징검다리 역할을 한다. 이는 나의 존재가 사후에 자손을 통해 그 생명력이 전승되는 것을 의미한다. 나의 행적은 나의 자손을 통해 영원히 기억되고 재현될 것이다. 이러한 차원에서 볼 때, 제사와 효 사상은 유자儒者들이 자신들의 생명의 연속성을 지켜 나가기 위해 만든 종교 사상이라고 볼 수 있다.(국민호, 앞의 글, 149쪽.) 이러한 유교 사상과 이용의 유교 사상은 차이가 있다. 이용은 조강지처인 강청댁이나 사랑하는 월선이가 자신의 아이를 못 낳고, 임이네가 자신의 대를 이어줄 홍이를 낳아도 홍이에게 각별하지 않기 때문이다. 그래서 세대를 잇는 생명력의 전승의 역할로써의 제사의 의미보다 '제례의식', '효사상'의 규범적 질서를 지킴으로써 자신의 존엄을 유지, 존속하는 것이라고 볼 수 있다.

대하믄 그만 아니겄소? 욕심만 똥창까지 차가지고 이녁 밥그릇 작은 줄만 알았지 제집, 자식새끼는 옆에서 죽어도 모릴 사람이요. 살아갈수록 나이 들어갈수록 서글프고 가소룝고 한이 되네요."

칠성이 사람됨됨을 알고 있는 용이는 임이네가 빈말을 하고 있다 생각지는 않았다. 동정이 안 가는 것도 아니었으나 여자들끼리라면 모르되 외간남자를 보고 제 남편 험담하는 임이네가 곱게 보이지는 않았다.

―2권 68쪽

실상 칠성이는 물욕이 많고, 죄의식이 없어서 목적을 위해서는 수단과 방법을 가리지 않는다. '자손이야 우찌 되든 나하고 무슨 상관'이며 '재물만 있어 보제? 어느놈이 나를 업신여길 것꼬'라고 생각하는 칠성이의 존엄은 재물과 비례하는 것이다. 마누라인 임이네에 대해서도 아이의 어머니나 처로서의 가치보다 '일 잘하는 일꾼'으로 치부하거나 매춘부와 진배없이 대한다. 때문에 내외간에는 정은 고사하고 임이네가 남편인 칠성으로부터 받는 천대는 자심하다. 이를 잘 알고 있는 용이가 임이네에게 동정을 느끼는 것은 사실이나 임이네의 행실이 좋지 않음을 알기 때문에 거부감도 있어서 항상 거리를 둔다. 그러나 칠성이 최치수 살해사건에 연루되어 처형된 후 죄인의 처로 마을에서 살 수 없어 야반도주를 했으나 세 아이를 데리고 먹고 살 길이 막막하여 거지꼴로 떠돌다가 평사리로 다시 돌아왔을 때 용이의 태도는 달라진다. 거지꼴을 하고 세 아이를 데리고 평사리로 들어오는 임이네를 본 용이는 강한 연민을 느끼며 겉보리 한 말과 곡식이며 감자 등을 갖다준다.

"생판, 이, 이런 공것을."

하다가 별안간 임이네는 울음을 터뜨린다. 울음을 터뜨린 임이네 자신이 용이보다 더욱 당황한다. 일 년 넘게 눈물 방울이라고는 흘려본 적도 없었고 울음을 터뜨리기 전에 고맙다거나 슬프다거나 그런 감정을 느끼지도 않았는데 어째서 울음이 터져나왔는지 그 자신도 모를 일이었다. 그런데 울음은 걷잡을 수가 없었다.

"와, 와 이랍니까."

성정이 여자 울음에 약한 용이 어찌 할 바를 모른다. 임이네한테 무슨 딴마음이 있어 찾아온 용이는 아니었다.

"머 운다고,"

하면서 쩔쩔매다가 그는 어느덧 말뚝같이 굳어지고 말았다. 약하게 비춰주는 모깃불, 희미하게 흔들리는 여자의 모습, 오장을 후벼파는 것 같은 여자의 흐느낌 소리, 가슴에 불이 댕겨지는 것 같은 측은한 마음은 이상한 감동을 불러일으켰던 것이다.

－2권 291쪽

이를 계기로 용이는 임이네의 보호자가 된다. 자존감이 강한 용이가 임이네를 감싸안는 것은 칠성이로 인한 고통과 천대 등에서 임이네를 보호하고자 하는 연민 때문이다. 죄는 미워하되 사람은 미워할 수 없는 것인데 하물며 임이네는 죄인이 아니라 죄인의 처인 탓에 죄인이 된 것이다. 억울하게 죄인이 된 임이네는 과부가 되어 먹을 것이 없어서 매춘까지 서슴지 않았음을 애처롭게 여긴 용이는 임이네를 거둠으로써 자신도 같은 죄인이 되는 것을 감수한다. 오랜 유대관계에 있던 최참판 댁에 임이네와의 결합은 죄책감을 동반하는 것이기 때문이다. 그렇더라도 용이는 자신의 의지를 굽히지 않고 임이네를 철저히 보호하며 서희가 월선옥에 임이네를 들지 못하게 하자 '노골적으로 비꼬며 서희

권위를 때려부수려'든다. 적반하장의 경우겠으나 이같이 용이에게 임이네의 존재는 그의 이념에 버금가는 연민의 감정을 강하게 추동하고 있는 존재로 판단할 수 있다.

　　그러나 가슴에 젖어드는 것은 연민의 눈물일 뿐이다. 살인 공범자 칠성의 아낙, 마을에서 개처럼 쫓겨났던 여자, 아이 셋을 앞세우고 한 끼의 끼니를 위해 매음까지 하지 않으면 안 되었던 그 여자는 지금 홍이 어미로서 용이 아낙으로서 이곳에까지 왔다. 증오했고 한 마리의 뱀으로 치부하며 저주했고 죽어지라고 구타했으며 인연을 원망했던 그 여자에 대한 한가닥의 아픔은 용이 인생에 있어 어떤 뜻을 갖는 것일까. 어떤 경우에 있어서도 그 험악한 전력(前歷)에서 여자를 숨겨주고 싶은 거의 본능인 그 충동적 아픔은 도대체 어떤 형태의 애정이란 말일까? 일행 중 어느 누구도 그를 위해주고 따스하게 대하는 사람은 없지만 과거사를 드러내어 여자를 천대하는 것만은 용납할 수 없는 것이다. 그렇게 지긋지긋하게 싸웠으면서도 용이는 여자의 과거만은 절대로 건드린 일이 없다. 당초부터 그들의 관계도 그런 것에서 시작되었다. 도대체 어떤 형태의 애정일까. 용이 스스로도 알지 못한다. 간도로 떠나오면서부터 일행에 있어서 임이네는 불문(不問)의 존재였다. 그리고 은근히 서희와의 접근을 막는 데 신경을 써온 존재이기도 했다. 그 불문의 존재가 거북이로 인하여 풀쑥 떠오른다는 것, 떠올라 일행의 마음을 산란스럽게 하는 일이 두려웠고 여자를 데리고 산다는 죄책감도 되살려져야 한다. 그러나 그보다 가만히 그 일을 덮어두고 싶은 연민의 정이 더 짙게 마음을 지배한다.

　　　　　　　　　　　　　　　　　　　　　　　　　　　　　　—4권 117쪽

　임이네를 연민으로 받아들이기 전에 용이는 모친의 강권으로 유교이념에 복속된 존재로서 조강지처를 버리지 못하고 조상숭배의 책임감 때문에 정인인 월선과 도주할 수 없었다. 그러나 임이네를 포용한 용이는 폐쇄적인 유교이념을 자신의 감정의 추동으로 저항한다고 볼 수 있다. 그도 그럴 것이 용이 모친이 임이네를 거두라고 한 것은 임이네가 아들 홍이를 생산한 아이 어미라는 이유였지만 용이는 임이네가 아들을 생산했기 때문에 임이네를 거둔 것이 아니기 때문이다. 용이는 아들 홍이에게 별 관심을 보이지 않아서 임이네가 아들 낳은 유세를 부려도 통하지 않으며 심지어 아들을 '자신과는 아무 상관도 없는, 어쩌다가 세상에 태어났을 목숨이거니 생각' 할 정도이다.

이러한 용이의 의식은 강청댁이 호열자로 죽었을 때 느끼는 죄책감과 아울러 강청댁이 시집오던 때를 회상하는 장면에서도 드러난다. '병적인 적개감 때문에 마을에서도 외로운 존재'인 강청댁은 먹는 입 하나가 무서운 가난한 집에서 시집을 왔다. '봄이라 하지만 바람이 불고, 들판의 바람은 아직 매운데 짧은 치마 밑의 종아리는 시려울거라'고 마음이 쓰이고 강짜가 아무리 심해도 작은 것을 때릴 데가 없다고 말하며 손찌검하는 일이 없었다.

그러나 용이의 강한 이념은 연민에 저항을 받기는 하지만 쉽게 변할 성질의 것이 아니다. 그것은 그의 강한 성정에서도 나타난다. 강청댁이 전염병으로 죽자 죄책감 때문에 무서워서 시신 가까이 가지 못한다. 강청댁을 박대하지 않았지만 아끼지도 않았던 용이는 허위로 타인의 비위를 맞추는 성정이 아니기 때문에 진실이 죄가 된 경우이다. 또한 연민으로 받아들인 임이네가 자신의 성정을 바꿀 수 있는 것이 아니어서 강청댁과 아웅다웅 할 때 다시 흔들리지 않는 자신의 이념 속에서 허우적거리게 된다. 임이네를 연민으로 범하여 강청댁과 아울러 두 여자를 책임질 수밖에 없는 상황에서 용이는 광적이며 포악해지는 것이다. 두 여자를 증오하고 멸시하면서 자신도 경멸한다. 그런데 이는 마을 사람들의 우려처럼 용이가 변한 게 아니고 인간의 존엄을 최고의 가치로 생각하는 용이가 두 여자를 한꺼번에 거느릴 수 없기 때문에 하는 발악이다. 영산댁이 말하듯이 '사램이 변한 게 아니고 변해보고 저버서 그'러는 것이다.

윤보가 말하듯이 용이는 '정이 많은 기이 탈이라. 그놈으 정 때문에 대추나물 연 걸리듯이 여기저기 걸'려서 조강지처 이외 월선과 임이네와 인연을 맺고 그 후에 끊지 못하고 지속시킨다. 그러나 그들과 관계를 유지하는 방식은 도리이며, 가치척도도 연민보다 도리가 우선이다. 약자에게 보호의식을 가지는 용이지만 도리에 어긋나는 행동에는 강한 저항을 보인다. 자신의 가치관과 자기 존엄이 너무 곤고해서 물욕에 눈이 어두운 임이네에게 '아귀지옥의 채귀'처럼 냉혹하다. 뿐 아니라 용이는 월선이 죽은 후에는 임이네를 서희로부터 숨겨주는 것을 포기한다.

임이네로 말미암아 최서희에 대하여 느껴왔던 복잡하고 미묘한 심적 갈등, 그 주술 같은 것에서 풀려나기는 월선이 죽은 후부터였지만 용이는 임이네에 대한 애증(愛憎)을 이제 모두 넘어서 버린 것이다. 영원히 화해할 수 없는 대상에서 그 미움마저 거두어버린 것이다. 그것은 용이의 삶, 삶의 종말, 생명의 불씨가 꺼져버렸다는 것을 의미하는 것인지 모른다.

—7권 75쪽

그러면 용이는 왜 월선이 죽은 후 타자의 보호의식을 다 내려놨을까? 임이네를 포기했을까? '분노하지 않았고 미워하지 않았고 물론 사랑하지도 않'지만 임이네를 용서할 수 없는 것으로 판단할 수 있다. 임이네의 간악함이 칠성이에게서 비롯된 게 아니라 임이네의 성정이 거기까지 타락한 것에 대한 단죄의 의미가 있기 때문이다. 또한 용이의 존엄은 조강지처를 버리지 않고 제 자식 낳은 어미를 거두어 모친을 저버리지 않고 월선과 결합함으로써 자신의 의지 또한 관철시켰다.

그런데 월선은 용이가 신봉하는 도리에서 예외적인 경우라고 볼 수 있다. 조강지처도 아니요, 아이의 어미도 아니어서 월선을 반드시 지켜야 하는 의무감이 없기 때문이다. 해서 월선에게 향하는 용이의 애정과 관심은 이성적인 이념에 의해 움직이지 않고 감정에 의해 움직인다. 예를 들어 청춘의 혈기, 질투, 사내다운 기운 등에 의해서 월선에 대한 애정의 농도가 좌우된다.

임이네 죽음이 되살아난 것이다. 한번도 따뜻하게 대해준 일이 없는 여자, 죽음은 살아남은 사람에게 회한을 남기게 마련이다. 좋지 않은 추억들을 다 떠내려 보내기 위해선 임이네 생각을 말아야 하고, 그것이 그 고독하고 처참한 죽음에 대한, 불쌍한 망령에 대한 최소한의 예절이다. 임이네의 죽음은 슬픔이나 애통보다 용이에게는 충격이었다. 죽음과의 처절한 싸움, 밑바닥을 헤아릴 수 없는 절망, 죽음은 모두 그럴 것이지만 뼛골까지 스며드는 그 외로운 죽음을 용이는 도저히 잊을 수 없을 것만 같았다. 그것은 참으로 견디기 어려운 연민이었으나 임이네에 대한 기억은 언제나 절망이었고, 그 절망감은 죄의식을 몰고 오는 것이다.

－8권 279쪽

용이는 임이네가 칠성이로 인해 당한 설움 때문에 보호심리는 있었으나 '한번도 따뜻하게 대해준 일이 없'을 정도로 도덕적이지 않은 것에 대해서는 강한 거부감을 가지고 있었다고 할 수 있다. 용이에게 '불쌍한 임이네'와 '불쌍한 월선'의 차이는 극명한 것이었다. 임이네는 칠성이로 인해 불행했지만 염치없으며 죄의식이 엷어서 도덕적이지 않은 여자였고 월선은 염치가 바르며 도덕적이기 때문에 사랑을 유지할 수 있었고 또 깊은 정을 느낄 수 있었다. 타자에게 인색하지 않고 따뜻함을 가진 월선이었기 때문에 용이의 보호심리는 충만하고 뿌듯함이 동반된 것이었다. 그것은 죽음의 모습에서도 대조적으로 나타난다. 임이네의 죽음은 죽음을 거부하는 처절한 발악이다. 이는 죽음을 앞둔 용이에게 자신의 죽음을 더 외롭게 만드는 부정적인 죽음의 모습을 보여주는 것이며 아울러 임이네의 죽음이 용이로 하여금 죄책감을 불러일으키기도 한다. 이렇게 임이네의 죽음은 추악하고 충격적이며 부정적인 죽음으로 용이에게 각인된다면 월선의 죽음은 긍정적인 의미를 가진다.

월선은 고통 속에서 인내로 죽음을 맞이하며, 용이와의 마지막 해후와 경건한 죽음의 의식을 치른다. 때문에 용이가 월선의 장래를 치르면서 느낀 슬픔 이상의 감정을 길상이도 느낀다. 죽음 이후에도 월선이 살았던 집을 가난한 사람들—권서방, 홍서방—을 돕는데 활용하고 용이와 공노인과의 화해도 이루어져 부모자식의 연을 이어준다. 월선의 죽음은 용이를 윤리적인 주체로 만들어주는 계기로 작용하는 것이다.

유교이념에 충실함으로써 인간의 존엄을 획득하던 용이는 약자인 여성, 과부에게 연민을 느껴 인연을 맺는다. 그러나 이렇게 맺어진 관계는 도덕적 가치 기준에 의해 다시 용이에게 가치 평가를 받는다. 자신을 악하게 만드는 임이네는 연민으로 인해 인연을 맺었어도 인정하지 않고 거부하지만 용이를 윤리적 주체로 만들어주는 월선에게는 가장 큰 가치를 부여한다.

이상에서 살펴 본 바와 같이 용이는 이념의 신봉자이다. 이는 이념을 통해 자존을 세우려는 의도로 읽힌다. 그는 약자 즉, 절대적 타자의 얼굴을 대면했을 때 그들의 실제 모습(약한 모습)에서 연민을 느낀다. 그러나 자신의 이념으로 타자를 재단한다. 이는 절대적 약자로 인하여 윤리적 주체가 되면서 자신의 이념을 세우는 것이다. 때문에 절대적 타자는 용이에게 자존을 고양시키는 존재일 때 의미를 갖는다.

2) 어미 부정(否定)의 죄의식에 대한 자기 성찰

이홍은 이용과 임이네 사이에서 태어난 인물이다. 출생은 평사리지만 용정촌에서 성장한다. 용정촌에서의 생활은 월선이 국밥집을 하여 이용 일가를 먹여 살리는 형태인데, 임이네가 월선옥의 수입을 갈취하고 월선을 괴롭히자 이용은 홍이를 월선에게 맡겨놓고 임이네를 데리고 통포슬로 간다. 용정촌에서 생모인 임이네와 월선이 같이 있을 때는 두 어머니의 사이에서 고통을 겪었던 홍이는 월선과 용정촌에 남게 되면서 월선의 모성애 속에서 행복하게 성장한다. 그러나 월선이 암으로 죽은 후 서희 일행과 조선으로 들어와 진주에 정착하면서 홍이는 일대 변화를 겪게 된다. 용정촌의 문화와 진주의 문화가 다른 점도 있겠으나 가장 치명적인 문제는 생모인 임이네와 같이 사는 데에서 기인한다.

용정촌은 조선인이 많았기 때문에 조선의 생활 형태가 그대로 유지

될 수 있었고 국외이기 때문에 신분의 구속을 받지 않았다. 그래서 유교 이념이 통용되고 지켜졌으며 가난하지만 일본의 압제를 덜 받아서 신분에 관계없이 조선인들은 자긍심을 가질 수 있었다. 뿐 아니라 유교 문화의 숭상을 통해 일본인들에게 우월감을 느끼면서 조선인들끼리 서로 상부상조하면서 친밀한 공동체로 생활했다. 이러한 분위기에서 성장한 홍이는 자연스럽게 유교 이념을 체득하고 상의학교에서 송장환 선생에게 민족과 독립운동에 대한 의의를 배우게 되었다. 그리고 독립운동가 집안의 자손 박정호와 친밀하게 교류함으로써 그에게도 많은 영향을 받는다. 이용과 마찬가지로 이홍도 비루한 짓은 할 수 없는 자존감이 강한 인물로 묘사되는데 이러한 성장환경으로 인해서 더욱 자긍심은 높아져서 교만하고 오만할 정도이다. 때문에 조선으로 귀국한 후 진주에서의 생활은 홍이에게 엄청난 변화를 가져오게 된다.

홍이의 자긍심에 가장 치명적인 상처를 주는 것은 생모 임이네의 존재이다. 월선은 홍이를 지극한 모성으로 보살폈지만 임이네는 홍이를 자신의 물욕을 충족시키는 수단으로 생각한다. 남편인 이용이 아파도 보살피지 않는다. 심지어 송관수가 용이의 몸보신용으로 갖다 준 오골계도 진국은 자신이 마셔버리고 객물을 부워 놓을 정도다. 이러한 임이네를 홍이는 증오한다. 때문에 임이네와 난투극을 벌일 정도로 반항적이며 패륜적 행위를 자행한다. 임이네를 자신의 몸에 엉겨붙은 못된 버러지로 생각한다. 이러한 생각의 밑바탕에는 자신은 존엄하고 윤리적이나 임이네는 비윤리적이고 짐승만도 못하다는 의식이 깔려 있는 것으로 임이네에 대한 이해 없는 재단이기 때문에 오만한 자긍심이라고 볼 수 있다.

"오늘밤 네가 한 말은 낱낱이 가슴을 찌르는 말이었다. 옳다는 것보다 진실이라는 뜻에서 말이다. 나도 기찬 세월을 살았다. 보복하려 했고 사람을 죽이려고 생각했지만 그러나 나보다 홍이 네가 더 어렵다는 생각이 드는군. 생각을 좀 단단히 가져보아. 아버지 때문에 우는 널 보았을 때 나는 너에게 큰 희망을 본 것 같다. 이 말이 너에게 실감을 줄는지 그건 모르겠다만 고통이라는 것도 자꾸 받으면 단련이 되는 게야. 지금이 너에겐 가장 견디기 어려운, 그런 나이지만 여자, 술, 담배 하면서 크게 타락한 것같이 생각하고 또 남들도 그리 생각은 하겠으나 실상 넌 지나치게 순수한 것을 원하고 있다. 물론 너 어머니 성질이 남다른 것을 알긴 알지. 그만큼 너 자신도 성질이 남다른 데가 있는 게야. 순수한 것이 아니면은 다 부숴버리고 싶은, 그래서 너 자신을 짓이기고 있는 게야. 아무튼 지금 내 생각으론 이 어려운 고비만 넘기면은, 잘될 것 같다. 앞으로 자주 만나자. 너 좋아하는 여자 얘기도 듣고 싶고, 그럼."

―7권 238∼239쪽

번뇌하는 홍이를 분석한 석이의 시각은 정확하다. 홍이는 모든 문제의 근원을 생모인 임이네에게 전가하여 진주에서의 부적응을 해소하는 일면도 있다. 뿐 아니라 임이네와 떨어져 살았던 용정촌에서는 임이네의 험악한 전력에 대해서 거리가 있었지만 함께 사는 한에서 그러한 과거는 자존감이 강한 홍이에게 각일각 모멸감을 준다. 임이네의 전력과 아울러 그의 아들인 자신에게도 나쁜 피가 흐른다고 생각하기 때문이다. 용이와 홍이 부자는 자존감이 강한 인물인데, 용이의 경우에는 어머니가 유교 이념의 충실한 수행자였기 때문에 어머니의 유언이나 명령이 설득력이 있어서 용이가 거부감이 있어도 받아들여야 했다. 그러나 홍이의 경우는 생모인 어머니가 정처도 아니며 윤리적이지 않을 뿐더러 인간적이지도 않기 때문에 어머니에게 반항하는 것에 큰 저항을 느끼지 않는다. 반항을 하고 어머니인 임이네와 몸싸움을 하지만 홍이도 떳떳하지만은 않다. 자신을 낳아준 생모이기 때문에 죄의식을 느끼는 것이다.

그렇게 비윤리적이며 인간적인 가치를 상실한 어머니가 홍이에게 요구하는 바는 물질적인 풍요를 가져다주는 것이다. 임이네는 홍이에게 '취직을 해라, 돈을 더 많이 벌어오라'고 하며 끊임없이 요구한다. 돈을 조금 주면 아들의 주머니를 뒤져서라도 자신의 욕구를 충족시킨다. 임이네가 자식의 의사는 묵살하고 자신의 의지가 그릇된 것이더라도 고수할 수 있는 것은 무엇 때문인가. 홍이가 어머니를 존중하거나 사랑하지 않더라도 부모와 자식 간이라면 당연히 지켜야 하는 자식의 도리, 효사상 때문이다. 홍이 입장에서는 임이네가 비윤리적이기 때문에 절대가치로 인식된 효사상에 대한 비판을 가능하게 한다. 홍이의 경우보다 더 극단적인 효사상의 악용을 보면 효사상의 병폐를 더 명확하게 알 수 있다. 서의돈이 목격한 홍가라는 보부상의 이야기이다.

'만사가, 마, 만사가 그, 그렇게 돼나갑니다. 부끄럽고 창피하고, 어릴 적부터, 큰 죄도 안 졌는데 문고리를 잠근 빈방에서 치마끈으로 목을 매어 파아랗게 죽어가는 얼굴, 울부짖는 소리에 이웃들이 모여들어 에미 애 좀 고만 먹여라 하던 아낙들의 음성, 떠다준 찬물 한 대접을 마시고 후유 하고 숨을 내쉬던 어머니의 얼굴, 내 또래들은 매를 맞으면 남들이 철없는 것을 그만 때려라, 그게 얼마나 부러웠는지, 평생 등바닥에 들러붙은 전복같이 어머니가 목을 매거나 양잿물을 마시면 어쩌나, 남이 나를 불효자식이라 한다, 길 가다가도 머릿속에 불이 붙는 것만 같았어요. 그

두 가지는 참으로 튼튼한 어머니와 아들 사이의 밧줄이었소. 집을 떠나
있을 때도 못 견디지요. 화를 내고 집을 나서면 목을 매는 모습이 눈앞
에 어른거려 미친 것처럼 집으로 되돌아오고, 아무리 독한 맘 먹으려 해
도, 내가 죽지 않는 한…… 소동이 날 때마다 머리가 터져버릴 것 같고,
내가 먼저 죽고 싶었습니다. 내가 먼저 죽어야 한다, 내가 먼저 죽어야
한다. 그래야 나는 불효자식이 안 될 것이며 이 무겁고 끈질긴 밧줄에서
풀려날 것이며…… 네, 내가 이긴다고 생각했지요. 그렇게 나를 낳아준
어머니를 저주하는 자식놈이 무슨 수로 기를 펴고 세상을 살아가겠습니
까. 오늘도, 오늘도, 반반이었지요. 자식을 위해 슬퍼할까 모든 탐심을
버릴까 하는 생각, 이제는 내가 이겼다, 내가 먼저 가니까 이제는 불효자
식이라는 외침도 안 듣게 될 것이요, 어머니가 목매는 무섬증에서도 풀
려날 터이니까, 하하핫……'

—7권 427쪽

　　선우신이 서의돈의 이야기를 듣고 '효행이 부모의 권리가 된 데 문
제가 있'다고 지적하면서 '심청전(沈淸傳)을 이 땅에서 영원히 추방하고
말살해야' 하며 이는 '가장 추악한 에고이즘, 에고이즘의 극치'라고 토
로한다. 청루에 딸을 파는 부모도 마찬가지다. 선우신의 지적처럼 보부
상 홍가와 그의 어머니의 관계는 권력관계이다. 어머니가 권력을 휘두
르는 도구는 효사상이다. 어머니보다 더 건강하고 젊은 아들, 독립하여
가정을 가질 수 있고 뿐 아니라 발 닿는 대로 떠날 수 있는 자유를 가
진 아들은 어머니와의 관계에서 한 치도 움직일 수 없다. 불효자라는
협박과 이웃의 비난 속에서 아들은 무력하다. 때문에 어머니의 의사에
따라야 하고 자신의 자유를 저당잡힌다. 이 때문에 결혼도 두 번이나
했지만 실패로 돌아가고 말았다. 절대적인 복종이며 소유물로 전락한

것이다. 자신의 탐욕을 채우기 위한 목적으로 아들을 불효자로 만들어 비난받게 하여 떠나지 못하고 자신을 봉양하게 한다. 자신의 의사에 절대적으로 따르게 하면서 말이다. '드세고 냉혹하고, 먹이를 채려는 매 같은 형상'의 노파는 서의돈 앞에서 '불쌍하고 허리까지 구부정'한 노파로 순식간에 변신하는데, 그의 변신술은 주체(서의돈)에게 윤리적인 호소를 하기 위한 것이다. 그래서 윤리적인 호소에 부응하는 주체(서의돈)의 힘을 빌려서 '정의'와 '윤리'의 힘으로 아들인 홍가의 목을 누르는 것이 노파의 목적이다.

임이네가 아들 홍이를 대하는 방식도 같은 맥락이다. 임이네의 가장 큰 무기는 '불효막심한 놈'이라는 질타다. 자존감이 강하고 비굴하지 않으며 섬세한 홍이에게 그러한 비난은 목숨을 위협하는 협박과 다름 없다. 이러한 임이네의 행동들은 아들 홍이를 인격적인 객체로 생각하는 것이 아니라 '자기의 것', 소유로 생각한 때문이다. 부모가 자식과의 관계를 유지하는 데 있어서 권력의 행사의 도구로 효사상을 방편으로 써서 협박으로 묶어두는 것은 효사상의 가장 추악한 형태이다. 효사상 악용의 예를 통해 맹목적인 이념 지향이 가져올 수 있는 폐단을 비판적으로 보여주고 있다. 상대적으로 홍이는 '핏줄이 안 닿은 어머니, 핏줄이 안 닿은 아버지, 그리고 공씨할아버지 할머니 그분들 때문에 그나마 제가 오늘 사람 구실을 하고 있'음 알기 때문에 부모와 자식의 관계가 효사상을 통한 권력 관계, 수직 관계가 아님을 역설적으로 보여주는 인물이다. 홍이의 자존감은 핏줄이 안 닿은 타인이지만 부모처럼 그를 돌봐준 사람들로 인해 형성된 것이다. 때문에 홍이의 자존감은 윤리적인 색체를 띠고 있다고 볼 수 있다.

아울러 홍이는 용이가 신봉한 도리에 대해서도 재고한다. '아버지는 사람의 도리를 믿었고 추호도 의심치 않았다. 그 도리에 어긋나지 않으려고 아버지는 고통스럽게 자신을 다스렸던 분이었다'고 생각하지만 '난 돌아가신 아버지만큼 외골수도 아니'라고 고백한다. 홍이는 아버지가 사내답고 존엄하다고 생각하지만 아버지가 이념을 신봉하는 심리에는 저항감을 가지고 있었다고 판단할 수 있다.

효사상, 도리에 대한 맹종에 비판적인 시선을 보내는 홍이는 평사리에서 오광대 놀이를 구경하던 중 동학잔당으로 의심 받아 일본 헌병에게 끌려간다. 때문에 감방 체험을 하게 되는데, 학식과 수려한 외모로 인해 다른 사람들보다 더 심한 육체적·정신적 고문을 당한다. 굶주림과 폭행은 홍이로 하여금 '인간이 인간에 의해 이렇게 무력해'질 수 있으며 '한 덩이의 밥을 위해서라면 내일 죽고 말 얘기도 할 수 있'음을 깨닫게 한다. 육체적인 고문을 통하여 인간의 나약함을 체험했다면 정신적인 고문을 통하여 오만한 자신의 자존감이 얼마나 허약한 것인지도 절감한다. 자존감을 내세우면 남들보다 '빰대기 하나 더 맞'을 뿐이었다. 자존심보다 생명이 더 중요하기 때문에 '한 덩이의 밥을 위해' 자존감을 쉽게 포기해 버릴 수 있었던 것이다.

홍이의 감옥 체험은 불가항력에 의한 변화로써, 두 가지의 변화를 가져온다. 감방 체험을 통해 기존의 결벽증적인 태도를 버리고 무심하고 타협적인 생활 태도를 견지하는 부정적인 변화가 그 첫 번째이다. 두 번째는 긍정적인 변화로 임이네에 대한 이해의 폭을 넓힌 것이다. 비판적이며 반항적인 태도로 일관했던 생모인 임이네에 대해서 자신의 태도를 성찰한다.

자신이 거부하는 심정이라면 어미에게는 엄연한 가해자가 아니겠는가. 상대로부터 어떤 고통을 받든 피해를 받든 가해자는 거부하는 쪽이다. 하물며 상대는 생모인 것이다. 그러한 가해의식은 어미와 멀리 떠나 있을 때 홍이를 더욱더 괴롭혔다. 멀리 떨어져 있을 적에는 임이네의 사람됨을 생각하기보다 그의 이력, 그의 주변 사정을 더 많이 생각하게 된다. 비참하다는 느낌, 연민의 정도 느끼는 것이다.

—8권 12쪽

임이네와 멀리 떨어져 있음으로 해서, 임이네와의 객관적인 거리가 확보된 상태에서 임이네의 행실에 대한 비판과 비난보다는 그렇게 되어진 과정에 천착하게 되는 것이다. 이력이 험악했던 만큼 살아남기 위한 지난한 고통과 아픔에 대해서 이해하고 공감하면서 연민을 느낀다. 자신도 생모에 대한 이해의 바탕 없이 혐오했기 때문에 생모에게 가해자임을 깨닫는다. 더욱이 홍이의 결벽증과 자존감은 감옥 체험이라는 육체적인 고통을 통해 '한 덩이 밥'에 대한 인식의 변화를 가져오는데, 이는 임이네의 떠돌이 체험 후의 변화와 무관하지 않다. 임이네가 떠돌이 생활 후 용이와의 애정을 쉽게 포기한 것은 식욕이 왕성한 임이네로서는 사랑이 밥 한 덩이보다 중요하지 않더라는 자각에서 비롯된 것일 터이다. 같은 맥락에서 임이네가 용이의 아들 홍이를 낳고 승리의 웃음을 보였는데, 용이는 아들 홍이에게 별반 관심을 보이지 않음으로써 홍이가 자신의 단단한 울타리가 되지 못함을 인지하면서 생명에 집착하듯 돈에 집착한 것으로 판단할 수 있다. 임이네가 칠성이가 처형당한 후 세 아이들을 데리고 떠돌면서 기아에 허덕이다가 매춘까지 주저하지 않게 된 상황을 홍이는 감옥 체험을 통해 절실하게 이해하게 된 것이다. 용이는 임이네에 대한 연민으로 감싸기는 했지만 임이네를 이해할 수는 없었다. 뿐 아니라 이해하려고도 하지 않았다. 임이네와는 상반된 고결하고 순수한 월선이가 옆에 있기 때문이기도 하지만 도리를 중시하는 그가 임이네에게 연민을 느낄지언정 이해에 이르지는 못했다. 반대로 홍이는 어린 시절 월선을 구박하는 임이네에게 증오와 저주를 보냈지만 성장과정에서 임이네의 고통에 공감을 하면서 이해에 도달하는 것이다.

또한 '헌병대서 고초를 겪고 경찰서 마룻바닥에서 홍이 얻은 결론은 각박하게 살아서는 안 되겠다는 것'이어서 임이네뿐 아니라 타자에 대한 인식의 폭도 넓어진다. 자신의 결벽이 중요한 것이 아니라 타인과 더불어 사는 삶이 더 가치있다는 것을 깨달은 것이다. 타인과 더불어 인정스럽게 살아야겠다는 생각, 임이네를 모질게 몰아붙이지 말고 이해해야겠다는 생각 등으로 타자에 대한 인식을 달리한다.

그러나 이러한 인식은 구체적인 행동의 변화까지 이끌어내지 못하기 때문에 타자에 대해서 눈뜨는 것에 그친 것으로 볼 수 있다. 타자에 대한 시각을 확대하고 세계와 마주보기는 하지만 세계를 구성하는 삶의 형태는 진실을 잃어버리고 방편을 통한 삶이다. 이는 이기적인 삶의 형태에 머물러 있는 것으로 자신의 처신만을 염두에 둔다는 의미이다. 그러나 한 번의 또 다른 체험으로 홍이는 타자에 대해 구체적인 행동 촉구로 나아갈 수 있게 된다. 장이와의 부정인데, 홍이에게는 '시궁창과 같은 오욕'으로 '장이에 대해서는 몹쓸 짓을 했다는 회한'과 '자신을 아는 모든 사람의 눈길이 무서'워진 것이다. 임이네가 불효를 언급하면서 자신을 탓할 때는 임이네 쪽의 잘못도 있는 것이어서 홍이의 자존감에 큰 상처를 주지 않았지만 장이와의 사건은 자신의 잘못으로 비롯된 것이어서 홍이가 느끼는 '오욕'은 절망적인 것이다. 이로 인해 홍이는 도망가고 싶은 마음이 강렬하지만 장이에 대한 책임감 때문에 도망을 치지 못한다. 여기에서 주목할 만한 홍이의 변화는 타인에 대한 강한 책임감에 대한 자각이다. 육체적 고통 후 타협의 삶을 지향했다면 '혀를 물어끊고 죽'고 싶을 정도의 수치를 체험한 후에는 타인에 대한 책임감에 눈뜬다. 자신의 자존감을 위해 도피하는 것보다 장이의 신변을 걱정하는 홍이는 죽고 싶어도 죽을 수가 없는 것이다. 이러한 두 번의 체험-감옥 체험과 장이와의 부정을 통해 홍이는 타자에 대한 구체적이고 직접적인 책임과 보호에로 나아간다.

　　강가모래밭에 쓰러지던 마당쇠, 그 총 소리 고함 소리는 아직도 홍이
　귓가에 쟁쟁하다. 우둔하고 철이 덜 난 천일이를 신경질 안 부리고 보아
　주는 것은 그의 아비 마당쇠 죽음을 목격한 때문인지 모른다.
　　'처처에 억울함이구나. 눈 떨어진 병아리 같은 어린것들, 고목 같은 늙
　은이는 갈 길도 바쁜데 어느 문전에서 또 비럭질을 해야 하나.'
　　진주 시내로 들어가서 천일이는 노파를 부축하여 내려준다.
　　"아이구, 어지러버라."
　　"좀 있이믄 괜찮을 깁니다."
　　바까노 마산, 어쩌구 했던 천일, 노파를 바라보는 눈이 어둡다.
　　"아이들 떡이나 사다주소."
　　홍이 일 원짜리 한 장을 쥐어주는데 차멀미에 노오래졌던 노파 얼굴에
　놀라움이 떠오른다. 노파는 지폐라는 것을 만져본 일이 없었던 모양이다.
　하기는 떡을 사자면 백 개를 넘게 살 돈이었으니까. 고맙다는 인사를 하
　고 또 하다가 돌아서는 뒷모습을 바라보는 홍이 눈앞에 생모 임이네의 얼

굴이 떠오른다. 임종 때의 그 비참한 얼굴, 눈을 뜬 채 숨을 거둔 얼굴, 생명의 빛을 잃은 눈동자.

'왜 좀 따뜻하게 못했을까? 난생 처음 보는 저 노인을 위해서 내 마음이 이리 아픈데 생시 어머니를 위해 이만큼이나 맘 아파한 일이 있었을까?'

견딜 수 없는 죄책감, 죽은 어미를 생각한다는 것은 가장 고통스런 일이다. 어쩌면 일본으로 간 이유 중에는 모친에 대한 기억에서 도망치고 싶은 심사가 있었는지 모른다. 비참한 죽음을 잊고 싶었는지 모른다. 병석에서 병으로 갔지만 임이네의 죽음은 월선의 죽음과는 달랐다. 이 두 죽음에서 비로소 홍이는 월선에 대한 그리움으로부터 놓여났으며, 월선이 점령했던 자리에 생모의 죽은 모습이 낙인과 같이 찍혀버렸던 것이다. 임이네의 죽음은 죽음과의 무참한 투쟁이었다. 마지막 순간까지 체념을 못한 죽음과의 투쟁이었다. 애증을 넘어선 그 모습은, 견딜 수 없는 연민으로 종전까지의 홍이를 파괴하고 만 것이었다. 그것은 자기 자신의 죽음과 모든 사람의 운명으로 확대되어간 허무의 깊이 모를 심연이었다. 월선이 축복받은 죽음이라면 임이네는 저주받은 죽음이요, 근원적으로 죽음이란 저주받은 것일 거라는 공포는 홍이 마음을 깊이 지배하였다. 홍이는 노파의 뒷모습을 바라보다가 고개를 흔들었다. 또 한 번 고개를 흔들었다.

'불쌍한 어머니…… 아버지는 어떻게 돌아가실까?'

―8권 410~411쪽

아비를 잃은 천일과 길을 가던 낯선 노파의 얼굴은 홍이에게 책임감을 불러일으키고 그들을 실질적으로 돕는다. 이러한 과정을 속에서 홍이는 또한 생모인 임이네에 대해 죄책감을 느끼고 월선과 임이네에 대한 인식도 달리한다. 월선의 죽음은 '축복받은 죽음'으로써 아버지인 용이가 경건하게 임종을 맞았지만 임이네의 죽음은 '죽음과의 무참한 투쟁'으로 마지막 순간까지 처절하고 치열한 싸움이었기 때문이다. 이를 본 홍이에게는 회한과 깊은 연민이 남는다. '불쌍한 어머니'의 모습으로 홍이에게 기억되는 임이네는 이제 증오와 모멸이 아니다. '자기 자신만을 위해 오감(五感)이 발달한 동물적인 삶', '추악한 삶'에 대해서 그리고 그렇게까지밖에 살 수 없었던 불행에 대해서 '어느 것에도 비길 수 없는 연민'일 뿐이다. 그것은 임이네를 겪어야만 하는 홍이 자신보다 임이네 본인의 불행이기 때문이다. 이를 깊이 이해하고 연민으로 바라보는 홍이는 월선의 행복한 죽음에 표하는 애도는 자기 자신을 위한 애도이지만 임이네의 불행한 죽음에 표하는 애도는 깊은 연민이기 때문에 후자에 가치를 둔다. 그래서 그리움의 어머니인 월선은 이제 떠나올 수 있지만 불쌍한 어머니인 임이네에게서는 마음이 떠나올 수가 없다. 때문에 판술네가 월선이는 '며느리 손에 밥 한 끼 못 얻어'먹고 '공 안 든 임이네는 며느리 시중받아감서 죽었'다는 말에 '그분도 마음 편하게 살다 가시지는 않았'다고 변호한다. 또한 월선이가 홍이에게 준 사랑처럼 홍이도 월선에게 사랑을 주었으니 상쇄된 셈이기도 하다. 어릴 때 홍이가 임이네를 증오한 가장 큰 이유는 월선을 괴롭힌다는 생각에서였다. 월선을 괴롭혀서 병들게 하여 죽게까지 한다는 생각에서 임이네를 혐오하고 용서하지 않겠다고 했었다. 사랑의 관점에서 본다면 월선은 자신이 연모하던 용이의 사랑을 받았으니 사랑의 강자겠으나 임이네는 용이에게 거부당했으므로 사랑에서는 약자인데도 말이다. 이러한 깨달음으로 인한 인식의 변화는 홍이의 생활 환경을 전반적으로 바꾼다. 독립운동에 가담하게 되는데 그는 명분을 앞세우는 것이 아니다.

"생각해봐야겠지요. 내 동족을 배반하고 왜놈한테 빌붙어서 살고 싶은 생각은 추호도 없습니다만 그 일이라면 생각해봐야겠지요. 상당히 심각한, 가벼운 일이 아니지 않습니까? 솔직히 말해서 나는 백지 상태로 그곳에 가고 싶습니다. 지금 여기서 이러겠다 저러겠다 말 못하겠습니다."

내친 걸음같이 홍이는 지껄였고 연학은 홍이 답변에 어떤 감정도 나타내지 않았다.

"그리고 정선생 얘기를 하셨는데 바로, 그 형님 때문에 네, 그분 가족의 비참한 형편을 보았기 때문에, 내 가족을 그렇게 해서는 안 된다. 내 자신은 무슨 일을 하든지 가족을 시궁창에 처박아버릴 수는 없다, 비겁하다 해도 할 수 없습니다. 용기 있고 훌륭하다는 칭찬 뒤에 짓이겨진 가족이 있는 것보다 보잘것없는 사내라도, 나도 오장육부 멀쩡한 사냅니다. 욕망도 있고 울분도 있습니다. 그놈들 등짝에 칼 꽂고 싶은 충동도 많이 느꼈습니다. 그러나 난 돌아가신 아버지만큼 외골수도 아니며 착하지도 못해요."

홍분, 혼란, 입 밖에 나간 말에 깊은 뜻은 없다. 또 연학의 말은 전혀 예상하지 못하였던 뜻밖의 것도 아니었다. 제 앞만 쓸고 살아왔었다는 자각 자체는 내부에서 뭔가 꿈틀거리고 있다는 것을 설명해준다. 만주행을 앞두고, 그 스스로 백지 상태에서 가고 싶다, 그것은 무의식중의 어떤 준비를 나타낸 말이기도 했다.

—10권 279~280쪽

개인적인 깨우침, 회한으로부터 자기 자신을 성찰하고 생모인 임이네의 부정(否定)의 죄의식에서 벗어난 홍이는 가족 이외 타자도 따뜻한 연민으로 끌어안을 수 있게 되었다. 더 많은 타자들을 포용하기 위해서 홍이는 독립운동을 결심하게 되는데 이는 대의명분을 중요시하는 만주나 연해주의 독립운동가들과는 의식을 달리한다. 만주로 떠나는 것이 결정된 후 연학이 추동하기 전에 홍이 스스로 '제 앞만 쓸고 살아왔었다'는 자각을 하게 되고, 연학이 독립운동을 권유하여도 분명한 대답을 회피한다. 이는 말을 앞세우기보다 행동으로 옮기려는 홍이의 견고한 의식을 반영한다. 뿐 아니라 정석이와 같이 자신의 이념에 가족을 희생시키지 않을 것임을 다짐한다. 자신의 이념이 앞서고 가족을 돌보지 않는다면 그것은 대의명분에 치우친 것이며 또 다른 책임의 회피이기 때문이다. "내 자신은 무슨 일을 하든지 가족을 시궁창에 처박아 버릴 수는 없다, 비겁하다 해도 할 수 없습니다. 용기 있고 훌륭하다는 칭찬 뒤에 짓이겨진 가족이 있는 것보다 보잘것없는 사내라도," 가족을 챙기면서 일을 하겠다는 것이다. 이는 홍이가 자긍심과 자존감이 강한 인물임을 감안할 때 일련의 사건을 통한 성찰로 변모된 모습임을 확인할 수 있다. 자신의 한이나 자긍심을 위해서 독립운동에 참여하는 것이 아니고 대의명분을 위해서도 아니며 타인을 위한 책임의 문제 때문에 독립운동에 가담하는 것이다. 가족에 대한 책임, 이웃에 대한 책임, 국가에 대한 책임 중 어느 것이 우선 되는 것이 아니요 다 맞물려 있는 것이다. 국가를 위해 가족에 대한 책임을 회피할 수 없는 것이며, 가족을 위해 국가에 대한 책임도 회피할 수 없다.

물론 홍이가 독립운동에 가담하는 것을 쉽게 결정한 것은 아니다. 일본의 정체를 청년기에 몸으로 체득했기 때문에 모멸감과 아울러 두려움도 없지 않았다. 때문에 삶의 방향을 진실의 추구가 아니라 무심하고 안일하며 제 앞가림을 하는 방편으로 잡았었다. 그러나 진실에 대한 자신의 욕구를 무한정 억제할 수 없는 것이어서 '먹고 자고 일하며 생식'하는 '티끌과 같은 삶', '웬만한 일이면 긍정적으로 받아들이고 상처를 내지 않게 방편으로 살리라, 그 결단'은 자신도 모르게 통곡으로 터져나온다. '방편은 오히려 인위요 섭리에 반(反)한 것일 수도 있다'는 생각에 닿은 홍이는 방편을 취한 자기 자신의 행동은 이기주의적인 것이란 결론을 내리고 진실의 중요성을 절감한다. 홍이는 이기주의보다는 이타주의로 삶을 경영하고 도리보다는 진실에 가치를 두는 인물로 자신의 자리를 찾는다.

또한 홍이에게는 용정촌에서 보낸 어린 시절이 지배적인 것이어서, 용정촌의 생활을 유토피아로 생각한다. 사람들과 친밀한 유대를 맺는 공동체의 생활과 부모보다 이웃들과 친분을 쌓으면서 진실한 교류가 가능했던 곳에 대한 동경은 일제의 압제 하에서 '서로가 서로를 회피'하고 '무관심'한 태도로 교류하는 것에 강한 거부를 보이게 된다. 이상의 이유 때문에 홍이의 만주행과 독립운동에의 가담은 홍이에게 필요불가결한 것이었다.

> "저 역시 눈먼 망아지 은령 소리 듣고 따라가는 격이지만, 그 동안 많은 갈등을 겪었습니다. 기둥이 모조리 뿌러져서 내려앉은 것 같은 기분이었습니다. 모두가 당연히 그랬겠지만, 또 당연한 일이겠지만 자신들 일에만 너무 집착해 있는 것 같아서 일종의 배신감이라고나 할까요? 그런 걸 느끼기도 했고, 나도 잔말 말고 그렇게 살자는 유혹도 강했습니다. 그러나 저를 못 견디게 한 것은 만주서 뛰는 사람들의 내일이 없는 고난이었습니다. 관수형님의 죽음도 큰 충격이었고요."
>
> —14권 91쪽

홍이가 타인들에게 '자신들 일에만 너무 집착해 있는 것 같아서 일종의 배신감'을 느끼는 것은 무조건적 비판에서 나오는 것이 아니고 자신의 경험에서 나오는 것이어서 진실하다. 홍이는 '억새풀같이 강한 생명력과 물욕으로 자기 자신만의 성(城)을 가진' 어머니와 자신만의 고통에서 번민하는 아버지 사이에서 태어났지만 '피도 살도 닿지 않은' 사람들의 손에서 성장했다. 생모의 험악한 이력과 이기적인 행동, 아버지의 외면 속에서 홍이는 '시궁창에 떨어질 수도 있었'는데 타인들이 '건져'준 것이다. 홍이의 인생이 남달라서 타인들의 손에 키워지고 타인들에게 자신이 받은 것들을 돌려주어야 한다는 의식이 있다. 그 타자들의 고통과 고난을 홍이는 숙명처럼 외면할 수가 없다. 그래서 만주에서 하는 독립운동도 송장환에게 고백하는 것처럼 홍이가 '오가는 사람들의 뒷바라지'하는 것이 아니라 오히려 그 사람들이 홍이의 울타리였으며 불안과 긴장을 누를 수 있는 버팀목이었다. 때문에 홍이의 독립운동은 자신의 이념을 위해서가 아니라 동료애 같은 것이다. 이기주의에서 탈피하여 이타주의를 실행하고 있는 것이다.

이기주의에서 이타주의로의 변모를 독립운동에 참여하는 모습에서 확인할 수 있지만 홍이의 독립운동은 민족주의 이념에 가깝다. 그도 그럴 것이 홍이는 실제로 일제 압제로 인해 감옥 체험과 독립운동가들의 죽음 등을 경험했기 때문에 자연스러운 감정의 발로일 것이다. 민족주의를 강조하면서 일본에게 배타적인 감정과 행동을 보이는 것은 무리가 아니다. 용정촌의 문화 속에서 유교 이념을 체득한 홍이는 처음에는 유교 이념에 따라 살지만 감옥 체험이나 장이와의 부정의 경험을 통해 방편으로의 삶으로 방향을 바꾼다. 하지만 임이네의 죽음 후 자신의 가치관에 대한 성찰을 통해 이기적인 자신을 깨닫고 이웃을 위해 이타주의적 삶으로 전환한다. 더 많은 타자들 즉, 민족을 위해 독립운동에 가담한다. 그러나 엄밀하게 말한다면 홍이는 유교 이념에서 민족주의 이념으로 방향을 전환한 셈이다.

3) 빈자 경멸의 반성과 호의를 통한 인간애 대두

상의의 경우에는 일본에 대한 감정이 아버지인 홍이와 차이를 보인다. 상의는 홍이처럼 조선에서 출생하였지만 어린 시절을 만주에서 보냈다. 그러나 홍이가 성장할 때 용정촌은 일본 침투가 미미한 것인 반면에 상의가 성장한 신경은 일본이 건설한 만주국의 수도이다. 만주국 수도에서 성장한 상의는 아버지의 성장 환경과 문화적 차이가 있었다 하더라도 내국인(조선인)의 배일 감정보다 미약하였다. 국외라는 조건과 아울러 만주국은 전선이었기 때문이다. 그러한 이유로 일본인과 중국인들 속에서 성장한 상의는 홍이보다 개방적인 성향을 지닐 수 있었다.

그러나 홍이가 용이의 자존감을 그대로 물려받듯 상의도 홍이의 자존감을 물려받았다. 자기 자신의 행동이나 사고에 결벽증이 있으며 또래 집단의 아이들보다 자존감이 높다. 그리고 신경에서 조선으로 귀국한 경위-어머니 보연의 금밀수 사건으로 체포되어 조선으로 압송-가 자랑스러운 것이 아니어서 상의에게 정신적인 상처를 주었으며 이로 인해 명랑했던 상의가 내성적인 성격으로 변모하면서 자존감은 더욱 예민하게 반응하게 된다.

상의가 처음 부딪치게 되는 타자는 고모인 임이다. 임이는 상의가 하교하는 시간에 맞춰 상의의 뒤를 쫓아온다. 상의는 행색이 남루한 임이가 무서워서 도망을 친다. 용케도 도망치는 상의를 잘 쫓아온 임이는 주저 없이 성큼 상의의 집으로 들어온다. 불쾌하기 짝이 없는 방문과 임이의 염치없는 먹성과 행동 등은 자존감이 강하고 결벽증이 있는 상의에게는 달갑지 않다. 뿐 아니라 임이는 어머니 보연의 물건에 손을 대기까지 한다. 이로 인해 보연과 홍이가 금밀수 혐의로 체포되어 구금되자 상의는 임이가 보연을 신고한 것으로 오해하여 거세게 저항한다. 여기에 남동생 상근이 합세하여 임이를 빨래방망이로 때리는 패륜적 행동까지 자행하게 되어 임이가 밤에 살그머니 집을 나간다. 그러나 이것이 외삼촌 허삼화의 경위 설명으로 오해인 것을 알게 되자 식구들은 돌아온 임이를 환대한다. 사죄의 의미겠으나 임이는 환대가 익숙하지 않아 어리둥절 할 뿐이다. 그리고 상의는 임이를 두고 외삼촌 허삼화를 따라 조선으로 귀국하면서 악랄하지 않고 정신박약인 임이에게 사과하면서 돈을 쥐여주고 눈물을 흘린다.

조선에 들어와 감옥에서 풀려난 보연을 통영에서 일 년 간호하고 진주에서 학교를 다니게 된 상의는 진주의 천일네 집에서 주말을 보내곤 한다. 천일네 집에서 신세를 진다고 외할머니 점아기가 이바지 음식을 해서 보냈는데 역전에서부터 지고 온 지게꾼이 음식을 보고는 가지 않고 인절미를 좀 달라고 한다. 천일의 아내 호야네는 염치가 없다고 인상을 찌푸리고 천일네는 한 귀퉁이를 뜯어서 준다. 이를 본 상의는 지게꾼을 경멸한다. 그러나 경멸하면서도 경멸하는 자신의 마음이 싫다. 이러한 행동은 친구인 옥선자에게도 그대로 나타난다.

여학교에서는 흔히 있는 S에 관한 것인데 소위 의형제, 서로 마음에 드는 하급생을 골라 프로포즈를 하는데 그것은 연애 감정 비슷한 것이어서 학교에서는 엄금하고 있는 일이었다. 그렇다고 해서 그런 일들이 없어지는 것은 아니었다. 반반하게 생긴 상급생이나 귀엽게 생긴 하급생은 거의 모두 S를 맺고 있었다. 소위 그 프로포즈하는 편지의 전달자가 바로 옥선자였다. 그 일이 발각되어 번번이 교무실에 끌려가서 꿇어앉곤 하는데 그는 그 일에서 손을 떼지 않았다. 누구든 부탁하면 기꺼이 맡았고 때에 따라서는 예쁜 아이를 점찍어놨다가 반 아이에게 권유하기도 했다. 그리고 배고픈 사생(舍生)들을 위해, 그는 하숙을 하고 있었기 때문에 가능했지만 하여간 배고픈 사생들을 위해 암거래하는 떡집이나 기타 음식점에 소개하는 것도 그의 소임이었다. 또 한 가지는 사감의 손을 거치고 싶지 않은 내용의 편지를 그는 부쳐주었고 답장을 사생한테 전해주는 일이었다. 그렇게 봉사를 하건만 반 아이들은 그를 소외했다. 자기 볼일만 보면 그만, 옥선자를 친구로서 상종하려 하지 않았다. 불량학생이라는 딱지 때문에 경원하는 것이었고 진짜 불량학생들도 그 죄질이 다르기 때문에 그를 그들 클럽에 끼워주지 않았다. 외모에서부터 그는 회피하는 인물이 되었다. 그는 고독했으며 고독을 즐기는 듯도 했고 초연해 있는 것 같기도 했다.

그가 학교에 나오게 되고 시일이 지나면서 모든 것은 원상으로 돌아갔다. 처음 그에게 쏠렸던 동정심은 다 식어버렸고 옛날같이 옥선자는 소외되고 소홀하게 대접받는 존재가 되었다. 상의는 그러한 옥선자를 보는 것이 고통스러웠다. 상의 역시 다른 아이들과 관점이 다를 것이 없었고 그가 마음에 들지 않는 것도 마찬가지였지만 마음 한구석에서는 늘 그러한 자기 자신에 대한 비난이 있었다. 게다가 은근히 옥선자가 자신을 좋아하고 있다는 것을 느끼면서부터 더욱이 그를 멀리하려 했고 기분이 언짢았는데 이상하게 그럴수록 어떤 아픔이랄까 자괴심을 느끼는 것이었다.

－14권 317~318쪽

역사 선생 이시다가 '피골이 상접한' 모습으로 눈물을 찍어내며 천황을 칭송하는 소리를 듣고 옥선자가 웃었다. 이시다 선생은 '선자의 가슴팍, 교복을 움켜쥐고 교단 앞까지 질질 끌고' 가서 '뺨을 연달아 갈'기고 '벽면 쪽으로 끌고 가서 벽에다 머리를 짓찧'고 '쓰러지니까 발로 차고 짓밟'는다. 이 장면을 목격한 일본 학생들은 '차갑게 구타 장면을 지켜보고 있'지만 조선 학생들은 '이시다의 광란하는 모습이야말로 일본인의 실상'인 것을 느낀다. 이 사건으로 옥선자는 정학 처분을 받는데 학부형들의 비난의 소리를 의식하여 정학 처분이 풀려 학교로 돌아온다. 이 일로 학우들은 '가슴 아파'하고 분해하며 동정을 보인다. 상의는 '옥선자의 구타사건'으로 경악하며 '옥선자가 싫고 좋고 그런 것을 떠나서 전율과도 같이 일본을 일본인을 증오했다'. 만주보다 배일 감정을 첨예하게 느낄 수 있는 조선에서, 그것도 항일투쟁이 일어난 진주에서의 생활은 상의에게 배일 감정을 불러일으키는데다가 아버지가 가족을 두고 만주에서 가 있는 만큼 상의는 자신의 자리를 인식하며 옥선자의 사건으로 동족에 대한 감각을 키운다. 그러나 예민한 감정에서는 자신을 좋아하는 옥선자를 상의는 받아들일 수 없다.

옥선자가 임이나 지게꾼과 다른 점이 있다면 가난한 행색을 하고 있지는 않다는 것이다. 그러나 옥선자의 외형도 지게꾼이나 임이와 다를 바 없다. 지게꾼이나 임이가 가난하여 초라한 사람이라면 옥선자는 허약하여 초라하게 보이는 사람이며 의지가 박약하다. 뿐 아니라 임이나 지게꾼이 가난한 자의 얼굴로 상의에게 구걸하는 것처럼 비춰졌듯이 옥선자의 봉사도 우정을 얻기 위한 구걸로 비춰질 수 있다. 결국 임이, 지게꾼, 옥선자는 상의에게 윤리적 호소를 하는 사람이다. 상의는 정석의 아들 성환에게도 거부감을 갖고 있는데, 천일네가 성환을 두고 상의와 혼인을 운운하여 결벽증적 성격에 예민하게 반응하는 것도 있지만 어릴 적에 평사리의 상의 집에 더부살이를 하던 성환을 기억하기 때문이기도 하다. 그러면 상의는 왜 약자의 윤리적인 호소에 환대는 못할지언정 경멸을 보이는 것일까? 결벽증이 있고 자존감이 강한 상의는 그러한 약자들의 모습을 자존감을 스스로 추락시키는 것으로 판단하여 경멸하고 싫어하는 것으로 볼 수 있다. 그러나 그러한 거부감과 함께 상의 자신의 마음이 움직인다. 고통이나 죄책감, 아픔 등의 형태로 말이다.

위의 인용문에서 확인하는 바처럼 주체가 약자를 대하는 방식은 두 가지로 간단하게 나눠볼 수 있는데 동정과 도구화이다. 동정하고 이용하는 것은 주체가 강자의 입장에서 약자를 억압하는 것이다. 상의는 약자를 억압하지는 않지만 반대로 환대하지도 못하고 이들로 인해서 갈등한다. 경멸의 감정 속에서 자신에 대한 부끄러움을, 소외를 방치는 감정 속에는 고통과 아픔 그리고 자괴심을 갖고 있다. 이와 반대로 일본인에게 상의는 보다 유연한 것처럼 보인다.

상의는 상대가 일본아이였기 때문이라는 것에 생각이 미쳤다. 조선인 학생과 일본인 학생 간에 S를 맺는 경우는 없었다. 그러고 보면 누구든 엉뚱하다는 생각을 할 것이다. 친일파라 할지도 모른다. 그러면 왜 호시노에게 편지를 보냈는가. 상의는 그 아이만이 마음에 들었다. 마음에 들었다기보다 너무나 사랑스러웠다. 그리고 그것은 그리움이었다. 남이 하니까 형식적으로 S를 맺는 학생들도 있었다. 조건을 따져서, 가령 부잣집 딸이라든가, 집안이 좋다든가, 공부를 잘한다든가. 그러나 어느 날 호시노의 모습이 상의 눈에 들어왔다.

그 일에 대하여 상의는 반성문을 쓰지 않았다. 매일 제출하게 되어 있는 일기장에도 편지에 관한 반성문의 글은 쓰지 않았다. 써야 한다는 생각조차 하지 않았다. 하시모토 선생이 쓰라 하고 말하지도 않았지만. 그랬는데 이상한 일은 이튿날 학교에 갔을 때 하시모토 선생은 그 일에 대하여 전혀 언급이 없었고 상의에게도 어떤 조치, 말도 없었다. 하루는 그냥 넘어갔다. 다음날도 그랬다. 삼일째도 오전까지는 아무런 기미가 없었다. 그러나 오후 수업을 시작하기 직전에 상의는 교무실로 불려갔다. 하시모토 선생은 뭔가를 쓰면서 얼굴도 들지 않고 말했다.

"복도에 나가서 꿇어앉아!"

초를 칠하고 돌로 갈고 닦고 마른 걸레질을 하여 반들반들 윤이나는 긴 복도, 그리고 정적, 정지된 시간, 겨울철이면, 양말을 신을 계절이면 짓궂은 학생들이 미끄럼을 타면서 캑캑 웃던 복도, 수업이 시작되어 지나가는 학생들은 없었고 상의는 그 복도에 무릎을 꿇고 앉았다. 죽어서 다시 태어난다 하더라도 이 치욕은 잊을 수 없을 것 같았다. 자유를 저해하고 순결을 더럽히는 조직의 폭력, 상의는 일상에서도 늘 그것에 시달려왔지만 새삼스럽게 불가항력, 조직에 대한 공포와 분노에 몸을 떨었다. 항상 종소리에서 탈출하는 것을 꿈꾸어왔다. 시간을 구분하여 울리는 종소리는 학교에서도 그랬지만 기숙사에서도 그것은 조직의 표현이었다. 긴 복도 정적, 창 밖에서 흔들리는 나뭇잎까지 시간의 고문이며 또한 감옥이었다.

'반성할 시간은 충분히 주었는데도 리노이에 쇼기! 너는 반성하지 않았다!'

—16권 323~324쪽

위의 예문은 상의가 일본 아이 호시노와 'S'를 한 것이 하시모토 선생에게 발각되어 복도에서 벌을 서면서 수치심을 느끼는 장면이다. 상의는 일본인 여학생 호시노와 일본인 선생 하시모토에게 호의적이다. 지게꾼이나 임이, 옥선자와 다르게 그들을 인정한다. 호시노는 사랑스러운 사람이고 하시모토 선생은 인간성이 순수하고 공평무사하며 격식이나 규율에 얽매이지 않아서 존경하는 사람이다. 호시노는 그리움의 감정으로써, 하시모토는 '부박하고 오만 치졸하며 인생의 낙이 오로지 우월감'에 있는 여타 일본인 선생과는 변별되게 스승으로써 상의에게 감동을 주는 인물이다.

그러면 상의는 임이, 지게꾼, 옥선자와 호시노, 하시모토에 대하여 왜 다른 반응을 보일까? 임이와 지게꾼, 옥선자에게서 상의는 경멸과 동시에 조선의 자화상을 본 것이며 그들의 윤리적 호소에 자책과 고통 외에 적극적인 도움을 줄 수 없었던 것은 상의가 아직 정신적, 육체적으로 성숙되지 않았기 때문으로 판단하는 게 맞다. 호시노를 사랑스럽게 본 것은 그 아이가 일본 아이라서가 아니라 그 아이 자체만 본 것이다. 일본인이라는 자각도 없이 순수하게 사람을 대했다는 의미이다. 그리고 벌을 서면서 수치를 느낀 것은 친일파로 보일지도 모른다는 우려가 때문이 아니라 자신의 진심을 저해하는 조직에 대한 '불가항력'에 대한 비애 때문이다. 조직의 규칙에 따라 자신의 진심을 재단해야 하고 수치를 느껴야 하며 이해를 달리해야 한다는 것이 상의는 자존심이 상한 것이다. 조직이란 것은 그것이 크기가 얼마만하든 이편이 있으면 저편이 있고, 이편은 저편을 저편은 이편을 견제한다. 또한 그러한 조직은 조직구성원들의 관리를 용이하게 하기 위하여 규율을 정하고 그에 따르게 한다. 상의가 느끼는 '조직에 대한 공포와 분노'는 자신의 순수한 감정을 짓밟고 비난 받게끔 하는 것 때문이다.

상의의 이같은 의식구조와 그의 일련의 행동에서 타자와의 관계의 긍정적 가능성을 발견할 수 있다. 용이가 임이네를 죄인의 처로 본 것이 아니라 가난하고 힘 없는 과부로 본 것처럼 상의가 일본 아이를 일본인으로 본 것이 아니라 사람으로 본 것은 타자와의 관계에서 희망을 보여준 것이다. 그로 인해 주체는 타자에게 윤리적 책임감을 보일 수 있게 되고 타자와의 따뜻한 교류를 가능하게 한다. 반일 감정이 극도에 달한 일본의 압제 하에서 이러한 상의의 의식은 조직을 떠나서 인간 본연의 감정과 존엄한 자아에 대하여 독자에게 시사하는 바가 크다. 뿐 아니라 상의와 호시노의 관계가 'S'라는 점도 주목해 볼 만하다. 연애 감정이 있기도 하지만 아울러 의형제의 의미도 내포되어 있기 때문이다. 타자가 어떤 국적을 가졌든 간에 상의에게 호시노는 '피식민지의 딸'이 아니라 '귀여운 하급생'일 뿐이다.

3. 계층 중심적 주체의 타자의식 동질화

1) 독선적 결혼의 절망감으로 인한 분열

송관수는 양반에 대한 저항의식이 강한 인물이다. 어렸을 때 집을 나간 등짐장수 아버지가 동학당으로 활동하다가 죽음을 맞은 것도 영향이 있겠지만 똑똑하고 비판적인 송관수는 길상과 함께 한복의 집에서 밤마다 모여 시국 이야기를 할 때부터 반항적인 면모를 보였다. 때문에 윤보를 중심으로 마을 장정들이 최참판댁을 침범하여 군자금을 마련할 때 관수도 끼어있었다. 사당의 마루 밑에 숨은 조준구 부부를 열렬히 찾은 것도 송관수였다. 이 일로 지리산으로 들어가서 의병활동을 하다가 길상, 김훈장, 용이, 영팔이 등이 간도로 갈 때 송관수는 동학으로 빠진다. 쫓기는 몸이 되어 숨어든 곳은 백정의 집이었다.

백정의 집에 숨어 있으면서 백정의 사위가 되는데, 백정의 딸은 '낮추고 또 낮추고 존재를 지워버리려는 듯'한 모습이었다. 천민이라는 차별적 신분을 '자신의 잘못은 아니었으며 그 또한 피해자였건만 그것을 운명적인 것으로는 생각지 않았고 오로지 자기 탓으로만 치부하는' 여자였다. 신분에 대해 비판적이고 저항적인 송관수는 그러한 백정의 딸을 연민으로 대한다. 백정의 딸과 혼인 후 송관수는 업을 갖지 않고 동학당 활동을 하기 때문에 경제적인 부담은 고스란히 장인의 몫이다. 송관수의 장인은 종교를 갖고 싶었으나 천민이라는 신분 때문에 교인들의 반대에 부딪쳐 좌절되어 동학을 믿게 된 사람이다. 그런 인연으로 송관수를 사위로 맞았으니 송관수가 생업에 종사하지 않고 동학당 활동을 하는 것은 어려운 일이 아니었다.

숨겨주고 딸도 주고 먹여주고, 희생은 송관수의 장인이 한 셈인데, 송관수는 상민이요 장인은 백정이라는 신분적 차이 때문에 송관수는 죄책감이 없다. 심지어 장인이 늙어서 백정 일을 할 수 없게 되자 그동안 벌어둔 돈을 곶감 빼먹듯이 빼먹으며 생계를 꾸린다.

이렇듯 송관수는 장인의 지지를 받아 동학당 활동을 할 수 있었다. 그러나 송관수가 백정 집안의 사위가 되었다고 해서 백정 신분에 동화된 것은 아니었다. 양반에 대한 맹렬한 저항심을 가지고 있어서, 핍박받으면서도 비판은커녕 자책하는 백정의 딸에 대한 연민이 있었던 것은 사실이지만 백정 딸인 영선네와 밀착하기는 쉬운 일이 아니다.

"나무관세음보살."

혜관의 염불 소리였다. 관수의 눈이 희번덕인다. 머릿골이 울툭불툭한 혜관이 옆모습을 쏘아본다.

"동학당한테 염불은 무신, 소 때려잡는 기이 업인데 부처님 은덕을 입을 기든가? 극락왕생할 리도 없고."

어조나 음성이 매우 불손하다. 혜관은 퉁거운 고개를 비틀 듯 하며 관수를 쳐다본다. 피시시 웃는다. 무안쩍어 그러는 것 같다. 혜관은 본시 심성이 여린 사람이다. 나이 들고 체중이 늘어서 유들유들했음에도, 관수는 제 처자에게 동정한 혜관이 미웠던 것이다. 그 감정은 관수 나름의 제 처자에 대한 연민이다.

'코 하나에다가 눈까리는 두 개 있고 아가리는 하나, 남하고 어디가 다르노. 다를 기이 머 있노 말이다. 같은 사람인데 머가 불쌍타 말고. 불쌍할 것 한푼 없다고. 다 같은 사람새끼 아니가.'

…중략…

"허허어, 관수 자네도 낭팰세. 그렇게 성품이 옹졸해서야."

"대천지 한바다처럼 맴이 넓었이믄 극락이야 가겄지마는 남으 등에 칼 꽂는 짓이야 하겄십니까?"

독기 서린 그 말을 들어넘겨버리고

"그릇이 크다보면 빌어먹어도 빌어먹는다는 생각은 아니 할 것이며 대덕(大德)이 되다보면 고기를 먹어도 살생계를 아니 생각할 것인즉, 사람백정이건 소백정이건 낯을 가려서 뭘 하겠나? 거지, 소백정, 갖바치 할 것 없이 시혜(施惠)를 받는 편은 거지를 거지로 생각할 것이요, 소백정을 소백정으로 생각할 것이요, 갖바치를 갖바치로 생각할 것이나 심신을 바쳐 만백성을 도우고자 뜻을 세운 사람이면 일국의 제왕이건 다리 밑의 걸인이건 추호 다를 것이 없느니……"

혜관은 자못 엄숙한 낯빛으로 관수를 나무란다. 목탁 두드리며 들어오는 불공이나 받아 처먹는 중, 하며 내뱉은 말이 사심 없는 비판에서 나온 말이 아님을 혜관은 알기 때문이다. 백정의 딸인 아내와 백정의 손자인 아들에 대한 연민이 관수의 심사를 일그러지게 한 것을 알기 때문이다.

―5권 249~251쪽

혜관스님이 진주의 송관수 처가에 갔을 때 '아랫도리를 벗은 아이가 자갈밭을 뒤뚱거리며 걸어가고 다람쥐같이 젊은 여자 하나가 달려나오더니 아기를 안고 도망치듯 부엌 쪽으로 뛰어'가는 것을 보았다. 송관수의 처가는 강변에 '쇠가죽이 여기저기 널려 있'는 자갈밭인데, '하얗게 바래어진 자갈밭은 백정네 인생처럼 살풍경하'며 '햇볕에 타고 있는 쇠가죽처럼 핏빛에 얼룩진 백정네 인생이' 안쓰러워서 혜관이 염불을 한다. 이에 대해 송관수가 방자하게 혜관스님을 비난한다. 관수가 '제 처자에게 동정'을 하는 혜관이 미운 것은 처자에 대한 동정은 자신을 동정하는 것과 다르지 않다고 생각하기 때문이기도 하지만 더 중요한 것은 자신도 백정의 신분을 극복할 수 없기 때문이다. 그래서 혜관스님의 동정이 송관수를 더 자극시킨 것이다. 거친 연민은 보이지만 천민 신분에 밀착될 수 없는 송관수의 한계라 하겠다. 송관수는 백정이라는 어휘 자체도 못 받아들인다. 용이가 임이네를 살인죄인의 처였는데도 불구하고 연민으로 받아들이고 월선이 무당의 딸이었는데도 사랑한 것과는 대조적이다. 뿐 아니라 용이는 월선과 임이네를 책임지기 위해서 노력했다. 용이는 유교 이념에 충실한 수행자로서 자존감이 높아서 약자인 타자들의 윤리적 호소에 응답했다고 볼 수 있다. 그러나 송관수는 동학당에서 내건 평등주의를 가장 중요하게 생각한다. 억압이 없는 사회에 대한 희망과 포부를 가지고 있다.

그런데 송관수가 하는 일은 '심신을 바쳐 만백성'을 돕는 일이다. 아내와 어린 자신의 아들 영광도 신분적 한계 때문에 책임지는 것을 곤혹스러워 하면서 만백성을 돕는 일에 투신한다는 것은 일면 어패가 있을 수 있다. 억압받는 만백성을 돕는 자는 윤리적 주체로서 많은 사람들의 윤리적인 호소에 응답한다는 의미인데 송관수에게 이런 일이 어떻게 가능할까? 그것이 가능한 것은 대의(大義)이기 때문이다. 만백성을 위해, 그리고 만백성을 위해 일하는 사람들을 위해 가족은 희생될 수 있다는 것이 송관수의 생각이다. 또한 자신의 사사로운 감정도 대의 속에서 희생될 수 있다. 대의가 이루어질 때 자신의 억압, 가족의 억압, 만백성의 억압이 일거에 해소될 수 있기 때문이다. 두만의 둘째 부인 서울네가 물지게꾼 석이를 무시하는 것을 보고 발끈하여 "니는 머꼬? 술판이나 닦는 계집 푼수에 누굴 보고 괄시하고, 차벨할 개뿔이나 있다 그 말가?" 하고 대놓고 말을 해야 직성이 풀리는 송관수였다. 그러한 그가 상민 허상안이 백정 사위는 백정이니 같은 술자리에서 술을 못 먹겠다고 횡포를 부리자 무릎을 꿇고 사과를 한다. 그렇게 하는 것은 더 큰 것을 위해 작은 것의 희생은 송관수에게 오히려 자랑스러운 것이기 때문이다.

"이래가지고 무슨 일을 하겠습니까. 양반들 횡포에 이를 갈던 상민들이 양반들보다 더한 횡포를 천민들에게 부리는 것은, 왜 그렇지요?"
"……"
"호랑이가 늑대를 잡아먹고 늑대는 고라니를 잡아먹고, 짐승들 세계와 뭐가 다르다 하겠습니까. 그것이 자연의 법이라면 우리가 하는 일, 우리가 생각하는 것은 모두 헛된 꿈이지요. 인간이 인간을 다스린다는 것이 횡포라면 말입니다. 추악합니다! 옛날 그 도도하던 양반이 조준구 꼴이 된 것도 추악하구요. 상민은 천민이라 하여, 지배욕에 굶주린 상민은 그 불만을 천민 학대로써 쏟아내고, 언제 끝이 납니까. 학대하고 학대받고, 잡아먹고 잡아먹히는 이런 세상이 말입니다!"

"강한 놈도 약한 놈도 없어질 때 끝이 나겠지. 지금 당장에는 왜놈이 강한 놈이고 조선은 약한 놈이다."

석이는 어두운 땅을 내려다본다.

"옛날 같았이믄 나도 그렇기 생각했일 기고 오늘같이 허간가 하는 그 늙은이한테 무릎 꿇는 따위의 병신 짓도 아마 안 했일 기다. 우짜믄 니보다 내 편에서 조가놈 목통을 졸라서 직있일지도 모르지. 그러나 그런 것들은 다 밥풀이다."

…중략…

"양반은 상놈들을 눌러잡아야 저들의 보신이 되고 양반한테 개처럼 순종하는 놈일수록, 음, 천민이 제같이, 아니 제보다 한층 더 순종하길 바라는 게 이치 아니겠나? 그들의 이치란 말이다. 푸른 풀밭이나 눈 오는 곳이야 하누님 하시기 탓이겠지마는…… 사람이 한 일이야 사람의 손으로 뿌사야제. 임금이다 양반이다 상놈이다 천민이다 그거를 하누님이 맨들었나? 사람이 맨든 기라. 사람이 맨든기믄 사람이 뿌사부리야제. 중뿔나게 나쁘고 미련한 놈이 전부는 아닌께, 또 없어지는 것도 아니겠고, 그러나 양반도 사람이다. 신선도 아니고 신도 아니고 똑같이 밥 묵고 똥 싸는 사람이다! 해얄기고 백정도 사람이다. 소 돼지가 아니고 똑같이 밥 묵고 똥 싸고 일하는 사람이다! 누구든 똑같이 살 수 있으며 잘하고 잘못하는 것이 지한테 매인 기지 양반이나 백정한테 매인 거는 아니다! 그렇기는 돼야 안 하겠나?"

—7권 164~165쪽

신분을 깨부수는 것이 동학운동이라면 신분을 넘어서는 것이 독립운동이라고 할 수 있다. 일테면 송관수는 독립운동을 하면서 신분이 다른 소지감이나 사회주의운동가 최군 등의 사람들과 교류를 하게 되는데 이들과의 교류는 '민족의 동질감'을 가진 것이어서 '교류가 아닌 합류(合流)를 느끼'게 했다. 송관수가 신분을 넘어설 수 있는 가능성을 본 지점이기도 하다. 이로 인해 독립운동은 송관수의 자존감을 곤고히 할 수 있는 울타리가 된 셈이다.

조준구가 평사리에 들어와서 평사리 주민들을 분열시키고 억압할 때는 양반이라는 계급이 송관수의 적이었다. 그러나 조준구가 자력으로 평사리 주민들을 주무르고 서희의 재산을 가로챈 게 아니라 배후가 있다면 조준구와 싸우기보다 그 배후와 싸워야 될 것이다. 그것이 일본이었고 조준구는 일본의 시녀에 지나지 않는 것이다. 관수는 강자인 일본인과 약자인 조선인의 구분에서 같은 약자의 입장인 조선인들이 계급을 구분하여 상대적인 약자를 억누르는 것이 무의미하다는 생각이다. 큰 억압의 틀을 보는 게 중요하다. 사람은 평등하다. 조준구와 허상안이 횡포를 부리는 것은 그들의 인성이 나쁜 것보다 계급이 있기 때문에 그런 횡포를 부릴 수 있는 것이다. 그러면 계급이 타파 되어야겠으나 지금은 나라가 있는 게 아니기 때문에 나라를 먼저 찾는 게 우선이다. 그러자면 억압자 일본에 대항해야지 조준구와의 실랑이는 힘만 빼는 무의미한 싸움인 것이다. 그래서 석이를 일에 끌어들일 때 석이에게 하는 말은 설득력이 있다. "왜놈이 내 땅을 치고 들어오지 않았이믄 니 아부지나 내 어무니가 그렇게 되지는 않았일 거 아니가. 조가놈은 한 놈이지마는 왜놈은 수도 없이 많은께." 송관수나 석이는 사적인 원한보다 더 큰 일이 중요하기 때문에 일을 무리 없이 하기 위해 조준구에게 보복을 포기한다.

　　"내가 만일에 이 길로 오지 않고 등짐장수가 되었더라믄 별을 보고
고개를 넘을 때마다 울었겠제? 참혹하게 죽은 울 아버지, 불쌍한 울 어
무니 생각도 더했을 기고."

　　잠시 한눈을 팔았던 석이 마음에 화살이 꽂히듯, 그 말은 관수의 말이
자 자신의 마음이었다. 한눈 팔았던 마음이 관수에게로 따뜻하게 쏠린
다. 동지적 우애와 다 같은 설움이 굳게 맺어진다. 어둠을 향하여, 얼마
나 길지 모르는 어둠을 향하여 함께 가리라는 생각이 등불처럼 발밑을
비춰주는 것만 같다.

　　'슬프고, 이 밤이 이렇게 좋을 수 있을까.'

　　"세상에는 하고많은 일이 있고 어리석은 놈 등쳐서 깝데기 벳기묵을
재간도 있는데 와 하필이믄 이 짓을 하고 있제? 하는 생각이 들 때가 없
는 것도 아니지마는 그러나 석아, 우리같이 설운 놈들이 마음을 굽히지
않고 산다는 것이 얼매나 좋노. 굽히도 굽히는 기이 아니요 기어도 기는
기이 아니라. 안 그렇나? 니는 내가 오늘 당했이니께 울적해서 말이 많
다 생각할지 모르겄다마는 땅바닥에 꿇어 앉아 술을 마시도 좋고 일만
잘되믄 못할 짓이 머 있겄노. 도리어 보람이 있제. 내가 살아 있는 것 같
아서 말이다. 저기 저 하늘에 별이 깜박깜박한께 내 가심도 깜박깜박하
는 것 겉고, 내 새끼 내 계집 그리고 온 세상 사람들 가슴도 그러리라 생
각하믄은, 그렇지 내가 하는 일도 과히 헛된 일은 아닐 기라."

　　　　　　　　　　　　　　　　　　　　　　　　　　　　ㅡ7권 167∼168쪽

　　송관수와 석이의 부모는 상민이라는 계급이면서 약자여서 억울한 죽
음을 당했다. 자존을 세우는 게 아니라 목숨도 부지 못한 부모들 대해
깊은 설움이 있다. 이러한 설움을 이길 수 있는 것, 계급을 떠날 수 있

는 것이 큰 일―독립운동이다. 대의명분을 세울 수 있는 일이어서 자존감을 세울 수 있다. 억압받는 만백성들을 억압에서 해방시켜주는 역할이기 때문이다. 가족보다 더 큰 가족, 즉 민족을 감싸는 것이니 민족 속에 포함된 가족은 일의 성공여부에 따라 그 효과가 자연 아래로 미칠 것인즉 한 가족을 위해 목숨을 바치는 것보다 민족을 위해 투신하는 것이 더 가치 있는 것은 자명하다. 그래서 송관수나 석이가 가족의 희생을 당연시하게 된다.

그러나 대의명분을 위해서 버려진 송관수와 석이의 가족의 희생은 실로 막대하다. '내가 수모를 당하는 것은 견딜 만했지마는 내 계집 새끼들이 당할 적엔 피가 끓'더라는 송관수는 수모를 당하더라도 자위할 수 있는 수단이 있다. 동학과 독립운동이 그의 든든한 자존의 울타리이기 때문이다. 그러나 가족이 당하는 수모에서 가족을 지켜주지도 책임져주지도 않았다. 오히려 가족을 '신분의 노출을 꺼려 부처같이 일가(一家)가 떠돌'게 했고 '의식이나 생활면에서도 그것은 가둠을 당한 상태, 동굴 속과도 같이 외부와 차단된 세계'에 살게 했다.

송관수 자신은 '마음을 굽히지 않는 의지'를 관철하는 진정한 자존감의 상승을 맛보고 약한 타자들을 위해 희생한다는 윤리적 위안과 그것에서 느끼는 가치와 만족이 있었겠지만 관수의 가족은 감옥생활과 다를 바 없었다. 자신은 억울하게 죽은 부모의 죽음을 상쇄하기 위해, 치졸한 보복이 아니라 선의지로 독립운동이라는 대의명분을 세우고 투신했지만 가족은 송관수가 하는 일에 장애가 되지 않게 계속해서 낮게 더 낮게 엎드려야 했다. 이는 송관수의 독선이다. 자신은 온전히 존엄을 가진 인간으로 자기 자신에게 떳떳하며 타자들에게도 윤리적인 사람이지만 가족은 그러한 그의 독선을 위한 희생자일 뿐이다.

　　송관수의 남다른 가족에 대한 애정을 진작부터 주변에서 다 알고 있
지만, 그러나 항상 아들을 저지하며 일이 시끄러워지는 것을 경계해온 것
은 송관수의 경우, 아들이 무사하기를 바라는 어버이의 사랑이라기보다
자기 하는 일에 누가 될 것을 염려해서인데, 그런 만큼 송관수는 괴로웠
을 것이며 영광이는 영광이대로 반발하며 아비의 마음을 이해하지 못했
을 것이다. 가족을 끔찍이 사랑하면서, 그러나 항상 자신이 하는 일 편에
서서 가족이 남의 눈에 두드러지는 것을 싫어했고 있는 듯 없는 듯 하기
위해 압력을 가해왔으며 영선네나 장인 장모는 신분상 스스로 그런 생활
태도를 취해오기도 했었다. 그러나 아들 영광이 이십 세에 가까워지면서
그러한 균형은 깨지기 시작한 것이다. 광주학생사건을 두고 부자간에 의
견 충돌은 쉽게 짐작할 수 있는 일이었다. 여느 때와 달리 관수가 안정
을 잃었던 것도 그 때문이라는 것을 강쇠는 비로소 깨닫는다.

—10권 29쪽

가족을 사랑하고 연민을 가지고 있는 송관수이지만 위의 예문에서
그가 가족에게 어떻게 희생을 요구했는지 알 수 있다. 영선네와 장인
장모는 신분적인 이유로 은둔의 생활을 지속시켰다고 하더라도 하나의
인격체로 성장한 아들 영광에 대한 억압은 가혹하다. 송관수가 그토록
사랑했던 아들 영광을 저지해가면서까지 일에 더 집중한 것은, 대의명
분도 있었겠지만 잘못 됐을 시 여러 사람의 목숨이 걸려있다는 생각에
서 철두철미한 것이기도 한 것을 염두에 두더라도 송관수의 처사가 가
혹하는 것은 마찬가지이다.
　　이러한 송관수의 억압에 아들 영광은 영선네처럼 순응은커녕 반항하

며 가출한다. '백정에 대한 사회적 편견과 차별은 엄연히 존재하고 있는 것이 현실'이어서 신분적인 제약 때문에 사회에서 소외되고 연애에서도 좌절을 맛본 후 송관수에게 거세게 저항한다. 영광과의 관계의 단절이 송관수에게 치명적인 절망으로 다가온다. 그리고 혜관이 만주로 간 후 연락이 두절되어 조직이 와해될 위기에 처하자 자신의 울분과 자존을 세울 수 있는 것도 상실하게 된다. 이러한 상실감, 절망감 그리고 신분적 열등감으로 교육받은 딸 영선을 무학의 김휘에게 아내로 주면서 비애를 느낀다. 자존의 울타리가 되었던 독립운동의 축소, 아들 영광의 외면, 딸 영선의 낙혼 등으로 인하여 송관수는 신분에 대해 처절하게 좌절한다.

이러한 절망감으로 송관수는 분열적인 모습을 보인다. 아들에 대한 연민 때문에 "애비가 백정 아닌데 아들이 어째 백정이냐" 하는 말로 영선네를 부인한다. 그러면서도 자신이 먼저 죽는다면 영선네의 거처와 처지가 또 다른 연민을 자아낸다. '동학당으로 죽음을 당한 장돌뱅이였던 아비, 김훈장을 따라 산에 들어간 사이 행방을 모르게 된 어미, 그리고 은신처에서 만나 부부로 맺어진 백정의 딸인 아내'로 인해 '응어리'가 맺혀 그것을 넘기 위해서 독립운동을 시작하였으나 잘 되지 않자 신분의 벽을 결국 넘지 못해 절망하고 만 것이다.

신분의 울분을 젊었을 때는 일하는 데서 풀었으나 나이 들어 사는 곳을 만주로 옮기고 난 후에는 자신이 일에 쓸모가 없어지자 울분을 나보다 더 약자인 아내에게 푸는 것이기도 하다. 처음에는 자신보다 신분적 약자여서 연민으로 결혼까지 했으나 나중에는 자신보다 더 약자여서 횡포를 부리는 것이다. 그러나 관수는 일신의 보신을 위해서 그러는 것이 아니라 억압을 저주해서인데, 이 경우 다스림이 아니라 울분의 표출이다. 계급과 억압을 해소할 수 있는 일에 의지하는 관수의 삶이 일을 잃자 울분을 당하는 약자의 계급에 대한 억압의 형태로 표출된다. 그러나 이것은 실질적인 억압이 아니라 자해의 수준이다.

홍이는 그때, 자신의 중간 역할이 미숙해서 그리 된 것으로 생각했으며 두고두고 후회를 했다. 그러나 그보다 그 일로 인하여 사람이 달라진 송관수를 볼 때 느끼는 책임감 같은 것은 홍이에게 적잖은 괴로움을 안겨주었다. 처음 송관수는 자식 하나 없는 셈치겠다며 스스로 달래곤 했으나 시일이 흐르면서 차차 엉뚱한 방향으로 사람이 달라져갔다. 불효막심의 아들을 원망하기보다 아들에게 지워진 백정이라는 신분에 병적인 혐오감을 나타내기 시작했던 것이다. 술만 들어가면

"내가 와 백정고? 나는 백정 아니다. 영광이도 백정 아니다. 우째 그아가 백정이란 말고."

고개를 설레설레 흔들며

"아니지, 아니고말고. 그놈은 내 아들인께, 동학당, 등짐장수 울아부지 손자니께, 밭이 무슨 소앵이 있노. 씨가 젤 아니가."

실성한 사람처럼 말하는 것이었지만 그는 분명하게 마누라 영선네를 부정했던 것이다. 평생을 그림자같이, 구석지에서 남몰래 피는 꽃같이, 남의 앞에 나오는 것조차 두려워하며 살아온 영광의 모친, 그여자에 대한 연민 때문에 지난날 송관수는 진주에서 형평사운동에 가담했으며 그 연민은 그의 투쟁의 의지로 나타났고 불꽃이 되기도 했었다. 가족에 대해 남다른 애정을 가진 것도 백정으로 낙인 찍힌 신분을 바라보는 사회적 통념에 대한 분노 때문이었다. 그의 앞에서는 어느 누구도 백정이라는 용어를 입에 올리지 못하였다. 언제였던지, 구례(求禮) 길노인 집에서 잔치가 벌어졌던 그날, 김강쇠가 부아를 돋우노라 이 백정놈아! 했다 해서

혈투를 벌인 일도 있었다. 그러던 송관수가 그렇게 오래도록 금기되어왔던 백정을 들먹이며 흰머리가 돋아난 영선네 앞에서 크게 비웃기 일쑤였고 때론 그 일로 분탕질도 서슴지 않게 되었으며 죽은 장인까지 끌고 나와

"이녁 당대로 끝낼 일이지 멋 땜에 딸년을 내질러 여러 사람 신셀 망치느냐 말이다."

—13권 29~30쪽

영광이 악극단을 따라 신경까지 왔는데도 송관수를 만나고 가지 않은 것에 대해서 송관수는 절망하여 '신분에 병적인 혐오감'을 나타내는데, 다른 아버지들처럼 이 경우 왜 아들의 불효막심을 탓하지 않는가. 그것은 송관수가 영광에게 떳떳하지 못하다는 의미이다. 그리고 영선에 대한 연민은 있을지언정 영선네의 신분에 밀착한 삶이 아니어서 자신이 심적·육체적으로 나약해졌을 때 그 모든 책임을 영선네에게 전가한다. '마누라 영선를 부정'하는 것은 책임 회피이며 송관수가 말년까지 백정의 신분을 극복하지 못했음을 의미한다. 송관수는 타자인 아내 영선네와의 동질화에 분열적 모습을 보이기도 한다. 송관수는 독립이 되기 전에 호열자로 죽음으로써 가족에게 또 하나의 한을 남긴다. 하지만 신분의 질곡과 투쟁이 무의미한 것은 아니어서 송관수의 유언장에 괜찮게 살았다는 말로 미루어 자족한 죽음임을 확인할 수 있다.

2) 위무적(慰撫的) 야합을 통한 타자성 경험

양반의 권위의식을 가진 인물로는 최치수, 이동진, 이상현 등이 대표

적이다. 최치수는 어머니 윤씨의 거부와 아내인 별당의 불륜적 도피로 인하여 자신의 정체성을 찾기 위해서 '스스로를 얽어매려는 서글픈 방법'으로 권위주의에 매달리다시피 했다. 이와는 대조적으로 이동진과 이상현은 청백리 집안이라는 자부심에서 비롯된 권위의식이었다. 최치수의 경우에는 삶의 방법론에 관련된 것이어서 권위의식의 허위를 자신이 잘 알고 있었다면 이동진과 이상현의 경우는 가문대대로 내려온 것이어서 조선 '오백 년 세월'의 뿌리가 깊듯이 내재화된 것이라고 할 수 있다. 해서 최치수의 권위의식보다 이동진이나 이상현의 권위의식이 더 위험한데 이는 자의로 쉽게 일조일석에 바꿀 수 없기 때문이다.

이상현의 권위의식은 어릴 때부터 드러난다. '날카롭고 섬세하며 오기가 대단하고 강한 자존심'을 가지고 있는 상현은 자신보다 나이가 많고 하인같지 않게 존엄하고 의젓한 길상에게 첫 만남부터 고자세를 취한다. 더운 여름에 길상이 돌이와 함께 이상현의 집(이부사댁)에 곡식을 실어다 준 것이 고마워서 하인인 억쇠가 댁네를 시켜 국수를 말아준다. 감나무 밑에서 시원하게 국수를 먹고 있는데 이상현이 감나무 위에 올라가 일부러 감나무를 흔들어 먼지와 감이 국수 그릇에 떨어지게 한다. 불쾌한 길상이 국수를 안 먹자 이상현은 도도하게 양반의 태를 내면서 먹으라고 명령한다. 이에 길상은 이부사댁 하인이 아니니 시키는 대로 하지 않겠다고 하며 먹지 않는다. 이 일을 시작으로 이상현은 길상을 경계하지만 추호도 자신의 권위의식을 허물 수 없다. 그리고 이상현과 길상은 두 사람 다 서희를 사랑한다. 첨예한 대립은 서희의 결혼을 두고 벌어진다.

"못 오를 나무는 쳐다보지도 않는 게야."

상현은 주정 비슷하게 다시 시작했다.

"자네가 똑똑한 것도 알고 잘생긴 것도 안다. 이곳은 내 땅이 아니지만 우린 조선 사람이야."

"……."

"아무리 세상이 뒤죽박죽 반상의 구별이 없어졌기로 일조일석에 근본이 바뀌어지는 것은 아니야. 내 땅이 아니라고 해서, 양반들이 김훈장 꼴이 되고 양가의 규수가 장사꾼으로 떨어졌다 해서 그것을 기화 삼는다면 내 칼이 자네 목에 들어갈 줄 알란 그 말이니라."

"저도 한말씀 드리지요."

"……."

"못 오를 나무 쳐다보지도 마십시오. 신언서판(身言書判)이 분명하신 서방님을 저도 우러러보아왔습니다. 이곳은 내 땅이 아니지만 물론 우리는 모두 조선 사람들입니다. 나라가 망하니 삼강오륜도 땅에 떨어졌다고들 하더군요. 그러나 양반의 체통만은 엄연하게 남아 있는 것으로 믿습니다. 내 땅이 아니라고 해서, 천애고아라 해서 뼈대 있는 집안의 규수를, 야심의 노리개로 삼을 시, 저의 칼도 그냥 있지는 않을 것입니다. 저는 분명 골수까지 종놈으로 썩어버린 놈이니까요. 그걸 충성심이라고들 하지요."

―4권 39~40쪽

이상현이 잘난 길상을 상대로 견제할 수 있는 무기는 양반이라는 '신분'밖에 없다. 조선도 아닌 이국 땅 간도에서, 나라도 잃어버린 상태에서 조선의 통치 이념과 그 계층의식이 별 무소득 할 것은 자명한 이치다. 그런데도 이상현은 '반상의 구별'과 '도리'에 묶여있는 인물이다. 때문에 길상을 비난할 수 있는 가치의 자는 이상현에게는 그것뿐이다.

길상이가 양반의식을 비웃는 언사는 자존심이 대단한 상현에게 비애이며 상처일 수밖에 없다.

이상현은 오기와 자존심이 대단한 기질 때문에 양반의 권위의식을 버릴 수 없다 하더라도 일찍이 동학운동을 이해했으며 양반들이 체통을 지킬 때 상민들이 오히려 도리를 지킨다고 상민을 옹호하는 호방한 이동진의 경우도 다르지 않다.[11] 최치수가 오만한 권위주의로 상민들이나 중인인 문의원에게 차갑게 대했을 때 이동진은 문의원의 사람됨을 인정했었다. 뿐 아니라 연해주에서 독립운동가들을 돕는 신분이 낮은 재력가 최재형을 보고 자신은 범부에 지나지 않음을 깨닫는다. 그래서 양반들의 권위의식이 얼마나 하찮은 것인가를 절감한 했다. 그러나 이동진도 양반의 권위의식에서 자유로운 게 아니다. 아들 이상현이 서희와 길상의 혼인을 두고 거세게 저항하자 이상현을 만류한다.

> "여러 가지 좋은 자질을 가졌음에도 그것을 다 메어치고 하찮은 권위에 매달렸던 최치수 그 사람이 생각나는군. 그 사람에게 있어선 아마 자기 스스로를 얽어매려는 서글픈 방법이 아니었나 하는 생각도 들고, 불쌍한 친구였지."

---

11) 이동진이 최치수를 찾아와서 마지막 강을 넘겠다(만주나 연해주로 가겠다는 의미)고 했을 때, 반상에 대해서 철저한 권위주의자인 최치수는 이동진에게 강을 넘는 이유를 물었다. 이동진은 군왕을 위해서도 백성을 위해서도 아니라고 대답하면서 강산을 위해서라고 애매한 답변을 한다. 이때 최치수는 이동진에게 사내대장부임을 좋아하니 열전에 남기고 싶어서지 않는가하고 날카롭게 지적한다. 후에 이동진은 장인걸에게 최치수의 말을 인용하면서 최치수의 말에 긍정한다.
맹자는 사람이 그 본성을 자각하고 자기의 내부에 하늘을 인식하고 만물을 가슴속에 포용하는 그러한 기개를 가진 대인(大人)이 되는 것을 수양의 최고의 목표로 삼고 있다.(타케우찌 테루오(竹內照夫), 이남희 옮김, 『동양철학의 이해』, 까치, 1991, 158쪽.)

상현에게 의미심장한, 어버이로서의 충고였다.

"네에, 아버님! 저도 그 하찮은 권위를 아직은 신봉하고 있습니다."

강한 몸짓으로 반항하며 상현은 내뱉었다.

"내 말을 마저 들어. 하여간에 서희는 그 아버지의 딸로서 부족함이 없다는 생각을 늘 했었다. 한데 지금은 윤씨부인 그 어른의 손녀였었구나 하는 생각이 불현듯 드는구면. 상현이 너의 생각이 잘못이니라. 서희는 비록 계집아이지만 사내보다 담력이 있어. 눈도 매눈이야. 아마 연해주 간도 바닥을 다 찾아도 길상이만한 신랑감은 없을걸? 뿐이겠느냐? 하동 땅에 있었다 하더라도 그만한 배필을 구하긴 힘들 게야. 길상이는 서희한테 아주 썩 걸맞는 짝이니라."

—4권 350~351쪽

이상현이 상처받은 모습으로 울부짖으면서 서희와 길상의 결혼을 반대하자 이동진은 '하찮은' 권위라고 말하면서 '길상이는 서희한테 아주 썩 걸맞는 짝'이라고 한다. 하지만 실상 이동진은 김훈장과 길상의 결혼을 의논하는 자리에서 그와 같은 행동을 취하지 않았다. 결혼 당사자인 길상이 참석한 자리에서 김훈장과 이동진이 서희와 길상의 결혼을 운운하는 것도 그러려니와 반상의 구별이 철옹성같은 김훈장과의 의논이라는 것도 길상에게는 비겁한 행동이었다. 그리고 길상이 결혼할 다른 여자가 있다는 말에 '안도의 숨'을 내쉬었다. 아들 이상현에게는 권위적이지 않은 이성적인 아버지의 모습을 보여주었으나 이동진의 실상은 그렇지가 않았던 것이다.

고국에 있을 때 그는 그 나름대로 시국을 판단하고 앞일을 근심했으면서도 나라의 수난이 이동진 개인의 비극으로서 밀착해오지 않았던 것만은 사실이다. 물론 그것에는 중앙 정치 무대에서 소외되어 있었고 의식에 마음쓰는 일이 없이 어느 정도 유유자적할 수 있었던 처지와 신분에도 원인이 있었을 것이며 선비로서 또 남아장부로서 조급함을 금하고 도량과 여유를 잃어서는 안 된다는 마음 자세가 이유이기도 했을 것이다. 그러나 근본에서 국가에 대한 충의심에 무비판이었다는 것, 유교를 바탕한 근왕(勤王) 정신이 굳어버린 관념으로 되어버린, 그것은 비단 이동진뿐만 아니라 전반적이 양반 계급의 생활 태도, 정신적 주축이기도 했었지만, 그 탓이었을 것이다. 그러나 간도에서 연해주 방면으로 방황하는 동안 차츰 국가의 운명이 자기 개인의 문제와 밀착해서 이동진을 어지러운 수렁 속으로 밀어넣기 시작했다. 자기 자신은 무엇이며 겨레란 또 무엇이며 국토란 무엇인가 하고 자신과 연대되는 대상을 향한 감정을 캐보기에 이르렀다. 그는 냉혹하게 국가와 황실을 새로운 각도에서 인식하려 했다. 시베리아 벌판에 우뚝 선 자기 그림자, 한 인간의 모습을 처음 만난 듯싶었고 군주의 권좌의 부당성을 깨달았다. 국가나 민족의 관념도 무너지는 것을 느꼈다. 그것은 불행한 이성, 그 불행한 이성이 마음속에 터전을 잡으려 했을 때 그러나 감정은 창(槍)을 들고 일어서서 아우성을 치며 반란을 일으키는 것이었다.

강토와 군주와 민족에 대한, 오백 년 세월 유교에서 연유된 윤리, 그 윤리감은 또 얼마나 끈덕진 것이었던가. 본시 이성에서 출발하여 오늘날 굳은 감정으로 화해버린 그 윤리 도덕을 이동진은 한 번 거역해보고 싶었다.

—3권 12~13쪽

'왜 나는 이리 늙었고 권필응 씨는 그리 젊었는가. 나는 불꺼진 잿더미 같고 그는 활활타는 관솔불 같다. 쏜살같이 앞날을 내다보는데 나는 무거운 이조(李朝) 잔재에 눌리어 이리 늙어가고 있다. 한땐 나도 그 굴레에서 벗어났다는 생각을 했었지. 옛날 그 동학란 무렵만해도 그들을 이

해했었다. 처음 이곳 노만(露滿) 국경을 방황하면서 무엇인가를 잡은 듯
했었다. 그러나 서희와 길상의 혼인을 나는 진심에서 축복하지 못했고 새
로운 물결을 타려 할 때 왜 난 내 언동은 어릿광대로만 느껴졌을까.'

－6권 54~55쪽

　간도에서 연해주 방면으로 방황하는 동안 '국가와 황실을 새로운 각
도에서 인식'하고 '군주의 권좌의 부당성을 깨달'았음에도 불구하고
즉, 이성으로는 자각했지만 감정으로는 받아들이지 못한 것이다. 그것
은 그가 시혜를 받은 계층이었으며 그러한 시혜는 생활과 직결된 것으
로 일상화된 관습으로 정착되었기 때문이기도 하다. 그래서 이동진은
연해주에서는 이방인의 입장에서 자신의 위치와 처지를 객관적인 시각
으로 들여다보게 되고 이를 통해 자신이 '범부'에 지나지 않음을 깨달
았더라도 감정까지는 바꿀 수 없는 것이다.

　이성은 반상타파와 주권이 국민에게 있음을 시인하지만 감정은 이를
저지한다. 이는 이동진이 '이조 오백 년의 무거운 세월을 싫든 좋든 짊
어지고 있기 때문'이다. 이념이 먼저이고 감정이 그 뒤를 따르는 것인
데, 장인걸은 감정이 먼저이고 이념(신념)이 그 뒤를 따르는 것과는 반
대이다. 결국 감정보다는 이념이 더 중요한 셈인데, 이념이 허상임을
안 다음에 뒤에 남기로는 감정이 더 오래 남는 것은 그만큼 이념에 대
해서 신봉했기 때문이다.

　군왕을 청산하거나 조선왕조의 오래된 관습을 떨쳐버리지 못하는 것
은 길상이나 구천을 대하는 태도에서 드러난다. 이동진은 구천을 우연
히 주막에서 만났을 때 '최치수의 하인'이며 '상전의 부인을 유괴해간
용서받을 수 없는 사내'였음에도 불구하고 '대등한 인간'으로 대한다.

이는 구천이 하인이면서 죄인인데도 비굴하거나 비천하지 않고 존엄을 가진 존재로 느껴졌기 때문이다. 이동진이 범부라면 구천은 '비범'한 사람임을 느낀 것이다. 상현이 길상에 느끼는 것도 유사하다. 이동진과 이상현이 구천(김환)이나 길상에게 느끼는 감정이 그들의 비범함을 인정하는 것이었더라도 양반의 권위 의식에서는 그것을 부인하는 셈이다. 이율배반적이며 이러한 이율배반적 감정은 이동진과 이상현에게 자신의 한계이며 열등감으로 다가온다.

이러한 상황에서 이상현이 연모하는 서희가 길상과의 결혼에 앞서 자신에게 의남매를 맺자고 제의한다. 서희도 이상현을 사모하면서 이상현이 자신에게 매달리지 않는다고 자존심이 상해서 한 행동이었으나 이 일은 서로에게 큰 상처를 남긴다. 기강(氣强)한 이상현은 견딜 수 없는 모욕감과 좌절감으로 귀국을 감행한다. 그러나 이것은 도피에 외에 아무것도 아니다. 귀국 후에도 서희가 준 상처에서 자유로울 수 없기 때문이다. 그래서 찾아간 것이 최참판댁 침모 딸인 봉순이다.

봉순이는 서희 일행이 간도로 갈 당시 조준구를 따돌리기 위해서 서희 대신 가마를 타고 구례로 빠졌다가 쌍계사를 거쳐서 일행에 합류하기로 했으나, 서희를 향하고 있는 길상의 마음을 확인하고 간도로의 동행을 포기한다. 혼자 조선에 남겨진 봉순이는 기생(기화)이 된다. 이상현과 봉순이의 만남은 애초부터 동병상련(同病相憐)이다. 사랑의 실패자로서 동질화 된다고 할 수 있다. 이상현은 서희에게, 봉순이는 길상에게 아물지 않는 사랑의 상처를 가지고 있는 것을 서로 잘 알고 위로한다. 때문에 이상현에게 봉순이는 불쌍한 얼굴이고 마찬가지로 봉순이에게 이상현도 불쌍한 얼굴이다. 사랑의 실패자로서 서로 위무한다. 이상현은 봉순이를 기생으로 대하는 게 아니다. 서의돈이 기화를 짝사랑하여 연을 맺고 헤어지는 것을 그렇게 안타까워 했음에도 불구하고 기생이라는 신분 때문에 떠나가기 바쁘게 소나기같은 사랑을 잊어버린 것과는 다르기 때문이다. 뿐 아니라 서의돈이 기화와 연을 맺은 것은 연연하고 풍정 있는 기화가 마음에 들어서겠으나 상현은 기화와 연을 맺되 그런 것이 아니었다. 불쌍하게 생각하고 있는 기화가 술자리에서 당한 봉변으로 울고 있는 모습에 이상현의 마음이 달라진 것이다.

기화와 연을 맺으면서는 상현이 기화에게 차가워졌다. 최참판댁 침모 딸과 기생이라는 신분은 다 같이 천직이나 후자는 전자에 비할 바가 아니다. 최참판댁 침모 딸은 이상현의 상처와 유관한 것이지만 기화라는 기생은 희롱으로 전락하게 되기 때문이다. 그것은 미약해진 권위의식을 상실하게 하고 자존감도 떨어뜨리며 기강(氣强)한 이상현을 더욱 추락하게 한다. 방황하게 하고 방탕을 부추긴다. 반면 기화는 상현에게 남편을 대하듯 한다. 상현은 3·1 운동 이후 발이 묶인 상태라서 기화의 집에서 기식한다. 자의식이 강한 그로서는 방황하는 생활이어도 기화에게 기생하는 생활이 견디기가 쉽지 않아 자연스럽게 기화와 이별하게 된다.

후에 기화의 소식을 듣기로는 안면이 있는 기생 산호주에게서이다. 기화가 이상현의 딸을 낳았다는 것이다. 이 소식을 전하는 산호주를 죽일 것처럼 목을 누르던 이상현은 술에 취해 쓰러져서 사흘을 앓았다. 앓으면서 헛소리를 했다. 이때 '기화'가 아니라 '봉순'이라고 부르는데 이는 상현이 봉순이를 기생의 신분으로 생각하고 있지 않음을 의미한다.

아버님! 불효자식을 용서하소서, 상현은 계속하여 헛소리를 했었다. 간간이 내가 잘못했어, 봉순이, 용서해주게, 그런 헛소리를 하기도 했다. 체면과 자존심을 버리고 자기 변명도 없이 알몸을 드러낸 사나이의 고뇌를 산호주는 느낄 수 있었다.

—8권 142~143쪽

그는 임명빈을 찾아가는 길인 것이다. 어쩌면 서의돈을 찾아가는 길인지도 모른다. 왜 가는지 가면서 생각하기로 하고 나선 길이다. 산호주의 마지막 말이 바늘끝처럼 심장을 계속 찔러댔으며 목덜미에 스며드는 바람이 맵고 차가운데 어쩐지 몸이 날아갈 것 같은 해방감, 상쾌한 것을 느낀다. 무슨 까닭일까. 새로운 천지가 저만큼 서서 손짓을 하는 것 같은 느낌은 또 어디서 온 것인지, 그것도 아직은 확실하게 알 수가 없다. 왜 오늘 갑자기 부친의 죽음이 그처럼 뼈에 사무치게 슬펐던지, 머리를 짓누르고 손발을 꽁꽁 묶는 것만 같았던 북방(北方)의 압력에서 언제 풀려났기에 그토록 부친의 죽음을 슬퍼했더란 말인가. 춥고 뼈를 깎는 듯한 만주 벌판의 바람과 끝없이 번들거리는 노령 빙판이 어찌 그리 가깝게 가슴에 와닿았는가. 생전의 부친은 상현에게 천근 같은 납덩어리의 무게였었다. 죽은 후 오늘까지의 부친은 상현에게 회한이요 죄의식의 고통이었다. 그 무지무지하게 고통스러웠고 무거웠던 구각(舊殼)을 오늘 돌연히 벗어던진 것은 홀연히 찾아온 기적 같은 것인지도 모른다.

—8권 161쪽

'생전의 부친은 상현에게 천근같은 납덩어리의 무게'여서 자신의 모습이 부끄러웠기 때문에 아버지의 죽음을 애도조차 하지 못했다. 아버지는 이상현에게 '유교 이념'이며 '신분'이다. 그런데 그런 아버지가 죽은 것이다. 금기가 풀렸다. 또한 이상현은 기화가 낳은 아이 때문에 청백리 집안에 먹칠을 한 셈인데 먹칠을 함으로써 역설적으로 자유를 얻은 것이다. 이를 계기로 상현은 산호주가 기화에게 가보라는 마지막 말을 되새기며 기화에게 가는 대신 만주로 도피하지만 실은 이미 이 시점에서 역설적으로 봉순이를 수용한 것이라고 할 수 있다. 봉순이와 동질화 될 수 있는 것이다. 때문에 아버지에게는 죽음에 대한 애도로 '불효자식을 용서'받는 것이요, 봉순이에게는 사죄하는 것이다.

그러나 만주나 노령으로의 도피가 떳떳한 것은 아니어서 봉순이를 책임지는 데까지 나아가지 못한다. 심정적으로 받아들였으나 행동할 수 있는 것은 아무것도 없어서 봉순이에게 가는 대신 북방으로 간 것으로 판단할 수도 있다. 이념이 무너지고 감정도 움직였으나 행동의 방향을 잡을 수 없기 때문이라고 볼 수 있다. 또한 도피는 잘못의 시인의 다름 아니다.

이상현은 북방으로 가서는 길상의 존재가 신분을 극복한 자리에서 자신의 신분을 역전한 것을 확인한다. '숙적과 같은 감정과 주종(主從) 같은 의식이 완벽하게 무너짐으로써 상현은 자기 자신도 아주 완벽하게 무너져버렸다는 것을 자각'한다. '이조 오백 년의 권위 의식과 그 존엄성이 흔적 없이 사라지는 순간 상현은 자신이 아무것도 아닌' 존재임을 깨달았다. '이것도 저것도 아니면서, 이것이나 저것하고도 쉽사리 타협을 못하는' 상현은 완벽하게 무너져버림으로써 자신의 실체를 보게 된다. 그래서 하동에 있는 자신의 가족에 대해서 인식을 달리한다.

무거운 바퀴가 가슴 위를 지나가는 것 같다. 다리가 뻣뻣하게 저려오는 것 같다. 뜨거운 것이 상현의 눈앞을 가린다. 죄의식이 괴물같이 달겨

든다. 어머니를 버리고 아내를 버리고 아들을 버리고, 그러나 상현은 버렸다기보다 그들로부터 버림을 당한 것 같은 기분이 들 때가 있었다. 그들은 뿌리를 가진 식물 같은 존재였다. 그들에게는 가족이 있고 집이 있고 그들은 존엄을 간직하고 있었다. 그들에 대한 생각은 늘 아픔보다 그들로부터 도망치고 싶은, 그들 생각을 안 하려는 것이었다. 기화에게도 그랬었다. 며칠 전까지만 해도 기화, 그가 낳았다는 계집아이에 대한 기분이 그러했었다. 타인같이 연관이 없고 모르는 존재로 치부하려고 했었다. 한데 사태처럼 무너져서 덮쳐씌우는 아픔과 연민을 상현은 이 순간 감당을 못한다. 상현은 자기 자신 속에 부성애 같은 것이 있으리라는 생각을 해본 일이 없다. 부성애가 아니었는지 모른다. 가슴을 찌르는 이 감정은 부성애하고는 다른 성질의 것인지 모른다. 그러나 너무 짙다.

—9권 269쪽

위의 인용문에서 알 수 있는 것은 이상현이 신분의 피해자라는 것이다. 양반의 권위가 무너진 상황에서 재력도 없는 청백리 집안, 여자도 아닌데 앉아서 얻어먹을 수도 없는 상황에서 상현은 계속해서 떠돌아다녀야 했다. 그래야만 남은 가족들이 고통 속에서도 삶을 꾸려가는 것이 훌륭해지기 때문이고 시국이 어려운 때에 사내대장부가 집에 있을 수 없기 때문이다. 상현은 외롭고 존엄을 잃어갔다. 그래서 역설적으로 가족들이 상현보다는 강자이고 윤리적으로 나를 심판하는 자들로 비춰질 수 있다. '타인같이 연관이 없고 모르는 존재로 치부하려고 했'던 것은 떳떳하지도 못한 희생적인 위치에서 도피하고 싶었던 것이다.

그러나 하동의 가족과 달리 봉순이의 딸(양현)의 경우는 봉순이가 죽었음으로 보살펴 줄 육친이 없는 것이다. 부성애보다 더 짙은 가엾은 아이에 대한 연민은 부모의 시혜적 사랑이 아니라 고통을 함께 느끼는 동질적 사랑이다. 상현이 자신의 아들이 아닌 봉순이의 딸에게 사랑을 선언하는 것은 신분의 버리고 딸을 사랑한다는 것이기 때문이다. 사내대장부와 청빈한 양반, 권위와 체면을 버리고 딸인 양현에게 사랑을 보인다. 핏줄의 정을 보여주기 위해, 자신을 바꾼 이상현의 모습은 인간적이다. 여기에서 중요한 의미는 이상현은 딸을 '신분을 넘어 사랑한다'는 것이다. 이러한 이상현의 변화와 깨달음은 임명희에게 보내는 서신에서 드러난다.

나는 이 일을 누구에겐가, 특히 명희씨에게 밝혀두지 않고는 소설을 쓸 수 없습니다. 왜 그래야 하는지 나도 그 이유를 뚜렷이는 알지 못하오. 사람에게는 여러 가지 사랑이 있는 것 같소 사실 여러 가지 사랑이 있소. 남녀간의 사랑, 육친에 대한 사랑, 우정, 조국을 사랑하는 마음, 여러 가지 성질의 사랑이 있소이다. 불타는 사랑, 연민도 사랑일 것이며 때론 미움이 사랑일 수도 있을 것이오. 지금까지 내 몸속에 우글거리던, 중요하지 않았던 것을 모조리 쫓아내고 생각한 것은 그 중요하지 않은 것에 우리가 얼마나 얽매여 살아왔던가 그 일이었소. 얽매여 살아왔다, 하면은 사람들은 웃을 것이오. 이상현이 언제 얽매여 산 일이 있느냐고 말입니다. 그러나 나는 어느 누구보다 얽매여 살아왔다 할밖에 없소이다. 일견 얽매여 사는 것 같은 그런 사람 이상으로. 나는 그것을 풀려고 끝없는 도피의 길을 찾아다녔던 것이오. 그러나 나를 얽어맨 그것들이 사람 사는 데 별로 중요한 것이 아니라는 것을 깨달았을 때 나는 내가 자유인 것을 깨달았고 정직해지는 것을 느꼈소이다. 앞서 사랑에는 여러 가지 성질의 것이 있다고 했지요? 그것도 나로서는 깨달음이었소. 나는 지난날 어떤 기생을 사랑했소이다. 기생이기 이전에는 최참판댁 침모의 딸이었지요. 나는 그 여자에 대한 감정을 동정이라 생각했소. 나중에는 바람기라 생각했소. 더 나중에는 수치로 생각했소. 그는 남몰래 내 딸을 낳았기 때문입니다. 내가 이곳으로 도망온 뒤 그 여자는 비참하게 세상을 떴고 내딸은 지금 최참판댁 부인이 거두어주고 있다는 것입니다. 나는 진실로 그 아이에게 내 사랑을 전하고 싶소. 그리고 그 아이에게는 하나밖에 없는 핏줄의 정이 필요한 것이오. 나는 어느 시기가 오면 조선으로 돌아갈 것입니다. 그간 명희씨에게 부탁하고 싶은 것은 앞으로도 부쳐 보낼 예정인 원고, 물론 잡지사에서 소화해주어야겠으나 그 원고에서 받게 될 원고료를 아이 양육비로 도움되게 선처하여주셨으면 하는 것입니다.

-9권 387~388쪽

상현이 명희에게 자신의 심경 변화를 밝혀두지 않고는 소설을 쓸 수 없었던 이유는 명희를 사랑한다고 말했던 상현이 다른 여자(봉순)를 사랑했다는 고백을 해야지만 떳떳하기 때문이다. 방황을 가로질러 상현이 찾은 '떳떳함'은 자신을 추스르는 것이기도 하지만 타자에 대한 윤리적 책임감의 표현이기도 하다. '나는 진실로 그 아이에게 내 사랑을 전하고 싶소'는 두 가지 의미로 해석될 수 있다. 하나는 양현이를 사랑한다는 의미이고, 또 다른 하나는 '네 어머니를 버린 게 아니라 사랑했다'이다. 신분 때문에 동정이나 바람기 심지어 수치로 생각했지만 사실은 이상현은 봉순이에게 가장 편안함을 느꼈다. 동질적인 아픔을 가진 여인이면서 그 여인의 눈물을 이상현은 외면할 수 없었다.

양현에 대한 연민 또한 자신의 아들 시우, 민우와는 변별되는 것이다. 아들 시우와 민우는 양반의 소생이지만 양현은 기생이라는 천민의 소생이어서 그의 고뇌를 이상현이 공감하기 때문이다. 양현의 모습은 기화의 모습이기 때문일 것이다. 결국 이상현은 기화의 신분과 양현의 처지를 받아들이는 것으로 판단할 수 있다. 신분의 피해자였던 이상현은 봉순이의 비참한 죽음을 통해 봉순이에 대한 사랑을 인정하고 신분을 와해시키고 봉순이와 감정에서 동질화를 이룩하기 때문이다.

3) 위악적 사랑의 이중성

『토지』에서 신분 차별로 인한 상처로 거세게 저항하지만 역설적으로 신분을 인정하고 자유를 구가하는 인물은 송영광이다. 천민인 백정의 딸과 상민인 송관수 사이에 태어난 인물로서 예술적 감수성을 가진 악사이다. 송관수가 동학당에 속해 있으면서 독립운동을 하기 때문에 가족들이 은둔 생활을 해야 하기도 했지만 신분의 노출을 꺼려하려 자주 거처를 옮겨야 했다. 때문에 감수성이 예민한 송영광은 아버지 송관수에 대한 분노가 생기고 폐쇄적인 성격으로 변했다. 또한 백정 신분에 대한 사회적인 편견과 차별 때문에 학교도 자주 전학을 가야 했고 학창시절의 연애도 자유롭지 못했을 뿐 아니라 편지만 주고받았을 뿐인데도 영광의 어머니는 상대 여학생의 어머니에게 머리를 조아려야 했다. 이러한 성장과정으로 인해 영광은 타인에 대해서 단단한 벽을 만들었으며 타인에게 위악적으로 비춰졌다.

'부친은 물론, 심지어 어머니나 누이, 동생한테까지 다정한 정애를 거의 표시해본 적이 없었'고 그에게 접근하는 여자들에게는 늘 무뚝뚝하고 냉소적이며 무관심한 태도로 상대를 당황하게 했다. 같은 악단에서 생활하는 배용자가 접근하자 모욕감을 주어서 뿌리쳤으며, 타인에게 관대한 찻집의 부용이 각별한 관심과 사랑을 표현하여도 마음을 주거나 따뜻하게 대하는 법이 없었다. 섬세하고 냉소적이며 이 세상에 발을 딛고 사는 사람처럼 보이지 않았다. 그리고 자신의 강직한 성격을 굽힐 줄 몰라서 강혜숙과의 연애 사건12)을 빌미로 일본으로 도피한 후 노동자 생활을 한다. 일본인들의 우월감에 저항하다가 린치를 당하기도 한다. 이로 인해 한 쪽 발을 저는 불구자가 된다.

영광의 폐쇄적 성향과 위악성은 심지어 어미를 부정하기도 한다. 존엄을 중시하는 영광이 자신의 자유를 위해서 어머니를 버리고 탈출을 감행한 것이다. 그러나 어미를 부정하고는 진정한 자기 존엄에 이를 수 없다. 어미 부정은 자기 부정인데, 자기 존엄과 자기 부정은 유리된 게 아니기 때문이다. '스스로도 정신적 울타리를 치지 않고는 안주할 수 없었'던 성장 환경은 영광을 폐쇄적인 인물로 만들었고 '아무것도 받아들이지 않으려는 독불장군, 부모나 형제에게도 마음을 열려 하지 않'으려는 태도는 그를 위악적으로 보이게 했던 것이다.

> 핏줄을 부정한다는 것은, 그중에서도 어머니, 그 속에서 생명이 생겨났고 그 속에 머물렀던 모태를 부정한다는 것은 자기 자신의 근본을 부정하는 것이다. 해서 부정의 그 깊이만큼 넓이만큼, 또 농도(濃度)만큼 배신했다는 회한도 깊어지고 넓어지며 짙어지게 마련이다. 그것은 상승 작용하는 것이며 끝없는 평행선인 것이다. 홍이는 뼈저리게 그 갈등을 겪었고 임이네가 세상 떠난 지 십여 년이 지난 지금도 기억이 되살아나면

---

12) 영광과 강혜숙의 연애 사건은 영광 쪽에서 먼저 한 것이 아니었고 강혜숙 쪽에서 먼저 시작 했다. 이 사건으로 강혜숙의 모친이 영선네를 찾아와서 협박을 했고, 학교에 등교하기도 곤란해져서 일본으로 도주한다. 그러나 강혜숙을 데리고 간 것은 아니었다. 일본으로 가기로는 영광이 먼저였고 강혜숙이 따라서 도일 한 것이다. 이들이 일본에서 만나 동거를 하게 되는데 영광 쪽에서 열렬한 사랑이 있었던 게 아니었다.

용납할 수 없었던 생모에 대한 죄의식과 회한에 사로잡히곤 한다. 영광의 경우, 백정을 부정한 것은 어머니를 부정한 것이며 가정과 가족을 버린 것도 결국은 어머니를 버린 것이 된다. 인연을 끊었다면 그것도 어머니와 인연을 끊은 것이다. 홍이는 그 따위 곰팡내나는 생각, 더군다나 젊은 사람이, 하고 나무랐지만 백정에 대한 사회적 편견과 차별은 엄연히 존재하고 있는 것이 현실이다. 내 자식을 백정의 자식과 함께 공부시킬 수 없다, 벌떼같이 학부형들이 몰려오면 백정의 자식은 학교를 떠나야 했다. 사춘기에 흔히 있는 여학생과의 편지질도 신분을 감춘 백정의 혈통이기 때문에 부모가 들고 일어나 문제삼는 것이다. 송관수는 비밀 조직 속에서 활동했기 때문에 관헌의 눈을 피하여 전전한 것도 사실이지만 한편 신분의 노출을 꺼려 부초같이 일가(一家)가 떠돌아야만 했던 청소년 시절, 부딪치는 것은 넘을 수 없는 높은 벽이었으며 스스로도 정신적 울타리를 치지 않고는 안주 할 수 없었다. 의식이나 생활면에서도 그것은 가둠을 당한 상태, 동굴속과도 같이 외부와 차단된 세계였다. 영광은 자기 존엄에 상처를 받은 분노 때문에, 자유로워지기 위하여 탈출하지 않으면 안 되었고 그것은 어머니를 부정하지 않고는 이루어질 수 없는 행동이었다.

　…중략…

　그는 높은 교육을 받아도 그들 계층에 들어설 수 없으며 설령 들어섰다 하더라도 더욱더 자신을 옥죄는 존재가 될 것을 잘 알고 있었다. 이러한 과정에서 홍이와 그가 다르다면 영광이 어머니를 지극히 사랑했다는 점일 것이다. 미움과 사랑의 격차는 엄청난 것이지만 그러나 이들의 회한과 자괴심(自愧心)은 같은 것이다.

―13권 61～63쪽

그러나 가까이에서 영광을 지켜본 환국의 판단처럼 영광의 폐쇄적이고 위악적인 태도는 그의 인성에서 나온 것이 아니어서 영광은 퇴폐적이거나 비천하지 않았다. 오히려 '심성은 맑고 깨끗'하며 '섬세하고 화사한 감수성, 굽힐 줄 모르는 내면의 견고한 은빛 성(城)'을 가진 인물이다. '그러나 그의 어떠한 장점에도 백정이라는 신분의 꼬리표는 붙어다녔으며' '그 꼬리표는 그의 삶을 강인하게 지배하려고 했고 그것에 불복하여 현실에 유리, 방랑의 길을 택하였던' 것이다.

그만큼 백정이라는 신분은 영광에게 치명적인 것이었다. 백정이라는 신분 때문에 송관수에게 '절대 복종'했던 외할아버지와 어머니를 보고 크면서 진작부터 신분·계층에 대해서 눈 떴고 이로 인해 '생활을 할아버지가 도맡아 하시는 데 대'해 분노했다. 때문에 행·불행보다 진실이 더 중요한 것으로 영광은 생각했다. 양현과의 미래를 상상할 때도 '양현이 의사 노릇을 하며 생활을 꾸려갈 그러한 정착은 그것이 도시이건 농촌이건 간에 영광은 결코 원하'지 않았으며 '그같은 관계는 사랑의 훼손으로 믿고 있었'다. 영광은 현실과 밀착된 삶을 살았기 때문에 현실을 정확하게 파악하고 있었으며 낭만적인 사랑에서조차도 그의 현실파악은 냉엄하다. 뿐 아니라 인간과 인간 사이의 관계에서 인간의 본성에 대한 천착도 날카롭다.

"사람의 본성에 대해서 생각할 때가 있어요. 이상한 것은."

"……"

"자신들과 조금이라도 다르면 가차없이 배척하는 그 속성 말예요. 그것은 사람의 본성일까요? 이해가 걸려 있을 경우도 물론 있겠지만 그렇지 않을 때도 소외시켜버리는 그 잔인성 말예요. 나는 유치원 때부터 그걸 경험했어요. 아이들에게 무슨 이해 관계가 있겠어요. 안 그래요?"

"양현이도 민족이라는 인식은 당연한 것으로 받아들이고 있질 않나."

"그야."

"같은 사람이면서 인종이 다르기 때문에 배척하는 것은 일방적인 것만은 아닐 게야. 너 자신 속에도 배타적인 감정은 있을 테니까. 인종에서 단위가 작아져도 마찬가지다. 해서 끼리끼리 모인다 하지. 쪼개고 쪼개서 하나가 될 때까지. 단위가 크든 작든 다르다는 것은 거리며 이질적인 것 아니겠나?"

"그럼 다르다는 것 때문에 나타나는 적대 의식은 당연하고 어쩔 수 없는 건가요?"

"어디 사람뿐이겠어? 생명이 있는 것, 곤충이든 식물까지 종(種)이 다르면 배척하고 싸워. 아니면 항복하든가. 이기적인 생존 본능 아니겠어?"

—14권 29~30쪽

송영광이 간파한 인간의 잔인한 본성은 우월성과 배타성이다. '내가 위냐, 네가 위냐' 하는 우월감은 타자를 짓밟고 폭력을 가하며, '너는 나와 다르다' 하는 배타성은 타자를 소외시킨다. 개인-가족-민족-인류 등 자신이나 자신이 속한 부류와 다르면 배척한다. 그것은 누구도 예외가 아닌데, 우리는 그 어떤 부류들 속에 속한 구성원이기 때문이다. 서로 다르기 때문에 우월성을 입증하기 위해서 싸우는 지난한 싸움을 송영광은 날카롭게 비판하고 있는 것이다.

계층은 '누르고 짓밟기' 위한 조직 구조이다. 계층의식은 우월감으로 '맞는 놈, 때리는 놈'을 정하는 것과 다르지 않다. 작가가 비판하는 부분이 이 부분이다. 인간의 본능과도 같은 계층의식과 우월감은 세상이 변하지 않고 폭력적으로 순환하는 이유이다. 때문에 작가는 이러한 삶의 형태를 비판하면서 약한 자에 대해 강자가 어떤 태도를 취해야 하는지 역설하고 있다. 강자가 약자를 돕는 방향으로 삶이 진행된다면 이같은 끝없는 싸움은 종지부를 찍을 수 있을 것이라고 암시한다.

이러한 주체와 타자의 관계를 개선하는 것이 타인의 얼굴 대면이다. 끼리끼리 모일 '끼리'가 없는 양현과 영광—영광이 양현에게 '당을 만들자는 겐가' 하고 비아냥거림은 천민도 상민도 아니고, 양반도 천민도 아니기 때문에—은 당을 만드는 게 아니라 '끼리'가 없는 개인 두 사람이 만나 사랑한 경우이다. 이들이 사랑할 경우 '개인—가족—민족—인류'라는 크든 작든 단위가 없어지고 '소외'가 사라진다. 나와 대상이 대면할 때 소외가 없어지는 것이다.

양현은 어릴 적의 기억을 잊으려 했지만 한편 그리워하고 있었다. 혜화동에 영광이 올 때마다 양현이 친절하게 오빠라는 호칭만큼 다정하게 대할 수 있었던 것은 어린 날의 기억 때문인지 모른다. 그 기억에 대한 그리움 때문인지 모른다. 그러나 그것은 아픔이었다.

'영광오빠하고 내 운명은 비슷하다. 영광오빠가 결혼 안하는 것도, 내가 결혼이라는 것을 깊이 생각하지 않는 것도, 우린 같은 슬픔을 가지고 있기 때문이다. 우리들 운명에 따라다니는 그 출생이라는 괴물, 그것 때문일 거야. 내 마음 바닥에 항상 그것이 있듯이 오빠 마음속에도 늘 그것이 있었을 거야.'

양현은 헐벗고 굶주리고 있는 것만 같은 산비탈의 초가가 차창밖에 지나가는 것을 보며 흥분하기 시작한다.

'새언니의 말이 맞어. 지나친 혜택은 오히려 역효과가 난다는 말, 엄마가 살던 세상을 내가 살고 관수아저씨가 살던 세상을 영광오빠가 살았다면 우리는 이같이 뼈저린 소외는 느끼지 않고 살았을 거야. 끼리끼리 어우러져서 살았을 거야. 언니 말이 맞어. 신이 주신 지나친 혜택도…… 그

래 맞어. 그것을 갚아야 하고 되돌려주어야 하는 부분이 있을 거야.'

―14권 22쪽

양현이 느끼는 인간 소외는 실제로 양현이 서울의 최서희 집에서 올 케인 덕희에게 느끼는 절절한 괴로움이다. 덕희는 최서희 집의 맏며느리인데 자신이 받아야 할 대접을 양현에게 가로채인 분노 때문에 양현에게 노골적으로 신분을 운운하며 압박하고 천대한다. 이러한 사정 때문에 양현은 평사리에서 죽은 어머니를 애도하는 장면을 들킨 영광에게 친근감을 느낀다. 서희의 아들 환국이나 윤국에게는 이질감을 느끼지만 영광에게는 동질감을 느끼기 때문이다. 기생의 딸이나 백정의 손자라는 동류(同類)의식에서 양현은 위안을 받은 것이다. 때문에 양현은 환국의 친구로 혜화동에 오는 영광에게 다정하게 대할 수 있었다.

덕희의 괴롭힘은 자심해져서 가족들이 길상의 면회를 가는데 따돌리기까지 한다. 이를 오해한 환국은 양현의 행동을 나무란다. 소외는 차치하고 사랑하는 가족에게 본의 아니게 배신감을 안겨준 것에 대한 고통은 견디기가 어려운 것이어서 불쑥 어머니 서희를 보러 가려고 서울역에 나간다. 거기에서 우연히 영광을 만나게 되어 동행한다. 이때 기차 속에서 양현은 영광에게 "오빠 자기 출생에 대하여 완벽하게 초월했나요?" 하고 반문한다. 신분에 대한 슬픔은 영광이 쪽에서 짙고 깊게 경험해 온 터다.

양현의 질문과 반문은 신분에 의해 상처받은 영혼의 울음과 같은 것이다. 상처받았음에도 불구하고 자신의 근본을 말소할 수 없는 절망감과 어머니인 봉순이를 위해서라도 신분을 부인할 수 없는 아픔을 영광은 고스란히 느낀다. 양현이 영광에게 '오빠랑 저에게' 연민을 느낀다고 하는데 영광이 느끼는 고통은 더 절절하다. 영광은 같은 아픔을 가지고 있는, '오빠'라고 부르는 양현을 보살펴야 할 누이로 인지한다.

'양현의 존재는 내게 은혜인가 저주인가. 분명 양현에게 나는 어두운 미래다. 환국이 옳아, 옳고말구…… 왜 나는 현실과 타협하고 살지 못했나. 현실과 타협하고 살려 했으면 혜숙이하고 나는 헤어지지 않았을 게다. 현실과 타협하고 살려 했으면 환국의 제안을 받아들여 나는 공부를 계속 했을 게야. 타협, 그것은 무엇이었지? 내게 타협할 여지를 주었던가? 사회가, 아, 아니야. 지랄 같은 내 성미 탓이지. 천민이면 천민답게 남의 눈치 보아가며 돌다리 두드리듯 살아갈 수도 있었는데 내 지랄 같은 성질 탓이지. 그럼 나는 무엇인가? 마음으로 왕자(王者)같이 살고 싶었다 그거야? 한데 이상하지 않은가. 양현의 경우 나는 현실과 타협하고 있으니 말이야. 세속적, 사회적 규범을 나는 존중하고 있지 않느냐 말이다.'
…중략…
목도리에 눈이 갔을 때 영광은 자기 목도리를 풀어서 양현의 목에 감아준 생각이 났다. 외투 속에 양현을 집어넣고 껴안으며 바람 부는 염전 사잇길을 걷던 광경이 눈앞에 떠올랐다.
얼어서 차디차게 된 양현의 다리를 주물러주었던 일도 생각났다. 무의식적으로 행한 그 행동들이, 일종의 놀라움으로 영광의 의식 속에서 선명히 되살아났다. 일찍이 단 한 번도 그와 같이 자상하게 사람을 대해 본 적이 없었다.

－15권 216~217쪽

영광이 '현실과 타협하고 살지 못'한 것은 백정 신분을 안 버리겠다는 의지이기도 하다. 송영광은 송관수처럼 신분에 대해 분열적인 태도를 보이지 않는다. 처음에는 신분이 자존감에 상처를 주어서 폐쇄적이고 위악적인 태도를 보이기도 했지만 '자신을 부끄럽게 생각'하지 않았다. 사람들이 만든 신분이라는 층위에 불복하고 부딪치기 위해 영광은 방랑했다고 볼 수 있다. 그러한 영광이 양현과의 만남에서는 사람들이 만든 신분과 그에 맞는 행동들, 그들이 만든 법에 순응했다. 영광 자신을 위해서는 아파하면서도 타협하지 않고 부딪치지만, 양현이 고통 받지 않도록 타협했던 것이다. 양현을 위한 타협이다.

또한 영광이 '얼어서 차디차게 된 양현의 다리를 주물러'주는데 '일찍이 단 한 번도 그와 같이 자상하게 사람을 대해본 적이 없었다'. 이는 자신의 자유를 우선시하고 타인에게 폐쇄적인 영광이 양현으로 인해 '윤리적 책임을 지닌 주체'로 변모함을 의미한다.[13] 에고이스트였던 영광은 양현을 자신보다 사랑하여 양현의 얼굴의 윤리적 호소에 불복한 것이다. 때문에 '양현을 범하지 못했던 것은 그를 깊이 사랑했기 때문이라는 것을, 영광은 깨닫는다'. 이기적이고 폐쇄적이던 영광이 자신의 자상한 면모를 인지하고 '나 이런 사람인가?' 하고 놀란다. '세속적 욕망을 다 버리고 인간의 존엄성을 취했던 사내'보다 더 의미있는, 타자의 윤리적 호소에 볼모가 된 사내이다.

영광은 스스로 존엄을 취하지 않더라도 비천으로 떨어지는 인물은 아니다. 양현은 양반인 이상현과 기생인 기화 사이의 출생이고, 영광은 상민인 송관수와 천민인 영선네 사이의 출생이다.[14] 양현과 영광의 부

---

13) 레비나스에게 있어서 타자는 고통받는 얼굴의 나약함, 헐벗음 nudité으로 호소해온다. 이 타자의 얼굴을 통해 존재 유지 conatus essendi만을 추구하는 나의 이기적 폐쇄성은 깨어져나가고 나는 타자에 대한 '윤리적 책임을 지닌 주체'로 서게 된다.(서동욱, 앞의 책, 189쪽.)

모들의 결합은 신분적 차이가 있지만 송관수와 이상현의 연민으로 맺어진 인연이다. 양현과 영광의 신분은 아버지의 신분에 달려있음으로 엄밀하게 말해서 기생도 천민도 아니다. 양반과 천민, 상민과 천민의 중간자적 위치라고 할 수 있다. 이 위치에서 양현과 영광은 각자 자신의 어머니를 이해한다. 그리고 이들도 신교육을 받음으로써 교육신분이 낮지 않다.

뿐만 아니라 '작은 공자'라 칭송받는 환국은 영광을 사랑하는데도 불구하고 영광과 양현의 결합을 강력하게 반대하면서 '전염병 환자처럼 양현으로부터 물러나라고' 말했었다. 양현이 불행해질거라는 추측을 앞세워서 그리 한 것인데 그 말은 신분에 대한 편견 외에 아무것도 아니었다. 영광은 친밀한 환국에게 이러한 소외를 겪고도 환국을 용서한다.

> "어머니 무슨 죄졌습니까? 우리가 남한테 무슨 몹쓸 짓이라도 했습니까? 왜 세상을 그렇게 두려워하십니까. 제발 그러지 마십시오."
>
> 언제가 영광은 그런 말을 했다.
>
> "기운 좀 내십시오. 화도 내고 악도 쓰고 남들같이 좀 그래보십시오. 장바닥에서 생선 파는 아지매같이 시비도 걸고 억지도 쓰고, 왜 그리 노상 움츠리고만 계십니까."
>
> 그런 말도 했다.
>
> —15권 247쪽

---

14) 『토지』를 『춘향전』의 패러디라고 밝힌 적이 있다. 기본적으로 두 작품 모두 억압의 문제를 다루고 있다. 신분이 서로 다른 남녀가 애정을 성취하는 이야기라는 점에서 동질적이라고 파악한 것이다. 최참판가(家)가 신분이 서로 다른 남녀가 애정을 성취하고 있다면, 송영광과 이양현은 결혼이라는 절차는 없지만 사랑하는 사이이다.(최유찬, 『세계의 서사문학과 『토지』』, 서정시학, 2008. 276쪽.)

영광은 어머니의 신분으로 소외되고 고통 받았지만 어머니의 신분을 거부하지 않았다. 사회적 약자인 어머니 편에 서서 어머니를 변호한다. 그리고 낮게 더 낮게 엎드리는 어머니에게 절규한다. 처음에는 자신의 자유를 위해서 영선네를 부인하고 가출하지만 송관수가 죽은 후 영선네에게 돌아온다. 영광은 신분으로 인한 고통을 겪었지만 신분을 부인하지 않고 어머니를 사랑함으로써 어머니의 신분적 구원을 가능하게 해 준 것이다. 영광은 영선네의 신분과 양현의 신분에 포용성을 보인다. 그들의 윤리적 호소에 적극 호응하면서 말이다. 영광의 이러한 포용성은 사랑으로 가능한 것이었다. 영선네에 대한 뼈아픈 사랑과 양현에 대한 가슴 아픈 사랑이 그것이다. 영선네는 이런 아들 영광을 숭배하며 절대적인 믿음을 가지고 있다.

약자인 어머니 영선네를 위해서 신분을 받아들이는 송영광, 임이네를 위해서 이념을 부수는 홍이를 통해 타자에 대한 진정한 윤리적 주체의 형상을 확인할 수 있다. 가장 가까운 타자를 재인식함으로 인해 주체와 타자 관계의 희망을 역설한다.

그리고 양현과의 사랑에 있어서 상현은 자기를 위해 떠나왔고, 송영광은 양현을 위해 떠나왔다.[15] 양현은 기만적이지 않고 진실한 인물이다.[16] 그러한 양현의 존엄과 진실 그리고 사랑을 지켜주기 위해서 영광이 떠난 셈이다. 양현은 서희가 권하고 윤국이 원하는 결혼을 영광을

---

15) 레비나스에게 있어서 타자의 출현은 제한된 자유를 지닌 주체의 발생을 의미한다. 레비나스의 낙관적 타자론-타자를 위해 볼모가 됨.(서동욱, 앞의 책, 194쪽.)
16) 어린 양현이 양반과 천인, 방황과 한의 복합적인 관계에서 태어나고 양육된 존재로서 사랑의 결정으로 피어날 것이라면 환국과 윤국은 문화와 이념, 사유와 행동의 아름다움 두 전형으로 성숙할 것으로 기대된다.(김병익(정현기 편), 앞의 글, 243쪽.)

사랑하기 때문에 할 수 없었다. 그래서 실망한 윤국은 학병에 지원했다. 그로 인해 서희는 고통을 받고 있었으니 양현이 쪽에서 영광에게 연락하지 않았다. 때문에 영광은 인천의 개인병원에 취직하여 있는 양현을 한 번 찾아가서 양현을 만나고 아무 말 없이 만주로 떠난 것이다. 양현을 위한 사랑의 희생이다.

만주에서 영광은 양현의 아버지 이상현을 만나게 된다. "외곬인 분이 어찌 아이를 밴 여성을 버리고 달아났을까요?"라는 질문을 던지는 영광, 그리고 영선네에게 "저는, 그렇지만 아버지처럼 살지는 않을 겁니다. 저는요, 내 가족들하고 양지 바른 곳에서 살고 싶습니다."라고 명확하게 말하는 영광은 자유롭게 떠도는 영혼이 아니다. 양현과 영선네의 볼모다. 영광은 양현과 영선네에게 책임감을 느끼는 것이다. 아버지 송관수가 대의를 중시했다면 영광은 자신의 자유를 중시했던 인물이다. 그런데 그러한 소중한 자유를 스스로 제한하여 양현과 영선네에게 책임감을 보인다.

송영광는 타자인 양현과 영선네로 인해 변모를 보인다. 양현을 사랑함으로써 타자의 볼모가 되어 자신의 자유를 희생하고 만주로 떠난다. 양현에 대한 사랑 때문에 조선으로 갈 수 있는 자유를 저당잡힌 셈이다. 그리고 이기적이고 폐쇄적이던 영광이 양현의 '고통받는 얼굴의 나약함'[17]을 보고 타자에 대한 '윤리적 책임을 지닌 주체'로 서게 된다.

---

17) 실제로 송영광은 이양현이 고독과 소외로 인해 울고 있을 때 만난다. 첫 만남은 양현이 평사리 강가에서 홀로 어머니인 봉순(기화)을 애도하며 우는 장면을 영광이 우연하게 본 것이다. 그리고 양현이 신분적 차별로 올케인 덕희에게 괴롭힘을 당해 의지할 서희를 만나러 가는 귀향길에 또 우연히 영광을 만난다. 연인의 관계로 발전하기 전에 두 번의 우연적 만남을 통해서 둘의 관계는 진전된다.

제4장 | 주체의 자기극복과 박해하는 타자

1. 전체성의 폭력적 고통과 주체의 타자 '환대'

1) 가족 윤리를 파괴하는 은폐된 이방인, 무조건적 환대

『토지』의 서사적 시간의 시작은 1897년 팔월 한가위이다. 계절상으로 겨울을 바라보고 있기 때문에 쇠락으로 독해되기도 하지만, 풍요(추수)는 환대가 출발할 수 있는 곳이기도 하다. 빈자에게 나누고, 새들과 짐승에게도 나눌 수 있는 시기이다. 조선조 말기라는 역사적인 시간에서도 환대를 읽을 수 있는데, 조선 유교 사회에서는 밖으로부터 온 이방인-나그네에게 따뜻한 음식과 잠자리를 제공하는 것을 미덕으로 삼았다. 그것은 먹을 것이 부족하고 집단에서 추방된 화전민에게조차 당연한 것이어서 음식을 나눠 먹고 기꺼이 잠자리를 마련해 주었다. 마찬가지로 풍요를 상징하는 평사리 최참판댁에서 환대가 시작된다. 『토지』

에서 서사의 중심에 있는 윤씨부인은 동학 장수 김개주에게 겁탈당했지만 김개주를 사랑한다. 그것은 박해자에 대한 윤씨부인의 포용력, 강도마저도 사랑한 환대의 예가 된다. 왜냐하면 겁간은 분명 사랑의 형태가 아니라 폭력의 형태이기 때문이다. 작품에서 윤씨부인이 외부에서 오는 불청객으로서의 타자를 어떻게 맞으며, 타자의 도래로 인한 윤씨부인의 환대가 의미하는 바를 분석함으로써 윤씨부인의 정체성 확립에 주목해 보겠다.

평사리 공동체의 서사의 중심에 있는 최참판댁에 첫 번째로 출현하는 이방인은 구천(김환)[1]이다. 일반적으로 사람들은 출생을 기초로 이방인(외국인)을, 타국인을, 가족이나 국민국가에 대한 이방인을 규정한다. 요컨대 외국인에게 영토의 법이나 혈연의 법에 입각하여 시민권을 부여하든 거부하든 간에, 외국인은 출생에 의해 외국인이다. 즉 이방인은 태생적으로 이방인이다.[2] 구천(김환)은 혈연의 법 밖의 출생자(혼외출생)이며, 집 밖에서 출생했기 때문에 이방인으로 볼 수 있다.

데리다가 말하는 환대의 아포리아는 모호하고 막연한 것이 아니라

---

1) 평사리 최참판댁에 초대받지 않은 이방인으로 찾아오는 구천은 김개주와 윤씨부인의 소생인 김환이다. 그러나 최참판댁에 나타난 김환은 자신의 이름을 숨기고 이름 없는 자로 온다. 때문에 김환의 출생 사실을 아는 윤씨부인과 간난할멈밖에 그를 알지 못한다. 그리고 김환이 별당아씨와 도피하기 전까지 그의 신분에 대한 구체적인 언급이 없고 그가 도피 후 간난할멈의 언급을 통해 구천이 김환임이 드러난다. ('누가 발설을 했는지, 아마 추측에서 나온 말이겠지만 근거가 될만한 것이라고는 무주 구천동에서 왔다는 구천이의 말뿐이었는데, 그래서 그를 구천이라고 부르기도 했었지만, 그 구천동에서 절머슴을 살았느니 구천동 골짜기 어느 암자에서 글공부를 했느니 따위의 뒷공론이 없었던 것은 아니다. 그러나 그 자신은 절머슴도 글공부도 다 부정했으며 다만 성이 김가라는 말 이외 내력이나 부모 형제에 관해서 일체 말이 없었다'(1권 29쪽))

2) 데리다, 앞의 책, 110쪽.

다른 사람을 어떻게 보아야 한다는 고정된 처방 없이 구체적 상황에 따라 역동적으로 생성해가는 인간관계의 본성이라고 우리는 해석할 수 있다. 진정한 환대는 끊임없이 환대를 발명해가는 역동적으로 변화하는 '과정'이라고 우리는 생각한다. 초대와 환대의 차이에서 초대한 것이라면 누군가 오리라 기대하고 있고 맞이할 준비가 되어 있으므로 거기엔 어떤 놀라움도 없으며 모든 것이 정상임을 의미한다. 그러나 데리다에 의하면 순수 환대가 있기 위해서는 절대적인 놀라움이 있어야 한다. 타자는 마치 메시아처럼 언제든 자신이 원할 때 도착해야한다. 만일 무조건적으로 환대하고 있는 것이라면, 예정된 초대된 손님이 아니라 갑작스런 방문자를 환영해야만 한다. 무조건적 환대는 타자의 예기치 않은 도래에 대해 준비되어 있지 않아야 하는데 그가 누구든, 오는 사람에게 열려있어야 한다.3)

윤씨부인은 구천을 처음 만났을 때 그가 어디에서 왔는지 묻지 않는다. 이는 그에게 상호성(계약에 들어오기)을 요구하지도 말고 그의 이름조차 묻지 말 것을 필수적으로 내세우는4) 환대의 태도이다. 구천은 초대받지 않은 자이지만 윤씨부인과 최참판댁 하인들은 그에게 식사를 대접하고 주거를 제공한다. 불쑥 찾아온 사람인데도 윤씨부인은 침묵으로써 받아들이는 것이다. 또한 하인이 더 필요 없는 최참판댁이지만 구천이 하인으로 받아줄 것을 요구하자 하인으로 받아들인다.

침묵하기(le se-taire)는 이미 발언 가능한 말의 양태로 윤씨부인의 침묵은 구천이가 자신을 벌하려고 온 의도를 알아서이기도 하겠지만 이

---

3) 이은정, 앞의 글, 118쪽. 105쪽.
4) 데리다, 앞의 책, 70~71쪽.

방인인 구천의 행동을 제약하지 않겠다는 의미이기도 하다. 구천의 불륜도 눈감아 주고 도피까지 시켜주기 때문이다. 한계 없는 환대─폐륜을 저질러가면서 며느리까지 내어주는 환대이다. 자기 신분을 은폐하고 온 구천에 대한 윤씨부인의 처사는 무조건적인 환대라고 할 수 있다.[5] 이것으로 인해 가문의 몰락이 초래되므로 불가능한 환대라고 볼수도 있겠으나, 법적인 면을 배제하면 최치수가 성적 불구자가 되었으므로 별당아씨인 며느리의 사랑의 의지에 대한 승인으로 기울 수 있다. 그렇더라도 무조건적 환대가 다 좋은 것은 아니어서 적자인 최치수가 살해되는 동인으로 작용하기도 한다. 구천이 별당아씨를 데리고 도주하는 것은 인륜적 배반이며 최치수에게는 치명적인 수모임에 틀림없기 때문에, 이를 만회하기 위해 최치수는 '구천이 사냥'을 계획하고 김평산과 연루된다.

최치수를 희생시키면서까지 이방인으로 도래한 구천에게 절대적 환대를 보인 윤씨부인의 태도는 무엇을 의미하는가? 이를 추적하기 위해서 윤씨의 생가는 천주교라는 서학을 믿었다는 것에 주목할 필요가 있다.[6] 또한 윤씨부인과 관계한 김개주는 동학교도이다. 천주교와 동학은 기존의 유교적 여성관에서 보이는 극단적인 정절관을 내세우지 않고 남녀 동등성을 역설한다. 이에 영향을 받았을 윤씨부인은 최참판댁

---

5) 환대의 법은 무제한적 환대에의 무조건적 법─도래자에게 자신의 자기─집과 자기 전체를 줄 것, 그에게 자신의 고유한 것과 우리의 고유한 것을 주되 그에게 이름도 묻지말고 대가도 요구하지 말고 최소의 조건도 내세우지 않을 것─이 있다.(데리다, 앞의 책, 104쪽.)

6) 17세기 이후에 나타나는 실학에서 이미 극단적인 정절관에 비판이 가해졌고 천주교의 전파도 유교적 여성관의 동요를 가져왔다. 더욱이 19세기에 창도된 동학에서는 남녀의 동등성을 주장하여 누구나 신앙에 따라 도인이 될 수 있음을 천명하였다.(박용옥, 『이조 여성사』, 춘추문고 018, 한국일보사, 1976, 12쪽.)

선대의 청상 과부 며느리들과는 다른 인물로 판단할 수 있다.[7] 선대의 청상의 며느리들은 남성 가장 없이 여가장으로서 자신의 자리를 곤고히 하기 위해서라도 가난한 집안을 일으키거나 가문의 부를 유지 존속하기 위해서 반상의 구별을 엄격히 하며 하인들에게 군림하였다. 그러나 윤씨부인은 천주교나 동학교도는 아니었지만 아버지와 김개주와의 관계를 통해 그들의 사상에는 동조한 것으로 보인다. 때문에 자신보다 신분이 낮은 중인 출신의 문의원이나 노비인 바우할아범과 간난할멈, 천민인 무당 월선네에게 친애의 감정을 느낀다. 그것이 아버지가 천주교도로써 핍박받다가 윤씨가 있는 평사리로 피신하였으나 죽음을 맞이한 시점이나 김개주의 겁탈로 인해 김환이 출생한 시점 중 어느 시점에서 출발했는가는 그다지 중요하지 않다. 최참판댁의 선대 청상의 여

---

7) 윤씨부인에 대해서는 선행 연구에서 언급되었다. 김병걸은 '최참판댁과 소작인들의 관계가 갈등이 없고 원만하게 진행되는 것은 오로지 최참판댁의 여장부이며 치수의 어머니인 윤씨부인의 덕망 때문임을 우리는 차츰 알게 된다. 윤씨부인은 거부 집안의 대들보이지만 아들처럼 농민에게 권위와 신분과 오만으로 군림하는 일이 조금도 없다. 그는 오히려 동학군과 내통할 만큼 평민적인 의식을 지닌 인물'(김병걸, 「원차의 세계 『토지』 — 박경리의 『토지』 제1부를 중심으로」, 정현기 편, 『한과 삶 — 『토지』 비평1』, 솔, 1994, 81쪽.)임을 역설한다.
이재선은 '겁탈이란 일탈 행위에 의해서 최씨가의 순혈의 계통성으로서의 적출성을 갖고 있지 않'은 김환이 태어남으로 인해서 '윤씨부인은 선대의 여인들과는 다른, 과거로부터의 비연속성의 속성을 가지게 되는 것'임을 지적한다. '윤씨부인은 스물한 살의 젊은 나이로 비명 횡사한 남편의 명복과 자손의 무병 장수를 빌기 위해서 연곡사에 백일 기도를 떠나게 된다. 사실 김개주의 핏줄인 환이를 가짐으로써 윤씨부인은 많은 의식과 행위에 변화를 일으킨다. 그는 최씨가에 대해서는 죄책감만을 느끼는 것이 아니다. 의무의 무거운 짐일 수밖에 없었던 최참판댁의 문벌에 대해서 '나는 당신네들편의 사람이 아니오'란 의식을 갖기도 하며 소작 농민들에게 관대하고 문의원, 월선네, 바우 내외, 신분의 희생자인 환이와 그 아버지에 대해서 애정을 느끼고 신분을 전혀 느끼지 않는다. 그리고 또한 양반 계급이 무너질 것을 예감하며 서출로서조차 받아들일 수 없는 환이와 며느리 별당아씨의 불륜의 관계를 은밀하게 도망시켜 줌으로써 묵인하고 있'음에 주목했다.(이재선, 정현기 편, 앞의 책, 205~208쪽.)

인들과는 다르게 타자에 대해서 열린 시각을 견지했다는 점이 더 중요
하다. 환대에의 권리가 처음부터 집·혈통·가족을 구속한다는 점, 가
족적 또는 민족적 그룹을 맞이하는 가족적 또는 민족적 그룹을 구속한
다.8) 윤씨부인이 김환에게 조건적 환대가 아니라 무조건적 환대를 베
푸는 이유는 여기에 있다. 집-혈통-가족적 구속에 대한 저항을 담고
있기 때문이다.

선대 최참판댁의 여성들이 여가장의 역할을 수행함으로써 자신의 공
적 위치9)를 역설했다면 윤씨부인은 타자와의 관계를 통해서 자신의 사

---

8) 데리다, 앞의 책, 69쪽.
9) 조선조 후기 사회는 더 많은 수의 남성들이 양반의 후예임을 자칭하며 공적 세계(중
앙 또는 지방의 정치권)에서 활약할 꿈을 키우며 노동을 천시하고 일반적 경제 활동
에는 관심이 없는 선비를 이상형으로 삼아온 사회였던만큼 그를 보완하기 위한 여성
의 활동의 폭은 더 넓어질 수밖에 없었던 것으로 보인다. 생계유지에서부터 봉제사·
접빈객을 위한 철저한 준비, 그리고 아들을 훌륭한 공인으로 길러내는 것까지 이 모
두가 여성의 작업이었으며 여성은 이런 활동을 통하여 공식적·비공식적 인정을 받
아왔던 것이다.
신분제와 친족적 지배의 결합 형태로 나타났던 조선조의 가부장제는 공식적 제도와
이데올로기를 통해 여성을 극도로 억압해왔으나 그 이면에는 대다수의 여성은 가부
장제의 어머니로서 막강한 권력을 행사해왔다. 안채의 주인으로서 그리고 명분 사회
를 뒷받침한 주요 행위자로서 여성들은 사회의 공식적·비공식적 인정을 받아왔던
것이다. 특히 당시의 사회는 가족이 경제 생산의 단위이자 사회 조직의 근간이 되어
온만큼 가정 영역이 갖는 사회적 비중이 상당히 컸으므로 여성이 공식 영역에서 제외
된 사실은 매우 한정적 의미만을 갖는다. 이러한 전통적 가부장제는 일제 시대를 전
후한 역사적 혼란기를 통하여 변질된다. 공식적 영역은 축소되고 따라서 남성의 영역
이 줄어든, 특히 아버지 부재(父不在)의 상황에서 어머니의 실질적 권한은 확대된다.
즉 모중심적 가족의 성격을 두드러지게 나타내게 되는데, 그러나 이념상으로는 여전
히 삼종지도의 규범과 아버지의 상징적 권위가 강조되어왔다. 이는 마치 껍데기만 남
은 가부장적 틀을 여성들이 '자발적' 노력으로 메워간 형태로도 볼 수 있는데 생활
세계의 면에서 볼 때 이 시대의 가부장제를 전 시대의 것과 질적으로 다르다고 보기
는 어렵다. 단지 이 시대를 통하여 좋은 나쁘든 여성들이 활개를 칠 수 있는 비공식
적 영역이 더 넓어졌다는 것은 분명한 사실로 보인다. 동시에 식민 자본주의 경제가
전개되고 가정과 일터(사회)의 분리가 나타남에 따라 남성을 주경제 생산자로 하는

적 위치를 점하는 것으로 이해할 수 있다. 윤씨부인의 불륜으로 인한 잉태는 성실성의 명령이 절대적으로 무조건적이지 않고, 생명에 대한 가치가 절대적이며 무조건적이라고 판단한 하인들의 구원으로 인해 은폐된다. 윤씨부인은 비명에 간 남편의 명복을 빌기 위해 연곡사에 백일기도를 갔다가 동학 장수 김개주에게 겁탈 당해 자살을 시도한다. 이를 발견한 하인인 바우 내외가 윤씨부인을 살려냈다. 그리고 귀가 후 임신 사실을 알았을 때도 문의원과 바우 내외, 월선네가 협심하여 윤씨부인이 절에 가서 아이를 낳도록 독려했다. 윤씨부인의 잉태와 출산에 대한 은폐는 공적인 투명성에 저항할 권리를 행사하는 것으로써, 공적인 권리에서 사적인 권리로의 이행을 보인다.[10] 윤씨부인의 사건에 가담한

중산 계층이 형성되고 이 계층에서 대가족의 지배를 벗어나는 핵가족과 현모양처상이 대두된다. 이 현대적 가족의 특징은 부부간의 엄격한 역할 분담으로서 남편은 도구적인 역할을, 아내는 정서적인 역할을 맡게 되고 여성은 경제적으로 남편에게 예속된다는 점이다. 이는 부권(父權)의 지배에서 부권(婦權)의 지배로 이행해가는 과정이라 하겠다.(조혜정, 『한국의 여성과 남성』, 문학과지성사, 1999, 90~124쪽.)

10) 데리다는 <인간애에 의한 이른바 거짓말할 권리>에 관한 텍스트의 언급에서 칸트의 성실성의 명령(진실)에 절대적으로 무조건적인 것에 비판적인 시선을 보인다. 집에 묵고 있는 손님들을 악한들에게 내주어야 하는가 아니면 손님들을 유숙시키는 사람으로서 손님들의 안전에 책임이 있으므로 거짓말을 해서라도 손님들을 구해야 하는가? 이 문제에 대해 칸트는 진실만을 말할 것을 강조했다. 다음은 데리다의 칸트에 대한 비판의 골자이다. 그는(칸트) 공공 권리로서의 사회적 권리를 기초하고 있다. 그러나 다른 한편으로 그는 이 권리를 기초하면서, 이 권리의 근거를 환기하면서 또는 분석하면서 동시에 거짓말을 할 수 있는 권리는 물론 자기 혼자 간직할 수 있는 권리, 은폐할 권리, 진실의 요구에, 자백이나 공적인 투명성의 요구에 저항할 권리를 파괴해 버린다. 그런데 그러한 요구는 권리의 본질과 경찰의 본질만이 아니라 또한 국가 자체의 본질을 구성하는 것이다. 달리 말하면 그것이 인간애에 의해서라도 거짓말을 할 수 있는 권리를, 결국 자기만을 위해 은폐하고 자기만을 위해 간직할 모든 권리를 뿌리부터 불인정함으로써 칸트는 마음 깊숙이 머무를 수 있는 권리를, 자기-집에의 권리, 공적이거나 정치적이거나 국가적인 현상성에서 벗어난 순수 자기에의 권리를 비정당화한다고 할까 또는 하여간 이차적으로 만들어 버리며 종속적으로 만들어 버린다. 순수한 도덕성이 권리가 되는 순간, 이 순수한 도덕성의

사람은 간난할멈 부부와 월선네 등의 하인층과 중인층 문의원, 우관선사 등이다. 윤씨부인의 사건을 은폐하는 이들은 사회지도층이었던 양반들의 법에서 약자층이다. 윤씨부인은 그들(중인, 하인 등)과 침묵으로 은폐에 공모됨으로써 자기를 위한 은폐와 비밀을 간직하게 된다. 이는 공적 권리(유교적 사회질서, 사회적 권리)에서의 박탈이면서 사적 권리의 세계로의 진입을 의미한다. 최치수는 공공의 권리·사회적 권리·공적 법이라면, 구천(김환)은 사적인 권리이다.

윤씨부인이 사적 권리의 세계로 진입하는 것은 '가문의 타자'에서 벗어나서 여성성을 가진 여성으로서의 탄생을 의미한다. 이를 통해 윤씨부인은 가문의 타자가 아니라 여성으로서의 정체성을 얻을 수 있다. 그리고 여성으로서의 정체성 회복의 열쇠를 쥔 것은 혼외 은폐된 출생, 구천(김환)을 인정하는 것에서 비롯된다.[11] 때문에 다음의 인용문은 구천(김환)의 위치를 역설한다.

이름으로 그는 경찰을 아무곳에나 들여놓는다.(데리다, 앞의 책, 97~98쪽.)

11) 구원자라도 되듯, 해방군이라도 되듯 손님을 초조하게 기다리는 주인의 논리는 우리에게 이상하긴 하나 매우 설명적인 논리이다. 이것은 마치 이방인이 열쇠를 보유하고 있는 듯한 양상이다. 이것은 정치에서도 역시 이방인의 상황이다. 요컨대 국민과 국가는 이방인에게 도움을 청하여 들어오게 하고, 이에 따라 이방인은 밖으로부터 와서 국민국가 속으로 또는 집 안에, 자기-집에 들어와서 입법자처럼 군립하며 민족 또는 국민을 해방하는 이 상황은 말이다. 마치 이방인은 주인을 구하고 주인의 권력을 해방하는 것이 가능한 듯이 말이다. 마치 주인이 주인으로서, 자신의 장소와 권력의 포로, 자신의 자기성(ipséité)의 포로, 자신의 주관성(그의 주관성은 인질이다)의 포로이기라도 하듯이 말이다. 그러니까 결국 인질이 되는-진실로 언제나 인질일-것은 주인, 초대하는 자, 초대하는 주인(hôte)이다. 그리고 손님(hôte), 초대받은 인질(guest)은 초대하는 자의 초대하는 자가 된다. 주인(host)의 어른이 된다. 주인(hôte)은 손님(hôte)의 손님(hôte)이 된다. 손님(hôte; guest)은 주인(hôte; hote)의 주인(host)이 된다.(데리다, 위의 책, 134~135쪽.)

달빛을 바로 받은 구천이의 얼굴은 제법 거리가 있었는데도 은색 가면을 쓴 것처럼 딱딱하게 보였다. 누각의 현판을 등지고, 양켠으로 치올라간 처마끝, 그 중심에 있는 구천이의 입상(立像)은 누각의 무게를 감당하고 있는 하나의 지주(支柱) 같은 착각을 일게 했다.

—1권 31쪽

윤씨부인이 사생아 김환을 집 밖에서 낳고 집 밖에 버리고 와서 이를 은폐한 채 최치수의 어머니로만 살 때는 윤씨부인은 여성성을 가진 여성이 아니라 최참판댁의 며느리이며 최치수의 어머니일 뿐이다. 이는 가부장제12)에 복속된 인고의 여인의 모습 이상도 이하도 아니다. 그러나 구천(김환)이 불청객으로 도래함으로써 윤씨부인이 복속되었던 가부장제의 논리 속의 청상 과부로서의 인고의 여인은 가족 윤리가 파괴된 여성성을 가진 여성으로 위치하게 되는 것이다. 때문에 윤씨부인에게 구천(김환)은 여성적 정체성을 찾을 수 있는 열쇠이다. 윤씨부인은 구천(김환)이 도래함으로써 자신의 위치를 찾아가기 때문에 구천(김환)에게 종속적이라고 할 수 있다. 이렇듯 주인이 손님이 되고 손님이 주인이 되는 이러한 치환들은 각자를 상대방의 인질로 만든다.

이방인이 무엇을 의미하는가, 이방인이란 누구인가 알고 있다고 가정하기 이전에, 그러한 것 이전에 이방인에게 제기된 요구―물음(당신은 누구인가? 당신은 어디 출신인가? 당신은 무엇을 원하는가? 당신은 오고 싶은가? 결국 당신은 어떻게 하겠다는 건가? 등)인 이방인에 대한 문제가 확실히 있다는 것, 그 이외에도 특히, 그보다 먼저 이방인으로부터 온 물음으로서의

---

12) 가부장제란 남성에 의한 여성 지배를 뜻한다. 그 지배의 양상은 단순한 동물 세계에서의 지배 현상과는 달라서 사회 제도와 문화적 차원의 기제를 매개로 하며 이 점은 가부장제 기원 논의에서부터 매우 분명하게 드러난다.(조혜정, 앞의 책, 64쪽.)

이방인의 물음이 있다는 것이다. 그러므로 결국 답변의 문제, 또는 책임의 문제가 있다는 것이다.[13] 이방인에 대해 우리가 추측하기 전에, 이방인은 누구이며 어디에서 왔는가라는 질문이 있고, 그보다 먼저 이방인이 주인에게 건네는 문제가 있다. 이방인인 구천(김환)이 윤씨부인 앞에 도래함으로써 던지는 이방인의 물음은 가부장제에 속한 여성가장에 대한 질문이다. 과연 그 권위가 자신의 것이 맞으며, 그 권위의 유지·존속이 지상의 최대의 과제인가? 등의 질문으로 여성성을 억압하고 가부장제의 시녀 노릇을 하고 있는 것에 대한 문제 제기를 한다. 이는 기존의 권위를 흔드는 질문이다. 그래서 기존의 가치관을 전복시키는 위험한 인물이라고 볼 수 있다.

수시로 타자를 자신에게 받아들이는 존재는 항상 변할 수밖에 없으므로 여성의 자체적인 고정적 특성이라는 것은 존재할 수 없다. 따라서 여성의 본질이라는 개념 자체가 적용 불가능하게 된다. 즉 자신의 정체성조차 주변 타자와의 관계에 의해 정해지기 때문에 고정된 정체성도 없다고 보아야 한다.[14] 윤씨부인은 최참판댁의 며느리, 양반 최치수의 어머니, 중인 김환의 어머니, 중인 김개주의 불륜녀이다. 윤씨부인의 정체성은 관계를 통해 수시로 변하는 것이다. 이는 윤씨부인 자신의 고유한 정체성이 아니다. 그러나 김개주를 사랑한 여성으로서의 정체성은 분명한 것이다. 때문에 윤씨부인은 자신의 정체성의 회복을 위해서 구천(김환)을 무조건적으로 환대한 것으로 판단할 수 있다. 가문 몰락과 가족 와해, 가족의 윤리보다 윤씨부인에게 구천에 대한 환대가 중요하

---

13) 데리다, 앞의 책, 139쪽.
14) 신경원, 앞의 책, 156쪽.

다. 그 속에서 여성성을 획득할 수 있기 때문이다. 과장법적인 환대가 현실의 법(조건, 규범, 권리, 의무)을 침범, 현실의 법에 저항, 현실의 법을 전복하고 있다. 윤씨부인은 불륜관계에 있는 구천과 별당아씨를 감금한다. 그러나 이들 불륜남녀를 도피시켜준다. 여기에서 감금은 하인들이나 최치수에게 '보여주기'를 위한 위선적 행동이었다. 불륜남녀를 탈출시킨 뒤 그들의 도피처까지 물색해 주지 않음을 후회하는 윤씨부인의 행동이 그것을 증명한다. 환대는 초대하는 것이 아니라 도래하는 손님이라서 수동적 사건이지만 손님을 기다리기 때문에 능동성을 가진다. 윤씨부인의 행동은 구천의 도래를 무조건적으로 환대함으로써 자신의 정체성을 찾아가는 능동성을 보인다. 다음의 인용문은 윤씨부인이 자신을 겁탈한 김개주를 저주한 것이 아니라 사랑함으로써 여성으로서의 정체성을 보이는 부분이다.

> 윤씨부인의 의식의 심층을 한층 더 깊이 파고 내려간다면 죄악의 정열로써 침독(侵毒)되어 있는 곳을 볼 수 있을 것이다. 이십 년 넘는 세월 동안 그의 바닥에는 한 남자가 살고 있었다. 그 남자의 비극이 삼줄과 같은 질긴 거미줄을 쳐놓고 있었다. 형장의 이슬로 사라진 그 남자, 그 남자의 비극과 더불어 살아온 윤씨부인이 사면을 거절한 것도 그 때문이요 피맺히는 아들의 매질을 원했던 것도 그 때문이다. 뜻밖의 재난으로써 그치지 않았기 때문에 그는 운명을 원망하지도 않았다. 영원히 사면되기를 원치 않았던 그에게는 그와 같이 끈질기고 무서운 사랑의 이기심이 도사리고 있었던 것이다.
>
> —2권 209~210쪽

김환의 도래로 인해 불륜이 저질러지고 폐륜이 드러난다. 이것은 윤씨부인에게는 상흔이지만 은폐되었던 부분이다. 이로 인해 윤씨부인은 내면에서만 하인들과 같은 타자임을 자인하던 것을 외부로 꺼내어 그들의 자리로 내려온다. 김환이라는 존재는 윤씨부인의 문제를, 그리고 최치수의 문제를, 또한 김환 자신의 문제를 수면위로 끌어올리는 것이다. 윤씨부인의 폐륜이 드러나고 가문과 가부장을 거부함을, 최치수가 안개 속에 갇혔던 어머니 윤씨부인의 의혹의 가시화를 통해 '자신이 버림 받음'의 이유에 접근할 수 있음을, 김환이 아버지 김개주가 어머니 윤씨부인을 겁탈해 저주로 잉태된 자식이 아니라 사랑으로 귀결되었음을 확인하는 것이다.

이상에서 살펴본 바에 의하면 윤씨부인이 구천(김환)에게 무조건적인 환대를 보인 것은 여성의 정절이데올로기에 대한 강한 저항을 나타내는 것임을 확인할 수 있었다. 이는 집단의 관습보다 개인의 사랑을 중시함으로써 양육의 정체성을 거부하고 여성으로서의 자신의 정체성 찾는 것이다. 김환은 또한 김길상과 서희의 관계에서도 중요한 지점에 있다. 김길상의 신분적 한계와 최서희의 자기부정을 풀어주는 열쇠를 가진 인물이다. 김길상은 김환의 뒤를 이어 지리산을 물려받음으로써 국내에서 독립운동가의 자리를 점하고 김환이라는 아버지를 얻으며, 최서희는 김환을 받아들임으로써 할머니의 타자 인식을 인정하고 어머니의 낭만적인 사랑마저도 받아들이는 결과를 낳기 때문이다.

2) 가문 윤리로 억압하는 친족, 조건적 환대

윤씨부인은 자신에게 도래하는 타자들에 대해서 누구한테나 무조건적 환대를 보이는 것은 아니다. 최참판댁에 두 번째 이방인으로 출현하는 최치수의 재종형(치수의 조모, 조씨부인 오라버니의 맏손자) 조준구는 자신의 곤궁한 처지를 은폐하고 온 자로서, 윤씨부인은 조건적 환대[15] 즉, 관용으로 대한다. 조준구는 처음에는 단신으로 최참판댁에 와서 돈을 얻어 쓸 요량으로 무작정 기식하다가 최치수가 살해되자 최참판댁의 재산을 넘본다. 기강(氣强)한 윤씨부인에게 밀려서 자신의 혼자 몸으로는 윤씨부인의 재산 갈취가 요원해보이자 아내 홍씨와 아들인 조병수를 데리고 최참판댁에 들이닥친다. 이들은 윤씨부인이 초대하지 않은 자들로서 윤씨부인에게 불청객에 해당한다. 조준구 일가는 최참판댁에 들어서자마자 자신들이 타고 온 가마의 가마꾼들에게 줄 돈을 윤씨부인에게 요구한다. 뿐 아니라 서희가 거처하는 별당으로 내 집에 온 것마냥 치고 들어온다. 이에 윤씨부인은 조준구의 간악함을 알면서도 내치지 않고 뒤채에 거처를 마련해 준다.

관용은 환대와 정반대이거나 환대의 한계이다. 내가 관용적이라는 이

---

15) 데리다는 조건적 환대에 대하여 다음과 같이 말한다. 이방인이란 외국에 머무르는, 사회나 가족이나 도시의 외부에 머무르는 남자나 여자만이 아니다. 이방인은 타자가 아니다. 사람들이 절대적이고 야생적이고 야만적인, 전(前)문화적이고 전(前)법적인 외부에 내밀어 버리는 극도의 타자, 가족과 공동체와 도시와 국민 또는 국가의 저쪽 외부로, 이쪽 외부로 추방해 버린 극도의 타자가 아니다. 이방인에 대한 관계는 권리에 의해, 정의의 권리의 생성에 의해 규제된다. 데리다가 말하는 조건적 환대란 결국 이방인이 주인의 권리 행사의 조건에 매이는 것이라고 할 수 있다.(데리다, 앞의 책, 99~100쪽.)

유로 나 자신을 환대적이라고 생각한다면, 이는 나 자신의 환대를 제한하고 싶어 하기 때문이다. '내 집에 있음(친숙함)', 나의 주권성, 나의 영토, 언어, 문화, 종교 등에 대한 권력을 계속 보유하고자 하기 때문이다. 관용은 항상 '최강자의 논거'편에 있다. 주권은 오만하게 내려다보면서 타자에게 이렇게 말한다. 네가 살아가게 내버려 두마, 넌 참을 수 없을 정도는 아니야, 내 집에 네 자리를 마련해두마. 그러나 이게 내 집이라는 건 잊지 마. 관용은 바로 이와 같은 주권의 선한 얼굴이다. 실제로 프랑수아 미테랑은 '관용의 문턱'이라는 표현을 썼다고 하는데 이 말은 곧 이방인, 타자를 어떤 지점까지는 받아들인다는 것, 즉 아주 제한적인 조건하에서 받아들인다는 것이다. 관용은 조건적이고 주의 깊고 신중한 환대이다.16)

윤씨부인이 조준구를 보는 입장이 위의 인용문에 해당한다. 윤씨부인은 하인 김서방네가 살던 뒤채를 수리하여 홍씨가 거처하도록 한다. 그리고 조준구의 처 홍씨에게 별당 출입 금지령을 내린다. 윤씨부인이 조준구의 침범을 허락하는 범위는 이정도이다. 내치진 않지만 분명한 경계를 긋는다. 이는 '내가 이 집의 주인이며 내 권위를 침범할 수 없다'는 의미이다. 윤씨부인의 권위를 전복시키기 위해 도래했던 구천(김환)에게는 무조건적 환대를 보임으로써 최참판댁이 오욕을 떠안게 도왔던 윤씨부인이, 마찬가지로 최참판댁을 송두리째 집어삼키려는 조준구에게는 왜 조건적인 환대를 보이는 것일까? 그 이유는 윤씨부인이 조준구를 맞이하는 장면에서 찾을 수 있다. 조준구가 윤씨부인의 처사에 대해서 이의를 제기한다. 서희가 거처하는 별당을 비워줄 것을 청하며 윤씨부인의 시모를 들먹이면서 울분을 토한다. 이에 대해 윤씨부인은

---

16) 이은정, 앞의 글, 102쪽 인용문 재인용.

이례적으로 자신의 의사를 강력하게 밝힌다.

　윤씨 방으로 들어간 조준구는 평소 어려워하던 표정과는 달리 꼿꼿하게 얼굴을 쳐들었다.

"여쭐 말씀이 있어 왔습니다."

"말해보게."

"이럴 줄 알았더라면 불원천리 이곳까지 처자를 끌고 오지는 않았을 것입니다. 굶주리고 헐벗는 한이 있을지라도 어찌 노비의 처신을 감수하겠습니까. 할머님께서 존명해 계셨더라면 친정 손주며느리가 종이 살던 집으로 쫓겨나는 것을 그냥 보고만 계셨겠습니까?"

　준구는 눈물을 떨어뜨렸다.

"허나 지금 어머님은 계시지 않지."

　윤씨부인은 나직이 말했다.

"돌아가신 어른에 대한 효성이 아닌 줄로 아옵니다."

"자네 말도 일리는 있네."

"뒤채로 나가라는 분부는 거두어주시고 대신,"

　윤씨부인은 그 말을 묵살하고 나서

"자네로 말할 것 같으면 분명 내겐 손아랫사람이것다?"

"……?"

"내가 효부가 아님은 차치하고 자네가 할말은 아닐세."

　준구는 말문이 막힌다.

"그리고 돌아가신 어머님은 자네 집안에선 출가외인일세."

"하, 하오나."

"두말 말게."

"하, 하오나 명색이 사대부집 자손이 종의 거처로 쫓겨나다니 그, 그것은 너무하신 처사 아니옵니까?"

"그 집이 행랑이냐?"

"김서방이 거처하던 곳입니다."

"김서방은 종이 아닐세. 그도 그렇거니와 그곳말고는 있을 만한 곳이 없고 사랑에 아녀자를 동거케 할 수는 없는 일이 아니겠느냐?"

"어려운 부탁이온데, 서희는 아직 어린 몸이니 아주머님 가까이 두시는 편이 어떠하온지요. 안채는 넓은 방도 많고, 하오면 병수어미를 별당에."

"안 될 말이네. 손님이 소중하지 않는 바는 아니나 서희는 이 집의 임자니라. 경망하게 어디로 옮기겠느냐? 정 자네들이 불편하다면 할 수 없는 일, 서울로 돌아가게. 나로서는 그 집을 수리한 것도 돌아가신 어머님 생각을 했기 때문이요 더 이상 말하여 나를 불효하게 하지 말라."

준구의 기세는 눈에 띄게 꺾였다.

"그리고 또 한 가지 일러둘 일은, 뒤채로 옮긴 뒤 되도록 자네 안사람, 안의 출입은 삼가도록 일러주게. 하인들의 질서가 안 잡히고 서희만 하더라도 한창 예민할 시기니만큼, 나는 자네 안사람이 서희 본보기 되길 원치 않네."

드물게 윤씨부인은 자기 의사를 명백히 나타내었다.

—2권 374~375쪽

윤씨부인이 조준구에게 자신의 의사를 명백히 밝힌 것은 조준구가 윤씨부인의 시모를 운운하며 월권했기 때문이다. 이는 윤씨부인이 양반가의 부녀로서 시부모를 효로써 대함으로 수직관계를 유지하듯이 시모의 친족이 되는 자신에게도 그와 같은 관계를 요구하는 것이다. 윤씨부인에게 조준구의 이와 같은 태도는 주인인 자신의 권리를 침해하는 적으로 인지되어 언제 어느 순간에 나의 집과 나의 자리를 뺏을 수 있는 위험으로 간주된다. 윤씨부인과 조준구의 위치가 전복되어 윤씨부인이 조준구의 인질이 될 수 있기 때문이다. 그러나 그보다 조준구를 '이 세상에서 가장 비천한 것에 대하여 갖는 연민'의 눈으로 바라보던 윤씨부인임을 감안한다면 조준구의 도전적 언사가 윤씨부인에게 치명적인 것은 아니다. 자신의 처지나 타인에 대한 무례에 괘념치 않으면서 양반의 권위의식 때문에 자신의 처는 '번듯한' 안채나 별당을 써야한다는 데 윤씨부인은 강한 저항감을 보인 것이다. 이는 조준구가 양반의 권위의식과 가부장제의 위계질서로 자신을 억압하려하자 이에 대하여 강하게 반발한 것으로 판단할 수 있다. 그래서 윤씨부인은 조준구의 위치를 자신의 '손아랫사람'임을 못 박고, 조준구가 등에 업은 '할머님'은 '출가외인'임을 환기시킨다. 또한 '서희가 이 집의 임자'라고 역설한다.

외부에서 오는 이방인은 주권자(주인)가 이방인에게 질문을 던지기도 하지만 반대로 이방인이 주권자에게 질문을 던지기도 한다. 외부로부터 온 이방인은 한 공동체에서 당연시 여기는 세계관에 대해서 물음을 던지는 것이다. 조준구는 최치수의 재종형이라는 친족이기는 하지만 외부에서부터 최참판댁으로 도래하여 기존의 질서에 변화를 주는 인물이기 때문에 이방인이며, 초대받지 않았고 도래하여 주권자에게 피해를 주는 사람이기 때문에 불청객이라고 할 수 있다. 그런데 조준구가 최참판댁에 도래하여 윤씨부인에게 던지는 질문은 가부장제의 효사상이나 양반의 절대적 권위의식이다. 애초부터 이에 대한 저항감을 가진 윤씨부인은 이방인이 공동체의 관습적인 질서를 파괴하는 것이 아니라 더 강화하는 형태로 도래하자 이에 대해서 구천(김환)과는 다른 태도로 대하는 것이다. 구천(김환)이 불청객으로 도래하여 윤씨부인에게 여성으로서의 정체성을 찾는 긍정적인 자극을 가져다 준 것이라면 조준구는 마찬가지로 불청객으로 도래하지만 윤씨부인에게 기존의 관습을 강화하는 부정적인 자극을 주기 때문이다. 그리고 이방인에게 집주인은 자신의 언어와 법으로 환대를 청하라고 강요하기 때문에 폭력이 발생하는데, 조준구는 이와 반대로 자신이 이방인인데도 불구하고 집주인에게 자신의 법과 언어를 강요한다. 즉 조준구는 이방인으로서 자신의 언어가 아닌 집주인의 언어, 자신의 법이 아닌 집주인의 법으로 환대를 청해야 하는데 이를 거스름으로써 오히려 윤씨부인에게 폭력을 행사하게 되는 것이다. 그래서 타자에게 엄격하지만 자애로운 태도를 보였던 윤씨부인이 조준구에게는 주권자로서 타자를 억압하며 관용적으로 타자를 환대한다.

> 나는 나의 집에서 주인(ipse, potis, potens, 집주인, 우리는 이 모든 것을 이미 본 바 있다)이고 싶고, 나의 집에서 내가 원하는 사람을 맞이할수 있기를 원한다. 나는 나의 '내-집'을, 나의 자기성(ipséité)을, 나의 환대 권한을, 주인이라는 나의 지상권을 침해하는 이는 누구나 달갑지 않은 이방인으로, 그리고 잠재적으로 원수(敵)처럼 간주하는 것으로 시작한다. 이 타자는 적의에 찬 주체가 되고, 나는 그의 인질이 될 염려가 있는 탓이다.17)

이러한 사정은 윤씨부인이 최치수를 대할 때도 동일하다. 절에서 김환을 낳고 하산한 윤씨부인은 최치수를 거부한다. 가문의 타자라는 자기 정체성에 근접한 때문으로 볼 수 있다. 김개주를 사랑하게 된 윤씨부인(금지된 욕망을 인식하게 됨)은 양육의 정체성을 거부하며 가부장적 질

---

17) 데리다, 앞의 책, 89쪽.

서를 거부하는 것이다. 이에 최치수는 어머니인 윤씨부인이 아버지의 법을 위배한 것을 단죄한다. 최치수는 서울로 올라가서 유곽 여자를 서슴없이 대하면서 광포하고 파괴적인 행위를 통해 몸을 못 쓰게 만든다. 여자에 대한 혐오로 가득찬 최치수의 몸 버리기는 자기 학대이다. 이는 대 끊기로 어머니를 처벌해야 하는 아들의 역할을 맡은 최치수가 윤씨부인에게 줄 수 있는 가능한 최고의 효율적인 고통이라고 할 수 있다. 그리고 김환이 별당아씨를 데리고 불륜적 도피를 감행하자 강포수를 대동하여 지리산을 뒤진다. 실제로 김환을 찾고자하는 투철한 목표를 가진 것도 아니면서 '자기 혼자서 손상된 권위를 찾았다 생각하면 그만인 것'인 '절대적인 권위 의식'을 가진 최치수로서는 어머니인 윤씨부인의 목을 죄기 위한 방편으로서의 가치가 더 크다. 또한 귀녀가 음모를 꾸미는 것을 알면서도 살해 위협을 방치, 조장함으로써 어머니에게 자신의 죽음으로 보복하려 한다.

최치수는 윤씨부인에게 아들이기 이전에 자신을 속박하는 가부장이자 억압자이다. 때문에 최치수와 함께 있는 한 여가장의 역할을 충실히 수행하여야 한다. 실질적으로 '치수는 아직 자신이 소유한 토지가 얼마만큼 되는지, 일 년에 거두어들이는 곡식이 몇 석이나 되는지 정확히는 알지 못하고 있었다. 속박당하지 않기 위해 그는 의식적으로 그런 일에 무관하려 했고 그만큼 윤씨로서는 보다 무거운 굴레를 둘러쓴 셈'이다. 자신의 정체성을 직시한 명민한 윤씨부인은 욕망을 가진 여성이면서 가문의 타자이다. 때문에 최참판댁 선영이 있는 곳과는 반대 방향에 있는 윤씨부인의 묘는 죽어서까지 웅변하는 여성으로서의 윤씨부인의 정체성이다. 윤씨 묘소의 의미는 법에 대한 거부이다. 죄악 때문이기도 하겠으나, 묘소를 선친과 다른 곳에 위치시킴으로써 후대에까지도 자신의 부정을, 자신의 선택(사랑)을 웅변하는 것이다. 법에 대한 저항이기도 하다. 또한 가문과 떨어져서 홀로도 있을 수 있음의 웅변이기도 하다. 여성으로서의 정체성을 중시한 윤씨부인과 별당아씨의 차이는 여기에서 분명해진다. 윤씨부인의 묘와 별당의 묘는 자손의 애도 여부에 따라 달라지기 때문이다.[18] 윤씨부인은 법-밖에 위치하면서도 관계를 존속시킨다. 세대가 윤씨부인-김환-서희-환국-재영에게로 이어진다. 왜냐하면 묘소가 떨어져 있음에 개의치 않고 서희는 계속해서 제사를 지내기 때문이다.

윤씨부인의 이와 같은 확고한 여성으로서의 정체성 획득은 절대적인 권위 의식·양반의식을 소유한 최치수의 죽음과 어린 서희에게 가문의 재건이라는 고통의 짐을 지워주는 결과를 초래한다. 별당아씨인 어머니는 구천(김환)이와 패륜적 도피를 감행하고 아버지인 최치수는 김평산과 귀녀의 음모로 살해당함으로써 고아가 된 서희에게 일점 혈육은

---

18) 윤씨부인의 묘소는 조상의 묘와 반대편에 있으며 김환이 찾아가 애도할 수 있는 묘이다. 반대로 별당아씨의 무덤-묘향산 골짜기-은 김환만이 알고, 서희는 알 수 없는 곳이다. 서희는 알려고도 하지 않으며 알아서도 안 되는 곳이다. 또한 '묘향산의 골짜기'에 묻힘으로써 지정된 봉분이 없는 흩어진 장소에 별당아씨의 죽음을 안치한다. 때문에 별당아씨의 묘는 타자의 기억 속에 남는 것이 아니라 타자와 무관하게 땅 속에 남는다. 자연현상에 의해 마모되는 묘이다. 그리고 타자는 별당아씨의 묘를 기억하지 않는다. 김환이 감옥에서 자살하고 혜관은 만주에 가서 사라진 한에서 더욱 그러하다. 이는 별당아씨의 사랑만을 위한 사랑은 그대로 매장하여 무화시키는 것이라고 볼 수 있다. 관계를 상실한 사랑만을 위한 사랑, 즉 낭만적인 사랑은 유기적인 세계에서 유리된다. 낭만과 환상으로써 실체 없이 흩어진다. 이를 반증하는 것이 서희의 질문 없음이다. 별당아씨의 무덤을 묻지 않는 것이다. 모녀간의 관계를 떠나 별당아씨는 남녀간의 관계로만 남겨지기 때문이다. 별당아씨는 무덤을 남기지 않음으로써 모녀관계로 돌아가지 않고, 법 앞에 돌아가지 않고, 가문으로 복속하지 않고 자신으로, 낭만적 사랑으로만 남는다.

할머니인 윤씨부인밖에 없다. 그러한 위치에 있는 윤씨부인은 아들 최치수가 살해당하자 아홉 살인 최서희를 데리고 최참판댁 소유의 넓은 토지를 보여주기 위해 서희를 가마에 태워 행차한다. 최치수가 의식적으로 재산 관리에 무관심함으로써 윤씨부인이 재산 관리의 짐을 떠맡았던 것을 어린 서희에게 넘긴다. 또한 최참판댁 소유의 토지를 순례하는 과정에서도 윤씨부인은 어린 최서희의 고된 순례길을 염려하기보다 가마꾼들의 노고에 대해 언급한다. 이렇듯 어린 서희에게 가혹한 윤씨부인의 처사는 서희를 부모 잃은 가엾은 손녀로 보는 것이 아니라 최씨 문중의 여인, 최참판댁의 여인으로 보는 것이다.

그러니까 타성(他姓)의 여인들 오 대가 최참판댁을 이룩하였고 지켜 왔으며 마지막 최씨의 피를 받은 서희로써 끝이 난다. 다른 핏줄의 여인들이 지켜 내려온 가문은 제 핏줄의 여인으로 하여금 막을 내려야 하는 것이다. 그것은 어쩌면 야릇한 운명 같기도 했다. 윤씨부인은 최씨 집안이 무너질 것이요 양반 계급이 무너질 것이라는 예감과 함께 자기 자신에게도 최후가 얼마 남지 않았으리라는 것을 느낀다. 그러나 그는 초조하거나 불안하지가 않았다. 이제 겨우 서희는 아홉 살이 아닌가. 앞으로 몇 달이 지나면 열 살이 될 것이다. 그 어린 서희를 두고 불안을 느끼지 않는 자신이 스스로 이상해지기도 했다. 친애했던 사람들은 누구였었던가. 문의원이 있었고 월선네가 있었고 바우 내외가 있었다. 윤씨부인은 그들에게 애정을 느꼈으며 신분을 느끼지 않았었다. 그리고 또 우관스님이 있다. 아들 환이가 있고 환이아비가 있었다. 그들은 신분의 희생자들이다.

…중략…

자기에게 최후가 가까이 오고 있다는 예감은 그에게 해방을 의미하는 것이었을까. 스스로 끊을 수 없었던 자기 목숨을 운명에게 내어맡겼고 그 운명이 다가오고 있다는 예감은 승리를 기다리는 것 같은 충족이 동반하는 감정이었다면 어린 서희에게는 가혹한 일이었었는지 모른다. 그러나 윤씨부인 마음속 깊은 곳에는 거대한 최참판댁 재물과 문벌에 대한 저주가 없었다 할 것인가. 의무의 무거운 짐을 저주하지 않았다 할 수 있을 것인가. 아들의 죽음은 모성의 눈물, 회환을 몰고 왔으나 그러나 의무의 짐을 얼마간 벗어넘겼다 한다면 그것도 서희를 위해서는 가혹한 일이었는지 모른다.

윤씨부인은 자기 죽음이 가까워오고 있으리라는 예감 아래 가엾은 환이에 대한 조처를 생각해보는 데 저항을 느끼지 않는다. 사십년 가까운 세월을 최씨 가문에 머슴살이를 했다는 기분에서, 엄청나게 불어나간 재산의 일부를 자기 마음대로 처분할 수 있는 것에 저항을 느끼지 않는다. 결국 자기는 최씨 문중의 사람이 아니었고 다만 타인, 고공살이에 지나지 않았었다는 의식은 그의 죄책감을 많이 무마해주는 결과가 되었다. 나는 당신네들 편의 사람이 아니요, 나는 저 죽은 바우나 간난할멈, 월선네와 같은 처지의 사람이었소. 윤씨부인은 그렇게 말하고 싶은 것이다. 자신의 권위와 담력과 두뇌는 오로지 최씨 문중에 시종하기 위한 가장에 지나지 않았다는 것을 말하고 싶은 것이다.

—2권 314~315쪽

최참판댁에서 윤씨부인의 역할이 재산 증식과 유지라는 실질적인 마름 역할이었다면 죽음을 예감한 윤씨부인이 어린 서희에게 소유의 전달을 각인시키는 것은 당위적 행위이다. 그리고 윤씨부인 당대에 재산의 축소나 소멸은 윤씨부인의 직무유기에 해당한다. 때문에 윤씨부인이 최참판댁의 '재물과 문벌에 저주'가 있었다 하더라도 서희보다 책임의 무게가 더 무겁다고 할 수 있다. 윤씨부인에 의한 가문의 몰락은 침해의 의미로 독해되지만 서희에 의한 가문의 몰락은 최참판댁 문벌과 재물의 자멸의 의미로 독해할 수 있다. 이는 가부장적 질서가 스스로 무너짐으로 이해될 수 있다. 그리고 위의 인용문을 분석해 보면 윤씨부인이 서희에게 집안의 재산을 물려주면서 반드시 지켜야함을 역설하지 않는 것을 알 수 있다. 또한 윤씨부인이 전염병으로 죽기 전에 아무도 모르게 서희에게 금붙이를 준 것은 집(주인)을 빼앗기리라는 것을 예견했다고 볼 수도 있다. 명민한 윤씨부인이 간악한 조준구를 염두에 두었을 것은 자명하기 때문이다. 그럼에도 불구하고 화의 원흉이 되는 조준구를 내치지 않고 되려 어린 서희에게 이동 가능한 재산(금, 은)을 준 것은 윤씨부인의 뜻이 어디에 있었는지 짐작하게 한다. '이방인이 와서 집을 달라거든 내 것이기는 하지만 내주거라. 그리고 다시 네 힘으로 재기하거라'의 의미로 독해할 수 있는 지점이다. 윤씨부인이 권력의 편에 서지 않고 약자층에 선 인간애를 보이는 인물[19]이며 불청객인 조준구조차 연민의 눈으로 바라보기 때문이다.

위에서 살펴 본 바와 같이 최참판댁의 윤씨부인은 불청객으로 도래하는 은폐된 이방인인 타자에 대해선 자신의 것도 내어주는 무조건적인 환대를 보이지만, 마찬가지로 불청객으로 도래하는 친족에게는 제한적으로 자신의 것을 주며 자신의 권리를 주장하는 조건적 환대를 보인다. 이러한 차이는 도래하는 불청객의 질문에서 비롯된다. 전자는 윤

---

19) 이태동은 윤씨부인을 인간애를 가진 인물로 보고 있다. "박경리가 윤씨 부인에 대해 자화상(自畵像)의 이미지를 지닌 듯이 깊은 애정을 보인 것은 그녀가 물질에 대한 지나친 욕심을 버리고 노비들에게 땅을 주기도 하고 종문서를 태워 그들을 자유로운 몸으로 만들어 주는 일과 이웃 농부들에 대한 깊은 이해를 통해 자기의 이기심을 인간애로 승화시킬 수 있는 가능성을 가졌었기 때문이었다."(이태동, 앞의 책, 69쪽.)

씨부인의 정체성에 대한 질문을 던지면서 오는 자이고 후자는 기존의 질서로 억압하며 오는 자이기 때문이다. 그래서 윤씨부인은 자신에게 긍정적인 질문을 던지며 도래하는 이방인이 자신에게 해를 끼치더라도 무조건적으로 환대함으로써 여성으로서의 정체성을 찾는다. 반면에 기존의 질서를 강화하는 방식으로 자신을 억압하면서 도래하는 불청객인 친족에 대해서는 기존의 질서로 맞섬으로써 불청객에게 선택적, 조건적으로 환대한다. 이는 윤씨부인이 전체성의 폭력에 저항하면서 자신의 정체성을 찾아가는 것이다.

그러나 무조건적 환대가 다 좋은 것은 아니어서 윤씨부인은 아들 최치수가 살해되는 비극을 겪게 된다. 기존의 폭력적인 질서를 전복하기 위한 윤씨부인의 환대적 태도가 또 다른 폭력을 낳은 셈이다. 그리고 윤씨부인이 친족인 조준구에게 행한 조건적 환대도 기존의 폭력적 질서를 이용한 것이어서, 이것도 폭력에 해당한다. 그러나 윤씨부인의 이방인 환대를 통해 가문과 가부장중심주의의 기반인 양반의식과 권위의식에 대한 강한 비판을 독해할 수 있다. 최치수의 살해는 가부장중심주의의 죽음이기도 하다. 최치수는 윤씨부인이 불륜을 저지른 것에 대해 아버지의 법으로 단죄하려는 의도에서 스스로 자손을 생산하지 못하게 몸을 망친다. 또한 별당아씨가 도피한 후 재혼의 의사도 없으면서 윤씨부인에게 고통을 주기 위해서 재혼을 거론한다. 이에 윤씨부인은 동요를 보이지 않음으로써 가문과 가부장중심주의에 대한 부정을 역설한다. 그렇다면 조건적 환대와 무조건적 환대 사이의 협상으로 인해 넓힐 수 있는 『토지』에서의 발전된 환대는 무엇인가? 이에 대해서 작가는 새로운 인물을 제시하고 있다.

3) 새로운 환대의 모색으로서의 실천적 윤리

『토지』에서 세 번째 이방인은 자국의 이해를 교묘하게 은폐하고 도래하는 일본이다. 조선은 권력관계로 인한 내분이 생기자 '이방인에게 도움을 청하여 들어오게 하고, 이에 따라 이방인은 밖으로부터 와서 국민국가 속으로 또는 집 안에, 자기-집에 들어와서 입법자처럼 군림하며 민족 또는 국민을 해방하는' 듯이 행동한다. 이때 '이방인은 주인을 구하고 주인의 권력을 해방하는 것이 가능한 듯'한 상황을 만듦으로써 주인과 이방인의 자리를 역전시킨다. 그래서 손님이 주인이 되고, 주인이 손님의 인질이 되는 상황이 초래된다. 조선(인)이 집을 빼앗기고 노예가 되는 이 상황은 '이방인에게 도움을 청한' 몇 명의 권위 행사자들로 인해 비롯된 것이다. 이들은 가족의 구성원들을 소유로 치부한 롯이 이방인 두 천사를 보호하기 위해 동정녀 두 딸을 소돔인들에게 내주어, 강간당하게 하는 예와 닮아있다. 원래 롯은 소돔인들의 지방에 체류하기 위해 온 이방인으로, 그가 손님을 맞이하고 보호함으로써 환대를 통해 주인의 자리를 확실하게 얻기 위해 그의 가족을 악한들에게 재물로 바친 것이다. 이는 자신의 목적을 위해 가부장적 권위를 이용하여 가족 구성원을 희생시키는 것으로 가부장적 권위의 부정성을 역설하고 있다.

이렇게 집단의 형태로 있는 가족 – 친족 – 민족 등은 권력을 휘두르는 자와 권력에 종속된 자로 분리되어, 전자가 후자를 구속한다. 이때 권력자에 의해 행해지는 이방인에 대한 환대는 권력자에게는 자신의 목적에 부합하는 것이지만 권력에 종속된 자는 오히려 피해를 입기도 한다. 때문에 앞에서 살펴 본 윤씨부인의 무조건적 환대로 인해 최치수가 살해되는 지경에 이르는 것은 이러한 맥락에서 해석될 수 있다. 윤씨부인이 구천(김환)에게 보였던 무조건적인 환대나 조준구에게 보였던 조건적인 환대에는 윤리가 배제되어 있다. 환대만이 강조되어 있다. 때문에 윤씨부인은 타자에 대한 환대로 자신의 정체성을 찾는 데 성공하지만 아들 최치수는 살해되는 빌미가 된다. 최참판댁의 당주는 최치수이지만 실질적인 권한 행사자는 윤씨부인이기 때문에 최치수는 윤씨부인의 여성적 정체성의 회복의 희생자가 되는 셈이다. 이는 윤씨부인이 최치수를 가족이라는 집단 속에 자신의 소유로 인식한 때문이라고 판단할 수 있다. 이렇듯 집단이 개인을 구속할 때에 환대는 윤리성을 잃어버릴 수 있다. 아래의 인용문은 유인실이 오가다 지로와의 사랑의 결실인 아이를 낳아서 버리자 조찬하가 이를 비판하고 있는 부분이다.

> 민족이라는 굴레 같은 것 벗어던져 버리고 계급이라는 그 따위 남의 일 관여치 말고…… 민족이란 도시 무엇인가. 이것에는 다분히 허식이 있다. 자애(自愛)하는 이기심도 분명히 있다. 침해하는 쪽이나 침해당하는 쪽이나. 내가 지금 무슨 소릴 하고 있는 거지? 민족이란…… 결국 필요에 의해 흩어지지 않고 모인 집단, 무리를 짓는 동물과 같이 생존을 위한 집단이 아닌가. 다만 좀 노골적으로 얘기하자면 인간은 본능을 사랑이라 하고, 외로움에서 필사적으로 도주하려는 것을 사랑이라 하고 진실이라고도 한다. 이런 불안정한 인간들을 수용한 집단은 조국이라는 말뚝을 박아놓고 한 핏줄이라는 끈으로 묶어놓고 일방통행을 한다. 조국! 핏줄! 그것은 절대적인 것인가? 항구불멸의 것으로 이탈하면 안 되는 것인가? 생존을 위한 공동체, 그것은 과연 공동체였던가? 민족을, 국가를, 그리고 소수를 위해 대부분의 인간들은 그들 밑깔개에 지나지 않았다. 내가 일본에 대하여 민족적인 분노를 느낀 것은 그것은 감정이다. 팔이 안으

로 굽는다는 그것처럼, 거의 이성은 아니다. 그러나 저 여자의 경우는 감정보다 이성이 더 강한 것 같다. 만일 동족끼리 불륜으로 사생아를 낳았다면 저 여자는 어떻게 했을까? 아마 그는 수모를 감내하면서 아이를 길렀을 것이다. 버리는 따위의 짓은 하지 않았을 거야. 남자와 여자 그리고 태어날 또 하나의 생명, 이들의 결합을 저해하는 것은 지금 민족이라는 명제다. 큰 것은 항상 작은 것을 말살하고 먹어치운다. 이 정당성, 이 논리는 끝이 없는 것일까? 끝이 없는 것이다. 끝이 없는……'

—12권 49~50쪽

민족이라는 집단은 절대적인 집단이 아니고 이해관계를 위해서 모인 집단으로 생존을 위한 이기적인 공동체에 지나지 않다. 민족이라는 공동체가 생존만을 위한 생존일 때 오히려 생존은 외부의 다른 적대관계의 민족으로 인해 위협을 받는다. 국가도 마찬가지다. 자국의 이익만을 목적으로 한다면 끊임없이 타국들과 우열을 가리는 전쟁을 치뤄야 할 것이다. 그래서 공동체는 생존을 위한 생존이 아니라 생존을 위한 윤리에로 나아가야 한다고 역설한다. 그것이 민족과 민족이 폭력을 떠나서 공생할 수 있는 방법이며 한 민족의 구성원들이 공생적으로 존재하는 방법이다. 이는 환대를 위한 환대, 집단의 '아버지'의 의도에 부합하는 환대에서 윤리적 환대로의 제안이다.

또한 가족-친족-민족 등의 집단의 권력자의 의도에 부합하는 공동체는 공생할 수 있는 공동체가 아니다. 소수를 위한 밑깔개가 없는 사회가 공생할 수 있는 공동체이다. 때문에 조찬하는 유인실이 '민족', '조국', '국가', '핏줄' 등을 강조하면서 아이를 버린 것을 비판적으로 본다. 그러한 이해관계에 얽매인 집단보다는 남, 여, 아이 등의 개인이 공생적 공동체를 꾸려갈 수 있는 주체이다. 작품에서 민족이라는 집단이 개인성, 남·여의 사랑, 생명을 능가하지만 이를 비판적으로 봄으로써 전복을 시도하고 있다. 개별성을 띤 생명이 민족보다 더 중요한 것이다. '인간의 생명과 존엄은 본질적으로 어느 누구도 침해하고 억압할 권리는 없는' 것이기 때문이다. 윤리적 판단이 개입된 새로운 환대는 생명을 중시하는 실천적 윤리로 연결된다. 이를 구현하는 인물이 유인실과 오가다 사이에서 출생하고 조찬하와 노리꼬의 손에 키워진 쇼지이다. 쇼지는 관계에서 분쟁을 야기하는 우열을 중시하기보다 생명을 중시하는 아이이기 때문에 식민지 상황에서 조선인 어머니와 일본인 아버지 사이에서 출생했더라도 '축복받은 생명'으로 묘사된다. '이 시대가 낳은 생명'은 비운의 생명이 아니라 희망의 산물로써 형상화 된다.

조찬하[20]에게 조선인 여성독립운동가 유인실이 일본인 오가다 지로[21]의 아이를 임신한 몸으로 찾아온다. 이에 조찬하는 유인실을 '녹색

---

20) 조찬하는 일본이 주는 남작의 칭호를 거부하지 않고 수용한 부모의 소극적 친일행위에 죄책감을 가지고 자신의 가문을 지우려고 하기 때문에 조선과 가문에서 소외된 인물이다. 그리고 임명희를 형인 조용하에게 뺏기자 일본인 여자 노리꼬를 아내로 맞는다. 또한 일본에 정착했지만 끊임없이 여행을 떠나는 여행자이다. 조찬하의 여행은 조선에도 일본에도 그의 자리를 찾을 수 없음을 반증하는 것이다. 그러한 조찬하가 조선에 대하여 갖는 감정은 만주의 독립운동가들이 갖는 애국심과는 차이가 있다. 일본 문화와 조선 문화의 비교로, 일본 문화에 비해서 조선 문화가 야만적이지 않음을 비판적 시선으로 읽어낸다. 자국을 떠나서 자국의 문화를 객관적으로 응시하고 일본에 거주하면서 일본의 문화를 직접적으로 감각하면서 얻은 분석이다. 조선의 남작, 친일파, 일본여성과의 결혼, 여행자 등의 수식어가 붙은 조찬하는 집단 속의 구성원으로서의 개인을 부정하는 인물이라고 볼 수 있다. 국가나 민족이라는 집단 속의 구성원으로서의 존재보다 한 여성의 남편, 여행의 취미를 가진 개인으로서의 존재 가치를 부여하는 인물이다. 때문에 우월성과 이기성에 기인한 민족주의가 아니라 객관적으로 민족을 응시하는 시선을 확보하게 된다.

의 여인'22)으로 기꺼이 맞는다. 그리고 유인실이 해산할 때까지 뒷바라지를 한다. 타인의 불행을 자신의 불행으로 감각하며 유인실에게 자신의 처지를 투사한다. 조선에서 키울 수 없어서 유인실이 일본에 와서 낳아서 버린, 존재를 지운 아이를 조찬하가 되찾아 '쇼지'라는 이름을 붙여주고 사랑으로 키운다. 그리고 일본의 전세가 기울어졌을 때 조찬하는 생부인 오가다 지로에게 쇼지의 존재를 알린다. 이에 오가다 지로는 쇼지가 자신의 아들임을 알고 벅찬 감격을 느낀다. 조선인 조찬하와 유인실, 그리고 일본인 오가다 지로와 노리꼬는 순수한 영혼과 이타적인 성향을 가진 쇼지에 의해 그들이 살 수 없지만 분명하게 연결된 희망적인 미래와 만난다.

작가가 식민지 상황과 전쟁이라는 극한의 상황에 대해 삶의 가능성을 제시하기 위해 창조한 인물이 생모인 유인실과 생부인 오가다 지로, 양부인 조찬하와 양모인 노리꼬의 아들인 쇼지인 것이다. 쇼지는 조선

---

21) 오가다 지로는 역사학도다. 일본 문화에 깊숙이 젖어 있는 것은 당연하다. 그러한 그가 코스모폴리탄이라는 것은 일본 문화에 반성적 저항이라는 의미도 있지만 일본문화의 역사적 증언의 인물이라는 의미도 있다. 또한 오가다 지로는 작품에서 일본인이지만 '개인으로 순하게 인생을 잘 살아온' 인물로 일본인 중에서도 청량한 천성을 가진 일본인임을 강조한다. 그리고 조선과 일본의 관계에서 식민지 조선은 일본에게 억압당하지만, 일본의 국가 안에서 국민의 입장인 오가다 지로는 일본국의 약자이며 하수인에 지나지 않다. 계급과 우열은 상대적인 것이어서 국가, 민족 등의 집단이 가진 모순을 통해서 개인성을 역설하고 있다.
오가다 지로(緒方次郎), 조선인과 일본인의 가교 역할을 맡은 인물.(최유찬, 『세계의 서사문학과 토지』, 서정시학, 2008, 342쪽.)
22) 유인실은 일본인인 오가다 지로의 아이를 임산한 데 대해서 절망적인 얼굴을 하고 있지만, 조찬하는 유인실의 그러한 절망적인 얼굴과 조선의 여인이 일본인의 아이를 가졌다는 것에 분노함에도 불구하고 유인실을 녹색의 여인으로 느낀다. 이는 유인실이 실제로 입은 회색에 물방울 무늬 옷과도 대조적인 것으로 긍정적 생명의 상징으로 독해가 가능한 부분이다. 또한 유인실의 '참된 삶이란 반드시 사회의 요구와 부합되는 건 아니야.'라는 생각에서 개인적인 진실(사랑)이 관습에 우선함을 알 수 있다.

인 남성과 여성, 일본인 남성과 여성의 상처 속에서 잉태되고 자란 아이로 조선과 일본의 경계를 허물고 두 국가가 타자성을 가지고 존재할 수 있는 대안적 인물이다. 그 대안은 쇼지가 녹색의 여인 유인실이 낳은 아이로 장래 희망이 산지기인 것을 들 수 있다. 산지기가 되어 굶주린 동물에게 먹이를 나눠주는 사람이 되고 싶어한다. 그래서 오가다 지로와 쇼지가 만나서 공원의 비둘기들에게 모이를 주는 데에서 희열을 느끼는 장면은 거머잡을 수 없는 미래의 희망을 보여주는 장면이기도 하다. 그리고 일본으로부터 남작의 칭호를 받으면서 친일파로 낙인찍히고 일본인 여성과 결혼한 조찬하와 일본의 잔혹하고 비열한 민족성에 저항을 느끼는 세계주의자 오가다 지로는 쇼지로 인해 방황의 시간을 청산하고 정착하게 된다. 실제로 조찬하는 소외와 번민 속에서 계속해서 혼자 여행을 떠나고 돌아오기를 반복하며 방황하고 오가다 지로는 일본-조선-만주 등지로 계속해서 방랑을 하지만 쇼지의 존재를 알고 쇼지를 키우면서 방랑과 방황을 멈추고 진지하게 삶을 받아들인다.

쇼지는 식민상황과 전쟁이라는 비극에 의해 '국가'라는 거대집단에 억압당하고 소외당하는 인간의 삶을 전부 끌어안아 인간과 동물이라는 생명의 대립, 일본과 조선이라는 국가적 대립을 허물고 새로운 삶의 가능성을 열어주는 인물의 등장이라고 할 수 있다. 이는 박경리가 전쟁과 식민의 상황에 대한 타계를 위해 제안하는 윤리적 주체를 실천에 옮기는 인물이기도 하다. 생명 자체를 존중하는 존재를 부각함으로써 반목을 지양하고 융화와 화합을 역설한다.

그러면 박경리가 구천(죄의 씨앗), 조준구(이기적 악인), 일본(적)을 환대한 이유는 무엇인가? 기존의 질서에 질문으로 도래하는 타자이기 때문이다. 이러한 질문은 윤씨부인이 가문의 타자라는 인식을 극복하고 여성으로서의 정체성을 찾아가는 길을 안내한다. 그리고 피해자 조선인들과 가해자 일본인들에게 각기 에고이즘으로 작용한 민족의식에 질문을 제기하여 민족이 지운 고유한 개인성을 가진 개인들을 일깨운다. 그래서 일본론을 치열하게 설파하고 있지만 일본에 대한 절대적 배척이 목적은 아니다. 왜냐하면 오가다 지로라는 인물을 설정하여 조선과 일본의 연결고리를 만들고 있으며, 조선의 잔다르크 유인실이 일본인인 오가다 지로의 아들을 낳는다는 설정 때문이다. 조선과 일본을 잇는 쇼지는 장래의 꿈이 산에 사는 모든 생물인 짐승과 식물을 돌보는 산지기이다. 윤씨부인이 젖 한 번 물려보지 못하고 집-밖에 버린 김환, 마찬가지로 유인실이 일본에 가서 출산하고 버리고 온 쇼지는 가문에 대한 질문과 국가나 민족에 대한 질문을 가지고 저항할 목적으로 도래할 이방인이어서 적대적인 존재이지만 질문을 통해서 새로운 세계를 열어 젖히는 인물이기도 하다.

2. 젠더적 억압의 고통과 주체의 타자 '포옹'

1) 착종된 신여성의 경계 넘기

이리가레는 남성과 대등한 주체적 지위를 얻기 위해 여성은 자신들의 다른 점을 인정받을 수 있도록 만들어야 한다고 역설한다.[23] 식민

---

23) 여성은 스스로를 가치 있는 주체로서 입증해야 하며, 어머니와 아버지의 딸로서 그들 내에서 타자를 존중하는 만큼 사회로부터 똑같이 존중받기를 요구해야 한다.(뤼

지 조선에서 여성의 지위는 피식민지 일본과 조선의 남성이라는 이중 억압 속에 위치한다. 또한 조선 사회는 가부장제의 사회로써 여성의 지위는 가부장제에 충실한 수행자 외에 아무 것도 아니다. 때문에 여성이 가시화 될 수 없고 자신의 존재를 인정받지 못하는 것은 엄연한 현실이다. 이러한 상황에서 신여성24)의 출현은 여성이 자신의 '성'을 강조하면서 존재를 드러낼 수 있었다. 그러나 근대의 제도적 교육을 받고 남녀평등사상을 가진 이들 신여성들이 사회에서 제대로 된 지위를 가지고 있었던 것은 아니다. 신문물의 세례를 받은 이들 신여성은 남성 동일자의 완상용에 그치거나 비난의 대상이 되었다. 『토지』에서 전자

스 이리가라이, 박정오 옮김, 『나, 너, 우리』, 동문선, 1996, 48쪽.)

24) 신여성이라는 용어가 주로 사용되었던 시기는 1920년대였다. 이 시기에는 여학생 자체가 희귀했으므로 교육받은 여학생이 곧 신여성으로 등치되기도 했다. 유학이나 고등교육을 받은 여학생은 전체인구의 0.58%에 불과했던 시절이었다. 1930년대가 되면 여학생이 숫자가 대폭 증가하면서 신여성이라는 용어가 거의 사라지게 되고(조은·윤택림, 「일제하 '신여성'과 가부장제 : 근대성과 여성성에 대한 식민담론의 재조명」, 『광복 50주년 기념논문집』, 173쪽 재인용.) 신여성들이 이미지로 소비되는 경향이 있었다. 30년대에 이르면 신여성과 신여성 이미지를 전유하여 근대적인 소비문화에 노출된 여성들을 '모던걸' 혹은 '현대 여성'이라고 부르게 되었다.
1920년대와 1930년대의 10년 사이에는 엄청난 사회적, 정치적, 역사적 변화가 있었다. 1919년 3·1만세 운동 이후로 일제는 조선인들의 저항에 부딪히면서 식민통치 전략을 수정하게 되었다. 일제의 문화통치와 더불어 조선인들은 외적인 강제에 의해 수동적으로 움직인 것이 아니라 적극적으로 근대적 문물을 수입했다. 근대가 상징하는 자유, 평등은 전통적인 구습으로부터 벗어날 수 있는 새로운 지평으로 간주되었다. 반면 1930년대는 20년대보다 반동적인 방향으로 나가게 되었다. 일제는 만주국과의 전쟁, 중국대륙 침략과 태평양 전쟁을 일으키면서 군국주의화 되었다. 그런 일본제국의 정책변화에 따라 식민지의 제도교육은 여성 그 자체가 아니라 황국신민화 정책과 군국주의적 모성을 강조하게 되었다. 1930년대에 이르면 자유로운 성애와 주체적인 여성의식은 퇴폐적이고 이기적이며 방종한 것으로 내몰리게 되었다. 1930년대 후반으로 치달으면서 상당수 신여성들은 군국주의적인 모성과 양처현모 이데올로기와 타협하게 되었다.(임옥희, 「신여성의 범주화를 위한 시론」, 태혜숙 외, 『한국의 식민지 근대와 여성공간』, 여이연, 2004, 82~83쪽.)

는 소극적인 신여성 임명희로 후자가 적극적인 신여성 강선혜로 대별
된다.

이는 이들 신여성들이 자기 정체성을 갖지 못했다는 의미겠는데, 사
회적으로 신여성이 그러한 위치에 있었다하더라도 작품 속에 등장하는
신여성들에게는 자신의 정체성을 찾기 위한 부단한 노력이 엿보인다.
이리가레는 여성이 주체적인 위치에 서는 방법으로 자기 스스로를 감
싸안거나 타자를 감싸안는 포용의 경제를 주장한다. 여성은 자기 스스
로를 감싸안거나 타자를 감싸안음으로써 포용하는 주체가 되는 것이다.
이때 자아가 타자를 동일자의 폭력적인 논리로 포섭하듯이 동화시키는
것이 아니라 자아가 타자에게 동화되는 것이다. 이것이 동일자 남성의
폭력적이고 착취적인 동화와 구별되는 것이면서 여성의 능력이다.

작품에 등장하는 대표적인 신여성은 임명희, 강선혜, 길여옥이다. 이
들은 각각 소극적인 성향의 신여성, 적극적인 성향의 신여성, 기독교-
선교사인 신여성이다. 사회적으로는 신여성의 위치가 불분명하고 대상
화 되었지만 작품에 나타나는 이들 신여성들은 타자와의 관계에서 자
신의 정체성을 찾아간다. 신여성의 부류를 대표하는 이들 인물들이 어
떻게 자신의 정체성을 찾아가는지 살펴보도록 하겠다.

임명희는 임역관의 딸로서 구한말 중인집안이라는 개방적 신분 덕분
에 일본 유학을 한 신여성이다. 그러나 신학문을 배웠음에도 불구하고
자신의 길을 개척하는데 소극적일 뿐 아니라 전통적 관습과 사고방식
의 구여성적 생활 태도를 가진 인물이다. 때문에 신여성과 구여성의 경
계에 선 갈등하는 인물로서 '박제된 학'의 이미지로 생명력이 미약하게
묘사된다. '무미건조'한 성격에 '고풍의 신여성'이다. 타인과의 관계에

서도 '남의 신세를 지는 데 대해서 신경질적인 만큼 부담을 느'낄 정도로 거부의 태도를 보인다. 아버지인 임역관이나 오라비인 임명빈의 존재 뒤에서 분리되지 못한 자아로 존재하며 타인에 대해서는 폐쇄적인 태도를 보이고 관계를 거부한다. 그리고 '아무 일도 할 수 없고 능력이 없다는' 이유 때문에 일상 속에서 계속되는 멀미를 느낀다.

그러나 임역관이 죽고 임명희가 결혼할 나이가 지나자, 임명빈이 신여성을 비난하는 말에 자극 받아 결혼문제에 부딪치면서 변화를 겪게 된다. 첫 시도는 유부남 이상현에게 구애하는 것이다. 소극적이며 고풍의 신여성답게 자신의 감정을 표현하는 일이라고는 없는 임명희의 느닷없는 구애는 이상현의 하숙방에 찾아가는 과감한 행동으로 나타나지만 미래에 대한 구체적인 계획 없이 충동적으로 진행된다. 거절의 예감을 가진 행동이었지만 실제로 이상현의 냉담한 반응을 보고 비를 맞으며 돌아선다. 이것이 임명희의 첫 번째 통과제의이다. 기존의 자신의 행동과는 다른 적극적인 행동(절리, 격리)이었고 타인에게 거절의 고통을 겪게 된다. 이로 인해 파경에 이르게 될 귀족 조용하와의 결혼은 임명희에게 예정된 일이었다.

명희는 내리막으로 된 굴 입구에 들어섰다. 썰렁한 냉기가 얼굴을 쳤다. 사뭇 내려갔을 때 햇볕은 완전히 차단되었고 전등이 희미하게 사방을 비춰준다. 사방은 모두 완벽한 콘크리트, 사방에서 울려오는 소리는 모두 명희 자신의 발소리였다. 발소리는 벽에 부딪쳐 멀리 갔다가 다시 벽에 부딪쳐 돌아오는 것이었다. 천국도 지옥도 아니었다. 극락은 더욱 아니었다. 다만 저승이었을 뿐이었다. 저승! 철저하지는 않았지만 기독교가 몸에 밴 명희였으나 바다 밑 굴속은 저승이라는 말 외 적절한 어휘는 없을 것 같았다. 굴을 빠져나왔을 때 세상은 햇볕에 가득 찼다기보다 눈부시게 흰, 그것도 투명한 모시베로 둘러쳐져 있다는 느낌을 받았다.

—10권 361쪽

위의 인용문은 여성의 존재를 자신의 소유물로 인식하는 조용하의 유린으로 인해 존엄성을 박탈당한 임명회가 통영 바다에 투신자살하기 전에 판데굴(바다 밑 굴)을 지나면서 죽음을 선(先)경험하는 장면이다. 통과제의적 과정이 뚜렷하게 묘사되어있다. 미성숙한 자아의 모습을 한 임명회는 자궁(바다 속, 굴 속)에 있었고, 그 자궁은 지속적인 멀미를 유발했으며 세상에 독자적으로 서는 것을 방해했다. 또한 타자와의 관계 맺기에도 폐쇄적인 모습을 보였다. 여기서 판데굴은 미성숙한 임명회가 기존의 자신의 세계와 분리되는 공간, 격리되는 공간이다. 이러한 공간은 '이승'이 아닌 죽음을 상징하는 '저승'이며 고통과 시련을 상징한다. '저승'같은 굴 속에서 나온 임명회는 폐쇄적인 모습에서 '사회와의 재융합' 시도한다. 임명회는 실제로 통영 바다에 투신함으로써 멀미를 유발하는 자궁이라는 일상에서 빠져나온 것이다. 여기에서 멀미를 유발하는 자궁은 '고풍의 신여성' 즉, 가부장제 속에 있는 교육받은 신여성의 울렁거리는 경계의 위치이다. 신교육을 받았지만 주체적으로 설 수 없다. 통과제의적 과정을 겪은 임명회에게 온 변화는 친구인 길여옥에게 풀어내는 말에 드러난다.

"여옥아, 나 미치지 않았다. 투신 자살 얘기는 사실이야. 그러나 어젯밤 바다에 뛰어든 것 이상으로 남자 하숙에 찾아갔었던 내 행위는 자살 이상이었다. 죽도록 사랑했기 때문은 아니야. 사랑했겠지. 사랑했을 거야. 그러나 죽도록은 아니었어. 죽도록 사랑했었다면 난 뭔가를 할 수 있었을 거야. 나는 아무것도 할 수 없었거든. 훈장질도 했고 결혼 생활도 했고 그러나 그것은 하고 안 하고 한계지을 수 없는 멀미였을 뿐이었지. 난 사실 말을 하면서도 지금 나를 명확하게 느낄 수 없고 앞이나 뒤가 있는 것 같지도 않아. 한 가지 확실한 것은 창조의 능력이 없다, 사랑이 없다, 사랑이 없으면 어떤 것도 창조할 수 없다, 그거야. 의식하건 안 하건 생활 그 자체는 창조여야 하지 않을까? 옛날에 내가 그 남자를 찾아 간 것은 어쩌면 나는 살아갈 가능성이 있는가 하고 한번 죽어보자 그거였을 것 같애"

　…중략…

"그렇지만 어떻게 생각하면 어젯 밤 난 목욕을 했는지 몰라. 왜 지금 그 생각이 나는고 하니, 새벽에 나를 건져준 어부의 아내가 쑤어온 미음 맛이 지금도 혀 끝에 남아 있는 것 같아. 그것은 맛이었어. 맛이란 참 상쾌하더구먼. 그리고 또 부산에서 통영까지 올 동안 날 멀미를 안 했거든. 그건 무슨 뜻인고 하니 새삼스럽게 뱃멀미를 할 필요가 없었지. 멀미는 항상 나랑 함께 있었으니까. 그랬는데 통영서 여수까지 오는 동안 멀미를 지독하게 하지 않았겠어? 또 있는 것 같다. 아까 이제부터 넌 사람이 된 거다, 그런 말을 했지? 그랬는지도 몰라. 가려야 하고 싸안아야 할 것이 없다, 그건 참 홀가분한 일일 거야. 아무 곳에나 갈 수 있고 아무하고나 얘기할 수 있고 무슨 일이든 할 수 있고, 화분이 아닌 빗자루,"

　　　　　　　　　　　　　　　　　　　　　　　　　　　－10권 369~371쪽

두 번의 투신−이상현에게 구애와 통영 바다에 투신−으로 인해 '창조적 사랑'이 없는 자신의 모습을 직시한다. 또한 무미건조한 '박제된 학'의 모습에서 "어떤 남자가 나를 구해주지 않았더라면 지금쯤 나는 물속에서 …… 고기떼가 몰려와 뜯기고 있을 거야. 여기 이리 누워 있는 나하고 물속에서 살점을 뜯기고 있을 나하고 어떻게 다른가."라는 자신에 대한 구체적인 인식을 보인다. 죽음이라는 극단적 고통의 경험은 '즐거운 마음으로, 혹은 즐거워하게끔 고통스럽게 일을 한 일이 있었나? 게으르지는 않았지만 나는 즐겁게 일한 일이 없고 고통스럽게 일한 일도 없다.'는 자각에 이르게 하는 것이다.

고통의 감각은 통과제의적 과정의 전제이기도 하지만 실제로 나의 존재 자체에 대한 자각이다. 자신의 육체로 있는 주체이다. '목욕'같은 주체의 씻음, 즉 통과제의적 과정을 거친 임명희에게 새로운 세계는 주체가 느끼는 혀의 감각으로 구체화된다. 일상의 멀미로 인해 맛의 감각이 없었던 임명희는 자신을 바다에서 건져준 가난한 촌부가 끓여주는 미음에서 입맛을 느낀다. 자신의 감각으로 존재하는 분리된 자아로서의 임명희는 미성숙한 자아의 모습을 '창조의 능력이 없다는 것은 사랑이 없다'라는 판단을 이끌어내는데, 여기에서 '사랑'은 자아와 타자의 관계에서의 소통을 말한다고 볼 수 있다. 타자와의 관계에서 '남의 신세를 지는 데 대해선 신경질적일 만큼 부담을 느꼈었던 명희가, 그 부담의 짐을 어디다가 부려놓고 온 것과도 같이' 자신을 구해준 사나이에게 '절실하게 고마울 것도 없고 원망스러움도 없이, 그러나 왠지 걸리적거리는 것이 없는 편안함을 느'낀다. 뿐 아니라 이제 자신과 타자의 거리를 지우고 '아무하고나 얘기할 수 있'는 데까지 발전한다. 임명희의 사랑에 대한 희구는 관계에 대한 진정한 소통의 장애가 되는 자신의 무미건조함으로 좌절되었었다.

앞에서 살펴본 인물, 임명희는 죽음의 과정을 선체험(先體驗)함으로써 타자와의 관계에 변화를 보인다. 임명희가 죽음을 선체험하고 처음 만나는 사람은 타자성을 가진 타자들이다. 아이도 없는 가난한 불임의 부부이다. 그들은 따뜻한 미음과 국물로 재탄생한 몸을 녹여준다. 주체가 타자와 인간적인 관계를 맺는 부분이다. 이러한 과정을 거친 후에 임명희는 올케인 덕희와의 갈등으로 괴로워하는 양현을 위해 손수 수제비를 끓여준다. 타자와의 관계를 여는 것이다. 뿐 아니라 자신을 도와주고자 했던 시동생 조찬하에게 이기적으로 대했던 것을 진심으로 사과한다. 또한 자기 재산의 큰 액수를 지리산의 젊은이들을 먹이는 데 헌납한다. 그리고 실질적으로 유치원을 경영하면서 친정식구들을 먹여 살린다. 결국 임명희가 말한 '창조적 사랑이 없음'을 '타자와의 관계 맺기'로 풀어낸다.

이리가레는 남근 지배구조에 주어진 여성의 역할을 벗어나는 방법으로 여성의 포옹 경제, 즉 자기 자신을 보듬어안기를 제안한다. 여성은 타자가 되고 타자와 합쳐지는 과정을 통해 끊임없이 스스로를 감쌀 수 있다. 자기-포옹을 할 수 있기 위해서는 타자에 동화될 수 있는 준비가 되어 있어야 한다. 이리가레는 자기-포옹을 통해 여성에게 자신의 성이 "생긴다"고 주장한다.25) 임명희는 전통적인 여성인 구여성의 관습과 신여성의 학습으로 착종 속에서 갈등을 겪는 인물이다. 이러한 갈등은 무기력과 멀미로 형상화 되는데 타자를 만나고 타자와 소통하며 타자를 감싸안음으로써 자신을 찾아간다.

---

25) 신경원, 앞의 책, 353쪽.
　　이리가레가 말하는 여성의 정체성은 주체화이다. 임명희의 여성의 주체성 획득은 이상현 집 방문, 이상현과 관계 회구, 양현과의 모녀관계 선망 등으로 가능하다고 할 수 있다.(신경원, 위의 책, 189쪽.)

2) 감내를 통한 자기 구원

여성이 타자를 감싸안음으로써 자신의 주체를 세우기도 하지만 자기 자신을 감싸안아서 자신의 주체를 세우기도 한다. 선교사로 등장하는 길여옥[26]이 이에 해당한다. 기독교 계몽주의 신여성들은 현모양처를 중심으로 한 가족공간을 강조함으로써 기독교 계몽주의는 한편으로는 근대적인 제도교육과 협상하고 다른 한편으로는 전통적인 가부장제가 주장하는 가족주의와 절묘하게 결합했다. 식민지 상황 아래서 제도교육은 가족에 바탕한 현모양처나 제국주의적 모성, 아니면 민족적 모성으로 연결되었기 때문이었다.[27] 그러나 길여옥은 기독교 계몽주의적 신여성의 부류에 속하지만 그들과 상반되게 모성을 강조하는 인물이 아니라 '여성'을 강조하는 인물이다. 이것이 다른 기독교 계몽주의 신여성과 대비되는 길여옥의 선진성이다.

---

26) 신여성 사이에서도 여성주의적 성의식, 계급, 제도교육과 언어와 종교 중에서 어디에 강조점을 두는가에 따라서 신여성을 급진적 자유주의 신여성, 마르크스주의 신여성, 기독교 계몽주의 신여성으로 범주화할 수 있다. 기독교 계몽주의자들(기독교 정신에 바탕하여 교육계몽을 했던 신여성)은 자유주의 신여성들이 근대의 아이콘으로 소비되고 전시되면서 처벌받았던 것과는 달리 이들은 교육계몽과 기독교 윤리로 무장한 결과 한 시대를 대체로 잘 버텨냈던 여성 선각자들에 속한다.
애국계몽기 동안 기독교와 인본주의가 결합하면서 기독교화가 곧 근대화이자 문명개화라는 믿음이 부상했다. 남녀평등, 계급타파, 구습타파, 노동의 중시와 자조자립정신 등을 강조한 기독교가 봉건적인 세계관을 대체할 수 있을 것으로 개화기 지식인들은 이해했다. 노동을 경시했던 양반신분제와는 달리 노동을 신성시하며 자주적으로 자기 삶을 영위해나가는 것을 강조함으로써 기독교 문화는 서구 자본주의적인 근대적 주체를 생산할 수 있는 신교육 보급에 앞장섰다. 이처럼 봉건질서를 대신할 수 있는 새로운 윤리로 포장한 채 들어온 것이 기독교였다. 기독교 우파 민족 계몽주의자들은 지주계층이거나 중인출신으로 일찍 개화했던 계층이었다. 이들은 민족주의를 앞세움으로서 자신들의 물적 토대를 허물어내지 않고서도 기독교의 이타적 사랑과 쉽게 타협할 수 있었다.(임옥희, 앞의 글, 84~101쪽.)
27) 임옥희, 위의 글, 102쪽.

길여옥은 중인 계급의 아버지를 둔 덕분으로 신교육의 혜택을 받은 여성이다. 아버지는 기독교 신자로서 같은 교인인 오선권을 자신의 딸 여옥과 결혼시키고 오선권을 일본 유학시켜준다. 그러나 오선권은 일본 유학 중에 재산이 많은 여자를 만나 외도한다. 여옥은 오선권의 외도로 인한 이혼으로 마음에 상처를 받았다. 그것은 인간에 대한 믿음을 배신하는 행위였기 때문에 여옥은 쉽게 극복할 수 없었다.

> "명희 너도, 통영 바닷가에서 몇 년을 뻗친 것은 분노를 삭이기 위한 것이라 생각지 않니? 물론 각각 그 분노의 대상이나 성질은 다르겠지만 말이야. 하여간 나는 그때 오선권을 용서할 수 없었다. 아니 그 악을 용서할 수 없었어. 처음에는 오선권이 망할 것을 원했지. 그가 가진 그 불의의 것을 다 잃을 것을 원했어. 결코 성공하지 못하리라. 그러나 나는 그 미움의 감정에서 놓여나려고 했다. 안 되더구나. 그때는 내 의사하고는 상관 없이 그 미움이 제 마음대로 찾아와서 내 영혼을 파먹는 거야. 그러고 나면 나는 기진하여 꼭 죽을 것만 같았다. 내 마음의 감정이 치열하게 탈 때, 그건 정말 이상한 환상이었어. 내가 치열한 만큼 치밀해지는 그 순간 상대가 온전치 못하리라는 생각이 드는 거야. …중략…"
>
> ─15권 426∼427쪽

여옥은 자신에게 상처를 준 오선권을 저주하면서 자신의 영혼이 피폐해감을 경험했다. 그렇더라도 여옥은 오선권이 준 상처에서 일어나지 못했다. 이를 극복하기 위해서 선교사가 되어 시골의 오지를 떠돌았지만 역부족이었다. 몸이 힘들게 쏘다녀도 그것은 자신이 어떻게 넘어볼 수 없는 고통의 산이었는데 의외로 문제는 간단한 곳에서 풀린다.

오선권의 친구인 최상길이 답을 들고 있었다. 최상길이 여옥에게 보내는 인간적인 정애로 인해 여옥은 오선권의 상처에서 자신도 모르게 벗어난다. 여옥은 일본의 기독교인 검거령에 체포되어 지독한 감옥생활을 체험한다. 갖은 고문과 폭행으로 말미암아 초주검이 된 상태에서 최상길의 도움으로 출옥하게 된다. 최상길은 여옥을 단순히 같은 기독교인으로서 선배의 누이로서 친절을 베풀다가 그녀의 수형생활을 뒷바라지하면서 그녀에게 의리 이상의 책임감을 느끼게 된다. 이러한 최상길의 희생적 행동으로 인해 길여옥은 인간에 대한 믿음을 회복하게 된 것이다.

> "그건…… 그건 최상길 씨의 양심이지요. 기독교인으로서……"
> "과연 그것만일까?"
> "그것 이상으로 내가 생각한다면 그것은 내 교만이다."
> 여옥이 성난 사람같이 말했다.
> '여옥아, 너 정말 괜찮은 여자구나. 조금도 들떠 있지 않구, 뭔가 넌 확고해.'
>
> —15권 94쪽

> "길여옥이란 여자에 대한 감정 말입니다. 처음 만났을 때 그는 선배의 누이였고 친구의 아내였습니다. 전도사로 여수에 나타났을 때도 선배의 누이이며 한때 친구의 아내였다는 사실 때문에 도와주어야 한다는 생각을 했을 뿐입니다. 그리고 상대가 편안했고 거리낄 것도 없었고요. 파렴치한 친구에 대한 분개도 한몫 했을 겁니다."
> "흠."
> "형무소에 들어갔을 적에도 같은 교인으로 순교하는 그에 대한 존경

심, 그리고 내 자신의 양심 때문에 그를 도왔습니다. 좀 이상하게 들릴지 모르지만 그에게 애정을 느낀 것은 형무소에서 그를 업고 나온 그 순간이었습니다. 평생 동안 그같이 이상한 감정을 느껴보기는 처음이었습니다. 사람의 형상도 아니고 새털같이 가벼운 죽어가는 여자, 내 자신도 이해할 수 없었습니다. 마음 밑바닥에 피눈물이 고이는 것 같고, 이 죽어가는 여자를 위해 내 뭣인들 못하리, 그때 난생 처음 강렬한 애정을 느꼈습니다."

―15권 127쪽

그러나 여옥이 최상길로 인해 인간에 대한 믿음을 회복했다고 해서, 최상길에게 여옥의 구원이 있는 것은 아니었다. 최상길도 결혼에 두 번 실패해서 결혼을 주저하기도 했지만 이제 여옥에게는 결혼이 중요한 것이 아니기 때문이다. 여옥에게 상처에서 벗어나게 하는 방법은 배신과 대척점에 있는 믿음의 회복이었지만 자신을 자신으로 서게 하는 것은 그것이 아니었다. 여옥이 산골에서 불구자 외아들을 데리고 살아가는 가난한 노파를 떠올리면서 "그 분은 자신의 불행까지 사랑한다고 할까, 천지만물 모든 것을 사랑하고 감사하며 소중히 여기는 것 같았어요. 나도 저와 같이 시간을 가득하게 살아보고 싶다 그런 생각 여러 번 했"다고 한다. 여옥의 구원은 여기에 있다. 여옥에게는 타인인 남성과 결혼하는 것이 구원이 아니라 자신의 몸과 마음을 온전히 자신의 것으로 하여 사는 삶이 자기 구원에 이르는 삶인 것이다.

여옥 스스로 오선권이 인간의 믿음을 배신했기 때문에 그를 증오했고, 저주하다보니 자신이 피폐해졌다고 했지만 실상 여옥은 오선권을 향한 인간적 믿음에 대한 절망 때문에 그 고통에서 벗어날 수 없었던

게 아니다. 여옥은 오선권 이외의 다른 사람들과의 유대관계가 나쁘지 않았다. 아버지의 남다른 사랑으로 여성이지만 신교육을 받았고 우정을 나누는 자매같은 임명희가 옆에 있으며 아픈 몸을 간호하는 올케와 가족들이 그녀를 지원한다. 오선권만이 여옥에게 치명적인 상처를 준 셈인데, 그 상처의 본질적인 것은 인간에 대한 믿음이기보다 길여옥이라는 '여성'에 대한 거부이며 배신인 것이다. 때문에 최상길의 사랑, 즉 이성적 사랑과 인정으로 여옥은 자신의 여성적 정체성을 찾을 수 있다. 여옥의 이 같은 의식은 자신을 나무토막으로 비유한 부분[28]에서 드러난다. 기독교 신여성으로서 자신의 투박한 외형과 덜 상처 받기 위해서 여성의 모습이 아니라 무생물처럼 성차이를 지우고 무덤덤하게 살아온 모습에 대한 길여옥의 자각이 드러나는 부분이기 때문이다. 오선권과의 이혼 후에 여성으로서의 자신의 모습을 잃은 여옥이 최상길의 도움으로 여성으로서의 자신의 정체성을 찾는 것이다.

3) 역설(逆說)을 통한 적대자 포용

작품에서 적극적인 신여성으로 등장하는 강선혜는 1920년대 급진적 자유주의 신여성을 표방하는 인물이다. 시대의 유행은 뭐든지 몸에 걸친 그녀는 동경 시내를 활보하듯 조선의 명동을 활보한다. 마포에서 도선업(渡船業)으로 거부가 된 강서방의 외동딸로서 아버지의 재력과 신분에서 구애를 받지 않고 자유롭게 행동한다. 남편을 내소박하고 동경 유학한 유식으로 뭇 남성들을 날카롭게 공박한다. 1920년대 신여성이 여

---

28) 이리가레에게 성 차이에 대한 무관심이나 간과는 동일성과 일체성을 주장하는 남성 중심의 논리를 그대로 답습하는 것이다.(신경원, 앞의 책, 363쪽.)

성성을 드러내면서 남녀평등을 주장했다면 1930년대에는 제국주의적 침략과 전쟁으로 말미암아 여성성은 억압당하고 모성을 강조했다. 이때 신여성들은 여성성에서 모성으로 자신의 정체성을 이동시킨다.[29] 그러나 강선혜는 모성이 강조된 인물이 아니다. 오히려 모성을 강조하는 사회적 억압 체계에 자신의 육성을 역설적인 방법으로 표현한다.

작품에서 강선혜는 소극적인 신여성 임명희와 대조적으로 자신의 여성성과 당당함으로 점철된 인물로 묘사된다. 그러나 자신의 행동과 언사로 남성 동일자들에게 비난의 시선을 받으면서 외로운 감정을 느끼

---

29) 근대교육은 자율적인 주체의 탄생을 목표로 한다. 그러나 근대적 성이데올로기에 영향받은 여성들이 성적 자율권을 주장하게 되면, 민족주의자들은 강상이 무너지는 것이라고 비난했다. 식민지 근대에 들어와서 여성들에게도 교육이 허용되었지만 그것은 여성 자신을 위한 것이라기보다 자녀교육의 일차적인 담당자로서의 여성, 즉 현모를 위한 것이었다. 1920년대에 부상했던 신여성들의 여권 주장은 십 년이 지난 1930년대에 이르면 사회적 반동으로 인해 오히려 퇴행현상을 보이게 되는데, 그것은 1930년대의 역사적 상황과 무관하지 않았다. 만주사변과 2차세계대전을 향해 치달으면서 군국주의화된 일제와 조선의 좌우파 남성들 모두에게 여성의 자기주장은 달갑잖은 것이 되어버렸기 때문이었다.

전통적인 유교적 가부장제의 초조와 불안이 가장 잘 투사된 공간이 여성의 몸이자 섹슈얼리티였다. 모든 것을 양보해도 여성의 성적 자유만은 용납하지 못했던 사회에서 신여성들은 사회의 압력과 역사적 무게를 뚫고 나가지 못했다. 그 결과 그들은 죽거나 미치거나 함으로써 자신의 저항을 아이러니컬하게 드러냈다. 광기와 자살 자체가 아이러니컬한 상황에 대한 여성적 저항의 한 방식이었던 것이다.

이들 여성이 미치거나 죽지 않고 가부장제와 협상하는 한 방식에 모성이 있다. 1930년에 이르게 되면 여성보다 모성이 강조되고 모성 중에서도 자녀를 교육하는 모성 쪽으로 여성담론은 기울어지게 된다. 하지만 모성이 곧 여성 중심을 의미하는 것은 아니다. '교육하는 어머니'로서의 모성이란, 효부의 역할이 어머니의 역할로 전화한 것에 지나지 않는다. 따라서 모성술을 획득한 현모양처로서의 소임을 다해야 여성은 여성으로서 정체성을 인정받는다. 식민지 근대 공간은 모성에 앞서 여권을 주장했던 여성들을 결국 히스테리로 내몰거나 아니면 자살을 권유했던 시대였다. 그렇지 않고 식민지적 가부장적 사회에서 여성이 살아갈 수 있는 제도적 장치는 모성이었다. (이은경, 「광기/자살/능욕의 모성공간」, 태혜숙 외, 『한국의 식민지 근대와 여성공간』, 여이연, 2004, 110~129쪽.)

게 되어 재혼을 생각한다. 신여성들은 원조를 받거나 재력이 뒷받침 되어 동경 유학은 하지만 조선에 귀국하여 이렇다 할 직업을 가질 수 있는 것은 아니다. 여성의 직업이 의사, 교사 등으로 한정되어 있기도 하고 여성의 경제활동이 그다지 강조되지 않았기 때문이다. 신교육을 받았다 하더라도 스스로 경제력이 갖춰져 있지 않으면 타인의 경제적 지원을 받아야 하기 때문에 진정한 의미에서의 자유와 남녀평등은 이루어 질 수 없다. 강선혜의 경우는 아버지가 재력가이기 때문에 피곤한 직장생활은 애초에 관심도 없었으며, 신교육은 실질적 활용에 방점이 있는 것이 아니라 허영의 일환이었다고 보아도 무리가 아니다. 그래서 강선혜는 화려한 외모로 주위의 시선을 끌고 허영(물적, 지적)심 때문에 주위의 비난을 받는, 허영덩어리 신여성의 아이콘이 된다. 젊었을 때는 그러한 주위의 시선을 즐기고 비난을 비판으로 맞받아치면서 나름대로 대처할 수 있었지만 나이가 들어감에 따라 지치자 탈출구로써 재혼을 생각한 것이다. 때문에 강선혜는 실질적으로 적극적인 신여성이라기보다 신여성의 부정적인 모습을 보여주는 인물이다.

그래서 극단 산호주를 운영하는 권오송을 만나 권오송이 발행하는 잡지 『청조』(靑鳥)의 후원자가 되겠다고 한다. 권오송은 강선혜가 거칠고 드센 것 같지만 순박한 성정인 것을 알고 자신의 아이들이 계모 밑에서 구박은 받지 않을 것이라는 판단으로 강선혜와 재혼한다. 강선혜는 1920년대 급진적 자유주의를 표방하는 신여성이 어떻게 전락하는가를 보여주는 인물이기도 하다. 신여성 자체를 허영의 산물로 판단한 사회의 편견을 구현하는 인물로서, 강선혜를 통해 신여성의 남녀평등 구호 자체도 허영이며 허상으로 전락함을 상징한다. 그것의 근거가 강선혜의 재혼인 것이다. 혼자서 당당하게 독립적으로 살지 못하고 나이가 들자, 다시 제도권으로 편입되기 위해 안달하기 때문이다.

강선혜는 남성 문단 권력으로부터 조롱과 우롱을 당하면서도 자신의 문화적 욕구를 충족하기 위해 잡지에 글을 싣고 권오송의 극단 산호주에 물적 지원을 하면서 당당한 신여성을 연기하는 인물이다. 그러나 강선혜는 남성들의 질타와 증오 속에서 외로운 인물이기도 하다. 마포 강서방의 딸, 자본가의 딸, 일본에 유학하여 고등 교육을 받은 신여성, 내소박을 한 이혼녀 등이 강선혜의 수식어이다. 이렇게 적극적인 신여성을 대표하는 강선혜는 적극적인 행동으로 인해 그만큼의 고통을 받으면서 자신의 위치를 지키려고 했다. 하지만 오래 견디지 못하고 권오송에게 구혼함으로써 권오송과의 열렬한 사랑으로 결혼을 하는 것이 아니라 권오송이 필요로하는 '아이들의 어머니'의 자리로 들어간다. 그러나 강선혜가 신여성의 부정성, 허구성의 상징에서 벗어나는 시점이 아이러니 하게도 여기이다. 모성의 필요에 의한 결혼은 권오성의 입장이고 강선혜는 결혼 후에 전적으로 모성으로 이동하는 것은 아니기 때문이다. 1930년대의 모성성의 강조는 자녀 교육과 직결되는 것으로 교육하는 어머니로서 여성의 자리를 부여 받지만 강선혜는 자식 교육에 열을 올리거나 관심을 보이지 않는다. 자신이 낳지 않은 전처 소생의 아이들이나 자신이 낳은 아이 그리고 권오송과의 안전한 가정 꾸미기에 중점을 둘 뿐이다. 그리고 강선혜는 이 역할을 잘 해낸다. 권오송의 전처 소생의 아이들과 자신의 아이를 무탈하게 키워내기 때문이다. 이는 강선혜가 사회가 부여한 어머니로서의 여성의 자리보다 타자를 끌어안는 여성의 모습을 택한 것이라고 판단할 수 있다. 이는 권오송을 대하는 방식과 적대자인 배설자를 대하는 방식에서도 확연하게 드러난다.

앞에서도 언급했지만 강선혜는 드세기는 하지만 순박한 편이다. 때문에 마치 흑구렁이 같은 배설자[30])에게 이용당하고 괴롭힘을 당한다. 그래서 처음에는 적대자로 대했으나 차츰 적대의식 자체를 죄의식으로 생각하고 배설자가 살해되자 그를 감싼다. 배설자는 죄의식이 없는 섹슈얼리즘을 표현하는 인물이다. 악인이지만 죄의식이 없다는 점에서 인격적 불구자라고 할 수 있다. 강선혜가 배설자를 적대자로 대하지 않고 포용하려고 하는 것은 강선혜의 '신경쇠약'에서 시작한다. 타자인 배설자의 죽음으로 인해 강선혜는 고통을 느끼기 시작한 것이다. 강선혜는 배설자가 잔인한 방법으로 살해되자 자신이 배설자를 죽였다는 죄책감에 시달린다. 배설자가 독립운동가의 딸이면서 가난한 무용수임을 자처하고 강선혜에게 다가왔을 때 강선혜는 독립운동가의 딸인 점

---

30) 검은색은 상당히 광범위하게 부정적으로 나타나고 공포를 불러일으킨다. 기본적으로 검은색은 밤을 나타내는 색이다. 밤에는 적들이 사람들을 놀라게 할 수 있고, 유령이나 이름도 형체도 없는 존재가 느닷없이 공격할 수 있다. 우주 진화론적으로 검은색은 혼돈을 뜻하고, 개체 발생적으로 검은색은 죽음과 무덤, 양면성을 가진 내면을 나타낸다. 얼굴의 창백함이 죽음이나 악에 연관―중세에 나오는 이교도나 악마들은 주로 창백한 얼굴을 갖는다―되기도 하지만, 검은색은 유럽, 아프리카, 티베트, 시베리아 등 여러 곳에서 악을 의미한다. 종종 일몰 때 나타나는 어둠 때문에 검은색은 서쪽 방향과 연관되기도 한다. 존재론적으로 검은색은 빈존재, 즉 진공을 뜻하고, 육체적으로는 눈먼 상태를 암시하며, 심리학적으로는 꿈에 나타나는 무서운 부분이나 무의식을 의미한다. 검은색은 정서적인 우울, 지적인 우둔함, 종교적인 절망, 도덕적인 죄의식과 관련되어 있다.
악마는 붉은색이다. 악마의 붉은색이 지하세계의 삼킬 듯 이글거리는 불에서 나온 붉은색에서 유래한 것일 수도 있다. 또 다른 경우에 악마는 검은색을 띤다. 악마가 나타내는 검은색은 죽음, 절멸, 밤이 공포를 상징하는 어둠과의 연관성에서 유래한 것일 수도 있다. 어둠의 원리가 도상학적으로는 검은색으로 변형될 수도 있지만, 악마는 죽음과 태양 없는 지하세계와의 연관성 때문에 창백하게도 나타날 수 있다.(제프리 버튼 러셀, 『THE DEVIL : 고대로부터 원시 기독교까지 악의 인격화』, 르네상스, 2006, 320~321쪽.)

과 열악한 환경 속에서 재능을 발휘할 수 없음을 안타까워하여 배설자를 돕는다. 그러나 배설자는 강선혜의 도움을 받으면서도 강선혜의 남편 권오송을 유혹한다. 유혹에 실패하자 보복으로 권오송을 끊임없이 감금하려고 음모와 술수로 괴롭힌다.

권오송이 투옥 되자 강선혜는 권오송이 자신을 잘못 만난 탓이라며 자학하고 배설자를 비난하고 증오한다. 권오송에 대한 신변의 안전 문제에 이르러서 강선혜는 처음으로 타자에 대한 죄책감으로 인해 타자에게로 나아가게 된다. 그리고 배설자가 살해당하면서 강선혜의 태도는 급격하게 바뀐다. 타자를 증오한 자신에 대한 자기 처벌이라고 할 수 있다. 또한 강선혜 자신이 배설자에게 당한 것이지 직접적으로 배설자에게 고통을 준 적이 없음에도 불구하고 자신이 배설자의 원한의 대상이라며 자신에게 화살을 돌린다. 이러한 심경의 변화는 강선혜가 처음 배설자라는 타자에 대해서 연민의 마음을 갖고 관계를 맺은 것과 같은 선상에서 이해할 수 있다.

> "누가 죽여주지 않나 생각도 했지. 나도 그년을 죽일 수 있다면 생각한 적도 있었어. 하지만 허무할 뿐이야. 사람은 무엇을 위해 사는가 우울하다. 돈 때문인가 원한 때문인가. 어째서 배설자는 우리에게 그렇게도 원한이 깊었는가 싶은 생각도 들구."
>
> ―15권 406쪽

조선은 근대적 국가의 형태를 갖기도 전에 식민지 상황에 놓임으로써 국가의 형태가 없이 일제에 저항적인 정서를 공유한 민족의 공동체에 지니지 않았다. 이는 여성과 남성의 경계를 허물고 식민지 조선인이라는 공통항 속에 여성은 매몰되는 결과를 초래했다. 지식인 여성들은 남성과 함께 민족주의적 정체성을 가지고 있음으로 해서 동일자의 세계에 속했다. 동일성의 세계에서 타자로 치부되었던 여성들은 조선인 남성들과 함께 애국과 일본에 저항이라는 공통된 목표를 가짐으로써 남성과 동등한 인격체로서의 자기 정체성을 부여받았다고 할 수 있다. 그러나 이러한 정체성은 여성의 여성성은 간과된 것이었다. 이는 남성과 여성의 차이를 지운다. 이에 교육 받은 신여성은 자신의 성적 정체성을 찾기 위해 부단한 노력을 보였다. 신여성과 구여성의 경계에 선 모습으로 타자를 감싸안으면서 자신의 분열된 정체성을 극복하거나, 여성성 자체의 좌절을 타자와의 관계를 통해 스스로 감싸안을 수 있게 되거나, 허영의 신여성이라는 비난의 시선 속에서 적대적인 타자마저도 끌어안으면서 주체를 형성하는 모습으로 자신의 정체성을 찾아간다.

3. 동일성의 환원적 고통과 주체의 타자 극복

1) 통과제의적 의식과 고통을 통한 분리

인간은 통과제의적(通過祭儀的) 의식을 통해서 성숙한 하나의 개체로 성장한다. 통과제의[31]는 기존의 질서와 결별하고 고통을 겪음으로써—

---

31) 통과제의는 소년으로서의 주인공이 입사식을 겪은 주인공으로 다시 성인으로서의 주인공이 되어 가는 과정. 신화적 인물이 치루어 가는 모험의 표준적인 경과는 절리(絶離)와 입사와 귀환이라는 통과제의 속에 표현된 정식 과장된 표현인 것이다. '절리'와 '시련과 입사식' 및 귀환과 '사회와의 재융합' 등 통과제의에 대응되는 신화를 Campbell은 '단군신화'라고 하였다. 통과제의는 개인의 생의 위기 혹은 전환점에서 이루어지는 개인적인 제의이다. (김열규, 『한국민속과 문학연구』, 일조각, 1975년,

실제로 죽음을 상징하는 피를 흘리거나, 몸의 일부를 훼손시키는 육체적 고통이나 격리 등의 시련—새로운 세계로 진입하는 것이다. 시련과 고통을 통해서 미성숙한 자아에서 성숙한 자아로 성장한다. 이러한 통과제의적 방식은 레비나스가 '사람이 고통 없이 진정한 사람이 될 수 없음'을 역설하면서 '고통은 주체성의 핵심'[32)이라고 본 것과 맥이 닿는다. 이는 고통을 통해서 자기 자신을 책임지는 주체로 정립되는 것이며 '홀로 있음'으로 분리되어 자유를 구가할 수 있는 존재가 되는 것을 말한다. 『토지』에 등장인물 중에 육체적·정신적으로 가장 고통 받는 인물들은 동일자의 세계에서 배제된 불구자이거나 기준치에 미달된 자들이다. 이들은 동일자의 폭력에 저항하기보다 은둔하며 몸을 더욱 낮추고 살아간다. 그러나 그들과 관계된 타자로 인해 더한 육체적·정신적 고통을 받으면서 자신에 대한 책임과 타자에 대한 책임을 인지하게 되어 진정한 자기 극복에 도달한다. 즉, 억압과 차별의 고통을 통하여 자신의 정체성을 확립하고 자기 극복에 이르는 것이다. 이에 해당하는 인물이 꼽추 조병수, 산에서는 명포수지만 '산밑에 내려오기만 하면 등

7~11쪽.) '이니시에이션(initiation)'이란 말은 원래 인류학의 개념으로 '시작하다'의 뜻이다. 생의 성장 단계에서의 통과 제의(通過祭儀)의 문턱에 비로소 들어선다는 뜻이다. 이니시에이션의 통과의 과정에는 으레 시련과 고통이 수반된다. 말하자면 아이들은 크기 위해서 때로 앓게 되는 것이다. 앓음은 하나의 성장점이다. 우리의 고통의 관습은 신랑을 달아 매는 것, 과거에 급제한 신래자(新來者)에게 고통을 주는 것으로 존재했던 것이다. (이재선, 『한국문학 주제론』, 서강대학교출판부, 1989년, 372쪽.)

32) 레비나스의 철학은 고통을 느끼는 분리된 주체도 중요하지만 타자의 고통을 책임지는 윤리적 주체가 핵심이다. 그래서 주체를 '상처받을 가능성'으로, '외상에 열려 있음'으로, '타자에 대한 노출'로 타자에 대한 '대리자'로, 타자를 위한 '볼모'로 서술하는 자리에서 레비나스는 그러한 주체의 모습을 고통받는 사람으로 그리고 있다. 진정한 의미의 주체는 타인에 대해 열려 있고 타인을 위해 고통받을 수 있다는 것을 뜻한다.(강영안, 앞의 책, 211쪽.)

신이 되는' 강포수, 조실부모하여 영양부족으로 크다 만 김한복, 난쟁이 막딸이다.

레비나스는 나의 나 됨, 즉 나의 '자기성'의 성립 없이 윤리적 관계는 가능하지 않다고 본다. '관계'란 개념 자체가 벌써 어느 하나로 환원될 수 없는 두 항의 '분리'를 전제한다.[33] 분리는 자연스럽게 얻어지기보다 상처나 이별, 죽음과 같은 시련과 고통을 자아가 인지할 때 가능한 것으로, 이를 통해 개인은 성품이 달라지기도 하고 성장하기도 하며 타인에 대한 시선도 달라지게 된다. 선천적·후천적 요소로 인하여 보편적인 외향을 갖지 못한 등장인물들은 은둔 형태의 삶을 산다. 이러한 삶은 자아가 주체로서 삶을 영위하는 게 아니라 동일성의 세계에서 소외된 형태의 삶이다. 소외된 이들 인물들이 어떤 고통과 시련을 통해서 자기성을 찾고, 타자와의 관계를 어떻게 정립하는지 살펴보도록 하겠다.

조병수는 이성에 대한 사랑의 인식으로 인해 타자와의 관계에서 소통을 희구하며, 좌절의 고통을 겪고 주체로서 새로운 자아를 모색한다. 그러나 조병수는 천형(꼽추)과 아버지 조준구의 죄로 인한 죄책감으로 좌절한다. 조병수는 신체 불구자이긴 하지만 '감각이 예민하'여 '직감은 정확했고 본능적으로 상대의 특질을 파악'하며 '도덕률에 의한 가치를, 인간 행위의 존엄성을 헤아리는 의지를 지각'한 '진토 속에 묻힌 옥'이다.[34] 하지만 '서울서 열두 살까지 불구자식을 수치로 아는 홍씨

---

33) 강영안, 앞의 책, 24쪽.
34) 박경리의 조병수 천성에 대한 긍정적인 묘사는 병신치고 성질 바른 사람 없다는 등장인물들의 육성과 대치되는 부분이다. 이는 박경리가 바라보는 신체불구자에 대한 의식이 깔려있는 것이다. "신체의 어느 부위가 잘못됐다 해서 조금도 이상할 것 없

에 의해 세상 구경을 못하고 어둠침침한 골방에서 자'랐고 평사리로 '온 지도 어언 4년이 지났지만 자라지 않은 채 열다섯이 되었다'. 이러한 조병수의 눈에 들어온 최서희는 불쌍하고 어여쁜 누이이면서 사랑에 눈 뜨게 하는 대상이다. 그러나 최서희에게 조병수는 '이방인'[35]이며 '괴물'[36]이고, 재산을 가로챈 '악인'이다.

최서희는 어머니인 별당아씨가 시어머니 윤씨부인의 도움으로 구천[37]과 불륜적 도피를 감행, 아버지인 최치수가 김평산에게 교살 당함, 할머니인 윤씨부인이 전염병 때문에 죽음으로 고아가 된다. 이에 어린 최서희 재산을, 보호의 명목으로 이기적인 조준구가 가로챘다. 조준구의 이기적인 모습은 자신의 몸을 각별히 아끼는 데서도 드러난다. 남자인데도 유난스럽고 꼼꼼한 세수를 한다든가, 재산이 없었을 때는 모르

어요. 생각하는 사람으로 아무런 차이가 없으니까요."(박경리,『꿈꾸는 자가 창조한다』, 나남, 1994, 193쪽.)

35) 그 옛날 '외지인' 개념에서 현대 '에어리언 침략자'에 이르기까지, '이방인'의 형상은 자주 인간으로 하여금 그러한 타자들을 뛰어넘거나 그에 대항해 스스로의 정체성을 확립할 수 있도록 해주는 극한의 경험으로 작동했다. (리처드 커니, 이지영 옮김,『이방인, 신, 괴물 : 타자성 개념에 대한 도전적 고찰』, 개마고원, 2004. 12쪽.) 최서희에게 조병수는 '외지인'이면서 '침략자'의 얼굴을 한 이방인이다.

36) '괴물'은 억제할 수 없는 잉여의 한계경험을 가리킴으로써 에고가 결코 모든 것의 지배자가 되지 못한다는 사실을 상기시킨다. 우리의 지향점이 천상이라면, 우리의 기원은 이 지상이라는 사실을 괴물은 보여준다. 그들은 합리적으로 생각되고 말해질 수 있는 것들의 한계에서 출몰한다. 그들은 부자연스럽고 경계를 위반하면서 음란하고 모순적인 동시에 이질적이고 광기에 사로잡혀 있는 어떤 것이다. 괴물들은 우리를 뜬눈으로 밤을 지새우게 만들고 대낮에도 신경을 날카롭게 세우게 한다. 그들은 여전히 위협하는 것이다.(리처드 커니, 위의 책, 13~14쪽.) 때문에 최서희는 조준구내외가 조병수와 혼인시킨다는 말을 하자 까무러친다. 최서희는 조준구의 재산 강탈보다 조병수와의 혼인 문제를 가장 저주한다.

37) 구천은 동학 장수 김개주가 절에 불공을 드리러 온 윤씨부인을 겁탈하여 출생한 인물이다. 동학 장수이면서 중인인 김개주가 효수 당하자 자신을 외면한 어머니인 양반 윤씨부인에게 정신적 고통을 주기 위해서 최참판댁에 들어온다. 본명은 김환이다.

되 재산이 생긴 후에는 '몸을 아끼는 그 나름대로의 지각 때문'에 종의 몸을 범하는 법도 없다. 그러나 조준구의 아들 조병수는 이기적인 조준구와는 대별되는 인물이다. 조준구가 최서희의 재산을 가로챈 것에 죄책감을 느낀다. 그렇더라도 서희에게 꼽추 조병수는 흉악한 괴물 이상도 이하도 아니다.

폐쇄된 서울의 '골방'에서 떠나와 개방된 평사리에서 '열다섯' 살의 조병수는 사랑에 눈을 뜨지만 자신의 이러한 처지(신체적 불구, 재산을 가로챈 죄인)로 인해 사랑은 좌절된다. 강탈한 최서희의 재산으로 먹고 사는 자신에 대해서 치욕을 느낀다. 그래서 걸인으로 떠돌다가 평사리 강에 투신자살한다.

괴물은 조준구의 아들 병수였다. 수염은 기를 대로 내버려두었든지 듬그렇게 뜬 눈만 사람임을 나타낼 뿐 흡사 들짐승 같았다.

"천벌을 받아도 안 될 것이요잉. 워찌 이 불쌍한 양반이 대신 받는다 말시?"

영산댁은 앞서가면서 콧물을 닦는다. 주막 안방에 병수를 내려놓고 강쇠는 넋이 빠진 듯 병수를 내려다본다. 그의 뇌리 속에는 환의 얼굴이 지나가고 있었다.

…중략…

국물을 받아먹는 병수 눈에서 눈물이 뚝뚝 떨어진다.

"죄는 죄진 사램이 받는 법이여. 뭣 땀시로 이 고생을 사서 한단가?"

존댓말이 되었다가 하댓말도 되고, 옛날 같으면 어림도 없는 일이지만 그러나 영산댁이 병수를 업수이여겨 그런 것은 절대로 아니다. 오히려 측은하고 불쌍하여 거두어주고 싶은 심정에서 친밀감을 나타냈을 뿐이다.

"그런께로 어디 벵이 나서 이 지경 된 기이 아니고 굶었거마는. 굶은 데다가 치버서 쓰러진 모앵이구마. 조금만 더 오픈 인가가 있는데."

…중략…

"내, 내가 못난 놈이오!"

"워쩔 수 없제요. 잘났어도 별수없을 것이요. 몸이 성하다면 모리가 뭣을 워찌 할 것이요? 아무도 이 동네에선 서방님 나가라 헐 사람은 없일 거고 서방님 나쁘다고 욕허는 사람도 없당께로. 부모 잘못 만난 죄밖에 더 있어라우?"

흐느껴 운다. 병수는 어린것처럼 흐느껴 운다.

"무서워서 죽을 수 없었소. 백번 천번 죽으려 했었지만 그래도 죽어지질 않더군요."

…중략…

"주, 죽을 수가 없어서…… 여까지 왜 왔는지 모르겠어! 와서 생각하니…… 강물에 빠졌는데 이 못난 놈이 기어나오질 않았겠소? 으흐훗훗……"

흐느껴 울더니 종내는 통곡이다. 여느 사람의 반밖에 안 되는 몸뚱이, 그나마 가죽과 뼈만 붙은 듯 여윈 몸뚱이는 멍들고 껍데기가 벗겨지고, 죽으려고 얼마나 처절하게 싸웠을까. 명이란 질기고도 긴 것. 영산댁은 행주치마를 걷어 콧물을 닦는다.

"조준구 그 사람이 서방님 반 몫이만 어질어도 이 지경은 안 됐을 것인디, 사람 하나 나쁜 탓으로 만 사램이 고생 아니겠소? 죽는 것도 독하고 모질어야 서방님겉이 유순허면 죽는 것도 관대로는 안 되는 것이요. 암말 마시시오. 푹 한잠 자고 난 뒤, 방은 따숩은께."

―7권 96~98쪽

조병수의 자살시도는 불쌍한 서희의 입에 밥을 넣어주지는 못할망정

서희의 밥을 뺏어 먹는 자기모멸 때문이다. 그러한 심적 고통으로 인해 실제로 자살을 시도한다. 최참판댁을 나와 밥을 굶으면서 걸인 행세를 하며 배외하고 자신의 목숨을 끊으려고 한다. 심적 고통에서 육체적 고통으로 자신을 벌하며, 육체적 고통을 통해서 외부 환경의 위험에 노출되어있는 상처받을 가능성을 가진 몸을 인식한다. 육체적 고통을 느끼는 수동적인 몸에 대한 인식은 타자에 대한 수용 불가능성의 열림을 가능하게 한다. 사랑에 대한 인지와 좌절, 그리고 죄책감으로 인해 자기 유지와 거주를 포기하는 자살을 시도함으로써 고통을 통해 자기중심주의와 완전한 결별을 선언한다. 신체적인 고통으로 인해 스스로 살기 위해서 기어나온 조병수는 통과제의적 과정을 겪음으로써 신체의 수동성을 인지하고, 세계에서 분리된 주체로 서는 동시에 타자의 고통에 대한 인식을 넘어 공감하는 데까지 이르게 된다.

'어머니 홍씨의 악쓰는 목청을 들으면 전신이 오르라들 듯 무섭고 괴로'운 조병수는 '어머니에 대한 두려움과 혐오감이 깊이 박혀있'다. 낯선 손님에게 받은 은전을 잃어버려서 어머니에게 '몇 번인가 쥐어박'히고 '빰을 두 차롄가 맞'은 조병수는 '언젠가 삼월에게 모진 사매질을 가했던 어머니의 무서운 형상(形相)'을 목격했기 때문에 삼월의 '피멍이 든 얼굴'을 보면서 '자기 등에 짊어진 혹과 비슷하다'는 생각을 한다. 그리고 '나한테 그만큼 은전이 있다면 삼월이한테 주'어 도망칠 수 있을 거라고 생각한다. 자신이 실제로 겪은 육체적 고통을 통해서 타자의 고통에 대한 인식을 보이는 조병수는, 삼월에게 느끼는 감정은 자기와의 동일화였지만 '자살 시도'라는 극한의 고통을 겪은 후에는 보다 본질적으로 타자의 고통을 직시할 수 있게 된다. 이는 자신이 육체적인 고통을 경험함으로써 자신이 어떻게 할 수 없는 '수용 불가능성'에 대한 인지로 가능한 것이다.

레비나스는 '수용 불가능성 가운데 타자성의 열림이 가능'하다고 말한다. 그래서 "한탄, 외침, 신음, 한숨이 있는 곳에 타자로부터의 도움에 대한 요청, 곧 그의 타자성이, 그의 외재성의 구원을 약속하는 타자로부터의 도움에 대한 근원적인 요청이 있다"고 말한다.[38] 또한 타인의 배고픔에 대한 반응을 통해 향유의 주체는 책임의 주체로 전환된다. 이처럼 타인을 선대(善待)함은 나의 구체적인 비움을 수반한다. 나의 집과 나의 소유, 나의 지식을 타인을 섬기는 수단으로 사용하라는 것이 타인의 얼굴이 나에게 호소하는 윤리적 요구이다. 궁핍 가운데 있는 이웃을 그저 공감이나 연민으로, 나의 소유를 내어놓지 않고 빈손으로 대하는 것은 공허하다.[39] 그래서 조병수가 홍씨에게 폭행을 당한 삼월을 보면서 느끼는 연민은 '불쌍하다'는 감정을 떠나 실질적인 도피를 감행할 수 있는 '은전을 주고 싶다'로 구체화된다. 하지만 통과제의적 분리를 경험하기 전에는 '생각'에 머문 것이었다.

통과제의적 과정을 거친 조병수는 주체로서 설 수 있는 '직업(노동-소목일)'을 가지고 자신의 '집'을 소유한다. 또한 자신이 소목일을 가르

---

38) 레비나스는 고통은 '무의 불가능성'과 '수용 불가능성'이라는 이중적 얼굴이 있음을 지적한다. 이는 고통은 한편으로는 극도의 수동성, 무력, 포기, 그리고 극도의 고독의 상황이다. 고통은 '자신에 매여 있음' '자신의 존재로부터의 분리 불가능성' '존재의 면제 불가능성 자체' '도피의 불가능성' 그리고 이러한 의미에서 '무의 불가능성'이다. 그러나 다른 한편으로 고통은 수용할 수 없는 것, 통합 불가능한 것, 이해 불가능한 것이다. 그것은 내가 아닌 것, 낯선 것과의 접촉이며 절대적 외재성, 절대적 타자성의 존재를 예고해주는 순간이다. 고통은 어떤 수단을 통해서도 나에게로 환원되지 않는 것이다.(강영안, 앞의 책, 225쪽.)

39) 강영안, 위의 책, 191쪽.

친 김휘에게 소목장 기술뿐 아니라 소목일을 하면서 가계(家計)를 운영할 수 있도록 가게를 내준다. 조병수의 이같은 행동은 레비나스가 말하는 전환으로 가능한 것이다. 박해받은 고통 속에서 살아남은 자가 박해받는 사람들에 대해 관심과 책임으로 향하는 것, 다른 사람의 고통을 돌아보고 타자의 고통에 대해 자신의 책임을 감수하는 사람[40] 말이다.

조병수와 마찬가지로 이성에 대한 사랑의 인식으로 인해 타자와의 관계에서 소통을 희구하는 인물은 강포수이다. 강포수는 명포수로 이름이 났지만 사람들이 모여 사는 마을로 내려오면 '등신'이 되는 사람이다. 산에서 잡은 짐승을 장에 내다파는 과정에도 김평산의 꾀에 넘어가 뜯기는 불출이다. 애초에는 산에 버려진 아이로 남의 손에 성장했고 몇 번 여자를 데려와 살았으나 친밀한 관계를 맺은 것이 아니어서 여자들은 그네들의 이익만 채우면 훌쩍 떠나가고 말았다. 이렇듯 강포수는 타인과의 관계에서 소외된 채 산에서 생활하다가 김평산의 권유로 평사리에 내려온다. 자신의 터전에서의 이동을 통한 분리이다.

강포수는 최치수의 지리산 사냥의 총 선생(총을 쓰는 기술)으로 최참판댁에 기거한다. 강포수에게 마을에서의 생활, 그것도 겹겹이 문으로 둘러쳐진 최참판댁에서의 생활은 감옥 그 자체이다. 그러나 평사리 최참판댁에서의 생활은 강포수에게 자기성을 경험하는 계기가 된다. 산짐승과 차이가 없는 산 속에서의 생활은 자유 그 자체였다고 하지만 나와 자연이 분리되지 않은 자연으로서의 삶이었다면, 최참판댁의 생활은 문과 벽으로 가로막힌 공간에서 너와 내가 분리된 삶이다. 이곳에서 안면이 있는 귀녀를 만난다. 분리가 낯설고 갑갑함으로 인지되던 강포

---

40) 김연숙, 앞의 책, 226쪽.

수는 귀녀와 자주 부딪침으로써 타자와의 진정한 소통을 회구하는 자기 내부의 변화에 당황한다. 이것이 강포수의 시련의 시작이다. 귀녀는 최치수에게 추파를 던지고 있는 와중이었으며 대단히 교만한 여자여서 강포수는 여간해서 그녀에게 접근할 수 없다. 때문에 최치수의 충직한 총 선생이 되어주고 그 대가로 최치수에게 귀녀를 달라고 한다. 그러나 최치수에게 대답을 듣기도 전에 강포수가 산돼지에게 선불을 맞히는 바람에 성난 산돼지가 수동을 향해 돌격해서 수동이 다리를 다치는 사건이 발생한다. 이 일로 강포수는 최참판댁에서 나오게 된다. 최참판댁에서 나오는 강포수는 이전의 그 등신이 아니다. 귀녀를 짝사랑함으로써 타인과의 진정한 소통의 회구와 그에 대한 좌절과 시련, 최치수에게 충직했음에도 불구하고 한 번의 실수로 내쳐짐에 대한 원한과 양반 계급에 대한 울분 등으로 인해 고통 받는 사회문화적 인식을 갖게 된 개인이다. 강포수와 조병수는 사랑에 눈 뜸으로써 익명의 세계에서 벗어나 분리된 개인이 된 것이다.

조병수와 강포수가 타인에 대한 사랑의 좌절로 인해 고통과 시련을 겪는다면, 김한복과 막딸이는 부모가 물려준 달갑지 않은 심리적인 유산으로 고통과 시련을 겪는다. 김한복은 아버지 김평산이 최치수를 살해함으로써 살인자의 자식이 되어 타자들로부터 물리적·심리적인 박해와 천대를 받는다. 막딸이는 어머니인 막딸네의 천박한 행실과 아비 없음으로 인해서 타자들로부터 심리적인 천대를 받는다. 때문에 이들은 작은 몸(막딸이는 난쟁이이고, 김한복은 영양부족으로 크다 말았다)을 좀 더 낮추어서 타자의 시선에 잡히지 않도록 애쓴다. 그러나 김한복과 막딸이는 숨어버리거나 도피하지 않는다. 몸을 낮추되 숨어버리거나 도피하지 않음으로써 자신의 자리에서 시련과 고통을 감수하고 자신의 자리를 지킨다. 살인자의 자식, 행실 좋잖은 어미의 난쟁이 딸이지만 부모와 다른 행실로써 삶을 인내하는 모습을 통해 그들의 부모와 변별되는 자신을 역설한다. 이것이 김한복과 막딸이의 고통을 통한 분리이다.

2) 대속적 책임과 윤리적 주체의 형상화

자아가 기존의 질서와 격리(분리), 결별로 인하여 시련과 고통을 겪고 새로운 세계로 진입하는 통과제의적 과정에서 실질적인 고통을 통해서 스스로 존재하는 분리된 주체가 됨을 앞에서 살펴보았다. '집'과 '노동'을 소유한 향유자로서의 주체는 고통의 경험을 통해 '수용 불가능성'의 타자성에 열려있다. 육체적인 고통은 자신이 느끼는 것임에도 불구하고 스스로 어쩔 수 없는 불가항력이다. 이러한 아픔을 겪음으로써 '육체적인 고통'과 '내가 아닌 비대칭적 타자'에 대해 인식하게 되는 것이다.

앞에서 살펴 본 인물, 조병수는 통과제의적 과정을 겪음으로써 타자와의 관계에 변화를 보인다. 조병수가 죽음을 선체험하고 처음 만나는 사람은 타자성을 가진 타자들이다. 사팔뜨기 강쇠, 말이 어눌한 짝쇠, 과부 영산댁이 그들이다. 그들은 따뜻한 국물로 재탄생한 몸을 녹여준다. 주체가 타자와 인간적인 관계를 맺는 부분이다. 조병수는 타자와의 소통에 그치지 않고 타자를 대속하여 윤리적 주체로 자신의 정체성을 찾는다. 그런데 조병수의 대속에까지 이르는 윤리적 행위는 악행을 저지르고 죽음의 순간까지 악행을 일삼는 조준구로부터 비롯된다.

대속[41]은 나의 존재가 '특별'하고 '존귀'하여 나의 의지로 타자의 고통을 짊어지는 능동적 책임이 아니라 수동적으로 주어진 책임이다. 또한 내가 타인의 책임을 대신하는 것은 심지어 그의 잘못에 이르기까지 범위가 확대(속죄까지 포함)된다. 그러므로 레비나스가 말하는 '대속'은 주체가 타자와 '자리 바꿔 세움받음'의 수동적인 형태로 타자의 책임 또는 죄책까지 내가 대신 짊어지고 고통받음으로써 타자의 죄를 대신 속죄받는다는 뜻이다. 타인에 대한 나의 책임은 그러므로 '대속적 책임'이다.42) 그러나 이러한 대속적 책임은 누구에게 떠넘길 수 있는 것이 아니다.

책임에 있어 나는 다른 것으로 대체할 수 없는 것으로 지정된다. 타자에 의해, 타자를 위해 그러나 소외 없이, 즉 영감을 받는 것. 마음인 영감. 그러나 자신의 살 속에 있음 같이, 자신의 살 속에 타자를 가짐(avoir-l'autre-dans-sa-peau)과 같은 육화로서 이같이 소외 없는 동일자 속의 타자성을 의미할 수 있는 마음43)이다. 타인이 나에게 일깨워준 책임은 나를 움직이고, 살아 있게 만들며, 나를 고귀한 영적 존재로 만든다. '타인에 의한'이 지닌 이런 차원을 레비나스는 '내 안에 있는 타자' '동일자 안의 타자' 또는 '내재 속의 초월'이라 부른다. 내 안에 들어온 타자는 내 안에서 타자를 위해 짐을 짊어질 수 있도록 나를 키워낸

---

41) 대속은 타자에 의한 책임적 존재로 지정받은 내가 타자를 '위한' 책임적 존재로 세워지는 모습이다. '대속'은 자유로운 주체의 능동적, 자발적 행동이 아니라 "타인을 대신해서, 타인의 자리에 내가 세움받는 일"이다. 나의 위치가 수동적이란 것은 내가 먼저 그렇게 세움받고 그 뒤, 그것을 나의 책임으로 개인적으로 수용하는 행위가 뒤따른다.(강영안, 앞의 책, 186쪽.)

42) 주체의 대리적 책임에 대해서, '나 자신le soi'에 대해서 레비나스는 '속죄expiation'란 말을 붙인다. 나는 타인의 잘못을 마치 나의 잘못처럼 짊어진다.(강영안, 위의 책, 187쪽.)

43) 레비나스, 김연숙·박한표 옮김, 『존재와 다르게-본질의 저편』, 인간사랑, 2010, 217쪽.

다.[44] 나의 대속적 책임이 무겁더라도 누군가에게 전가할 수 없지만 나는 대속적 책임을 수행함으로써 '고귀한 영적 존재'가 된다.

이는 유일성(unicité)을 의미하는 것으로 '선택받음'이다. 나는 특별한 사람으로, 특별한 위치에 세움받았다. 나는 기억하기 이전에, 타인을 위한 인질로, 타인에 대한 대리자로, 타인에 대해 책임을 짊어진 자로 선택받았다. 내가 선택받았다는 사실은 나의 대속이 다른 어떤 타인이 대행할 수 없는 일임을 말해준다.[45] 그것은 유일하고 고유한 윤리적 주체가 됨을 의미한다.

『토지』에는 타자의 고통을 짊어지는 인물이 많이 등장한다. 그러나 타인의 잘못에 대한 죄책까지 대신 짊어지고 고통받음으로써 타자의 죄를 대신 속죄받는 인물은 많지 않다. 대표적인 인물은 조병수와 김한복이다. 두 사람은 죄인인 아버지를 두었다는 공통점이 있다. 또한 이들의 대속적 책임은 누군가 대신해 줄 수 있는 성질의 것이 아니다. '살인'이라는 극악한 죄를 저지른 선대-조준구와 김평산은 자신의 죄에 대한 용서를 구하지 않는다. 때문에 후대인 아들 세대가 고스란히 죄책을 짊어지고 고통받으면서 속죄받기에 이른다. 이로 인해서 조병수와 김한복은 타인이 짊지어준 고통을 감내했기 때문에 '고귀한' 존재, '영웅'으로 추앙받는다. 하지만 조병수와 김한복이 대속적 책임을 지는 방식은 차이가 있다.

조준구, 홍씨와 같은 악인은 조병수의 출현 배경이다. 그러한 악인이 있음으로 조병수는 불구의 몸이지만 선택받은 특별한 사람이 되는 것

---

44) 강영안, 앞의 책, 185~186쪽.
45) 강영안, 위의 책, 187쪽.

이다. 조준구와 홍씨는 허영심이 많고 타인의 재산을 갈취하고도 죄책감이 없는 인물이다. 조준구는 김평산에게 최치수를 교살하게끔 사주하고 홍씨는 삼월이의 살이 찢기게 매질을 한다. 타자에게 고통을 가하는 것에 일말의 주저도 없다. 부모의 악행을 다 목격하고 죄책감에 시달리는 것은 조병수의 몫이다. 타자인 부모를 속죄할 수 있는 유일성을 가진 '선택받은' 존재이다. 이로 인해 조병수는 천형(꼽추)을 받은 존재인 괴물에서 고유하고 숭고한 존재로 초월할 수 있게 된다. 최서희가 자기중심적인 자아에서 변모하여 책임을 느끼는 존재라면 조병수는 대속적 책임을 수행, 즉 윤리적 주체의 완성을 보이는 인물이다.

평사리에서 조준구와 홍씨의 죄에 대한 자기모멸과 사랑의 좌절로 인해 투신자살을 감행했던 조병수는 고통을 맛보고 다시 새로운 삶을 살기위해 기어나왔다. 이후 소목장이 일을 배워서(노동) 통영에 자신의 집을 마련한다. 고통을 통한 분리된 주체로 온전하게 선다. 이러한 조병수에게 늙고 병든 조준구가 여생을 의탁하기 위해 찾아온다. 도덕적 우월성을 상실한 비참한 수전노의 모습을 한 조준구의 방문은 조병수에게 타자의 현현이다. 얼굴은 우리에게 다른 사물처럼 주어지는 현상이 아니라 오직 스스로 자기 자신으로부터 현현할 뿐이다.[46] 조병수에게 도움을 요청하는 힘 없는 타자의 얼굴이다. 이에 조병수는 조준구를 돌본다. 조준구는 아들에게도 조금의 죄책감을 나타내는 일 없이 난폭하고 잔혹하게 조병수를 들볶는다. 하지만 조병수는 죽음에 임박해서도 악행을 멈추지 않는 조준구를 끝까지 책임진다. 또한 조병수는 지리산의 젊은이들을 위해 소지감이 있는 절에 식량을 져 나른다.

---

46) 강영안, 앞의 책, 179쪽.

김한복은 아버지 김평산이 살인 죄인으로 처형되고 어머니 함안댁이 자살한 후 함안의 외가에 가서 살게 된다. 그러나 곧잘 평사리에 나타난다. 어린 아이가 걸어서 함안에서 평사리까지 오면서 비 맞고 '풀모기떼의 습격을 받아 얼굴이 딸바가지가 되'어 길거리에서 잠을 자면서도 고단한 길을 마다하지 않고 온다. 그렇게 어렵게 찾아온 평사리에서는 따뜻한 두만네의 손길도 있지만 살인죄인의 자식이라고 비난하는 손가락과 눈이 더 많다. 봉기는 노골적으로 비난하며 또래아이들도 죄인의 자식이라고 돌을 던진다. 살이 물리고 터지면서 찾아온 고향에서 이웃들에게 또 찢기게 돌팔매를 당한다. 하지만 이에 굴하지 않고 한복은 평사리에서 삶의 터전을 일구고 산다.

그러나 김한복과 같은 부모를 둔 김거복(김두수)은 김한복과 다르다. 평사리의 사내들(이용, 김영팔, 서금돌, 윤보, 정한조)의 도움으로 함안댁의 시신을 산에 안치하고 윤보가 거복에게 어머니 기일을 명심하라는 말에 울분이 복받쳐서 소나무 옹이에 머리를 찧어 피를 본다. 또한 김두수로 개명을 하고 만주에서 금녀를 납치하려다 금녀가 쏘는 총에 맞아서 병원에 입원을 하면서 외로움을 느낀다. 그러나 이러한 이니시에이션으로 인해 김거복(김두수)은 더 나은 주체로 성장하여 타자와의 화해를 도모하거나 타자를 수용하는 것이 아니라 타자를 울분의 대상, 증오47)의 대상으로 치부한다. 김거복(김두수)의 증오가 비뚤어진 증오라면 최치수

---

47) 증오는 타인을 제거하는 방식 중의 하나다. 증오는 살인의 동기가 될 수 있고 살인보다 더 잔인하고 악할 수 있다. 왜냐하면 증오는 타인을 부정하면서 또한 완전히는 부정하지 않는다는 역설적인 형식을 띠고 있기 때문이다. 증오는 타인을 고통스럽게 만들면서, 다른 한편으로는 그 고통 가운데서도 타인을 계속 행동하도록 내버려둔다. 고통받는 타인의 모습을 통해 증오는 그것이 겨냥하는 목적을 달성한다. 왜냐하면 증오가 겨냥하는 것은 바로 타인의 고통이기 때문이다.(강영안, 앞의 책, 171쪽.)

의 증오는 어머니인 윤씨부인에 대한 단죄적 증오라는 차이가 있긴 하지만 최치수가 윤씨부인에게 가하는 잔혹함과 김거복(김두수)의 경우는 맥이 통한다. 그래서 이들은 살해되거나 죄를 쌓는다.

　김두수(김거복)가 살인 죄인 아버지의 죄를 인정하지 않고 오히려 타자들을 증오하는 인물이라면 김한복의 경우는 아버지 김평산의 죄(살인)에 대해 대속적 책임을 수행하는 인물이다. 또한 한복은 밀정인 형 김두수(김거복)의 죄와 아버지인 김평산의 죄를 상쇄하기 위해서 만주에 군자금을 나르는 위험한 일에 동참한다. 이는 능동적 참여이기보다 송관수의 권고에 의한 것이지만 이로 인해 평사리에서 자존감을 회복한다. 평사리의 이웃과 진정한 화해를 한다. 김평산이 준 심리적 유산을 청산하고 김두수가 준 오명도 씻으며 자기 존립을 굳히는 것이다.

　　아무튼 마을에서 김영호는 영웅이 되었다. 한복은 영웅의 부친이 된 것이다. 음지같이 빛 잃은 무반의 후예로서 그나마 영락하여 시정잡배와 다를 바 없었던 김위관댁, 중인 출신의 조모와 살인 죄인의 조부, 동네 머슴이던 부친과 거렁뱅이였던 모친, 그런 가계의 김영호가 지금 희망의 대상으로 부상된 것이다.
　　…중략…
　　"샐인 죄인의 자손, 쪽박차고 문전 문전을 빌어묵어 댕기는 비렁뱅이 아들이 상급 핵교가 웬 말고. 세상 참 많이 변했네."
　　봉기노인이야 들내놓고 빈정거렸으며 욕설도 서슴지 않았으나 마을 사람들이라고 질시와 혐오, 모멸감이 없었다 할 수는 없다.
　　…중략…
　　어릴 적에 같이 자란 영호 또래의 소년들도 마찬가지였다. 따돌리고 업수이여기던 어릴 적의 태도를 조금도 바꾸려 하지 않았다.

"영호 니 꼬부랑 말 배운다믄? 어디 한분 해봐라. 쇠바닥이 돌돌 말리는가 구겡이나 하자."

거침 없는 야유, 유식한 데 대한 경의는 터럭만큼도 없었다. 한복의 부자가, 또 안사람 모녀가 아무리 성실하고 겸손하게 처신하여도 결코 회복할 수 없었던 인간으로서의 존엄성, 마을의 일원으로서 동등한 권리, 이제 그 존엄성을 찾았고 동등한 권리를 얻은 것이다. 진정한 뜻에서 한복이 일가는 마을 사람들과 화해한 것이다. 아니, 오히려 긴 세월 핍박한 몫까지 합쳐서 사람들은 한복의 일가를 인정하려고 서둘며 과장하기까지 하는 것이다.

−10권 63~64쪽

그러나 김한복의 어머니인 함안댁의 존엄성은 유교전통을 고수함으로써 가능한 것이어서 한복의 경우와 차이가 있다. 함안댁은 중인 집안의 출신으로 양반인 김평산과 혼인하였다. 함안댁 쪽에서 보면 신분 상승이다. 그러나 양반이라는 신분 외에 생활은 상민들의 삶보다 더 곤궁하다. 김평산은 양반이라는 지위를 내걸고 가계 경영에 참여하지 않으며 노름과 술로 허송세월하는 위인이기 때문에 집안의 살림은 함안댁의 손으로 꾸려간다. 뿐 아니라 함안댁에게 폭력까지 휘두르며 자신보다 신분이 낮음을 드러내놓고 비난하고 함안댁의 교양을 비웃는다. 그러나 함안댁은 이러한 김평산의 태도에도 불구하고 자신의 의지를 관철하는 의지적 인물이다. 함안댁은 자신의 육체가 고된 노동으로 마모되어 급기야 뇌졸을 앓게 된다.

함안댁은 오늘 밤도 집에 돌아가면 새벽닭이 울 때까지 베를 짤 것이다. 길쌈 품을 드는 그의 신세는 여간한 기적이 없고서는 면하기 어려우리라. 칠성이는 개다리 출신이라 했으나 영락한 양반인 김평산은 함안댁의 남편이었고 지금은 시정잡배 못지않게 타락된 인간이었다. 낡아빠진 옷을 깨끗하게 손질하여 방안의 어느 누구보다 단정한 모습의 함안댁은, 김평산이 낙혼(落婚)한 중인 계급 출신인데 무서운 가난과 남편의 포악을 견디어내는 끈질긴 힘은 아마도 양반이라는 그 권위를 떠받들고 견디어야 하는, 거기서 생겨난 힘이 아니었던지.

—1권 76쪽

김평산은 양반의 행실을 하지 않아도 함안댁은 오히려 더 철저하게 양반의 행실을 한다. 아들 거복과 한복에게 공부시키고 예의범절을 가르치며 남편이 폭언과 폭력을 휘둘러도 묵묵히 인내한다. 상민들의 품삯을 들더라도 자신의 위치를 잊지 않으며, 상민들에게 덕담과 민담 등을 들려주며 그들과 위치가 변별됨을 시사한다. 뿐 아니라 상민들이 동정을 베풀 때에는 저항을 표시한다. 이러한 함안댁의 의식은 철저한 것이어서 상민들과 상종할 때 은연중에 그들을 하시(下視)하는 언사를 뱉기도 한다. 이는 평사리에서 나이로 보나 후덕함으로 보나 마을아낙의 중심이 되는 두만네와 함안댁의 대화에서 분명하게 드러난다. 두만네가 먼 친척되는 간난할멈이 죽어서 애도해야 하는데 딸 선이를 시집보내려고 차비를 하는 것이 예의에 어긋나지 않느냐는 말에 함안댁은 "뭐 범절 차리는 집도 아니겠고 형편대로 하는 거지" 하고 말한다. 그리고 두만네가 함안댁의 뇌점을 걱정하여 약첩이라도 권하자 일언지하에 거절한다. "명은 하늘에 달린 거구, 지아비 섬기는 지어미의 도리를 잊어 쓰겄나. 아무리 병이 들었기로소니 행세하는 집안의 여자가 제 먹을 약 제 손으로 지오는 법은 없느니라" 하며 노여워 한다. 함안댁은 주변의 상민들이 비웃어도 그 권위의식 속에서 한 치도 나오지 않는다. 그러나 그것은 자신을 보호하기 위한 보호막이 아니다. 위선적인 행동이 아니라 자위에서 나타나는 행동이다.

> 평산의 허풍을 믿어주는 사람도 그 혼자였다. 술집을 큰집 드나들 듯이 하면서 닳아진 엽전 한닢 내어주는 남편은 아니었지만 서울 양반과 어울려다니는 그것만으로도 고마워서 함안댁은 더욱 뼛골이 빠지게 길쌈을 하고 들일을 하고, 삯바느질을 하고, 그러는 한편 남편에게는 땀내나지 않은 입성을, 때묻지 않은 버선을 하며 마음을 썼다.
> '씨가 있는데 장사를 하시겠나 들일을 하시겠나, 이 난세에 벼슬인들 수울할까. 하기는 요즘 세상에는 벼슬도 수만금을 주고 사서 한다는데.'
> 고달픈 마음에서 자기 위안을 위해 하는 말은 아니었다. 그는 진정 이야기책에서 읽은 현부인을 본받으려 했고 부덕(婦德)을 닦는 자신에게 자랑스러움을 느끼었고 세상이 어지러우면 똑똑한 사람도 제 남편같이 허랑방탕하게 살 수밖에 없다고 믿는 것이었다.
> '용이 구름을 못 만나면 등천을 못하는 법이지. 그분도 한이 왜 없겠나. 그러니 노상 울분에 차서 술을 마시고 손장난도 하시고, 왕손도 세상을 잘못 만나면 나무꾼이 된다는데.'
>
> —1권 335~336쪽

함안댁의 신분에 대한 믿음은 절대적인 것이어서 김평산이 아무리 그릇된 행동을 하더라도 양반의 신분임에는 변함이 없는 것이다. 함안댁은 김평산의 부에 대한 욕망을 인정한다.[48] 또한 김평산의 그릇된

---

48) 타자의 타자성을 소멸시키면서까지 동일성으로 흡수하는 것은 자기애[auto-affection]에 불과하다. 이리가레는 타자의 존재와 타자의 욕망을 인정하지 않을 경우, 타자만 죽는 것이 아니라 그 주체도 함께 사라지게 됨을 강조한다. 그는 타자의 욕망을 인

행동으로 마을 사람들이 그를 양반으로 취급하지 않는다하더라도 함안댁에게 그것은 하등의 중요한 문제가 아니다. 그만큼 그에게 신분은 절대적인 것이다.

신분을 절대화 하는 함안댁에게 치명적인 사건이 발생한다. 신분을 일거에 끌어내릴 수 있는 역적질에 버금가는, 살인사건이다. 김평산이 최치수 살인사건으로 관가에 끌려가자마자 함안댁은 자살을 한다. 남편의 죄를 자신의 죄로 끌어안은 것이다. 때문에 남편의 죄를 탕감하고자 하는 희생적인 책임이기도 한데 이는 함안댁이 신분을 고수할 수 있는 마지막 방법이라고 독해할 수 있다. 목숨을 내놓으면서까지 함안댁은 자신의 신분을 지켜내려 한 것이다. 함안댁이 자신에게 고통을 주는 박해자인 남편을 끝까지 끌어안음으로써 운명을 같이한 셈이다. 함안댁의 신분이 김평산의 신분보다 낮더라도 함안댁의 그의 자존이 절대 흔들림 없이 김평산과 동등의 지위를 누린 것으로도 볼 수 있다. 그러나 함안댁은 타자를 받아들인 것이 아니라 자기 충족감에 고취되어 있는 것이다. 때문에 그것이 깨어졌을 때 삶을 유지할 수 없어 자살하게 된 것으로 판단하는 것이 더 적합하다. 이에 반해 한복은 자신의 신분과 자기 충족적인 자아가 타자를 만나고 타자의 죄까지도 속죄함으로써 진정한 구원과 자기 정체성을 찾는다.

조병수와 김한복은 죄인 부모를 둔 탓에 타자의 차가운 눈과 손가락질을 받아야 했으며 이로 인해 육체적인 고통도 고통이지만 외로움이라는 고통도 감수해야 했다. 하지만 이들이 스스로 죄 짓지 않기 위해서 노력하고 선대의 죄에 대해 속죄 받음으로써 분리된 주체에서 윤리

정하며 타자를 욕망하는 욕망의 상호역동성을 주장한다.(신경원, 앞의 책, 357쪽.)

적인 주체로 이행한다. 이로 인해 이들은 '고유'하고 '존엄'한 주체로 자리잡는다.

조병수와 김한복이 타자의 죄를 대신 짊어짐으로써 대속하여 고유하고 존엄한 존재가 된 것에 반해 강포수는 대속에 성공하지 못했다. 살인을 사주한 귀녀가 죽지 않았기 때문이다. 귀녀가 살인을 사주한 죄로 옥에 갇혔다는 소식을 듣고 강포수는 귀녀를 찾아가 귀녀의 옥살이 뒷바라지를 한다. 물론 귀녀가 강포수를 환영한 것은 아니다. '여자로서 용모나 자신이 있는' 도도하고 교만한 귀녀는 등신인 강포수를 좋아하지 않았다. 다만 최치수, 김평산, 칠성은 자신에게 관심을 보이지 않는 반면 강포수는 끊임없는 구애를 해 오기 때문에 한가닥의 위안이었을 뿐이었다. 그리고 귀녀가 최치수를 살해까지 하게 된 경위는 최치수의 재력과 권력보다 그에게 여자로서 거역을 당한 것에 대한 보복심이었다. 도도하고 겉으로 드러나는 외형에 가치를 둔 귀녀는 강포수가 반갑지 않지만 임산부이기 때문에 누군가의 도움이 필요한 처지이다.

그리 발광을 하다가도 금세 설기떡이 먹고 싶다는 둥 파전을 좀 먹었으면 좋겠다는 둥 제 마음 내키는 대로 지껄이는 것이었다. 강포수는 그러면 또 부리나케 청하는 것을 마련해 갔다. 그러나 여전히 귀녀는 샛트 집을 잡고 욕설을 퍼붓는 것이다. 소리소리지르고 우는가 하면 가다가 개천에 빠져서 콱 고꾸라져 죽으라고 악담을 하며 제 가슴을 치곤 했다. 그러면 그럴수록 강포수는 귀녀의 고통을 자신이 반은 나누어 가진 듯 도리어 위안을 느끼며 돌아가는 것이었다.

어쩌면 귀녀의 생애가 끝나는 날 강포수의 생애도 끝나는 것인지도 모를 일이다. 함께 죽으리라는 뜻이 아니다. 귀녀의 죽음은 어떤 형태로

든 지금까지의 강포수 인생과는 같을 수 없는, 다른 것으로 변할 것이라는 뜻이다.

지금 강포수는 귀녀와 더불어 있다. 옥중과 옥 밖의, 손이 닿을 수 없는 엄연한 법의 거리요 지척이면서 가장 먼 그들 서로가 서로를 보고 느낄 뿐이지만 그러나 강포수는 일찍이 귀녀가 이같이 자신 가까이 있는 것을 느낀 적이 없다. 가랑잎더미 위에 쓰러뜨렸을 적에도 귀녀는 강포수에게 멀고먼 존재였었다. 강포수를 좋아하건 싫어하건 그것은 이제 아무런 의미도 없다.

저주받은 악녀이건 축복받은 선녀이건 그것도 강포수하고는 관계가 없었다. 다만 거기 그 여자가 있다는 것과 그 여자를 위해 서러워해줄 단 한 사람으로서 자기가 있다는 것, 그것뿐이었다.

—2권 241~242쪽

다시 꾸러미를 디밀려 하는데 이번에는 귀녀 쪽에서 강포수의 손을 거머잡았다.

"강포수, 내 잘못했소."

"알았이믄 됐다."

"내 그간 행패를 부리고 한 거는 후회스러바서 그, 그랬소. 포전(圃田) 쪼고 당신하고 살 것을, 강포수 아, 아낙이 되어 자식 낳고 살 것을, 으으흐흐……"

밖에 나온 강포수는 담벼락에 머리를 처박고 짐승같이 울었다. 하늘에는 별이 깜박이고 있었다. 북두칠성이 뚜렷하게 나타나서 깜박이고 있었다.

오월 중순이 지나서 귀녀는 옥 속에서 아들을 낳았다. 그리고 여자는 세상을 원망하지 않고 죽었다.

—2권 244~245쪽

내면을 간과하고 외면에 치중한 귀녀의 그릇된 애정관에서 비롯된 비극은 강포수의 순정으로 인해 구원을 받는다. 강포수는 타자가 선녀이건 악녀이건 괘념치 않고 타자에 대한 욕망에 의해 관계를 맺는 것이 아니라 타자지향적인 태도로 관계를 맺는다. 타자와 동화되려고 하고 타자의 죄까지도 대신 짊어질 수 있는 태도를 보인다. 이에 귀녀는 자아가 타자와 관계 맺는 방식이 가시적인 것 외에 비가시적인 것의 가치에 대해서 인지하게 된다. 그리고 결국 죽음을 맞이할 때는 자신의 죄를 뉘우친다. 강포수는 귀녀의 죄를 대속하는 데까지 나아가지는 않았으나 귀녀와 동화됨으로써 귀녀가 스스로 속죄를 할 수 있도록 만들었다.

막딸이의 경우에는 자본가 김두만의 악행을 대속하지 못한다. 김두만은 친일파 노릇을 하고 고향인 평사리 사람들을 괴롭혀서 두만아비와 두만네가 야단을 쳐도 부모의 말도 듣지 않기 때문에 며느리인 막딸이가 어찌할 수가 없다. 막딸이는 효사상을 충실히 수행하는 구여성의 생활방식을 철저히 수행하는 인물이기 때문이다. 손등에 혹이 있어서 학식과 미모를 겸비함에도 불구하고 괴물 취급을 받는 양소림도 마찬가지이다. 이모인 홍성숙이 허영심이 많아서 비루한 짓을 하면서까지 부와 명성을 쫓지만 양소림은 육친의 정으로 이모를 이해하려고 애쓴다. 하지만 이모를 계도하거나 대속하지는 못한다.

3) 박해하는 타자로 인한 주체의 초월

자아가 윤리적인 주체가 되기 위한 전제조건은 정체성이 정립된 타자와의 분리된 존재이어야 한다는 것이다. 이러한 자아의 분리는 고통을 통해서 획득된다. 주체로 환원 불가능하며 주체가 알 수 없는 타자에의 접근은 고통을 통해 수용 불가능성에 대한 주체의 인지로 열림이 가능해진다. 이렇게 타자와 분리되어 있으면서 타자에게 접근하는 주체는 타자의 고통에 대한 책임을 질 뿐 아니라 타자의 죄에 대한 대속을 통해 속죄받는 데까지 이른다. 때문에 타자의 죄를 속죄받는 주체를 대속적 책임을 지는 주체로 보고 이를 윤리적 주체라고 한다.

그러면 주체를 윤리적으로 만들어주는 타자는 어떤 타자인가? 신체 불구자인 조병수와 살인죄인의 자식 김한복은 타인들에게 그들의 조건과 배경으로 인하여 괴물로 비춰지는 인물이다. 그런데 그들을 가장 박해하는 인물은 가족의 이름으로 그들을 절대적으로 억압하는 가부장 아버지이다. 김평산은 죽어서까지 아들 김한복을 자신의 죄로 억압하며, 조준구는 꼽추라는 불구의 몸을 준 것과 아울러 죽음에 임박해서도 조병수를 찾아와 괴롭힌다. 이에 대해서 김한복과 조병수는 억압하는 아버지에게 저항하지 않고 부정하지도 않으며 이를 극복하려고 한다. 부정과 저항의 방식이 아니라 그들의 아버지를 초월하는 방식으로 나아가는 것이다.

이와 동궤에서 막딸이도 주목할 만하다. 막딸이는 김한복과 조병수의 경우와는 다르게 자신을 억압하는 아버지를 두지 않았지만, 평사리에서 소문을 주도하는 입인 막딸네의 딸로서 '행실이 바르지 못함'이라는 어머니의 죄를 짊어진 인물이다. 실제로 막딸네는 임이네와 상극인 인물로 끊임없이 소문을 생성해내면서 임이네와 분쟁한다. 그리고 조준구가 최참판댁을 집어삼키고 삼수를 하수인으로 부릴 때 삼수와 정을 통함으로써 위치 상승을 꿈꾸기도 한다. 평사리 사람들과 반목할 때는 '서방 없어서 서러운 년'이라는 수식어로 자신의 죄를 은폐한다. 그리고 막딸이는 난쟁이다. 조병수처럼 천형의 고통을 가진 인물이다. 이러한 환경에서 성장한 막딸이는 김두만이라는 악인과 결혼함으로써 자신의 정체성을 찾을 수 있는 계기를 마련한다. 김두만은 막딸이를 조강지처로 맞았지만 혼외 결합인 서울네와 산다. 그것에 대해서 막딸이는 아무런 말이나 행동을 보이지 않는다. 시누이 선이가 하도 답답하여 막딸이의 심중을 떠본다.

"자네는 무신 재미로 사노. 일하는 재미로 살제?"
"여염집 지어미는 다 그렇제요. 아아들 크는 것 보고, 묵고 입는 걱정이 없인께."
"논이 안 나나?"
"……"
"큰소리 떵떵 좀 쳐봐라. 우째 그렇노"
"전에 울 어매는…… 가장 없이 온갖 설움 다 받고 살았는데 내사 이만하믄, 대금산 아니요. 집에 등 붙이고 살지 않아도 가장이 있인께 업수이 여기는 사람이 없고, 그것만으로도 불쌍한 울 어매 포은 안 했십니까."
―7권 211쪽

돌아오는 길은 나룻배를 타지 않고 걸었다. 걷다가 월화는 짙은 노을을 바라보며 사람 없는 강가에 서서 눈물을 흘렸다. 도리를 아는 사람이 남의 소실로 들어왔느냐, 그 정도의 수모, 비난은 밥먹듯 받아온 신세, 새삼스럽게 눈물이 흐를 이유도 없겠는데 월화는 울었던 것이다. 얼굴이 새까맣고 반백이 된 중늙은이, 본댁 티를 내기는커녕 오히려 낯가림하는 아이처럼, 그리고 수굿했던 김두만의 본마누라, 그 자리가 얼마나 대단한 것인가를 월화는 가슴 아프게 느꼈던 것이다. 호적이야 어찌 되었건 귀밑머리 마주 풀고 일부종사한 여자의 당당함을 월화는 느꼈던 것이다. 늙고 못생겼으며 난쟁이같이 볼품없는 체구 그 어디에선가 풍겨나는 당당함, 인생에는 눈에 보이는 것과 눈에 보이지 않는 것이 있다는 것을 깨달은 것이다. 시어머니 후광 속에 있는 그, 이웃사람들에게 둘러싸여 있었고, 시동생, 손아래 동서 그리고 조카들에게 떠받침을 받고 있는 기성네 처지는 견고한 성만 같았다. 그것이 부러웠다. 자기 자신은 결코 가질 수 없는 자존심인 그것. 아무나 꺾을 수 있는 노류장화, 서로 정 때문에 어쩔 수 없이 묶이어 그늘에서 숨어 사는 것도 아니며 돈이 많아 호강은 한다지만 늙은 영감 수발이나 드는 소실 신세가 서러워 월화는 울었던 것이다.

―15권 47~48쪽

김두만은 결혼 초기부터 서울네라는 과부와 동거함으로써 막딸이에게 상처인 남편이다. 서울네와 함께 장사를 하여 거부가 되면서 막딸이에게 이혼까지 요구한다. 막딸이는 김두만의 폭력과 자식들의 외면 속에서도 '서방 없어서 서러운' 어머니보다 자신의 처지가 나은 것이라는 생각으로 끊임없는 고통을 감내한다. 그로 인해 막딸이는 시부모인 두만아비와 두만네 그리고 동서부부에게 며느리로서, 맏동서로서 위치를 인정받는다. 고통을 감수함으로써 막딸이가 부여받은 위치는 개망나니나 친일파로 전락한 남편인 두만보다 곤고한 것이어서 두만의 기생첩의 부러움을 산다. 몸은 기형적인 난쟁이인데다 얼굴은 못생겨서 아무리 꾸며도 변화 없고 말주변머리가 없어서 제 자신의 변호도 못하여 결국 두만아비가 유산으로 준 재산도 두만이에게 다 뺏기고 이혼을 당한다. 그런 질곡 속에서도 꿋꿋하게 자신의 일을 해내는 막딸이는 법적인 위치가 말소되어도 분명한 자신의 정체성을 갖는다. 위에서 살펴본 바와 같이 가족이라는 이름으로 주체를 박해하는 타자로 인해 주체는 자신의 정체성을 가질 수 있는 것이다.

강포수는 아버지나 어머니, 배우자 등을 초월하는 것이 아니라 자기 자신을 초월한다. 그는 감옥에서 귀녀를 만났을 때 귀녀의 죄를 떠나서 귀녀와 동질화 되었다. 그리고 귀녀가 죽자마자 갓난아기를 데리고 떠난다. 그의 터전 지리산을 버리고 아이를 위해서 이향한다. 그곳에서 아이(강두메)의 학비를 마련해서 용정에 학교에 보낸 후 자살한다. 자신의 존재로 인해 강두메의 출생의 비밀이 탄로날까봐 스스로 목숨을 끊는 것이다. 이는 귀녀와 귀녀의 아들 강두메를 위해서 자신의 목숨까지 내어놓는 것으로 타자의 죄를 대속하는 것이 아니라 자기 자신을 초월하여 타자의 세계로 넘어가는 것이라고 볼 수 있다.

『토지』의 등장인물 중 조병수, 김한복과 강포수, 막딸이에 주목하여 논의를 진행했다. 조병수는 통과제의적 의식인 절리, 시련과 고통-사회와의 재융합(새로운 사회로 진입)의 과정을 거치면서 고통을 통한 주체의 분리를 체험한다. 자신의 신체의 고통이지만 스스로는 어찌해 볼 수 없는 고통으로 인해 인식 불가능한 타자의 수용 불가능성에 대한 열림의 가능성을 본다. 그래서 조병수는 불구자라는 천형과 죄인의 아들이라는 죄책감을 대속으로써 극복한다. 김한복도 조병수와 마찬가지로 아버지의 죄를 대속함으로써 평사리 주민들과 화해하고 '영웅'의 아버지로 잃었던 자존감을 회복한다. 그래서 조병수는 예술인이 되어 불구의 자신을 초월하고 김한복은 깨끗한 독립운동가가 되어 정신적 왜소증을 초월한다. 그리고 막딸이는 자신이 의지할 가부장을 초월하고 강포수는 자아의 자기 됨 즉, 자신의 자유를 초월한다.

　자기중심적인 존재가 자신의 고통을 통해서 타자의 수용 불가능성의 열림에 주목하게 되어 타자의 고통을 자신의 고통으로 받아들이는 대속을 통해서 윤리적인 주체가 되었다. 이때 개별성을 가진 주체는 고유성과 유일성을 획득한다. 대속은 레비나스가 말하는 윤리적 주체의 핵심으로 타자를 책임짐은 물론 타자의 죄까지 짊어짐으로써 주체가 죽은 것이 아니라 주체의 새로운 의미화를 가능하게 한다. 타자에 의해 '윤리적 주체'로, 고유성으로 살아남았다. 이는 자기 존엄에서 벗어나서 타인이 존엄함을 인지하고, 타인을 책임지는 윤리에서 더 나아가 타인의 죄를 대속함으로써 다른 누가 대신할 수 없는 주체의 고유한 자리를 갖는 것이다. 이는 인간으로서는 최고의 참다운 존엄이라 하겠다. 이러한 인식의 전환은 주체가 타자를 억압하거나, 상황에 따라서 주체와 타자가 변할 수 있더라도 어느 한 쪽을 소외시키지 않고 공존할 수 있는 방법이다.

　박경리는 타자를 동일화하는 폭력적인 주체가 아니라 타자의 타자성을 인정하는 윤리적 주체로서 인물을 보았기 때문에, 타자의 고유성에 착안하여 다양한 인물 창조가 가능했던 것으로 보인다. 작품 『토지』가 다양한 인물 형상화를 통해서 타자 지향과 타자 수용의 변별점을 구현하고 있는 것이다. 작가가 『토지』를 통해 보여주고자 하는 것은 자기중심적인 주체가 아니라 타자의 고통을 직시하고 짊어질 수 있는 윤리적 주체로의 전환을 통해서 진정한 사랑과 평화가 공존하는 사회에 대한 희원이다.

1. 근대적 주체의 성찰과 다양성

박경리의 소설 『토지』에서 주체의 윤리적 변모와 자기 극복을 통해 다음과 같은 의미를 도출할 수 있었다. 먼저, 주체가 상실된 근대사회에서 윤리적 주체에 착안함으로써 새로운 주체의 탐색을 보였다는 점을 의의로 들 수 있다. 새로운 주체는 개인의 안전과 자존을 중심에 두는 이기적인 주체가 아니라 윤리적인 주체이다. 표상[1]은 근대적 주체

---

1) 표상 개념은 세 가지 어원론적 분석이 가능하다. 첫 번째 하이데거의 분석으로, 표상 vor - stellen이란, 자기 앞에 vor - 세우는 stellen 활동이다. 세우는 주체는 인간이며, 그의 활동은 존재자를 '대상'으로 세운다. 그것은 인간이 존재자와 관계맺는 방식을 스스로 설정한다는 것, 다시 말해 존재자는 이제 인간의 계산 아래, 인간의 측정 아래서만 나타날 수 있게 되었다는 것을 뜻한다. 두 번째 들뢰즈의 분석으로, 표상이란 서로 차이를 지니는 잡다한 나타난 것들을 다시 거머쥐어서 '동일한 하나'의 지평에 귀속된 것으로 나타나게 하는 활동이다. 표상 활동을 통해 차이와 유사성은 오로지 동일적인 것에 종속된 것으로서만 의미를 지니게 된다. 세 번째 레비나스의 분석으로, 표상이란 '다시 re - 현재화 présentation하는 활동'을 의미한다. 여기서 시간이란 흐

성의 가장 핵심적인 특성으로 차이를 동일성에 종속시키며 현재하는 것에만 가치를 부여함으로써 차이를 지우고 소유 관념 속에서 타자를 사유하는 활동을 말한다. 이때 주체는 타자에게 폭력적인 존재이기도 하다. 때문에 인간이 이러한 사유 구조 속에 머물 때 전쟁과 전쟁으로 인한 식민화는 끊임없이 반복된다. 전쟁으로 인한 파괴는 타자뿐 아니라 주체에게도 인간성의 종말을 가져온다. 이에 대한 성찰로 주체에게 타자를 종속시키는 것이 아니라 타자를 차이로 인정하고 타자로 인한 주체의 확립을 제안한다. 타자를 내재성을 가진 존재로 인식하고 타자성을 인정하기 때문에 현재만 가치가 있는 것이 아니라 주체는 자식을 통해서 미래와도 연결된다.

또한 작품에서 주인공으로 등장하는 최서희와 작품의 소재가 되는 '토지'에 대해 해석의 지평을 넓혀 보았다. '토지'라는 소유의 문제(근대적 사유재산)를 천착하여 의미를 도출하여 보았다. 토지는 사전적 의미로는 '사람에 의한 이용이나 소유의 대상으로서 받아들여지는 경우의 육지'이다. 즉 인간이 소유한 물적 개념이다. 그러나 작품에서 '토지' 소유에 집착하는 최서희가 결국 토지를 소유하고 그 소유에 의미를 부여하는가? 조준구에게 토지를 빼앗겼을 때는 그것을 찾기 위해 수단과 방법을 가리지 않지만 찾고 난 후에는 토지에 그다지 관심을 보이지 않는다. 투옥된 길상이 출옥하여 조선에서 발 붙이 곳이 없을 때 길상

르면서 존속하는 의식, 늘 지금으로 현재하는 의식의 활동의 산물이며, 외부 대상은 이 의식의 활동을 통해서 시간화된다. 즉 무엇인가가 객관적 대상으로 구성되기 위해서는 늘 현재하는 의식이 현전에 귀속되어야만 한다. 곧 외재적 대상인 타자는 언제나 현재하는 의식의 현전에, 의식의 시간화에 귀속되는 한에서만 출현할 수 있는 것이다. 이런 뜻에서 표상 활동, 즉 다시 현재화하는 행위란 타자를 늘 지금으로 현재하는 의식의 현전에 종속시키는 활동이다.(서동욱, 앞의 책, 7~16쪽 참고.)

의 발을 묶어 놓기 위해서 동학잔당들에게 토지를 내놓으며, 윤국이 학병으로 지원하여 생사에 대한 불안이 있을 때는 지리산의 젊은이들을 위해 토지를 내놓는다. 결국 토지는 서희에게 소유의 의미가 아니라 타자에 대한 '베풂'의 의미에 가깝다. 때문에 『토지』는 소유의 문제가 아니라 '관계의 문제'를 다룬 소설이라고 판단할 수 있다. 이는 소유의 경제 속에서 일본에 의한 조선의 속박, 조선 남성에 의한 조선 여성의 속박을 전복시키고 일본(인)과 조선(인)의 관계, 여성과 남성의 관계에 접근한다는 데에 의미가 있다.

다음으로 자기 극복을 통해 얻은 성과는 식민지라는 질곡의 시간과 공간 속에서 핍박받는 주체가 개인적 한계와 민족적 한계를 극복함으로써 근대에서 탈근대적 주체로 나아감을 밝힌 것이다. 가족-민족이라는 집단이 개인에게 행하는 죄의식 없는 폭력을 비판적으로 봄으로써 개인으로서의 자아 정체성을 찾아간다. 일견 에고이스트를 표방하는 것은 집단을 거부하는 심리이다. 개인을 집단보다 우위에 둔다. 집단은 길상에게는 가족이 되겠고 여옥에게는 종교 단체가 되겠고 오가다에게는 민족이 되겠다. 개인이 중요한 또 다른 이유는 개인 간의 교류가 진실된 관계에 이를 수 있기 때문이다. 그래서 이들은 권필응과 김환이 말하듯 그물코처럼 연결되어 있다. 각자의 천분과 직분에 있으면서 이들은 서로 관계를 맺어간다. 이는 국가간의 관계가 순수하게 유지, 존속될 수 없고 이해관계에 의해 변화무쌍한 것도 관계된다. 가족주의, 집단주의, 민족주의를 비판하기 위한 알레고리도 볼 수 있다.

타자의 호소를 냉정하고 초연하게 외면하지 못하고 자기를 희생하면서 타자에게 귀 기울이는 존재자를 레비나스는 에고와 구분하여 윤리적 자아라고 구별한다.[2] 근대적 주체(egoist)에서 탈에고이스트(post-egoist)를 근대화 산업화시대에 보여주었던 점이 이 작품의 선진성과 독자성을 보여주는 부분이다. 그리고 기독교 계몽주의 신여성의 긍정성을 강조한다. 길여옥은 여성 선각자적 위치에 놓이며, 노동을 신성시하고 자주적으로 자기 삶을 영위하는 근대적 주체의 면모를 보인다.

유교이념인 충효사상에 입각한 관계의 허위를 고발하고 사상의 허점에 대한 비판을 보이면서 근대적 관계에서의 사랑을 강조한다. 동지애적 사랑, 자매애적 사랑, 형제애적 사랑이 그것이다. 주체와 타자의 관계에서 가장 기본적인 관계가 부모와 자식의 관계이다. 이는 유교 윤리에서는 효를 통해 관계를 유지·지속하도록 한 바 있다. 그러나 이러한 관계가 이념에 해당하는 효로 치우칠 때 갖게 되는 병폐를 홍가 이야기에서 찾을 수 있다. 여기에서 효도는 에고이스트의 극치를 보여주는 것이기 때문이다. 대표적으로 고전 심청전에서 심봉사가 심청이에게 강요하는 효도를 생각해 보면 되겠다. 때문에 이러한 효도는 진정한 효도가 될 수 없음을 비판하면서 부모와 자식의 관계는 사랑의 관계라고 작가는 역설한다.

아울러 좀 더 울타리를 넓혀 국가와 개인의 관계 즉, 군신간의 관계는 유교 사상에서 충의로 묶었다. 이 또한 김환과 강쇠 그리고 권필응과 장인걸의 관계를 통해 명령하고 복종하는 것이 아니라 신뢰를 통한 애정으로 함께 움직이는 것을 볼 수 있다. 인간과 인간의 관계를 이념으로 묶는 것이 얼마나 허약하며 허위인가를 지적하면서 제시하는 대안이 사랑이다. 김환과 강쇠는 지리산에서 독립운동을 하는 우두머리

---

2) 김연숙, 앞의 책, 225쪽.

와 부하라는 수직 관계에 있지만, 김환은 강쇠에게 권위적인 모습을 일체 보이지 않고 강쇠는 김환을 따르지만 복종의 의미가 아니라 존경의 의미에서 신봉한다. 만주와 연해주 일대에서 독립운동을 하는 권필응과 장인걸의 관계도 마찬가지이다.

서희와 봉순이의 관계는 사실상 주종의 관계이지만 성장과정에서나 성인이 된 후에는 자매애적 관계를 보인다. 서희는 별당아씨인 어머니가 불륜적 도피를 감행한 후 봉순네 손에 키워진다. 서희는 봉순네를 어머니처럼 의지하고 성장한다. 그리고 간도에서 귀향한 후에는 아편에 중독된 봉순이를 거둔다. 그것은 종에 대한 책임감 때문이 아니라 봉순이에 대한 애틋함 때문이다. 구천(김환)과 수동의 관계에서는 형제애적 사랑을 엿볼 수 있다. 수동은 최치수의 충복이지만 구천(김환)에게 더 깊은 애정을 보인다. 인간에 대한 연민과 충정 중에서 자신의 목숨을 걸고 연민을 택한다. 때문에 지리산에서 최치수와 '구천이 사냥' 때 구천이를 발견하자 목숨을 걸고 구천이 도주하게 도와준다. 두렵고 존엄한 최치수를 거역하고 최치수의 연적 구천(김환)이 도망가게 길을 열어준 것이다. 결국 이로 인해 처벌에 전전긍긍하다 주인인 최치수에 대한 죄책과 공포 때문에 급기야 선불 맞은 멧돼지에게 다리를 다치는 비운을 맞는다.

인간과 인간의 관계에서 누구나 자신의 소속을 가지고 있는 바 그 소속에 합당하게 사고하고 행동하기 때문에 신분이나 계층에서 자유로울 수 없는 것은 사실이다. 송관수와 이상현은 말년까지 신분의 질곡에서 벗어나지 못했으며 특히 송관수는 연민으로 혼인한 아내를 말년에 번민이 더 심해지자 아내를 부인하는 퇴행을 보이기도 한다. 그러나 위에서 살펴본 인물들은 신분사회에서 주종의 위치에 있거나 상하의 위치에 있지만 사랑이라는 감정적 결속을 통해서 주체로서 정립된다.

2. 타자의식의 지평 확대

타자의식에 관련된 연구들은 주체 외에도 타자에 집중하여 분석함으로써 주체의 다양한 형상화에 접근할 수 있다. 이를 통해 주체에 대한 이해의 지평을 확대한다. 그리고 주체와 타자의 관계를 통한 타자인식을 통해 작가의 타자에 대한 의식도 조망해 볼 수 있다. 작가가 타자에 대해서 윤리적 태도를 견지한다거나 성찰적 태도를 견지하는 등의 작가 이해에 도달할 수 있다. 뿐 아니라 작가 의식을 통해서 작가가 사회를 어떤 시선으로 보는지도 알 수 있다. 기존에 연구된 타자의식의 논의들은 주체 이해의 지평 확대와 작가 의식에 대한 이해의 폭을 넓혀 놓았다. 이와 동궤에서 박경리의 소설을 통한 타자의식에 관한 연구는 대작 『토지』에서 주체적 인물의 다양성을 더욱 확대하여 접근할 수 있다. 그리고 작가 박경리가 타자를 어떤 시선으로 보고 있으며 타자를 통해 추구하는 바가 무엇인지, 사회를 어떤 잣대로 보고 있는지 알 수 있는 척도가 된다. 식민 상황에 대한 새로운 조망, 등장인물의 새로운 해석이 그 성과라고 판단된다.

국가와 국가의 관계를 식민과 피식민의 관계로 조망하는데 있어서 식민지 조선을 타자로 상정하여 두 가지로 독해한다. 하나는 일본의 시선으로 독해하는 부분으로 조선을 일본에 비해 하등한 민족으로 본다는 것이고 다른 하나는 타자성을 가진 조선으로 봄으로써 조선을 문화민족으로 독해한다는 것이다. 그래서 일본이 식민지 조선을 문화적으로 야만적이고 하등하다고 비난하는 것, 일등국민과 이등국민의 구분의 허구를 지적한다. 특히 조선에 들어온 일본인이 문화적으로 저속하고 낮은 계급이라는 점을 들고, 최서희나 임명희 등의 문화적인 교양인을 두각시킨다. 이는 식민지는 피식민지를, 억압자는 피억압자를 타자성의 윤리로 접근해야 함을 역설하기 위한 작가적 의도로 보인다. 각기 자신들의 전통과 역사를 가진 나라이므로 그 나라 역사에 기입된 흔적을 존중하고 절대화해야 한다. 자국 중심적으로 타자를 동일화하지 말아야 함을 역설한다. 아래 인용은 위의 내용을 반증하는 작가의 육성이다.

궁극적으로 부정이며 내던져지고 거두어지는 우리의 삶이, 그렇더라도 혼신의 힘으로 긍정을 향해 제자리 걸음이라도 해야 하는 것은 그 과정이 희열이며 고통이며 삶 자체이기 때문에, 고뇌가 크면 클수록 우리는 비인간이 아닌 인간을 실감하게 되는 것이 아니겠습니까.[3]

존재하는 모든 생명과 그것들이 점령한 공간은 엄연한 개체이며 생존의 독자적 영역이며 각각의 우주입니다. 그러나 그것들은 그물코같이 혹은 세포같이 엮어져 총체를 이루고 있고 그렇게 엮어지지 않았다면 개체의 존립은 불가능했을 것입니다.[4]

문장의 한 행 한 행 속에 구성은 배어 있어야 하며 그런 작은 실개천이 모여서 망망대해를 나가듯, 아주 낮은 멜로디·리듬이 모여 교향곡이

---

3) 박경리, 「신기루 같은 것일까」 중에서.
4) 박경리, 『꿈꾸는 자가 창조한다』, 나남, 1994, 28쪽.

되듯 말입니다.

그러면 어떻게 해서 그것을 이루게 하는가, 되게 하는가. 그것은 모든 사물에 대한 애정이며 자기자신에 대한 애정입니다. 또한 존재에 대한 존엄성을 인식하는 것이며 따라서 그것은 기르고 보살피는 연민같은 것이지요.5)

다음으로 등장인물의 새로운 해석을 주목해 볼 수 있다. 신체불구자에 대한 작가의 의식, 기존에 부정적 인물로 해석되었던 인물들에 대한 작가의 의식, 이타적 인물에 대한 작가의 가치부여 등이 그것이다. 먼저 신체 불구자는 괴물로 타자의 눈에 비친다. 청량한 오성을 가진 조병수는 서희 눈에 괴물이며, 교양과 미모를 겸비한 양소림은 환국에게 괴물의 손을 가진 역겨움이다. 조병수는 서희로 하여금 부모가 없는 고아의 공포를 병수의 꼽추 모습을 두려워하는 것으로 나타낸 것이다. 또한 양소림의 손등의 혹은 공자인 환국으로 하여금 자기혐오를 시인하게 하기 위함이다. 신체 불구자를 통해 투영되는 자신의 진실된 모습과 대면하게 하는 것이다. 예외로 강쇠는 사팔뜨기인데도 불구하고 김환이나 송관수 그 외 같이 독립운동을 하는 동료들에게 희화적 존재로 보일 뿐이다.

신체 불구자와 괴물 인간에 관한 작가의 인식을 보여준다. 조병수는 서희가 부모가 없는 고아의 공포를 병수의 꼽추 모습을 두려워하는 것으로 형상화 했지만 서희가 그렇게 두려워하는 조병수는 이 작품을 통틀어 가장 인간적인 사람으로 대미를 장식한다. 그가 행하는 대속은 아

---

5) 박경리, 『문학을 지망하는 젊은이들에게』, 현대문학사, 1995, 227쪽.

무나가 할 수 없는 것이며, 그러한 대속으로 인해 신성까지 그를 끌어 올린다. 난쟁이 막딸이의 삶도 같은 맥락이다. 볼품없는 외모에 난쟁이 라서 남편인 두만이에게 구박과 폭행을 당하면서도 심덕을 잃지 않는 완고한 인물로 등장한다. 그러한 그의 자존감에 대한 고수는 조강지처 에서 밀려났음에도 불구하고 시어머니와 시동생 내외의 인정을 통해 사회 계약 이상의 존재가치를 인정받는다. 양소림의 손등의 혹은 공자 인 환국으로 하여금 자기혐오를 시인하게 하며, 강쇠의 사팔뜨기는 희 화적으로 묘사되지만 인간의 시각에 포착된 세계의 허무를 고발하고 시각 너머의 얼굴로 존재하는 관계를 강조한다. 때문에 강쇠는 죽은 김 환과 산중 문답을 할 정도로 관계의 친밀성의 내밀함을 보여줄 수 있 는 인물이기도 하다.

타자 인식에서 긍정적 인물로 윤보, 이상현, 송영광 등을 꼽을 수 있 다. 윤보는 스스로 존엄하며 의롭고 희생적 인물이다. 처자(妻子) 없이 자유로운 몸이지만 농민들을 보살핀다. 효도하는 것은 이념을 준수하 여 따른 것이 아니라 부모에 대한 사랑으로 자식의 할 바라고 생각한 다. 이상현은 보편적인 잣대 속에서는 방황하는 양반으로 독해되고 비 쳐지겠으나 윤리의 잣대에서는 그의 방황이 자기 자신의 권위의식을 깨부수고 가엾은 타자인 봉순과 양현으로 인해 윤리적 주체로 재탄생 하기 위한 각고의 노력을 보이는 인물로 독해된다. 권위의식을 재고했 지만 대의명분(독립운동) 속으로 침잠한 이동진이나, 권위의식만이 존재 증명처럼 죽음까지 불사한 최치수의 허위에 쫓기는 삶과는 대조적이다. 매력적인 인물로 재탄생하게 되는 이상현이다.

송관수는 민중의 지도자요, 설움을 겪는 석이와 한복을 구원하는 구원자이며 상민이지만 지도자 격으로, 판단이 정확하고 공사가 분명하여 두령다운 두령이다. 때문에 그의 죽음으로 동학잔당은 해체되고 가족과 동료들 뿐 아니라 독자들의 심금을 울리기도 한다. 그러나 윤리적 측면에서 송관수는 앞의 판단과 대치된다. 자존과 자기 설움의 해소를 위해 또 다른 피해자를 양산하기 때문이다. 아들 영광에게 감금된 생활을 하게 함으로써 아들에게 외면당하고 말년에는 연민으로 살피던 아내도 부인하게 된다. 방황하는 인물들이 더 매력적으로 그려진다. 홍이, 상현, 영광 등의 인물들의 방황은 변화를 내포한 것이고 주체의 오만함이 완화된다. 물질, 이념, 신분에 안착한 인물들에게는 타자를 위한 진정한 윤리감이 부족하다. 『토지』가 매력적인 부분이 이 부분이다. 인물들의 방황과 허무를 통해 곤고한 주체를 흔드는 것이며 방황과 허무 속에서 진정한 타자를 만나게 되는 것이다.

이타적으로 그려지는 대표적인 인물은 월선과 봉순이다. 월선은 여러 인물의 어머니와 같은 존재로, 봉순이는 누이와 같은 존재로 나타난다. 월선은 홍이에게뿐만 아니라 서희와 길상에게도 어머니같은 존재이다. 그리고 봉순이는 석이뿐만 아니라 홍이에게도 누이같은 존재이다. 용이네의 제사지내는 모습을 작가는 경건하다고 말하고 있지만 강청댁은 그렇게 처연할 수 없으며, 겨우 용이네 집에 붙어있는 안간힘으로 읽힌다. 임이네는 강청댁이 못 낳는 아들도 낳아주지만 제사에 참여하지도 못한다. 이는 용이의 제사지내는 모습의 묘사를 통해 강청댁과 임이네를 소외시키는 방법으로 독해할 수 있다. 이러한 장면 강조는 월선에 대한 가치 부여와 비례한다. 강청댁은 가문 덕분에 겨우 자리 보존하고 있으며 임이네는 아들 덕분에 사람 취급받는다. 하지만 월선은 가문과 아들 없이도 독자적이고 고유한 존재이다.

　이것이 월선과 삼월이 변별되는 지점이다. 삼월이도 월선이처럼 천민이면서 갖은 육체적 고통을 겪는다. 성의 노리개에서 막노동꾼으로 그의 질곡은 끝이 없는 것처럼 막막하다. 그러나 월선과 삼월이 다른 점이 있다면 월선은 고통스럽지만 외면하지 않았다는 것이다. 의지적으로 감내했다. 강청댁에게 저항할 수 있었지만 다 참아내고 맞았다. 그리고 임이네를 먹여살렸다. 그것은 염치 바른 성격이나 용이에 대한 예의이기도 하지만 월선의 입장에서는 '극기' 그 자체다. 그 보상은 용이의 진정한 사랑이었으며 처로서의 인정과 낳지 않은 홍이를 얻은 것이다.

　그러나 삼월은 좀 다르다. 고통의 면에서 월선보다 더 가혹하다고 할 수 있지만 삼월은 의지를 보이지 않았다. 인고의 모습이 아니라 포기의 모습이었다. 정신을 놓고 매사 덤덤했다. 도망가지도 참아내지도 못하고 그냥 그 자리에 있었다. 순이가 도망가라고 말해도 아무런 반응을 보이지 않았다. 때문에 삼월에게는 구원자도 인정도 없다. 이에 반해 귀녀는 월선이나 삼월이처럼 천민이지만 대단한 의지와 집념을 가진 인물이다. 그는 자신의 육체로 최치수를 유혹하여 신분 상승을 꿈꾼다. 그러나 최치수가 관심을 보이지 않자 자신에게 모멸감을 주었다 하여 교살한다. 발각되어 사형에 처해지기 전에 강포수의 포옹으로 자신의 죄를 뉘우치고 생을 마감하는 인물이다. 여기에서는 강포수가 귀녀를 감싸안는 경우이다.

　봉순이가 처음에 기생이 되고 싶어했던 것은 좋은 옷을 입고 화려하게 꾸밀 수 있어서라기보다 타인의 애간장을 녹이는 창에서 비롯된 것이다. 김서방댁은 즐겨 봉순이에게 창을 해보라고 권유했으며 봉순이의 창을 들은 주변의 사람들은 하나같이 봉순이의 창에 찬사를 보낸다. 그로 인해 봉순이가 타자와의 교류에 대한 인지를 시작했음을 알 수 있다. 타자에 대한 교류에 봉순이가 좀 더 밀착한 것은 모녀관계에 대한 원한에서 비롯된다. 모녀관계는 가부장제 문화로부터 이중으로 소외되어 있는데, 여성은 여성 주체로 거부당할 뿐 아니라, 딸은 딸이라는 주체로서 동등하게 인정받지 못하기 때문이다.[6] 하물며 과부의 딸이면서 침모의 딸이라는 신분은 봉순이에게 몇 중의 고통을 안겨준 셈이다.

봉순이의 설움은 봉순네가 침모이면서 서희의 유모 역할을 했기 때문에 온전히 어머니를 차지하지 못하고 서희와 어머니를 나눠야 했으며, 친딸인데도 불구하고 오히려 서희가 어머니와의 대부분의 시간과 공간을 점유했기 때문이다. 뿐 아니라 봉순이가 유복녀임을 감안한다면 그에게 그같은 상실감은 치명적인 것이라고 볼 수 있다. 그러나 봉순이는 자신의 어머니가 전염병으로 죽자 서희에게 자매애적 애정을 느낀다. 이는 봉순이가 서희 일행이 간도로 갈 때 자신은 동행하지 않고 이후 오 년의 세월이 흐른 뒤에 간도에 가서 서희를 만나는데 서희에 대한 원망보다 서희의 보복심을 애처롭게 바라보는 데서 알 수 있다.

그러면 길상이 서희와 간도로 떠날 때 봉순이가 동행하지 않은 이유는 무엇일까? 표면적으로는 간도로 떠나는 마지막 장면이 길상의 시점으로 제시되기 때문에 길상이 봉순이의 애정을 받아들이지 않아서라고

6) 이리가라이, 앞의 책, 49쪽.

해석할 수 있다. 그러나 봉순이의 시점에서는 다른 해석도 가능하다. 봉순이는 간도로 가도 길상이와 혼인하지 못할 것이라는 판단에서 그러하기도 했지만 자신의 위치와 공간에서의 탈출의도도 있었다. 자신의 내부공간에서의 탈출을 위한 것이기도 하다. 봉순이는 한 곳에 오래 머물지 않고 끊임없이 외부공간을 만들어 내는 인물이기도 하기 때문이다.[7]

3. 공생적 사회에 대응하는 윤리적 주체

레비나스가 추구하고자 했던 철학적 문제의식은 인간적인 가치를 최우선으로 하는 보편적인 윤리의 회복에 있으며 타인을 위한 가치와 윤리는 그 중심에 위치한다. 오늘날 그의 타자윤리가 호소력을 갖는 이유는 무엇보다 그가 인간본성에 관한 정의를 새롭게 발전시키고 있기 때문이다. 그의 타자윤리는 '너'와 '나'의 구체적인 사회성과 유대 관계들 속에 보편적인 윤리와 가치가 존재한다는 것을 정당화한다. 인간의 자기본성은 바로 그런 관계의 가능성에 의해 정의될 수 있는 것이기에 존재의 자기정체성은 바로 타자성에서 논의된다. 따라서 이런 타자성은 주체의 사유 속에서 파악되는 것이 아니라 그런 사유를 떠나 자기희생과 같은 타인에 대한 관심과 행위를 통해 실현된다.[8]

---

7) 여성들은 종종 출산과 남성의 욕망에 필요한 존재로서 자궁과 성의 내부공간에 국한된다. 그러나 여성이 자신의 내부에서 외부로 나아갈 수 있도록 스스로 자율적이고 자유로운 주체로 경험하기 위해 적절한 외부공간을 갖는 것이 중요하다.(이리가라이, 앞의 책, 51쪽.)
8) 윤대선, 『레비나스의 타자철학—소통과 초월의 윤리를 찾아서』, 문예출판사, 2009,

타자윤리는 인간윤리만을 한정하는 것이 아니라 생명 일반에 관한 윤리를 포괄함으로써 인간 이외의 생명들도 내재적 타자성을 가진 것으로 이해된다. 이는 생명 자체에 대한 존엄을 상기시키는 부분이다. 『토지』에서 주요인물인 김길상이 이러한 사고를 보이는 인물이다. 길상에게는 하찮은 미물도 생명의 존귀함으로 다가온다. 반죽음이 된 벌을 개미들이 달려들어 끌고 가는 모습을 보고는 벌을 집어서 자리를 옮겨주고, 거미줄에 포획된 곤충이 거미와 사투를 벌이자 곤충을 해방시켜준다. 또한 어미를 잃어 숲 속에서 울고 있는 새 새끼를 데리고 와서 먹이를 주며 살린다. 그러나 이러한 미물에게도 보이는 존중과 보호, 책임 등은 인간의 시선 속에 포착된 약자와 강자의 판별에 의한 책임이며 구제이다. 거미에게 잡혀서 사투를 벌이는 곤충은 목숨이 경각에 달했겠지만 거미 또한 아사(餓死) 지경이었을지 모를 일이다. 어미 새를 잃어 울고 있는 새끼를 숲 속에서 데려와서 밤마다 여치를 잡아 먹이로 주면서 방에 두고 보호하지만 결국 새끼 새가 죽는 것을 보고 숲 속에서 데리고 오지 않았더라면 그들의 삶의 방식으로 삶을 영위했을 것이란 생각에 회한에 젖기도 한다. 뿐 아니라 그 새끼 새를 살리기 위해 밤마다 잡았던 무수한 여치들 또한 생명이었다는 것을 깨닫는다. 이러한 이율배반의 상황을 경험으로 감각하면서 길상은 타자의 타자성에 대한 남다른 인지를 보여준다.

작품에서 윤리적 주체로서 두드러지는 인물은 쇼지와 양현이다. 양현은 신분제 사회에서 양반인 아버지와 기생인 어머니 사이에 출생하여 여의사가 된다. 그리고 쇼지는 일본 식민지 시대에 일본인 아버지와

312~313쪽.

조선인 어머니 사이에서 출생하여 조선인 양아버지와 일본인 양어머니의 품속에서 자랐다. 두 사람의 공통점은 불쌍한 것들을 도와주는 게 꿈이다. 양현은 여의사가 되어 불쌍한 사람을 돕고 싶고 쇼지는 산지기가 되어 산에 있는 모든 불쌍한 것들을 돕고 싶어한다. 그리고 그들은 똑같이 양부모 손에서 자랐다. 양현은 자신의 친부모처럼 신분적으로 차이가 있는 양반의 어머니와 상민의 아버지의 양딸로 키워지며, 쇼지는 자신의 친부모의 국적처럼 조선인 양아버지와 일본인 양어머니 사이에서 성장하는 것이다. 그리고 이들 양부모가 이들에게 집착한다. 그만큼 사랑한다. 심지어 제 자식보다 더 사랑한다. 이들이 『토지』의 희망으로 읽힌다. 『토지』의 지반이다. 소유를 위한 토지는 역설의 의미도 있다.

> 돌아가신 노장께서는 만백성을 특히나 학정에 시달리고 나라는 기우는데 갈 곳이 없이 방황하는 백성들을 위해 팔뚝 두 개의 관음상으론 도저히 미치지 못할 일인즉 천수관음을 조성코자 소원하시었소.
>
> —5권 360쪽

'갈 곳이 없이 방황하는 백성들을 위해' 손을 잡아주고 보살펴 줄 것을 우관선사가 길상에게 소망하는데, 작품에서 주요 인물로 나오는 길상이 작품의 말미에서 완성하는 관음상은 작가가 독자에게 보내고자 하는 메시지를 압축하여 보여주는 것으로 읽을 수 있다. 그리고 일본 식민지라는 시간과 공간에서의 인간간의 관계를 보여주는 것은 약자의 모습으로만 나타나주지 않는 타자, 즉 우리에게 해를 끼치고 고통을 주는 적대자로서의 타자를 어떻게 받아들일 것인가에 대한 질문을 던지기 위해서라고 볼 수 있다.

　　인간의 존엄을 찾게 될 후일 사가(史家)는 이 시대의 승리를 영광의 승
　리라 하지는 않을 것이다. 패배를 치욕의 패배라 하지도 않을 것이다.
-3권 168쪽

　1부에서 언급된 위의 인용문은 박경리가 『토지』 창작 초반인 60년
대 말에서 70년대 초에 인간의 존엄에 관한 인식을 보여주는 부분이라
고 판단할 수 있다. 인간의 진정한 존엄은 자신을 높이는 것이 아니라
타자에게 폭력을 휘두르지 않고, 오히려 타자에게 겸손한 것이라는 의
식이 소설 『토지』와 작가의 배면에 깔려 있다.

제6장 | **결론**

　이 책에서는 박경리의 『토지』에 나타난 타자의식에 관해 살펴보았다. 이를 위해 작품에서 타자의 형상화 방식에 있어 특징적인 면을 통해 주체의 변화 양상에 주목했다. 주체와 타자의 관계 맺음으로 인해 주체의 타자의식의 변모와 주체의 자기극복의 양상을 살펴봄으로써, 작가가 작품을 통해 제시하는 타자에 대한 의식에 접근할 수 있었다. 주체가 타자와 관계 맺는 구체적인 방식은 책임, 환대, 포옹, 대속 등의 윤리적 방향성을 가진 것으로 이를 통해 인간관계에서의 참다운 인간상을 제시함을 밝혀보았다. 이 책에서는 이상과 같은 타자의 이중적 형상화 즉, 약자로서의 타자와 박해자로서의 타자로 인해 주체가 변화와 자기극복을 통해서 윤리적 주체로 거듭남을 두 개의 장으로 나누어서 분석해 보았다.

　첫 번째 타자의 형상화는 주체에게 빈자·고아·과부 등의 약자의 얼굴로 현현하는 타자이다. 약자로서의 타자의 형상은, 유교적 이념을 지닌 양반과 농민이라는 신분적 주체보다 사회적 신분에서 미천한 자들이나 가난한 자들로 사회적 약자이다. 이때 주체는 자기 중심적, 이념 중심적, 계층 중심적 인물로 변별할 수 있는데 이들은 소유, 가치, 우월감 등으로 자기중심적이며 자기존엄적인 인물들이다. 자기중심적인 주체가 사회적 약자인 타자를 대면하여 그들의 모습에서 연민을 느낌으로써 책임과 인식의 확대, 타자와 동질화 된다. 이는 세대가 거듭될수록 확장되는 형태로 나타나는데 초기 식민화 과정에서 유교이념의 해체 즉, 조선사회의 동일성의 사고 구조를 허물고 타자와 진정한 관계를 갖게 되는 지점으로 나아간다.

약자로서의 타자를 통한 주체의 변모 양상은 우선 서희 가(家)의 타자의식의 변모를 살펴보았다. 다섯 살 때 어머니인 별당아씨를 잃어버리고 이어 아버지와 할머니까지 여의면서 스스로 자신의 안위를 위해 이기적인 주체로 자신을 정립한 최서희는 욕망과 소유로 자신의 자리를 만든다. 남녀간의 사랑과 잃어버린 조국에 대한 애국심마저도 자기위주의 이기심으로 일관하여 사랑을 얻지 못하고 친일행각도 서슴지 않는다. 이기적인 주체는 타자와의 관계를 괘념치 않으며 자신의 욕구와 욕망대로 움직이는 것이다. 그러나 물적 가치를 소유하듯이 타자와의 관계도 소유로 파악한 서희에게 물적 가치를 따르지 않는 옥이네의 자존감의 표현은 서희에게 소유에 대한 허무를 인식하는 계기로 작용한다. 그리고 기존 가치의 균열은 조준구가 거대한 약탈자가 아니라 비굴한 사죄자로 나타나자 승리의 쾌감이 아니라 물적 가치에 대한 허무를 느끼면서 행동양식이 변화된다. 당당하고 적극적인 행동양식에서 성찰적 행동양식으로 변화하면서 타자와의 관계에 주목한다. 박의사의 자살 소식을 듣고는 책임감을 느낀다. 이는 최서희가 타자에 대한 열망으로 이기적인 주체를 초월하여 타자의 호명에 응답하고 타자에 대한 책임을 보이는 윤리적 주체로 변모하도록 이끈다. 주체인 서희가 타자를 인식하면서 타자 위에 군림하지 않고 내려앉으며 타자와의 연대를 희구하는 긍정성으로의 변화이다. 서희의 타자 인식에 대한 변모는 아들인 환국과 윤국에게서 더 전진되는 양태를 띤다.

다음으로 이용 가(家)의 타자의식의 확대를 살펴보았다. 유교이념에 충실함으로써 인간의 존엄을 획득하던 용이는 약자인 여성, 과부에게 연민을 느껴 인연을 맺지만 도덕적 가치 기준으로 타자를 평가한다. 자신을 악하게 만드는 임이네는 연민으로 인해 인연을 맺었지만 인정하지 않고 거부하고, 자신을 윤리적 주체로 만들어주는 월선에게는 가장 큰 가치를 부여한다. 용정촌의 문화 속에서 유교 이념을 체득한 홍이는 처음에는 유교이념에 따라 임이네를 평가했지만 감옥 체험이나 장이와의 부정의 경험, 임이네의 죽음 등을 통해 자신의 가치관에 대한 성찰을 한다. 이에 이기적인 자신을 깨닫고 이웃을 위해 이타주의적인 삶으로 전환한다. 홍이는 유교 이념에서 민족주의 이념으로 방향을 전환한 셈이다. 용이가 임이네를 죄인의 처로 본 것이 아니라 가난하고 힘 없는 과부로 본 것처럼 상의도 일본아이를 일본인으로 본 것이 아니라 사람으로 본 것은 타자와의 관계에서 희망을 보여준 것이다. 그로 인해 주체는 타자에게 윤리적 책임감을 보일 수 있게 되고 타자와의 따뜻한 교류를 가능하게 한다. 반일 감정이 극도에 달한 일본의 압제 하에서 이러한 상의의 의식은 조직을 떠나서 인간 본연의 감정과 존엄한 자아에 대해 천착한 것이라고 할 수 있다.

마지막으로 송관수 가(家)와 이상현 가(家)의 타자의식의 동질화를 살펴보았다. 송관수는 백정의 딸 영선네에 대한 연민은 있었지만 영선네의 신분에 밀착한 삶이 아니어서 자신이 심적·육체적으로 나약해졌을 때 그 모든 책임을 영선네에게 전가한다. 마누라 영선네를 부정하는 것은 책임 회피이며 송관수가 말년까지 백정의 신분을 극복하지 못했음을 의미한다. 즉, 송관수는 타자인 아내 영선네에게 연민을 느껴서 결혼하였지만 영선네와의 동질화에 분열적 모습을 보인다. 서희와의 사랑에 좌절을 겪은 이상현은 마찬가지로 길상과의 사랑에 좌절을 겪은 봉순(기생 기화)과 야합을 통해 교감한다. 그러나 자신의 아이를 잉태했다는 사실을 안 상현이 연해주로 도피한다. 연해주에서 봉순이의 자살 소식을 들은 이상현이 임명희에게 다른 여자(봉순)를 사랑했다는 고백을 하는 것은 타자인 봉순이를 받아들였음을 의미한다. 방황을 가로질러 도달한 상현의 고백은 타자에 대한 윤리적 책임감의 표현이기도 하다. 신분의 피해자였던 이상현은 봉순이의 비참한 죽음을 통해 봉순이에 대한 사랑을 인정하고 신분을 와해시키고 봉순이와 감정에서 동질화를 이룩하기 때문이다. 송영광은 타자인 양현과 영선네로 인해 변모를 보인다. 양현을 사랑함으로써 타자의 볼모가 되어 자신의 자유를 희생하고 만주로 떠나는데 이는 양현에 대한 사랑 때문에 조선으로 갈 수 있는 자유를 저당잡힌 셈이다. 그리고 이기적이고 폐쇄적이던 영광이 양현의 '고통받는 얼굴의 나약함'(신분적 차별로 올케인 덕희에게 괴롭힘을 당함)을 보고 타자에 대한 '윤리적 책임을 지닌 주체'로 서게 된다.

두 번째 타자의 형상화는 주체에게 차별적 고통을 가하는 박해자로서의 타자이다. 박해자로서의 타자의 형상은, 주체에게 고통을 가하는 민족─친족─가족이라는 집단과 신여성을 억압하는 억압자, 신체적 불

완전성을 비난하는 차별자들로 문화적 박해자이다. 주체는 민족-친족
-가족에게 억압당하는 개인, 성적 정체성을 찾으려는 신여성, 동일자
의 세계에서 배제된 불구자이거나 기준치에 미달된 자들이다. 이때 가
문과 국가를 무너뜨리고 오는 불청객의 타자들을 주체는 어떻게 받아
들이고 자신의 정체성에 도달하는지, 성적 정체성을 찾으려는 신여성
들이 타자인 억압자들을 어떻게 포용하는지, 동일자의 세계에서 배제
된 불구자이거나 기준치에 미달된 인간의 형상을 한 주체들에게 가족
이라는 이름으로 가하는 고통에 주체가 어떻게 그들을 대속하는지 살
펴보았다. 이는 박해자로서의 타자를 통해 주체가 자기극복을 하는 세
가지 양상이며, 인간이 극한 고통 속에서 자신의 정체성을 찾아가는 과
정이라고 할 수 있다. 이때 주체는 정신적으로 상처받은 자아가 박해자
가 행하는 고문에 대한 나의 책임을 깨닫고 정체성을 확립하는 주체이
다. 죽음이나 고통은 인간의 유한성을 깨닫게 하는 지점으로 이를 통해
인간이 '홀로' 존재하지 않고 타자와 어떻게 공존할 수 있는지 사유하
게 한다.

우선 불청객으로서의 타자를 통해 주체의 타자 환대에 대해 살펴보
았다. 윤씨부인은 이방인으로서 최참판댁에 들어오는 구천(김환)을 아무
런 질문도 없이 받아들이고 김환이 며느리인 별당아씨와 사랑하는 것
을 알고는 며느리를 김환과 함께 도망치도록 길을 내준다. 김환에게 이
렇게 무조건적인 환대를 보이는 윤씨부인은 집안의 친척인 조준구에게
는 조건적인 환대를 보인다. 이로 인해 윤씨부인의 적자(嫡子)인 아들
최치수는 권위의식에 상처를 입어 살해되기에 이르는데 최치수는 양반
가문의 적자라는 가부장 남성이다. 이는 가부장적 질서에 대한 윤씨부

인의 저항이라는 의미도 포함한다. 윤씨부인이 최참판댁이라는 '양반 가문의 타자'라고 자신의 위치를 인식하는 사람이며, 최참판댁 가문의 며느리로서 재물과 영광을 존속해야 하는 짐진 자이며, 최참판댁에 이방인이라는 점을 감안한다면 윤씨부인의 환대가 갖는 전복의 의미는 윤씨부인의 정체성 회복과 맥이 닿는다.

작가가 식민지 상황과 전쟁이라는 극한의 상황에 대해 삶의 가능성을 제시하기 위해 창조한 인물이 쇼지이다. 쇼지는 조선인 남성과 여성, 일본인 남성과 여성의 상처 속에서 잉태되고 자란 아이로 조선과 일본의 경계를 허물고 두 국가가 타자성을 가지고 존재할 수 있는 대안적 인물이다. 그 대안은 쇼지가 녹색의 여인 유인실이 낳은 아이로 장래 희망이 산지기인 것을 들 수 있다. 산지기가 되어 굶주린 동물에게 먹이를 나눠주는 사람이 되고 싶어 한다. 그래서 오가다 지로와 쇼지가 만나서 공원의 비둘기들에게 모이를 주는 데에서 희열을 느끼는 장면은 거머잡을 수 없는 미래의 희망을 보여주는 장면이기도 하다. 쇼지는 식민 상황과 전쟁이라는 비극에 의해 '국가'라는 거대집단에게 억압당하고 소외당하는 인간의 삶을 전부 끌어안아 인간과 동물이라는 생명의 대립, 일본과 조선이라는 국가적 대립을 허물고 새로운 삶의 가능성을 열어주는 인물의 등장이라고 할 수 있다. 이는 박경리가 전쟁과 식민의 상황에 대한 타계를 위해 제안하는 윤리적 주체를 실천에 옮기는 인물이기도 하다.

다음으로 억압자, 차별자로서의 타자를 통해 주체의 타자 포용에 대해 살펴보았다. 임명희는 전통적인 여성인 구여성의 관습을 가지고 있으며 신여성으로서 교육을 받은, 착종 속에서 갈등을 겪는 인물이다.

이러한 갈등은 무기력과 멀미로 형상화 되는데 타자를 만나고 타자와 소통하며 타자를 감싸안음으로써 자신을 찾아간다. 전도부인 길여옥이 상처에서 벗어나는 방법은 배신과 대척점에 있는 믿음의 회복이었지만 자신을 자신으로 서게 하는 것은 여성성의 회복이다. 여옥에게 자기 구원에 이르는 삶은 남성과 결혼하는 것이 아니라 자신의 몸과 마음을 온전히 자신의 것으로 하여 사는 삶이다. 오선권과의 이혼 후에 여성으로서의 자신의 모습을 잃은 여옥이 여성으로서의 자신의 정체성을 찾은 것이기 때문이다. 적극적인 신여성인 강선혜는 문단의 남성들로부터 비난과 소외를 당하는데 이는 신여성에 대한 사회비판적인 시선의 가혹함을 비판하는 것이기도 하다. 강선혜는 신여성의 허영을 상징하는 인물로 사회에서는 비난의 대상이지만, 결혼 제도 속에 들어갔을 때는 달라진다. 사회가 신여성에게 강요하는 교육하는 어머니를 거부하고 전처의 자식을 감싸안듯이 자신을 괴롭힌 적대자를 포용한다.

마지막으로 박해자로서의 타자를 통해 주체의 타자 대속에 대해 살펴보았다. 통과제의적 과정을 거친 조병수는 주체로서 설 수 있는 '직업(노동-소목일)'을 가지고 자신의 '집'을 소유한다. 또한 자신이 소목일을 가르친 김휘에게 소목장 기술 뿐 아니라 소목일을 하면서 가계(家計)를 운영할 수 있도록 가게를 내준다. 조병수의 이같은 행동은 전환으로 가능한 것이다. 박해받은 고통 속에서 살아남은 자가 박해받는 사람들에 대해 관심과 책임으로 향하는 것, 다른 사람의 고통을 돌아보고 타자의 고통에 대해 자신의 책임을 감수하는 사람 말이다. 조병수와 김한복은 죄인 부모를 둔 탓에 타자의 차가운 눈과 손가락질을 받아야 했으며 이로 인해 육체적인 고통도 고통이지만 외로움이라는 고통도 감수해야 했다. 하지만 이들이 스스로 죄 짓지 않기 위해서 노력하고 선대의 죄에 대해 속죄 받음으로써 분리된 주체에서 윤리적인 주체로 이행한다. 이로 인해 이들은 '고유'하고 '존엄'한 주체로 자리잡는다. 강포수는 귀녀의 죄를 대속해주지는 못했지만 그녀와 동화됨으로써 귀녀 스스로 속죄하도록 돕는다. 막딸이도 마찬가지로 김두만의 죄를 대속하지는 못했지만 묵묵하고 착한 심성으로 성실하게 살면서 가족들의 확고한 인정을 받아 자신의 불구성을 극복한다.

이와 같은 연구를 통해 『토지』의 타자의식에 대한 주체의 변모 양상과 자기극복의 형태를 파악할 수 있었다. 이는 타자에 대한 의식의 확장과 타자를 통한 주체의 정체성 회복으로 윤리적 주체의 정립을 가능하게 하는 것이었다. 이 연구를 통해 박경리가 현실 비판적인 사고로 말미암아 타자(세계)와 폐쇄적 관계를 유지하던 것을 청산하고 타자(세계)와의 긍정적이고 새로운 관계의 모색으로 전환함을 밝힐 수 있었다. 이는 서구의 자기중심적인 근대적 사고방식으로 배태된 폭력적이고 배타적인 인간관계에 대한 예민하고 날카로운 비판의식에서 비롯됨을 확인할 수 있었다.

타자의식에 대한 이 책의 논의는 자기중심적 주체에서 윤리적 주체로의 이행을 보여준다는 의미를 찾을 수 있다. 이는 식민지적 근대 속에서 탈근대적 사유를 읽을 수 있는 부분이기도 하다. 다음으로 타자의식이 작품 전체 서사를 이끄는 핵심적 전략임을 알 수 있었다. 주체를 중심에 둔 해석이 아니라 주체와 타자와의 관계를 통해서 주제에 접근하기 때문에 인물을 다층적으로 조망해 볼 수 있었다. 이는 다양한 생명이 부여된 살아있는 인물 창조가 가능하며, 보다 다양한 인물이 양산

될 수 있다는 데에 의미가 있다. 박경리가 『토지』에서 거의 600명에 이르는 인물을 창조할 수 있었던 것도 다양한 타자를 객관적이지만 윤리적인 시선으로 포용했기 때문에 가능했던 것으로 보인다. 문학사적으로 볼 때도 이러한 다양한 인물 유형을 창출했다는 것은 의미가 있으며 이는 타자에 대한 작가의 다양성의 인식과 인정으로 가능한 것이다. 마지막으로 가족 삼대 서사를 통해 주체가 살 수 없는 미래세계와 주체를 연결시키고 있다는 점이다. 고통이나 죽음을 통해 주체는 타자와 교감할 수 있다. 삼대 서사를 통해서 타자에게 보다 확장적인 이해로 나아감으로써 미래세계를 열어놓고 있다.

『토지』를 통한 타자의식의 고찰은 작가의식의 고찰과 맥이 통한다. 박경리가 초기 신변소설에서 사회비판적인 시선을 견지함에도 불구하고 세계와 관계 맺기를 거부하고 폐쇄적인 성향을 보였다면, 『토지』를 통해 자신의 존엄에서 벗어나 타자에 대한 응시로 나아감을 보여준 것은 작품 세계의 확장으로 판단할 수 있다. '자유로운 주체를 어떻게 확립할 것인가?'라는 작가의 문제의식에 대한 해답에 의미도 있을 것이다. 이는 주체와 타자가 대치하는 치열한 전쟁의 시대에 주체가 타자와 어떻게 공존할 것인가에 대한 질문, 나아가 약자인 타자 외에도 적대자인 타자와는 어떻게 공존할 것인가에 대한 문제와도 연결되는 부분이다. 박경리는 타자를 동일화하는 주체가 아니라 윤리적 주체로서 인물을 보았기 때문에 타자의 고유성에 착안하여 다양한 인물 창조가 가능했던 것으로 보인다. 작품 『토지』가 다양한 인물 형상화를 통해서 타자 지향과 타자 수용의 변별점을 구현하고 있는 것이다. 작가가 『토지』를 통해 보여주고자 하는 것은 자기중심적인 주체가 아니라 타자의 고통을 직시하고 짊어질 수 있는 윤리적 주체로의 전환을 통해서 진정한 사랑과 평화가 공존하는 사회에 대한 희원이다. 아울러 타자의식을 연구한다는 것은 진정한 주체의 정립을 말하는 것, 진정한 주체(윤리적 주체)가 정립된 공생적 사회를 지향하는 것이다.

박경리 소설 『토지』의 주체는 타자를 통해 윤리적으로 변모하거나 자기 극복에 도달하기도 하지만 모든 인물들이 이러한 양상을 보이는 것은 아니다. 타자와의 관계에 실패하는 인물도 얼마든지 있다. 이러한 인물들은 주체와 타자의 관계를 어떻게 끌고 가는지에 대한 연구는 과제로 남긴다.

참고문헌

1. 기본자료

박경리, 『토지』 1~16, 솔, 1994.
_____, 『꿈꾸는 자가 창조한다』, 나남, 1994.
_____, 『문학을 사랑하는 젊은이들에게』, 현대문학, 1995.
_____, 『가설을 위한 망상』, 나남, 2007.

2. 논문 및 평문

강찬모, 「박경리의 소설 『토지』에 나타난 간도의 이주와 디아스포라의 귀소성 연구 : 생활원리로서 유교의 대응력과 디아스포라의 현대적 의의를 중심으로」, 『어문연구』 제59권, 어문연구학회, 2009. 3.
_____, 「『토지』의 서희와 『바람과 함께 사라지다』의 스칼렛 오하라의 인물 연구 : 땅의 가치와 소망을 중심으로」, 『새국어교육』 제85호, 한국국어교육학회, 2010. 8.
구명숙, 「마종기 시에 나타난 경계인 의식과 죽음 의식」, 『한민족문화연구』 제36집, 한민족문화학회, 2011. 2.
구재진, 「최인훈 소설에 나타난 타자화 전략과 탈식민성 : <총독의 소리>를 중심으로」, 『한중인문학연구』 제13집, 한중인문학회, 2004. 12.
국민호, 「제사를 통해 본 '효(孝) 문화'의 유교적 전통과 전망」, 『동양사회사상』 제

12집, 동양사회사상학회, 2005. 11.

권은미, 「박경리『토지』의 탈식민적 양상 연구-소설적 형상화와 그 양가성을 중심으로」, 울산대학교 석사학위논문, 2007. 2.

김민수, 「역사와 허구의 근접과 거리 :『토지』(박경리 장편소설)의 역사 의식에 대한 비판적 고찰」,『연구논집』15. 2, 중앙대학교대학원, 1996. 4.

김병익, 「『토지』의 문학적 성격에 대한 덧붙임」,『본질과현상』통권23호, 본질과현상사, 2011. 봄.

김윤식, 「능소화, 또는 산천의 미학 : 박경리의『토지』와 이병주의『지리산』」,『한국문학평론』제12권 제2호 통권 제34호, 한국문학평론가협회, 2008. 12.

김은경, 「박경리 문학 연구-'가치'의 문제를 중심으로」, 서울대학교 박사학위논문, 2008. 2.

_____, 「사랑서사와 박경리 문학」,『서울대학교 인문논총』제67집, 서울대학교인문학연구소, 2012. 6.

김진석, 「소내하는 한의 문학 : 대하소설『토지』론」,『문예중앙』18. 2, 중앙일보사, 1995. 5.

김현숙, 「운명적 죽음에서 상생의 자연으로」,『근현대 문학사를 빛낸 작가들의 삶과 문학-새로 쓰는 한국작가론』, 상허학회, 백년글사랑, 2002.

김혜정, 「박경리 소설의 여성성 연구」, 충북대학교 박사학위논문, 1999. 2.

류보선, 「비극성에서 한으로, 운명에서 역사로」,『작가세계』22호, 1994. 가을.

문성훈, 「타자에 대한 책임, 관용, 환대 그리고 인정-레비나스, 왈쩌, 데리다, 호네트를 중심으로」,『사회와 철학』제21집, 2011.

박경리, 「작가는 왜 쓰는가」, 작가세계, 1994. 가을.

박상민, 「박경리『토지』에 나타난 악의 상징 연구」, 연세대학교 박사학위논문, 2009. 2.

_____, 「박경리『토지』에 나타난 죽음의 수사학」,『수사학』제15집, 한국수사학회, 2011. 9.

_____, 「박경리『토지』에 나타난 윤리적·종교적 존재로서의 인간 이해」,『인간연구』제23호, 가톨릭대학교 인간학연구소, 2012. 가을.

박용옥, 「이조 여성사」,『춘추문고』018, 한국일보사, 1976.

박혜련, 「황순원 소설에 나타난 타자성의 윤리 연구」, 서울시립대학교 석사학위논문, 2004. 2.

박혜원, 「박경리『토지』의 인물 연구」, 이화여자대학교 박사학위논문, 2002. 8.

서현주, 「박경리의 『토지』에 나타난 타자 인식 연구」, 『국제한인문학연구』 제9호, 국제한인문학회, 2012. 2.

_____, 「박경리의 『토지』에 나타난 타자 인식의 변모 양상」, 『고황논집』 제50집, 경희대학교대학원, 2012. 6.

송재영, 「소설의 넓이와 깊이 : 박경리 著 토지(서평)」, 『문학과지성』 15, 문학과지성사, 1974. 2.

송호근, 「삶에의 연민, 한의 미학」, 작가세계, 1994. 가을.

신진숙, 「박봉우 시의 공간 구조와 타자의식 고찰」, 『비교문화연구』 제13권 제1호, 경희대학교 비교문화연구소, 2009. 6.

안서현, 「황순원 소설에 나타난 타자 인식 연구」, 서울대학교 석사학위논문, 2008. 2.

염무웅, 「역사라는 운명극, 박경리 著 『토지』(서평)」, 『신동아』 111, 동아일보사, 1973. 11.

오혜진, 「전근대와 근대의 교차적 여성상에 관해-박경리의 『김약국의 딸들』『시장과 전장』『토지』를 중심으로」, 『국제어문』 제47집, 국제어문학회, 2009. 12.

우찬제, 「지모신의 상상력과 생명의 미학 : 박경리의 『토지』론」, 『문학과사회』 28, 문학과지성사, 1994. 11.

유임하, 「박경리 초기소설에 나타난 전쟁체험과 문학적 전환 :『애가』와 『표류도』를 중심으로」, 『현대문학의 연구』 제46집, 한국문학연구학회, 2012. 2.

윤남희, 「박경리 『토지』연구 : 여성성 및 '일체' 사상을 중심으로」, 배재대학교 박사학위논문, 2012. 2.

윤일환, 「죽음과 책임의 계보학-데리다의 『죽음의 선물』다시 읽기」, 『비평과 이론』 제15권 제1호, 한국비평이론학회, 2010. 6.

이 경, 「『토지』와 겁탈의 변검술」, 『여성문학연구』통권27호, 한국여성문학학회, 2012. 6.

이광일, 「탈식민지, 한국의 '식민지주체권력'의 재생산과 식민성」, 『진보평론』 제44호, 메이데이, 2010. 여름.

이금란, 「박경리 소설에 나타난 가족이데올로기 연구」, 숭실대학교 박사학위논문, 2006. 8.

이덕화, 「여성문학과 생명주의」, 『여성문학연구』 통권3호, 한국여성문학학회, 2000. 6.

_____, 「박경리의 심미적 존재론」, 『문학과의식』 제51호, 문학과의식사, 2001. 5.

_____, 「한말숙의 『아름다운 靈歌』에 나타난 타자윤리학」, 『새국어교육』 제86호, 한국국어교육학회, 2010. 12.

이미화, 「박경리 『토지』에 나타난 여성인물 연구 : 탈식민적 페미니즘의 관점에서」, 부산대학교 박사학위논문, 2011. 8.

이상진, 「박경리의 『토지』연구 : 인물형상화를 중심으로」, 연세대학교 박사학위논문, 1998. 8.

_____, 「『토지』에 나타난 가족문제와 모성성」, 『여성문학연구』 통권3호, 한국여성문학학회, 2000. 6.

_____, 「박경리의 『토지』에 나타난 유교가족윤리의 해체양상과 그 지향점」, 『현대소설연구』 제20호, 한국현대소설학회, 2003. 12.

_____, 「『토지』속의 만주, 삭제된 역사에 대한 징후적 독법」, 『현대소설연구』 제24호, 한국현대소설학회, 2004. 12.

_____, 「『토지』의 평사리 지역 형상화와 서사적 의미」, 『배달말』 통권 제37호, 배달말학회, 2005. 12.

_____, 「일제하 진주지역의 역사와 박경리의 『토지』」, 『현대문학의 연구』 제27집, 한국문학연구학회, 2005. 11.

_____, 「자유와 생명의 공간, 『토지』의 지리산」, 『현대소설연구』 제37호, 한국현대소설학회, 2008. 4.

_____, 「『토지』에 나타난 동아시아 도시, 식민주의와 물질성 비판」, 『현대문학의 연구』 제37집, 한국문학연구학회, 2009. 2.

_____, 「탈식민주의적 시각에서 본 『토지』속의 일본, 일본인, 일본론」, 『현대소설연구』 제43호, 한국현대소설학회, 2010. 4.

이수현, 「매체 전환에 따른 『토지』의 변용 연구 : 영화, TV드라마, 만화를 중심으로」, 고려대학교 박사학위논문, 2010. 8.

이승하, 「박경리 시에 나타난 생명사상」, 『한국문예창작』 제10권 제1호 통권 제21호, 한국문예창작학회, 2011. 4.

이영아, 「근대국민국가의 형성과 내재화된 식민지성 : 근대국민국가에 갇힌 몸」, 『진보평론』 제44호, 메이데이, 2010. 여름.

이원동, 「주체의 시선과 타자 경험의 정치학 : 이석훈 소설의 내적 논리」, 『어문학』 제112호, 한국어문학회, 2011. 6.

이은정, 「데리다의 시적 환대-환대의 생성적 아포리아」, 『인문과학』 제44집, 성균관대학교 인문과학연구소, 2009. 8.

이재선, 「숨은 역사·인간사슬·욕망의 서사시 : 박경리의 『토지』론」, 『문학과비평』 9, 문학과비평사, 1989. 3.

이창남, 「역사의 천사―벤야민의 역사와 탈역사 개념에 관하여」, 『문학과사회』 제18권 제1호 통권69호, 문학과지성사, 2005. 봄.

이태동, 「동학혁명과 역사소설 : 박경리의 『토지』의 경우」, 『문학사상』 255, 문학사상사, 1994. 1.

_____, 「여성작가 소설에 나타난 여성성 탐구―박경리, 박완서, 그리고 오정희의 경우」, 『한국문학연구』 제19호, 동국대학교한국문학연구소, 1997. 3.

이택권, 「이청준 소설 연구 : 주체와 타자 인식 양상을 중심으로」, 서울시립대학교 석사학위논문, 2000. 8.

임명섭, 「『토지』, 식민지의 삶과 글쓰기」, 『현대비평과이론』 9, 한신문화사, 1995. 5.

임진영, 「개인의 한과 민족의 한」, 한국문학연구회, 『다시 읽는 역사문학』, 평민사, 1995.

조윤아, 「박경리 『토지』의 생명사상적 변모에 관한 연구」, 서울여자대학교 박사학위논문, 1999. 2.

_____, 「1970년대 박경리 소설에 나타난 '아버지'에 관한 연구 : 『단층』과 『토지』를 중심으로」, 『현대소설연구』 제36호, 한국현대소설학회, 2007. 12.

_____, 「가해자를 통해 드러나는 도덕의 딜레마 : 박경리의 장편소설 『창』을 중심으로」, 『어문논집』 제44, 중앙어문학회, 2010. 7.

장미영, 「박경리 1960·70년대 장편소설 연구 : 가족관계의 갈등과 화해를 중심으로」, 『여성문학연구』 통권26호, 한국여성문학학회, 2011. 12.

장보영, 「서정인 소설의 타자성 연구 : 대화 양상을 중심으로」, 이화여자대학교 석사학위논문, 2009. 8.

정실비, 「이효석 소설에 나타난 타자 인식과 모방 양상 연구」, 서울대학교 석사학위논문, 2008. 8.

정현기, 「박경리의 「토지」연구1―작품형성의 사상적 기둥」, 『매지논총 : 인문사회과학』 제10호, 연세대학교매지학술연구소, 1993. 2.

_____, 「박경리 『토지』풀어 읽기―『토지』풀이의 사랑 공리」, 현대문학, 2008. 6.

_____, 「『토지』2부로 본 박경리 : 나와 너의 관계 거리와 나의 나됨 찾기」, 『문학의 문학』 제4호, 동화출판사, 2008. 6.

정호웅, 「박경리 문학과 초인」, 『본질과현상』 통권23호, 본질과현상사, 2011. 3.

천이두, 「한의 여러 궤적들 : 박경리의 『토지』」, 『문학과의식』 36, 문학과의식사,

1997. 4.

최유희, 「박경리 『토지』연구」, 중앙대학교 박사학위논문, 1999. 8.

최지선, 「박경리 『토지』에 나타난 남성인물의 존재방식과 욕망 양상 연구」, 부산대
학교 석사학위논문, 2009. 2.

하응백, 「비극적 삶의 초극과 완성 : 『토지』론」, 『현대문학』 471, 현대문학, 1994. 3.

한점돌, 「박경리 문학사상 연구, 박경리 초기소설과 에고이즘」, 『현대소설연구』 제
49호, 한국현대소설학회, 2012. 4.

한주연, 「이청준 소설에 나타난 주체의 윤리 연구」, 이화여자대학교 석사학위논문,
2011. 8.

허연실, 「『토지』의 사회문화 담론 연구」, 고려대학교 박사학위논문, 2010. 2.

홍성암, 「가족사 · 연대기소설 연구 : 안수길의 『북간도』와 박경리의 『토지』를 중심
으로」, 『한민족문화연구』 제7집, 한민족문화학회, 2000. 12.

현대문학, 박경리추모특집, 2008년 6.

황현산, 「생명주의 소설의 미학」, 『토지 비평집2 – 한 · 생명 · 대자대비』, 솔, 1995.

3. 단행본

강영안, 『주체는 죽었는가』, 문예출판사, 2001.

_____, 『타인의 얼굴』, 문학과지성사, 2005.

강진호, 『현대소설사와 근대성의 아포리아』, 소명출판사, 2004.

권영민, 『한국현대문학사 1945-1990』, 민음사, 2002.

김연숙, 『타자윤리학』, 인간사랑, 2001.

김열규, 『한국민속과 문학연구』, 일조각, 1975.

김용희, 『순결과 숨결』, 문학동네, 2006.

_____, 『쿨&웜』, 작가, 2009.

김윤식, 『박경리와 토지』, 강, 2009.

김정자, 『왜 다시 토지를 말하는가』, 태학사, 2007.

김종회, 『문학의 숲과 나무』, 민음사, 2002.

_____, 『문화통합의 시대와 문학』, 문학수첩, 2004.

김치수, 『박경리와 이청준』, 민음사, 1982.

김해옥, 『페미니즘 이론과 한국 현대 여성 소설』, 박이정, 2005.

나병철,『소설과 서사문화』, 소명출판사, 2006.

_____,『가족로망스와 성장소설－반오이디푸스 문화론』, 문예출판사, 2007.

류보선,『또 다른 목소리들』, 소명출판사, 2006.

박성모,『페미니즘 미학과 보편성의 문제』, 소명출판사, 2005.

박주택,『반성과 성찰』, 하늘연못, 2004.

_____,『현대시의 사유 구조』, 민음사, 2012.

백지연,『미로 속을 질주하는 문학』, 창작과비평사, 2001.

변정자·서정자 외,『한국현대소설연구』, 국학자료원, 1998.

서동욱,『차이와 타자』, 문학과지성사, 2000.

서하진,『착한 가족』, 문학과지성사, 2008.

송명희,『현대소설의 이론과 분석』, 푸른사상, 2006.

신경원,『니체 데리다 이리가레의 여성』, 소나무, 2004.

양문규,『한국근대소설과 현실인식의 역사』, 소명출판, 2002.

오세은,『여성 가족사 소설연구』, 새미, 2002.

오양호,『한국 현대소설과 인물형상』, 집문당, 1996.

윤대선,『레비나스의 타자철학 : 소통과 초월의 윤리를 찾아서』, 문예출판사, 2009.

이광호,『소설은 탈주를 꿈꾼다 : 이광호 소설 읽기』, 민음사, 1998.

_____,『미적 근대성과 한국문학사』, 민음사, 2001.

이남호,『한국 대하소설 연구』, 집문당, 1997.

이덕화,『박경리와 최명희 두 여성적 글쓰기』, 태학사, 2000.

이상진,『토지연구』, 월인, 1999.

_____,『토지 인물사전』, 나남, 2002.

이재선,『한국문학 주제론』, 서강대학교출판부, 1989.

정미숙,『한국여성소설연구입문』, 태학사, 2002.

정현기,『한과 삶-토지비평1』, 솔, 1994.

_____,『한국 소설의 이론』, 솔, 1997.

_____,『포위 관념과 멀미－소설사 쓴다』, 연대출판부, 2005.

정호웅,『한국의 역사소설』, 역락, 2006.

조남현,『한국문학의 현대적 해석 : 박경리』, 서강대학교출판부, 1996.

조혜정 편,『한국의 여성과 남성』, 문학과지성사, 1999.

천이두,『한국 소설의 흐름』, 국학자료원, 1998.

최유찬,『박경리』, 새미, 1998.

_____, 『토지의 문화지형학』, 소명출판, 2004.

_____, 『세계의 서사문학과 토지』, 서정시학, 2008.

_____, 『토지를 읽는 방법』, 서정시학, 2008.

_____, 『한국근대문화와 박경리의 토지』, 소명출판, 2008.

최유찬편, 『박경리』, 새미, 1998.

태혜숙 외, 『한국의 식민지 근대와 여성공간』, 여이연, 2004.

한국문학연구회, 『토지와 박경리 문학』, 솔, 1996.

한국영미문학페미니즘학회, 『페미니즘 어제와 오늘』, 민음사, 2000.

한국여성연구소, 『여성의 몸』, 창작과비평사, 2005.

한국정신문화연구원, 『악이란 무엇인가』, 창, 1992.

4. 번역서 및 외서

가라타니 고진, 송태욱 옮김, 『윤리21』, 사회평론, 2001.

타케우찌 테루오, 이남희 옮김, 『동양철학의 이해』, 까치, 1991

Adorno, T., 홍승용 옮김, 『부정변증법』, 한길사, 1999.

Anderson, B., 윤형숙 옮김, 『상상의 공동체』, 나남, 2002.

Badiou, A., 이종영 옮김, 『윤리학』, 동문선, 2001.

Braun, K. P., 엄양선·윤명숙 옮김, 『히스테리』, 여이연, 2003.

Butler, J.·Spivak, G., 주해연 옮김, 『누가 민족국가를 노래하는가』, 산책자, 2008.

Creed, B., 손희정 옮김, 『여성괴물, 억압과 위반 사이』, 여이연, 2008.

Derrida, J., 남수인 옮김, 『글쓰기와 차이』, 동문선, 2001.

Derrida, J.·Dufourmantelle, A., 남수인 옮김, 『환대에 대하여』, 동문선, 2004.

Irigaray, L., 박정오 옮김, 『나, 너, 우리』, 동문선, 1998.

_____, 이은민 옮김, 『하나이지 않은 성』, 동문선, 2000,

Kearney, R., 이지영 옮김, 『이방인, 신, 괴물 : 타자성 개념에 대한 도전적 고찰』, 개마고원, 2004.

Lacan, J., 민승기 외 옮김, 『욕망이론』, 문예출판사, 1994.

Lévinas, E., Totalité et Infini : essai sur l'extériorité, La Haye : Martinus Nijhoff, 1961; Totality and Infinity, trans. by Alphonso Lingis, Pittsburgh : Duquense University, Press, 1969.

_____, 강영안 옮김, 『시간과 타자』, 문예출판사, 1996.

_____, 양명수 옮김, 『윤리와 무한』, 다산 글방, 2000.

_____, 서동욱 옮김, 『존재에서 존재자로』, 민음사, 2003.

_____, 김연숙 옮김, 『존재와 다르게 : 본질의 저편』, 인간사랑, 2010.

Morton, S., 이운경 옮김, 『스피박 넘기』, 앨피, 2005.

Freud. G., 임인주 옮김, 『농담과 무의식의 관계』, 열린책들, 1997.

Ricoeur, P., 양명수 옮김, 『악의 상징』, 문학과지성사, 1999.

Russell, J. B., 김영범 옮김, 『THE DEVIL』, 르네상스, 2006.

Sartre, J. P., 정소성 옮김, 『존재와 무』, 동서문화사, 1994.

▌서현주

평택대학교 국어국문학과 졸업
경희대학교 대학원 국어국문학과 석사, 박사 졸업(문학박사)
평택대 겸임교수
경희대 후마니타스칼리지 강사

논저
논리적 사고와 글쓰기(공저)
「현진건 소설 연구-사회현실과 여성상을 중심으로」
「박경리의 『토지』에 나타난 타자 인식 연구」
「박경리 『토지』에 나타난 '환대'의 양상」
「박경리의 『토지』에 나타난 타자 인식의 변모 양상」 등

박경리 『토지』와 윤리적 주체

초판 1쇄 인쇄 2014년 11월 20일
초판 1쇄 발행 2014년 11월 28일

지은이 서현주
펴낸이 이대현
편 집 박선주
디자인 이홍주

펴낸곳 도서출판 역락
등 록 1999년 4월 19일 제303-2002-000014호

주   소 서울시 서초구 동광로 46길 6-6(문창빌딩 2F)
전   화 02-3409-2058(영업부), 2060(편집부)
팩시밀리 02-3409-2059
e-mail youkrack@hanmail.net

정가 20,000원
ISBN 979-11-5686-096-9 93810

*파본은 구입처에서 바꿔 드립니다.

역락 블로그 http://blog.naver.com/youkrack3888

이 도서의 국립중앙도서관 출판예정도서목록(CIP)은 서지정보유통지원시스템 홈페이지(http://seoji.nl.go.kr)와 국가자료공동목록시스템(http://www.nl.go.kr/kolisnet)에서 이용하실 수 있습니다.(CIP제어번호 : CIP2014030928)